英国王妃の事件ファイル⑥

貧乏お嬢さまのクリスマス

リース・ボウエン　田辺千幸 訳

The Twelve Clues of Chirstmas

by Rhys Bowen

コージーブックス

THE TWELVE CLUES OF CHRISTMAS
(A Royal Spyness Mystery #6)
by
Rhys Bowen

先祖がティドルトン・アンダー・ラヴィーにほど近いデボンシャーの出身だった父、フランク・ニューカム・リーに捧げる。

例によって、ジョンのアドバイスと編集能力に感謝したい（毎回、殴り合いをしそうになるけれど）。わたしの人生を楽なものにしてくれる優秀な編集者のジャッキー・キャンターと、とてもよくわたしの面倒をみてくれる素晴らしいエージェントのメグ・ラリーとクリスティーナ・ホグレブにも感謝の言葉を。あなたたちといっしょに仕事ができるのは幸いだ。

本書はまた、登場人物のひとりに名前を貸してくれたサンドラ・セクレストにも捧げたい。

貧乏お嬢さまのクリスマス

主要登場人物

ジョージアナ（ジョージー）……ラノク公爵令嬢
ビンキー……ラノク公爵。ジョージーの異母兄
フィグ……ラノク公爵夫人。ビンキーの妻
クイーニー……ジョージーのメイド
ダーシー・オマーラ……アイルランド貴族の息子
クレア・ダニエル……ジョージーの母親
ノエル・カワード……演劇の脚本家
アルバート・スピンクス……ジョージーの祖父
ミセス・ハギンズ……アルバートの隣人
カミラ・ホース＝ゴーズリー……求人主。ダーシーの叔母
オズワルド・ホース＝ゴーズリー……カミラの夫
ホーテンス（バンティ）・ホース＝ゴーズリー……ホース＝ゴーズリー夫妻の娘
モンタギュー（モンティ）・ホース＝ゴーズリー……ホース＝ゴーズリー夫妻の息子
アーチボルド（バジャー）・ウェザビー……モンタギューの学校の友人
レジー・ラスボーン大佐……インド帰りの軍人。パーティー客
ミセス・ラスボーン……レジーの妻
アーサー・アップソープ……ヨークシャーから来たパーティー客。工場経営者
ミセス・アップソープ……アーサーの妻
エセル・アップソープ……アップソープ夫妻の娘
クライド・ウェクスラー……アメリカから来たパーティー客

ミセス・ウェクスラー……………………………クライドの妻
シェリー・ウェクスラー…………………………ウェクスラー夫妻の娘
ジュニア・ウェクスラー…………………………ウェクスラー夫妻の息子
オルベリー伯爵夫人………………………………伯爵未亡人
セクレスト船長……………………………………地元のパーティー客
サンドラ（サンディ）・セクレスト………………船長の妻
ジョナサン（ジョニー）・プロスロー……………作家
フレディ・パトリッジ……………………………ホース＝ゴーズリー家の隣人
テッド・グローヴァー……………………………自動車修理工場経営者
グラディス・トリップ……………………………電話交換手
ミスター・クライン………………………………宝石店店主
ミスター・スカッグズ……………………………肉屋
ミス・プレンダーガスト…………………………村の独身女性
ウェズリー・パーカー少佐………………………猟犬の管理人
ミスター・バークレイ……………………………オルガン奏者
荒れ地のサル………………………………………荒れ地のあばら屋に住む女性。魔女の子孫とも言われる
エフィ・フィンチ…………………………………フレンチ・フィンチ三姉妹の長女
フロリー・フィンチ………………………………フレンチ・フィンチ三姉妹のひとり
リジー・フィンチ…………………………………フレンチ・フィンチ三姉妹のひとり
ウィラム……………………………………………雑貨店の息子
ニューカム警部補…………………………………ティドルトンの警察官

1

ラノク城
スコットランド　パースシャー
一九三三年一二月一四日
天気：冷たく、陰鬱で、寒々としている。
当地の様子：冷たく、陰鬱で、寒々としている。
今後の展望：冷たく、陰鬱で、寒々としている。今日は気分が沈みがち。なぜだろう？もうすぐ来るクリスマスが、とんでもなく悲惨なものになるだろうという予感と関係があるかしら？

クリスマス――焼き栗。パチパチとはぜる大薪。ローストしたガチョウや七面鳥、ミンス・パイ、炎をあげるプラム・プディングなどが並ぶテーブル。キャロルにヤドリギ。みんなに贈るプレゼント。この不況の最中でも、英国のどこかには、そういったことすべてを実践している家もあるだろう――ただしそれは、わたしが冬のあいだ閉じこめられている、荒涼としたスコットランドの原野に建つラノク城ではない。閉じこめられたと言っても、雪に降りこめられたわけではなく、囚《とら》われの身になっているわけでもない。自分の意思でここにいるのだ。わたしの名は、レディ・ジョージアナ・ラノク。現公爵の妹で、この寒々しい城はわたしの実家だ。

たとえその気があったとしても、ラノク城を華やいだ雰囲気にするのは無理だ。そもそも、どれほどの大薪を暖炉にくべても、数あるだだっ広い部屋をすべて暖めるのは不可能だし、ラノク公爵の妻でありわたしの義理の姉であるヒルダ――普段はフィグと呼ばれている――が、徹底した緊縮モードに入っているからだ。厳しい時代なのだと、フィグはしきりに口にする。いまこの国は大不況の最中にあるのだから、わたしたちが質素な暮らしの模範となるべきだというのが、彼女の言い分だった。ベークド・ビーンズを載せたトーストで夕食を締めくくらなければならないほどだったから、事態がどれほど切迫していたかわかってもらえると思う。

王族につながる家系であり、兄ビンキーがラノク城とベルグレービアにあるロンドンの別宅を受け継いだとは言うものの、ラノク家の台所事情が厳しいのは事実だった。父である先代のラノク公爵は一九二九年の株価大暴落で残っていた財産のすべてを失うと、銃で自らの命を絶った。その結果、かわいそうなビンキーは法外な額の相続税を支払わなければならない羽目に陥ったのだ。わたしは二一歳の誕生日を迎えると同時に一切の援助を打ち切られ、それ以来、四苦八苦しながら生き延びてきた。とは言え、無料食堂で列を作る気の毒な人たちほど切羽詰まっているわけではない。本来ならわたしはいい相手――軟弱で意気地がなくて頭も弱いヨーロッパのどこかの王子――と結婚するか、それが無理であれば、王族の老いた伯母づきの女官になるべき立場だった。

これまではそのどちらも拒否してきたが、近づいてくるクリスマスの足音とラノク城の廊下を吹き抜ける風の音を聞いていると、どちらであれ、いまよりはましなのではないかという気がしてくる。それなのになぜこんな陰鬱なところに留まっているのかと、疑問に思う人もいるだろう。すべては、この世に生まれ落ちたときから徹底的に教えこまれてきた、かの有名なラノク家の義務感のなせる業だ。たとえば、右腕を切り落とされても、なにごともなかったように剣を左手に持ち替え、そのまま戦い続けたというロバート・ブルース・ラノクのような先祖の話を、わたしたちは幼い頃から繰り返し聞かされてきた。そのためか、そこまで強烈なものではないにしろ、わたしも義務の観念は持ち合わせている。

今年の夏、義理の姉のフィグはロンドンで第二子を出産した。馬車馬のような体格をしているにもかかわらず、それ以来フィグは体調がすぐれない。静養のためにスコットランドの自宅に帰ることになったのだが、いっしょに来てほしいと彼女は懇願せんばかりにわたしに頼んだ（どれほど体調が悪かったのかがわかるというものだ）。情にもろいわたしは、うなずいた。

夏が秋に変わり、王族の親戚たちがバルモラル城を訪れて、ハウス・パーティーやライチョウ狩りを行う時期になっても、そういった催しがフィグの気分を晴らしてくれることはなく、彼女は相変わらず憂鬱そうな顔をしたままで、幼いアデレイドにいささかも興味を示そうとはしなかった。アデレイド・ガートルード・ハーマイオニー・モード――それがかわいそうな赤ん坊の名だ。こんな恐ろしい名前をよくもつけたものだと感心する。そのうえ、愛称すらまだ決まっていないのだ。アディやレイディと呼ぶわけにはいかない。レディ・アディもしくはレディ・レイディでは、さすがにだれもが顔をしかめるだろう。いまのところただの〝赤ちゃん〟か、ときには〝いい子ちゃん〟と呼ばれている。

そんなわけで、わたしはここに留まっていた。乳母は立派に幼いアデレイドの面倒を見ているが、フィグはますますケチになって機嫌も悪くなり、ビンキーは心配そうな顔であたりをうろうろするばかりだった。いつまでこんな状態に我慢できるだろうと思い始めた頃、ちょっとした事件が起きた。フィグの母親であるレディ・ウォームウッドが娘の世話をするためにやってきたのだ。フィグの狭量と偉そうな態度がだれから受け継いだものなのか、ひと目見てすぐに納得できた。フィグが面倒な女だとしたら、レディ・ウォームウッドは完全なくそったれだ（レディが〝くそったれ〟などという言葉を使ってはいけないことはよくわかっているけれど、普通の形容詞では、とてもレディ・ウォームウッドを表現できないし、悲しいことにそちらの方面のわたしの語彙《ごい》も貧弱だ。もっと強烈な言葉を知っていたら、喜んで使うのだけれど）。

彼女がやってきて一週間ほどたった頃、散歩から帰ってきたわたしの耳に不快な声が聞こえてきた。

「不健全ですよ、ヒルダ」(フィグをヒルダと呼ぶのは彼女だけだった。おぞましい名前をつけた責任を取っているのだろう)。「若い娘があんなふうに引きこもって、一日中なにもしていないなんてどうかと思うわね。自分の行く末のことを考えないのかしら?」

わたしは玄関ホールに飾られた甲冑《かっちゅう》の陰で体をこわばらせた。フィグが擁護してくれるだろうと思った。わたしがラノク城に引きこもっているのは、いっしょにいてほしいと彼女が頼んだからだと説明してくれるはずだ。だが聞こえてきたのはこんな台詞《せりふ》だった。

「彼女がなにを考えているのか、わたくしにもわからないのよ、お母さま」

「まさか、いつまでもあなたたちに養ってもらえると思っているのではないでしょうね。あなたはもう充分に責任は果たしたのよ。彼女は社交界デビューしたんでしょう? どうして結婚していないの? それほど見栄えは悪くないし、王家とのつながりだってある。とうにだれかと結婚していてもおかしくないのに」

「ルーマニアのジークフリート王子の求婚を断ったのよ」フィグが言った。「自分の義務というものを理解していないんだと思うわ。王子はホーエンツォレルン=ジグマリンゲンの一員で、王妃陛下の親戚なのよ。充分に魅力的だし。それなのに彼女は断ったの」

「いったいだれを待っているのかしらね——国王?」レディ・ウォームウッドの口調には皮肉が込められていた。「つぎに王位を継ぐのが彼女だというわけでもないのに」

そのとおりだった。アデレイドが生まれるまで、わたしの王位継承順位は三四番目だった。いまは三五番目だ。

フィグが声を潜めた。「ダーシー・オマーラという評判の悪い男に熱をあげているみたいなの。本当にいかがわしい男よ」

「オマーラ？　キレニー卿の息子の？」

「ええ、そう。彼の家の経済状況はわたくしたちよりもひどいわ。父親は借金を返すために、自宅と競走馬を売らなければならなかったらしいの。だからそういう意味では、まったく見込みはないのよ。そのオマーラという男には財産もなければ、仕事もない。妻を養うことなんて一生できないわ」

「どちらにしろ、その男とは結婚できないでしょう？」レディ・ウォームウッドの声が大広間に反響した。「あの一家はカトリック教徒ですもの。王家の一員である以上、カトリック教徒との結婚は禁止されていますからね」

わたしは思わず一歩あとずさった。甲冑にぶつかって、床に落ちる直前の鎚矛《メイス》をかろうじてつかんだ。王家の人間とカトリック教徒との結婚が英国の法律によって禁じられていることは知っていたが、わたしには当てはまらないはずだ。ひどくたちの悪い伝染病が流行するか、侵略者が三四番目の王位継承者まで全員を抹殺でもしないかぎり、わたしが女王の座につくことなどない。そもそも、ダーシーに結婚を申しこまれたわけでもなかった。実のところ、わたしたちの関係はいわゆる恋人同士という概念からははずれている。彼といっしょにいるときはこのうえなく幸せな気分になるけれど、たいていの場合、わたしは彼の居所さえ知らない。もちろん、彼がどうやって生計を立てているのかも。ほかの貴族の息子たちと同じように毎日をただ面白おかしく過ごしている、若い遊び人のように見えるけれど、実は英国政府に雇われてスパイのようなことをしているのではないかとわたしは勘ぐっていた。何度か問いただしてみたけれど、謎めいた沈黙が返ってきただけだった。最後に連絡があったときは、アルゼンチンに向かっていると言っていた。思い出すと、胸が苦しくなってきた。

「彼女のことはきちんとしないといけませんよ、ヒルダ」レディ・ウォームウッドの声が再び聞こえた。「ほかの人たちと同じように自分の義務を果たすべきだと、はっきり言っておきなさい。わたしたちは、不釣り合いな相手を追いかけたりはしなかった。そうでしょう？　決められた相手と結婚して、すべきことをしてきたんです。愛のために結婚するなんて、まったくばかげた考えですよ」

「ちょっと待って、お母さま」フィグが遮った。「わたくしはビンキーのことがとても好きよ。そういう意味では、とても幸運だったと思っているわ」

「愛があとからついてくることも、ときにはあるでしょうね。でもわたしの記憶が正しければ、あなたは教区の司祭に熱をあげていたのではなかったかしら。わたしたちがあなたを正しい道に引き戻してあげたのよ。彼女にはちゃんと話をしなさいね。それともわたしから話しましょうか？　最後通牒を突きつけるの――これ以上養っていくことはできないから、すぐに夫を見つけるようにと言うんですよ」

もう一秒たりともその場にはいられなかった。わたしは向きを変えて玄関のドアを開けると、散歩していたあいだに吹き始めた強風のなかに再び戻った。降りだした雪が針のように肌に突き刺さり、服や髪やまつげにからみついたが、それもどうでもよかった。わたしは嵐のなかをひたすら歩いた。恐怖を払いのけるために、怒りに意識を集中させた。よくもあんなことを！　ラノク城はわたしの先祖が暮らしていた家であって、フィグのものではない。フィグにはわたしを追い出すことなどできない。けれど、恐怖がまた忍び寄ってきた……もしもここを追い出されたら、どこに行けばいい？　自分で生計を立てるべくあれこれとやってはみたものの、世界はいま大不況の真っただ中で、資格や経験のある人たちですら、配給の列に並んでいるくらいだ。そして最大の恐怖――本当に恐ろしいのは……もしもダーシーと結婚できなかったらどうすればいい？　わたしはかなうはずのない夢を追い求めているのだろうか？　いいかげん、現実と向き合うべきなのだろうか？

雪は吹雪に変わり、白い毛布に包まれたようになって、息が苦しくなってきた。ひとつだけ確かなことがあった――吹雪のなかで都合よく死んで、フィグと彼女の母親を喜ばせるつもりはない。わたしはきびすを返し、雪のなかに黒くそそり立つ城へと戻り始めた。メイドのクイーニーに荷造りをさせて、朝になったらロンドンに向かって発とうと決めた。ロンドンの別宅でのつつましい生活には慣れている。祖父が近くにいるし、友人のベリンダはいつだってなにかわくわくするようなことを提案してくれる。それにダーシーがじきにロンドンに帰ってくるかもしれない。いい加減、自分の人生を自分の手に取り戻すべきときだろう。

2

　老いた執事のハミルトンが玄関ホールで出迎えてくれた。

「お捜ししておりました、お嬢さま。こんな荒れ模様のなかを外出されたとは思いませんでしたので。コートをお預かりしましょう」

　よく訓練された執事らしく、わたしがタイル敷きの床に作っている融けた雪の大きな水たまりには気づかないふりをしながら、ハミルトンは手際よくわたしのコートを脱がせた。こんな吹雪のなかをなぜ外出したのかと、尋ねたりもしない。

「温かいものが必要ですね」わずかにハイランドのなまりの残る口調で彼が言った。「旦那さまの書斎でお待ちいただければ、すぐに料理人に命じてブランデーを入れたココアを作らせます」

「お兄さまの書斎？」

「はい。お嬢さまに電話がかかっております。書斎で出られたほうが、ほかの方に聞かれるおそれは少ないかと」ハミルトンは意味ありげな笑顔を浮かべた。

　心臓が高鳴った。ダーシーだ。イギリスに戻ってきたんだわ。また彼に会えるのね。わたしはレディらしからぬ足取りで大広間を駆け抜けた。戦場から戻ってきたマードック・ジェイミー・ラノクが、妻が家令とベッドを共にしているという噂を聞いて軍馬を城のなかまで乗り入れ、そのまま階段をあがったときのように、わたしの足音も城の中にけたたましく響いた。その噂は事実で、マードック・ジェイミーは太刀《クレイモア》をふるい、その場でふたりを殺したという。色恋沙汰となると、ラノク家の人間は怒りっぽくなるようだ。

受話器を手にしたときには、わたしはかなり息が切れていて、かろうじて声を絞り出した。

「もしもし」

「ジョージー、あなたなの?」返ってきたのは女性の声だった。

まず頭に浮かんだのは、友人のベリンダ・ウォーバートン゠ストークだった。親しげにわたしに呼びかける数少ない知り合いのひとりだ。けれどすぐにその声がもっと低く、滑らかで、セクシーで、ロンドンの舞台で長年にわたって磨きあげられたものだと気づいた。「お母さま? なにかあったの?」わたしが暮らす貧しい世界では、電話はごく緊急の場合にしか使われないものだったし、母とはもう何カ月も話をしていなかった。

「なにもないわよ」母は憤然として応じた。「ひとりしかいない娘と話がしたかっただけじゃないの」

「どこからかけているの?」長距離電話特有の雑音が聞こえていた。

「ロンドンよ。てっきりあなたもここにいると思ったのよ」わたしがわざと母を避けているとでも言いたげに、その声は不満げだった。「こんな時期にいったいスコットランドでなにをしているの？　さぞ陰鬱でしょうに」

「そのとおりよ」わたしは認めた。「フィグといっしょにいるの」

「そうしたかったの？」ぞっとしたような声だった。

「義務感のなせる業と言ったほうがいいわね。赤ちゃんを産んだあと、フィグはとても落ちこんでいたから、ここに残って元気づけてやってほしいってビンキーに頼まれたのよ。気の毒にビンキーときたら、自分ではなにをしていいかわからないみたい」

「わたしだったら、とっくの昔に彼女を崖から突き落としているわね」母が言った。

「お母さまったら、ひどいわ」わたしは笑った。「クリスマスにロンドンに行けば気分も上向くかもしれないと思っていたんだけれど、フィグはああいう人でしょう？　ロンドンの家を開けるよりは、スコットランドにいるほうが安くすむって言うの。そんなわけで、ここに閉じこめられているのよ。お母さまは？　ロンドンでなにをしているの？　マックスといっしょにドイツで楽しいクリスマスを過ごすのだとばかり思っていたのに」

「マックスはドイツで楽しいクリスマスを過ごしているわ。わたし抜きでね。ベルリンにいる老齢のご両親といっしょなのよ。わたしはいないほうがいいだろうって彼が言うの。ご両親はとても厳格できちんとした人だし、わたしのことを知らないから」

「まあ。彼はお母さまと結婚したがっているんだと思っていたわ」

「したがっているわよ。でもいまは、ご両親にわたしを紹介する時期ではないと思ったみたい。それに正直に言って、イギリスでクリスマスを迎えられるのは気分転換になってうれしいわ。いまからキャロルや大薪、炎をあげるプラム・プディングやクラッカーが楽しみで仕方がないのよ」

魅力的な光景が脳裏に浮かんだ――美しく飾りたてられたロンドンの高級ホテルでクリスマスを過ごす母とわたし。素晴らしくおいしい料理、華やかなパーティー、パントマイム……。

「リッツにいるの？」

「ブラウンよ。たまにはとことんイギリスらしく過ごしてみたいという気になったの。ここはとても美しくて、昔風なんですもの。それにわたしがもう公爵夫人ではないっていうことを都合よく忘れてくれるの。奥方さまと呼ばれるのはいいものね」

「お父さまを捨てたのはお母さまのほうよ。そうしたければ、ずっと奥方さまでいられたのに」

「そうね。でもその代わりに、一年の半分をぞっとするようなスコットランドの荒れ地で過ごさなければならなかった。きっと退屈で死んでいたわ。少なくともいまは、人生が楽しいもの」

六つの大陸すべてにたくさんの恋人がいるものねと言い添えたかったが、やめておいた。母は次々と恋人を乗り換えることで知られていた。父を捨ててフランス人のレーシングドライバーのもとへ走り、その後はアルゼンチン人のポロ選手、登山家、テキサスの石油王ときて、いまは裕福なドイツ人の実業家とつきあっている。

「それじゃあお母さまは、ブラウンホテルでクリスマスを過ごすのね？　それともスコットランドのわたしたちのところに来るつもりかしら？」もちろんロンドンでいっしょに過ごしましょうと誘ってもらえることを期待していたのだが、さすがにプライドが邪魔をして、はっきりそう口にすることはできなかった。

「スコットランド？　冬の最中に？　ジョージー、あなたのことは大切だけれど、なにがあろうと冬のラノク城を訪ねるつもりはないわ。年が明けたらロンドンに戻ってくるから、そうしたら遊びにいらっしゃい。いっしょに買い物をして、女同士で楽しみましょう」

「戻ってくる？　イギリスでクリスマスを過ごすんじゃないの？」

「ええ、そうよ。でもロンドンじゃないの。笑っちゃだめよ、ティドルトン・アンダー・ラヴィーという村に行くの。素敵な名前じゃない？　最初に聞いたときは、ノエルがでまかせを言っているのかと思ったわ。彼のお芝居に出てきそうな名前ですもの」

「ノエル？　ノエル・カワードのこと？」

「ほかにノエルがいるとでも言うの？　彼が、自分とわたしを主役にしたお芝居を書きたがっているって、前に話したのを覚えている？　ノエルはわたしとクリスマスをいっしょに過ごして、そのあいだに会話部分を完成させたいと思っているのよ。考えてみて。このわたしがノエルのお芝居に出るのよ。夢みたいだわ。もちろん彼はスポットライトを独り占めするでしょうし、一番いい台詞は自分のものにするでしょうけれど、それくらいささいなことよ」

「ほかの男の人といっしょに過ごすのに、マックスはなにも言わないの？」

母は笑った。「ジョージー、ほかの男の人といっても、ノエルなのよ」

「また舞台に立つことはどうなの？　マックスはいいって言っているの？」

「気に入らなければ、我慢してもらうほかはないわね」母はさらりと言った。「わたしはまだフラウ・フォン・ストローハイムになったわけじゃないの。それにマックスは、やりたいことをすればいいって言ってくれている。もうずいぶん長いあいだ、舞台に立っていないのよ。わたしのファンは首を長くして待っているわ」

わたしはなにも言えなかった。自分の魅力にこれほど圧倒的な自信を持っている母親から、どうしてわたしのような内気で不器用な娘が生まれたのだろうと不思議に思っただけだ。

「そのピドルトン・アンダー・ラヴィーというのはどこにあるの？」わたしは訊いた。

母はまた鈴のような声で笑った。「ティドルトンよ。ピドルトンじゃなくて。デボンなの。ダートムーアのはずれにあるらしいわ。ノエルはきっと、その名前に惹かれて選んだんでしょうね。彼のユーモアのセンスはちょっと変わっているから。それに、イギリスでもっとも魅力的で趣のある村のひとつとして、〈カントリー・ライフ〉で特集されたっていうのもあると思うわ。ノエルは、村の共有草地に建つ藁《わら》ぶき屋根のコテージを借りたの。田舎暮らしのあらゆる楽しみを味わわせるって約束してくれたわ」

「楽しそうね」がっかりした声にならないようにしながら、わたしは言った。

「あなたも招待してあげたいんだけれど、本当に半分仕事なのよ。気を散らされたくないってノエルははっきり言っていたし、創作に取りかかっているときの彼は、すごく真剣なの。いまもロンドンのマンションで猛烈に仕事をしているわ。ティドルトン・アンダー・ラヴィーで過ごすためのいろいろな手配は、すっかりわたしに任せっきりよ。昔ながらのシンプルなイギリス料理を作れる腕のいい料理人と、わたしたちの世話をしてくれる人を探さなくてはならないの。ブラウンを引き払って、わたしだけひと足先にデボンに行かなくてはいけないということね。こんな寒々しい冬の最中にデボンに行きたがるような人間が、ロンドンで見つかるとは思えないもの。そうでしょう？」

　わたしに料理ができたなら、喜んで手をあげたところだ。けれどわたしに作れるのはトーストと茹で卵とベークド・ビーンズだけだったから、条件を満たすとはとても言えない。

「さあ、わたしはそろそろ出かけなくちゃ」母の言葉がわたしを現実に引き戻した。「しなければならないことが山ほどあるのよ。食べ物入りの詰めかご《ハンパー》は、フォートナムとハロッズのどちらに頼んだほうがいいと思う？　このあいだは、ハロッズに頼んでがっかりした覚えがあるわ——入っていたものが、ひどくブルジョアっぽかったのよ」（これが、バーキングにある一階と二階にそれぞれ二部屋しかない家で育ち、土曜日の夜にフレンチフライのお代わりができるのがぜいたくだと考えていた人間の台詞だ）。「楽しいクリスマスを過ごすのよ、ジョージー。そのうちロンドンで会いましょうね。そのときはクリスマスプレゼントとして、ショッピングに連れていってあげるわ。わかった？」

　わたしが別れの言葉を口にするより早く、電話は切れていた。

3

いまだにラノク城
吹雪はまだ続いている

自信に満ちたゆったりとした雰囲気を醸し出していることを願いながら、わたしは夕食の席へとおりていった。話を聞いていたことを、フィグと彼女の母親に気取られるつもりはない。

「ひどいお天気ね」わたしは腰をおろしながら言った。「だれか、外に行った人はいる?」

「とんでもない」フィグが答えた。「わたくしはいまこんな具合なんだから、風邪をひかないように気をつけなければいけないのよ」

「まともな神経の持ち主は、こんなお天気の日に外出したりしませんよ」彼女の母親が言い添えた。

「わたしはいつもの散歩に出かけたよ」まともな神経の持ち主ではないと認めたことにも気づかず、ビンキーが機嫌よく答えた。「それほどひどくはなかった。いささか風は強かったが、この時期はこんなものだ。おまえも馬で出かけたりはしなかったんだろう、ジョージー？」

「もちろんよ。こんなお天気の日にロブ・ロイを外には出さないわ。でも吹雪に生き埋めにされそうになる前に、少し地所を歩いてきたわ。運動は必要ですもの。そうでしょう？」ちらりとフィグに視線を向けながら言うと、彼女は顔をしかめた。「ところで、クリスマスの予定は決まったのかしら？」わたしは明るい調子で言葉を継いだ。「ロンドンで過ごすほうが楽しいとは思わない？　ここは町から遠く離れているし、だれも訪ねてきてはくれないもの」

「そんなことはありませんよ」レディ・ウォームウッドが言った。「娘たちが訪ねてくることになっているんです。ヒルダの姉のマチルダと、彼女の夫と娘が。あなたもフランスで彼女たちに会ったと聞いていますよ」

ぞっとした。ダッキーと彼女の好色な夫のフォギー、そして不愉快な娘のモードが来る！

「またモードにフランス語を教えてあげてちょうだいね」フィグが言った。「あなたたちはとても気が合っていたでしょう？」

互いに嫌い合っていたというのが正確なところだ。わたしは咳払いをした。

「えーと、わたしはここにはいないと思うの。そうしてもかまわないのなら、ロンドンに行こうと思って。向こうに行けば、パーティーやいろいろな催しがあるわ。そうすれば、みんなの望み通りにふさわしい男性と出会えるかもしれないでしょう？」

ナイフで切れそうなほどの沈黙が広がった。スープを注いでいる従僕の銀のスプーンが深皿に当たる音だけが響いている。

「残念だけれど、それはだめよ。そうよね、ビンキー？」フィグが言った。

「そうなのかい？」ビンキーはスープから顔をあげた。例によってなにも気づいていない。「ジョージーがそうしたいというのなら、いい考えだと思うね。彼女のような若い娘はクリスマスにはパーティーに出たいだろう」

「ビンキー！」フィグの声が鋭くなった。「その話は前にもしたでしょう？　たとえジョージアナが使う炭や電気がわずかなものだとしても、冬にロンドンの家を開けるのはお金がかかりすぎるって言ったはずよ。そういうわけだから、あなたにはここにいてもらうわ、ジョージアナ。モードを退屈させないようにするのがあなたの役目よ」

フィグはそう言うと、コッカリーキ・スープ（スコットランドの伝統的な鶏肉とネギのスープ）に視線を戻した。

わたしは頭から湯気が出そうな気分だったが、言うべき言葉を見つけられずにいた。そもそもわたしがここに来たのは、いっしょにいてほしいと自分が頼んだからだということをフィグは忘れたの？　そしてその後も留まっているのは、そうしてほしいとビンキーに懇願されたからだ。フィグとの暮らしを何カ月も耐え忍んできたのだから、感謝されてしかるべきだ。だが彼女はそうは考えていないらしい。たしかにラノク城は現公爵の持ちものであって、わたしにはなんの権利もない。わたしが所有していると言えるものはなにもないのだ。ジェーン・オースティンの小説のヒロインになったような気がした。わたしを嫌っていて、出ていってほしいと思っている親戚と共に、スコットランドの地に閉じこめられているのだ。これ以上ひどいクリスマスなど想像もできなかったけれど、そこから逃げ出すすべも考えつかなかった。

そのとき、素晴らしい考えがひらめいた。おじいちゃんのところに行けばいい！　一気に気分が上向いた。母方の祖父は引退した警察官で、エセックスの二軒長屋で前庭の石像たちといっしょに暮らしている。大人になるまで祖父と会うことは許してもらえなかったので、いまはその埋め合わせをしているところだ。わたしは祖父が大好きだった。

わたしは深呼吸をしてから口を開いた。「ロンドンの家を使わせてもらえないのなら、祖父のところに行くわ」

スプーンが皿に当たる音がした。だれかがむせて咳をした。

「おじいさま？」オスカー・ワイルドの戯曲に登場するレディ・ブラックネルが鞄を話題にするときと同じ口調で、レディ・ウォームウッドが言った。「あなたのおじいさまは何年も前に他界なさったのじゃなかったかしら」

「母方のほうよ」フィグの声は冷たかった。

「ああ、お母さまのお父さまね。お会いしたことはなかったわ」

「会うことはないでしょうね」フィグが言った。「その人は……ほら」声を潜めて言い添える。「わたくしたちとは身分が違うから」

ビンキーは顔を赤らめながら言った。「ジョージー、おまえのおじいさんは立派なご老人だが、それは認められない。この話は前にもしたはずだ。エセックスのコテージにおまえを泊まらせるわけにはいかないのだ。マスコミに嗅ぎつけられたら、王妃陛下に恥をかかせることになる」

「まるでそこが要塞か、犯罪者の隠れ処《が》みたいな言い方ね」わたしは声を荒らげた。「だいたい、どうしてマスコミが気づくと思うの？　記者たちがお母さまを追いまわしたみたいに、わたしのあとをつけるとでも？　わたしはだれでもないの。ベルグレーブ・スクエアにいようが、エセックスにいようが、だれも気にしたりしない」

不意に涙がこみあげるのを感じたが、人前で泣くつもりはなかった。「もう二一歳を過ぎているんだから、だれもわたしがしたいことを止められないのよ。王妃陛下がわたしのすることを恥ずかしいと思われるのなら、手当をくだされればいいんだわ。そうすれば、無一文の居候として生きていかなくてもすむんだから」

わたしはそう言い残すと、立ちあがって食堂を出ていった。

「なんともヒステリックだこと」レディ・ウォームウッドの声が聞こえた。「母親譲りでしょうね。悪い血統を受け継いだのね」

階段をあがり切る寸前で、明かりが消えた。ラノク城ではよくあることだ。何世紀も前に建てられた城に最近になって電気が来るようになったのだが、強風のせいでしばしば電線が切れる。そのため、あらゆるところに蠟燭《ろうそく》とマッチを用意してあった。最後の二段をそろそろとあがり、壁づたいに窓枠を探った。案の定そこに蠟燭とマッチがあった。蠟燭を灯し、自分の部屋に向かって進んでいく。城の外では、風が泣き妖精《バンシー》のように泣き叫んでいる。窓はがたがた揺れ、波打つタペストリーが体に触れるたびに、わたしはぎくりとして体を震わせた。子供の頃から祖先の幽霊や悪霊、夜中に聞こえる奇怪な物音の話を聞かされていたから、いつもであればなんということもない物音だ。けれど今夜は平気ではいられなかった。

前にもうしろにも暗闇が広がり、廊下は永遠に続くように思えた。数ヤードごとに蠟燭の炎が揺れて消えそうになる。使用人が大勢いるはずなのに、人間の気配がまったくしなかった。奥まったところにある使用人の食堂で全員が食事をしているのだろう。ようやく自分の部屋のドアにたどりついた。部屋に足を踏み入れたとたん、強い風が吹いてきて蠟燭の炎が消えた。ベッドサイドのテーブルにマッチが置いてあるのを知っていたので、手さぐりでベッドに向かって歩いた。手を伸ばした先に、ぶよぶよした冷たい体があった。起きあがった白い生き物がこちらに近づいてくるのを見て、悲鳴をあげたくなるのをこらえる。白いものはどんどん大きくなり、部屋いっぱいに広がるように思えた。

「だれ？」その白いものが言った。

「クイーニー？」わたしは蠟燭に火を灯した。目の前に立っているのはわたしのメイドだ。帽子は歪み、髪は乱れ、蠟燭の明かりに目をしばたたいている。

「いやあ、お嬢さん」クイーニーが言った。「あんまりびっくりさせないでくださいよ。すっかり驚いちまったじゃないですか」

「驚いたですって？」わたしは動揺を表わさないようにしながら言った。

「羽根布団があるはずのところに冷たい手があったら、いったいどんな気持ちがすると思うの？　わたしのベッドでいったいなにをしていたの？」

さすがのクイーニーも、恥ずかしそうな顔をする程度の慎みは持ち合わせていた。

「すいません、お嬢さん。夕食のあと、湯たんぽを持ってきて、ちょっとベッドに腰をおろしたら眠っちまったみたいです」

「わたしのベッドに横になってはいけないと、前にも言わなかったかしら？」

「わかってます。そんなつもりじゃなかったんです。本当です。でも使用人に出されるあのこってりした食事のあとは、すごく眠たくなるんです。三日続けてシチューとダンプリングですよ」

「食べるものがあるだけでも感謝するべきでしょう」使用人に身の程をわきまえさせようとする女主人の口調でわたしは言った。「ロンドンにいたとき、スープをもらうために列を作っている気の毒な人たちを見たはずよ。あなたには仕事も眠るための家もあるんだから、それを失わないためにもっと一生懸命働かなくてはいけないんじゃないかしら」

クイーニーの目に涙が浮かんだ。「やっているんです、お嬢さん。本当です。でもあたしはすごく頭が悪いんです。雇ってくれたときから、それはわかっていたはずですよね」

「そうね、わかっていたわね」わたしはため息をついた。「でも、そのうちに少しはましになるんじゃないかと思っていたのよ」

「あたしはましになっていないですか？」

「あなたはいまだに、わたしを〝お嬢さま〟じゃなくて〝お嬢さん〟と呼んでいるじゃないの」

「本当ですね」クイーニーはくすくす笑った。「そうしようとは思ってるんですけど、あわてるとすっかり忘れちまうんです」

再びため息が出た。「あなたをどうすればいいかしらね、クイーニー。義理の姉からは、くびにしろって毎日言われているのよ」

「あの女は意地悪な牝牛ですよ」クイーニーがつぶやいた。

「クイーニー。彼女はラノク公爵夫人なのよ」

「だれだろうとかまいやしませんよ。意地悪な牝牛には変わりないんだから。それに感謝するってことを知らない。お嬢さんがあれだけのことをしてあげたっていうのに。いっしょにいてほしいっていうから、何カ月もお嬢さんがいてあげたんじゃないですか。それなのにあの態度はどうかと思いますね。あたしだったらこれ以上事態がひどくならないうちに彼女を置いて、さっさと出ていきますね」

「そうしようかと思っているのよ。もう一本蠟燭を見つけてくれるかしら？　手紙を書きたいの」

「合点です、お嬢さん」クイーニーが気を取り直して言った。「彼女のバスルームから一本失敬してきます。彼女が夜中に真っ暗なトイレに行くところを見てみたいもんですね」

「クイーニー、あなたって本当に救いがたいわ」わたしは笑いをこらえながら言った。「わたしの整理ダンスの上にちゃんとした蠟燭があるはずよ。それから朝になったら、屋根裏からトランクをおろしておいてほしいの」

「それじゃあ、本当にここを出ていくんですか?」

「かもしれない。とりあえず、準備をしておきたいの」

蠟燭が灯され、クイーニーは自分の部屋に戻っていった。

わたしは手紙を書き始めた。おじいちゃんへ……。

宙に浮いたまま、ペンが止まった。泊めてほしいと頼むのは正しいことだろうか? 祖父は決して裕福ではないし、ここのところ体調も優れない。最後に受け取った手紙には、エセックスの沼地にまで忍び寄ってきたロンドンの霧のせいで、気管支炎が悪化したと書いてあった。実のところ、祖父のことが心配でたまらない。少なくとも、隣に住むミセス・ハギンズが世話をしてくれるだろうし、きちんと食事もさせてくれるだろう。ミセス・ハギンズが祖父と結婚したがっているのはわかっていたが、祖父は彼女本人よりも、彼女が作る料理のほうが好きなのではないかという気がしていた。実際……。

素晴らしい考えがひらめいて、わたしは思わず息を呑んだ。素晴らしすぎて、それ以上考えるのもためらうほどだ。ミセス・ハギンズは料理が上手だし、王女さまをもてなすためにわたしが使用人を必要としていたとき、祖父といっしょに家政婦と執事役を見事に演じてくれたことがある。わたしは暗闇のなかで座ったまま、全員が寝静まるのを待った。それから忍び足でビンキーの書斎に向かい、電話機に手を伸ばした。長距離電話をかけようとしていることを知ったら、フィグはかんかんに怒るだろうが、気にならなかった。これはなにより重要なことなのだから。

「ブラウンホテルです」オペレーターが電話をつないでくれるまで何時間も待ったように感じられたあとで、受話器の向こうから上品な声が聞こえた。前ラノク公爵夫人と話がしたいとわたしは頼んだ。

「こんな遅い時間に奥方さまをわずらわせるわけにはいきません」厳しい声が返ってきた。「礼儀に反します」

母がひとりで寝ているわけではないことを遠回しに告げているのだろうかと考えた。以前にもそんなことはあった。「わたしは娘のレディ・ジョージアナ・ラノクです。大切な用事があってかけているの。母がまだ起きているかどうか、確かめてもらえないかしら」

とたんに彼の口調がなめらかになった。「はい、もちろんです、お嬢さま。しばらくお待ちください。おつなぎしてみますので」

フィグの気にしている電話料金が刻々と加算されていくことに気を揉みながら、わたしは待った。ようやくのことで、いらだった声が聞こえた。「ジョージーなの？　いったいどうしたの？」

「どうもしないわ、お母さま。ただとても素晴らしいことを思いついたの」

「わたしは寝ていたのよ」

「電話したことを喜んでもらえると思うわ。あのね、おじいちゃんの隣に住んでいるミセス・ハギンズは、シンプルだけれどとてもおいしいお料理を作るの。彼女とおじいちゃんにティドルトン・アンダー・ラヴィーに来てもらうように頼めばいいんじゃないかしら。わたしがドイツの王女さまをもてなさなければならなかったとき、執事と料理人の役をそれはそれは上手に務めてくれたのよ」

「自分の父親に給仕してほしいなんて頼めないわ」母が言った。「それに、あの人は絶対にそんなことはしない。プライドがあるもの」

「説得するのよ。絶対にできるわ。お母さまにとってもおじいちゃんにとっても、これ以上の解決策はないと思うの。お母さまは望みどおりの使用人を探す必要がなくなるし、知らない人間を家に置くこともない。おじいちゃんは新鮮な空気と田舎暮らしを味わえる。ロンドンの冬はおじいちゃんの胸にはすごく悪いんだもの」

「それができれば、すべて丸く収まるわけね。わたしもショッピングをする時間ができるし。使用人としてではなく、わたしが父を招待しているんだと思ってもらえるように、うまく話をしなければいけないわね」

「ミセス・ハギンズに料理をしに来てほしいと頼めばいいんじゃないかしら。もちろん彼女はひとりで旅するのはいやがるだろうから、旅費は払うからおじいちゃんにいっしょについてきてもらえばいいって言うのよ。おじいちゃんがどんな人かは知っているでしょう？なにもせずにいるのはいやがるから、頼まなくても自分から薪を運んだり、そういった雑用はしてくれるわ。あとは地元の女の子を雇って掃除をしてもらえば、それですべては丸く収まるというものよ」

母は長年観客を魅了してきた、鈴のような素晴らしい笑い声を響かせた。「あなたもわたしみたいに腹黒くなってきたわね。わかったわ、やってみる。ところで、今夜カフェ・ロワイヤルでだれを見かけたと思う？　あの魅力的なダーシーよ」

「ダーシー？　アルゼンチンにいるとばかり思っていたのに」

「帰ってきたのね。間違いなく彼だったわ。女心をくすぐるようなあの黒い巻き毛は、ほかにはなかなかいないわよ――とてもセクシーよね」

ダーシーがひとりだったのかどうか尋ねたかったけれど、その勇気が出なかった。

「それならじきに彼から連絡があるわね」少しも気にかけていないような、陽気な口調を装った。「でも彼がスコットランドに来ることはないわ。フィグがひどく邪けんに扱うんですもの」

「それならあなたがロンドンの彼のホテルを訪ねるといいわ。素晴らしいひとときが過ごせるわよ」

「お母さま、未婚の娘にそんなことを勧めるものじゃないわ。なにより、王家の人たちにどんなことを言われるか考えてもみてよ」

「王家の人たちなんてどうでもいいのよ。あなたもいい加減、他人を喜ばせようとするのはやめて、自分のために生きるようにしないと。わたしはいつだってそうしてきたの」

ベッドに入り、小さく体を丸めて凍えた足に血を通わせようとしたところで、わたしはようやく自分のしたことに気づいた。クリスマスをフィグと彼女の親戚と過ごすという罠《わな》に、自ら飛びこんでしまったのだ。

4

まだラノク城
一二月一五日

とりあえず雪はやんでいる。


どすどすという大きな物音と悪態をつく声で目を覚ました。クイーニーが朝の紅茶の代わりに、わたしのトランクを引きずりながらやってきた。

「さあ、持ってきましたよ、お嬢さん。お望みのトランクです。これでいいんですよね？お嬢さんの名前が書いてありますけど」

わたしは体を起こした。冷え切った部屋のなかで吐く息が白い。

「ええ、それで合っているわ、クイーニー。でも残念ながら、どこにも行かないことになりそうよ」

「なんてこった。またこれを上まで持ってあがんなきゃいけないってことですか？」

「とりあえずそこに置いておいて、お紅茶を持ってきてちょうだい。なにか温かいものをお腹に入れたいわ」

「いま下はばたばたしていますよ」クイーニーは戸口で足を止め、振り返った。「フランスでいっしょにいた人たちが来るみたいですね。ほら、ディナーにひと切れのチーズとクラッカーしか出さなかった、あのしみったれた人たちですよ」

「あれはランチよ、クイーニー。わたしたちの階級の人間は、昼間の食事をランチ、夜の食事をディナーと呼ぶの」

「なんでもいいですけど、あれじゃあハムスターの餌にもなりませんよ」クイーニーはずけずけと言った。「あの人たちがクリスマスをここで過ごすのは、自分の懐を痛めたくないからだと思いますね。お嬢さんのお兄さんにたかるつもりなんですよ」

「あなたが口を出すことではないわ。言葉には気をつけてちょうだい。義理の姉に聞かれたら、あなたをくびにしなくてはならなくなるのよ。わかっている？」

「すいません、お嬢さん。このお喋りのせいでいつか困ったことになるぞって、いつも父さんに言われてました」

「それじゃあ、あの人たちの部屋の準備を始めているのね？」わたしは確認した。「じきに到着するということね」

「お嬢さんがここを出ていかないのが残念ですよ。楽しいクリスマスにはなりそうもないですからね」そう言い残してクイーニーは部屋を出ていった。

わたしはベッドから起きだし、窓に歩み寄った。外は一面の銀世界で、鏡のように凪《な》いだ黒い湖面に岩山と松の木が映っている。まるでアルプスの絵ハガキのような光景で、わたしは雪だるまを作ったり、甥のポッジとそり遊びをしたりすることを考えて、気持ちを盛りあげようとした。ポッジはもうすぐ五歳で、いい遊び相手になる。

けれど朝食に行ってみると、ポッジは風邪を引いていて外には出られないことがわかった。「でもモードが来たら、あの子とトボガンそりをするといいわ」それでやる気が起きるだろうとでも言わんばかりのフィグの口ぶりだった。モードはトボガンそりのような当たり前のことはしたがらないかもしれないと、わたしは思った。あんなつまらない子供は初めてだ。あれほど鼻持ちならない知ったかぶりも。顔をあげると、金属製のお盆に郵便物を載せたハミルトンが食堂に入ってくるところだった。

「わたしになにか来ている?」わたしは期待をこめて尋ねた。ダーシーがロンドンに戻ってきているのなら、きっと手紙を……。

「残念ながらございません、お嬢さま。旦那さま宛ての手紙が一通と雑誌が数冊あるだけです」

雑誌があるのだからよしとすべきだろうとわたしは思った。〈カントリー・ライフ〉と〈ザ・レディ〉を持ってかろうじて暖かいと言える唯一の部屋であるモーニング・ルームに向かい、暖炉脇の肘掛け椅子に腰をおろした。ぱらぱらとページをめくっていると、ともすれば気分が落ちこみそうになる。どこを見ても、楽しそうなクリスマスパーティーの写真や、ヒイラギやヤドリギの飾りつけの仕方や、新年のお祝いのためのカクテルの作り方といったことばかりだ……。わたしは〈カントリー・ライフ〉を置き、〈ザ・レディ〉を所在なさげに眺めた。ページを閉じようとしたところで、ある地名が目に飛びこんできた。ティドルトン・アンダー・ラヴィー。

広告欄だった。

求人：クリスマスのハウス・パーティーでホステス役を務めてくださる、申し分のない経歴の若い女性。
応募先：レディ・ホース＝ゴーズリー、デボンシャー州ティドルトン・アンダー・ラヴィー、ゴーズリー・ホール

わたしは魅入られたように、その広告を見つめた。なんという偶然かしら。これまで存在すら知らなかった場所の名前を、二日のあいだに二度も聞くなんて。天の思し召しに違いないと思った。わたしは、そこに行く運命なんだわ。心臓が高鳴った。フィグから逃げられるうえに、お金までもらえる。信じられないくらい素晴らしい話だった。願いが神さまに届いたとしか思えない。書き物机に駆け寄り、応募の手紙を書きだそうとしたところで、頭のな

かで警報が鳴り響いた。あまりに、素晴らしすぎるかもしれない。これまでにも何度か、お金を稼ぐうまい方法を思いついたことがあるけれど、そのどれもが悲惨な結果に終わっている。エスコート・サービスの失態を繰り返すわけにはいかなかった。そもそも、レディ・ホース＝ゴーズリーという名前を聞いたこともない。

わたしは、〈タトラー〉に載っている貴族たちの写真を見ながら、フィグと母親が意地の悪い感想を述べ合っているモーニング・ルームに戻った。

「ホース＝ゴーズリーという人を知っている？」わたしは尋ねた。

ふたりは顔をあげ、眉間にしわを寄せた。「聞いたことがある気がするわ」フィグが答えた。

「サー・オズワルドでしょう」レディ・ウォームウッドが言った。

「ただの準男爵ですよ。西部のほうの人じゃなかったかしら？　どうしてそんなことを訊くの？　あの人たちがなにかしたの？」

「なんでもないわ。〈ザ・レディ〉で名前を見かけたのだけれど、聞いたことがなかったものだから。ちょっと興味を引かれただけ。変わった名前だと思わない？」

わたしは湧きあがる興奮を顔に出さないようにしながら、ゆったりとした足取りで部屋を出た。レディ・ウォームウッドが知っているんだから、ちゃんとした人たちなんだわ。西部の人。あとは、手遅れにならないことを祈るばかりだ。〈ザ・レディ〉がスコットランドの原野に届くまで、いったい何日かかっただろう？　いまこの瞬間にも、ふさわしい若い女性からの何百通もの応募の手紙が、ゴーズリー・ホールに届けられているかもしれない。すぐにでも行動を起こす必要があった。電話をかけようかとも思ったが、考え直した。レディ・ホース＝ゴーズリーを困惑させてしまうかもしれない。紋章のついたラノク城の便箋で手紙を書くのが正しいやり方なのだろうが、それでは時間がかかりすぎる。頭をひねっているうちにひらめいた。電報を打てばいい。フランスにいたとき、電報がどれほど役に立つかは痛感したし、上流社会の人たちもみな使っている。

「村まで行ってくるわ」わたしはモーニング・ルームに再び顔を出した。「なにか欲しいものはある？」

フィグが〈タトラー〉から顔をあげてわたしを見た。「こんなお天気のなか、どうやって村まで行くつもりなの？　まさか車で行くわけじゃないでしょうね。マクタヴィッシュの手をわずらわせないでちょうだい」

「それなら馬で行こうかしら」

「このお天気に馬を外に出すものじゃないと言っていたのは、あなたじゃありませんでしたかね」レディ・ウォームウッドが、人のあげ足を取っているときに見せる薄ら笑いを浮かべながら言った。

「それなら歩くわ。ほんの三キロほどですもの」

「雪の吹きだまりのなかを？　ずいぶんと急用のようだこと」

「あのダーシーとやらに手紙を出すんだわ」フィグが口を出した。「そうでしょう？」

「全然違うわ。車が使えないのなら、いまから歩いて行ってくるから」

「外はひどく滑るぞ。だれが歩いて行くって？」戸口に現われたビンキーが尋ねた。

「わたしよ。村に行く用事があるんだけれど、歩いて行くしかないんですもの」

「わたしもあとで村に行く予定だ」ビンキーが言った。「少し待ってもらえるなら、乗せていってやろう」

わたしに助け舟を出したことが裏切りであるかのように、フィグはビンキーをにらみつけたが、そもそも車は彼のものだ。

「ありがとう、ビンキー」わたしは笑顔で礼を言った。「用意ができたら、教えてね」

わたしは自分の部屋に戻り、電報の文面を考えた。ひどく焦っているように見えるかしら？　押しつけがましいと思われる？　けれど気候がいい場所に住んでいる娘たちは、数日わたしより先んじているのだし、クリスマスはすぐそこだ。ためらってはいられない。何度も下書きを繰り返したあとで、ようやく文面ができあがった。


ザ・レディを本日拝見。間に合うのであれば求人に応募したし。履歴書は郵便にて送付。

ジョージアナ・ラノク

日頃から電報を送っている人であれば、これだけの文字数を送ろうとすれば高額の料金がかかることを知っていただろう。郵便局兼雑貨屋のマクドナルド夫人から金額を告げられてわたしは青くなったが、ビンキーが外で待っていたし、わたしにもプライドがあったから書き直すことはしなかった。なにより、どの言葉も省くわけにはいかない。仕事にありつけることを願いながら、おとなしく料金を払った。広告では賃金について触れていなかったことに気づいた。報酬は、盛大なハウス・パーティーを楽しめるということだけなのかもしれない。それでもかまわなかった。なんであれ、フィグの親戚がいる家よりましだ。

その日一日、そして次の日もわたしはひたすら待ち続け、気分はどんどん落ちこんでいった。どこかの申し分のない経歴の若い女性が盛大なハウス・パーティーを楽しんでいるあいだ、わたしはベークド・ビーンズのトースト載せを食べながら、フォギーの好色な手から逃げていなければならないのだ。だが翌朝、奇跡が起きた。朝食をとっているところに、ハミルトンが郵便物を運んできた。

フィグが受け取った。「あら、あなた宛てよ、ジョージアナ。デボンに知り合いがいるの？」

わたしは奪い取るようにしてその手紙を受け取ると、食堂を出た。

「きっと断りの手紙だわ」そうつぶやきながら封を切った。

レディ・ジョージアナさま

電報を受け取り、大変驚いています。あなたのような身分の方に、デボンの田舎のささやかなハウス・パーティーにお越しいただけるとは、思ってもみませんでした。来てくださるのなら、これほどの光栄はありません。広告にも書きましたが、あなたにお願いしたいのは、ホステスとして若いお客さまをもてなしていただくことです。二〇日までにこちらにいらして、年が明けるまで滞在をお願いできますでしょうか？

お礼についてお話しするのは失礼かとも存じますが、お願いするお仕事に対する報酬はもちろんのこと、旅費もこちらで負担させていただきます。当地での滞在をお楽しみいただき、楽しいクリスマスを過ごせますことを期待しております。

カミラ・ホース＝ゴーズリー

わたしは二段ごとに階段を駆けあがった。

「クイーニー、やっぱりトランクを用意してちょうだい。ここを出るわ！」わたしは叫んだ。

「なんとまあ、お嬢さん。また屋根裏まで階段をあがって、あのいまいましいトランクをおろしてこなきゃいけないんですね」

5

ティドルトン・アンダー・ラヴィーに向かっている
一二月二〇日

クリスマスはハウス・パーティーに招待されていると告げたとき、フィグがひどく腹を立てたのが痛快だった。

「でもデボンに知り合いなんていないじゃないの」

「知り合いなら大勢いるわ。ただあなたに話していないだけよ」

「ずいぶんとあきれた言い草ね。モードはあなたにまた会えるのをとても楽しみにしているのよ。フランス語を教えてもらうことも」

わたしはにこやかに微笑んだ。「わたしがいなくても、それなりに楽しくやれるんじゃないかしら。フォギーとダッキーによろしくね」そう言い残し、わたしは堂々とした足取りでラノク城をあとにした。ものすごくいい気分だった。

ティドルトン・アンダー・ラヴィーを初めて目にしたときも、おおいにわくわくした。クイーニーとわたしは夜行列車でキングズ・クロス駅に向かい、そこからタクシーでパディントン駅を目指した。霧のなかをのろのろと走るタクシーの窓から外をながめながら、ダーシーがどこか近くにいても彼と連絡を取るすべはないのだとわたしは考えていた。スコットランドを発った日、彼から絵葉書を受け取っていた。

家族といっしょに楽しいクリスマスを過ごしているのだろうね。ぼくも家族に縛られているよ。年明けにきみと会えることを期待している。いいクリスマスを。

愛をこめて、ダーシー

ひどくもどかしかった。『愛をこめて、ダーシー』と書かれてはいるけれど、彼は本当にそのつもりで書いたのかしら？　イギリスに戻っているのなら、どうして電話をくれないの？　彼との未来に希望を抱くこともときにはあるけれど、母の不意の発言がその望みを打ち砕く。愛しているのなら、その人といっしょにいたいと思うものではない？　少なくとも電話をかけて声を聞こうとするのではない？　たとえ結婚できたとしても、ダーシーはいい夫にはなれないという事実を認めようと思った。彼はおとなしく、家に落ち着くようなタイプではない。

パディントン駅でグレート・ウェスタン鉄道の列車に乗り、煤《すす》に煙る寒々しいロンドンをあとにしたときにはほっとした。エクセターで列車を降り、支線に乗り換えた。かわいらしい列車は雪化粧した丘を一方に眺めながら、楽しげに流れる小川の脇を煙を吐きつつ進んでいき、やがてニュートン・アボットという小さな町に着いた。ホース＝ゴーズリー家の運転手が、いささか古くはあるものの見事なベントレーで出迎えてくれた。丘の向こうに赤い球のような太陽が沈むなか、車は田舎道を進んでいく。巣に帰っていくミヤマガラスの鳴き声が聞こえた。どこまでも広がる高地の原野に、一列に並んだダートムーア・ポニーのシルエットが夕日を背景にして浮かびあがっていた。

　カーブを曲がると、雪を頂く岩山の麓にティドルトン・アンダー・ラヴィーの町があった。〝愛しの地《ラヴィー》〟と呼ばれているのは、あのごつごつした岩山だろうか？　わたしの目には、あまり魅力的とは映らなかった。それとも、一軒目の家の近くの太鼓橋の下をにぎやかな水音を立てて流れる小川のこと？　村道の片側には数軒の店と〈鬼ばばと犬《ハグ・アンド・ハウンズ》〉というパブが並んでいる――その名にふさわしく、箒《ほうき》にまたがった魔女とその下で吠えている犬たちを描いた看板が揺れていた。道の反対側には、数羽の白鳥が優雅に泳いでいる池と共有草地があった。その向こうに藁ぶき屋根のコテージが数軒と教会の四角い塔が見える。煙突からあがった煙が冷たい空気のなかを漂っていた。大きな馬車馬に乗った農夫が、乾いたひづめの音を響かせながら脇を通り過ぎていった。

「すごいですね、お嬢さん。絵葉書そのままじゃないですか」クイーニーがわたしの心の内を代弁するかのように言った。

母とノエル・カワードが借りているのはどのコテージだろうと考えた。おじいちゃんは来ることを承諾したのだろうかと思うと、期待に胸が高鳴った。クリスマスを優雅なハウス・パーティーで過ごし、近くには愛する人たちがいる。これ以上、なにを望めるだろう？ライオンの石像が飾られた背の高い門柱のあいだを抜け、砂利の私道を走り始めたところで、一気に夜がやってきた。明かりに浮かびあがっているのは、灰色の石造りのどっしりした簡素な家だ。蔦《つた》に半分覆われた飾り気のないファサードが見えた。ゴーズリー・ホールだ。優雅なハウス・パーティーが開かれるようには見えない――『高慢と偏見』で言えば、ペンバリー館というよりはベネットの家のようだ。けれどこのわたしに、外見で判断する資格なんてあるかしら？

玄関前で車が止まり、運転手がぐるりとまわってドアを開けてくれた。

「メイドが荷物をおろすお手伝いをしますから」クイーニーは不安そうな面持ちだったが、ここに残るようにと暗に命じるつもりでわたしは言い、玄関のほうへと歩き始めた。それは鋲《びょう》が打たれたいかめしいドアで、侵略者を寄せつけないために作られたものであることは明らかだった。ノッカーを叩くと、ドアがさっと開いた。しばらく待ったが、だれも出てこないので、スレート敷きの玄関ホールにおそるおそる足を踏み入れた。

「こんにちは」わたしは声をあげた。

ホールの片側に通路につながる階段があって、たてかけたはしごの上に古いフランネルのズボンに包まれた脚が見えた。その持ち主は、フィッシャーマンズ・セーターを着てぼさぼさの灰色の髪をしたずんぐりした体形の男性で、ヒイラギと蔦の長い花綱に悪戦苦闘していた。

「すみません」

驚いて振り向いた彼を見て、それが髪を短く切った骨太の女性であることがわかった。

「どなた？」わたしを見おろしながら尋ねる。

期待していたようには出迎えてもらえないらしい。「ジョージアナ・ラノクと申します。わたしが着いたことをレディ・ホース＝ゴーズリーに伝えてもらえるかしら。お待ちになっているはずなので」

「わたしがレディ・ホース＝ゴーズリーです」彼女が言った。「あんまり忙しすぎたもので、あなたが来るのが今日だということをすっかり忘れていたわ。こっちに来て、もう一方の端を持ってもらえないかしら？　どうしてもうまくいかないんですよ。〈カントリー・ライフ〉で見たときは、簡単に思えたのに」

わたしは旅行鞄を置き、言われたとおりにした。ふたりして花綱を飾り終えると、彼女ははしごをおりてきた。「ごめんなさいね」スラックスに両手をこすりつけながら言う。「いつもこんなにばたばたしているなんて、思わないでくださいね。ひどい一日だったんですよ。警察があっちこっちうろついているもので、使用人たちが全然仕事ができなくて。予定がすっかり遅れているのはそのせいなんです。もう飾りつけは終わっていなくてはいけないのに。最初のお客さまがあさってには到着するんですよ」

彼女は階段をおりてくると、大きな手を差し出した。「とんでもないゴーズリー・ホールの紹介になってしまったわ。カミラ・ホース＝ゴーズリーです、初めまして。あなたに来てもらえてほんとうによかった。公爵のお嬢さんがわたしの広告に応募してくれたのを見たときは、ひきつけを起こしそうになりましたよ。応募してきたほかの人たちをご覧いただきたかったわ——申し分のない経歴と書いたのに、彼女たちの考えとわたしの考えはまったく違っていたみたいで。ご両親が商売をしているですって。まったく。あなたはまさにわたしの望んでいたとおりの方で、本当によかった」

彼女が笑顔になると、最初に思ったほど年を取っているわけではないことがわかった。

「いつまでもここで立っていることはないわね。さあコートを脱いでくださいな。なかでシェリーを召しあがって。それからざっと家を案内しますね。メイドは連れていらしているのよね？」

「はい、連れてきています」わたしはようやく口をはさむことができた。

「よかったわ。マーサを呼んで、あなたのメイドに部屋まで荷物を運ぶように言わないと」

彼女はけたたましくベルを鳴らした。「あの子はまた台所で警官とお喋りをしているのね。まったく男の人が気になって仕方がないんだから。いずれ困ったことになるでしょうね」

彼女はお喋りを続けながら、居心地のよさそうな応接室へとわたしを案内した。ラノク城と同じくらい大きな暖炉には赤々と火が燃え、そのまわりに肘掛け椅子やソファが並べられている。鉛の枠の張り出し窓の外には、広々とした芝生の庭が広がっていた。壁には化粧板が張られ、天井には太い梁が渡されている。なにより、うっとりするほど暖かい。レディ・ホース＝ゴーズリーは肘掛け椅子のひとつに座るようにと身振りで示すと、部屋の隅のテーブルに歩み寄ってデカンターを手に取った。「シェリーでいいかしら？ それとももっと強いもののほうがいいですか？ 長旅のあとだし、ブランデーにします？」

「いえ、シェリーをいただきます」

「夕食の前に一杯飲むことにしているんですよ。もう日は落ちましたよね？ ところでいま何時かしら？ うちの振り子時計ときたら、また動かなくなってしまったんですよ。一七四三年からあるものなので、機嫌が悪くなるのも無理はないと思うのですけれどね。でもよりによってこんなときに」

「そろそろ五時半です」わたしは腕時計を見て答えた。

「まあ、そうなの？ シェリーには少し早かったわね。でもこんなときですもの、少しくらいルールを曲げてもかまわないと思いません？」彼女はふたつのグラスになみなみとシェリーを満たし、ひとつをわたしに差しだした。「今日は本当に飛ぶように時間が過ぎたわ。お客さまを迎えるまでに、本当に準備を整えられるのかしら。警察官が一日中うろうろしているんですもの」そう言いながら手近の椅子の肘掛けに座り、ひと息でシェリーを飲み干した。

「お代わりはいかが？」わたしがまだ口をつけていないことに気づいて、驚いたような表情を浮かべる。「さあ、どうぞお飲みになって。気分がよくなりますよ」

育ちのいい人間はあれこれ尋ねたりしないものだということはわかっていたが、わたしは我慢できずに尋ねた。「レディ・ホース＝ゴーズリー、一日中警察官がうろうろしていたとおっしゃいましたけれど、いったいなにをしていたんですか？」

「あっちこっちうろついて、使用人の邪魔をしていたんですよ。まったくずうずうしいったら。なにもかも、ばかな隣人がうちの果樹園で死んだせいなんです。お客さまを迎えることを知っていたはずなのに、まったくなんだってそんなに配慮に欠けることをするんだか。まあ、彼のしそうなことですよ。他人のことなんて、これっぽっちも考えていないんですから」

彼女が二杯目のシェリーを飲み干しているあいだに、わたしは聞いたことを整理しようとした。「隣人が自殺したということですか？」

「そうは思いませんね。自殺したいのなら、木にのぼったりはしないでしょう？　そこから落ちて首の骨を折るつもりでないかぎり。そもそもうちの果樹はそれほど大きくありませんしね。警察は事故だと考えているようです。弾を込めた銃を落としたか、手が滑ったかして、顔を撃ってしまったのだろうと」

「ミヤマガラスを撃つために、こちらの地所に来たんでしょうか？」

「それもないでしょう。ミヤマガラスがねぐらにしているのは教会の大きなニレの木ですもの。夕暮れどきなら、教会の庭で目をつぶって引き金を引いてもはずしっこありませんよ。夫もわたしと同じ意見なんですよ——きっとまた悪ふざけをするつもりだったんだろうってね。だれかが通りかかったらライフルが発射されるような仕掛けを取りつけるつもりだったんじゃないかしら。それともうちの窓のひとつを撃とうとしていたのかもしれない。警部補もそんなことを言っていましたよ」

「この家のどなたかを殺すつもりだったということですか？」

「いえいえ、ただ脅かしたかっただけですよ。それがフレディの常套手段《じょうとう》ですからね。このあいだ荒れ地でライチョウを撃っているのを見つかって文句を言われたもので、仕返しをしたかったんだろうって夫のオズワルドが言っていました。ほら、ライチョウ狩りのシーズンが一二月一〇日で終わっていることは、だれだって知っているじゃないですか。それなのに、ずうずうしくも一八日に狩りをしていたんですからね。たっぷりと文句を言ってやったんです。彼はそれが気に入らなくて、仕返しをしようと思ったんでしょうね」

彼女はまたシェリーをあおった。「彼は数年前、うちの裏にある敷地を父親から受け継いだんです。いまだに独身で、近隣で悪さをしては面白がっていたんですよ。もう三十路だというのに、いまだに一〇歳の男の子みたいなことをしていたんですから」言葉を切り、ため息をつく。「でもこんな死に方はしてほしくありませんでしたね。結婚して落ち着きさえすれば、まともになっていたんじゃないかしら」

足音と共に窓の外を数人の制服警官が通り過ぎたので、彼女は言葉を切った。

「ああ、ようやく帰ってくれるのね。うちの地所で手がかりを探しても無駄だって言ったんですよ。なにかの罠を仕かけようとしていたときに、うっかり自分を撃ってしまったに違いないんだから。針金を持っていましたからね。本当にばかですよね。これで終わりにしてくれるといいんだけれど。お客さまがあっちこっちで警察官と遭遇するようなことにはなってほしくありませんからね。それでなくても、先週の脱獄の話を聞いて、全員がキャンセルしてきたらどうしようと心配していたところなのに」

「脱獄？」

彼女は驚いて顔をあげた。「まさか知らないんですか？　ありとあらゆる新聞に載っていたのに。このあたりは記者たちでいっぱいだったんですよ」

わたしはうなずいた。「ごめんなさい。スコットランドの荒野は、ニュースが届くまで時間がかかるんです」

彼女は身を乗り出して言った。「ほんの二、三日前に、ダートムーア刑務所から囚人が三人、脱獄したんですよ。三人とも模範囚で、採石場で作業をしていたんですけれどね。入念に立てられた計画だったみたいで。なにか口実を作ってその場に残り、石で看守を殴って荒れ地に逃げこんだそうです。もちろん手枷《てかせ》や足枷はつけられていましたけれど、そのうちのひとりが脱出マジックの名人で、それを仕事にしていたみたいです。もうひとりは芸人だか役者だかということですが、どっちにしろみんな悪党ですよ。凶悪犯罪をいくつも重ねてきているんです」

「まだ捕まっていないんですか？」わたしは不安に満ちたまなざしを窓に向けた。外は真っ暗で、どこにも明かりは見えない。

「影も形もないんですよ。荒れ地には犬を連れた警察官がいっぱいだし、道路という道路では検問をしているのに、手がかりひとつ見つからないんです。一番近い道路に車を用意してあって、だれも気づかないうちに逃げたんだと思いますね。ですから、もうここからは遠いところにいるというわけですよ。ありがたいこと」彼女は立ちあがった。「それはそれは大騒ぎだったんです。主人がずいぶんと動揺していて。主人は物静かな人で、あまり口数は多くないんですけれどね。でもうちのリンゴの木にもたれかかって死んでいる隣人を見つけたのは彼でしたからね、動揺して当然ですよ」

それが合図だったかのように、廊下から足音が聞こえ、大柄で血色のいい男性が現われた。垂れた顎と悲しそうな目がブリティッシュ・ブルドッグを思わせる。古いツイードのジャケットを着ているせいで、領主というよりは放浪者のように見えた。

「ようやく帰ったな」彼が言った。「まったくとんでもない話だ。あいつはいったいどういうつもりだったんだ？　自分を撃っていなければ、あのくそったれの首をこの手で絞めてやったところだ」

「言葉に気をつけてくださいな、オズワルド。お客さまがいらしているのよ」

彼はわたしに気づくと、口をつぐんだ。「おや、どうも。どなただね？」

「レディ・ジョージアナ・ラノクですよ。公爵の妹さん」

「それはそれは。ここでいったいなにをしているんです？」

「我が家のささやかなハウス・パーティーに出席してくださるのよ」レディ・ホース＝ゴーズリーは意味ありげな顔をこちらに向けたが、彼女がなにを言いたいのか、わたしは理解できずにいた。

「あの仰々しいパーティーに招待されたんですな？　ばかげた考えですよ、まったく。ろくなことにならないに決まっている」

「ほかの人たちと同じくらい、レディ・ジョージアナも楽しんでくださるわ。わたしたちみんなで素晴らしいひとときを過ごすんです」レディ・ホース＝ゴーズリーは夫をにらみつけながら、激しい口調で言った。

サー・オズワルドはポケットからパイプを取りだした。「わたしには理解できないね。このあたりは実につまらないところだ」マッチを探すために暖炉に歩みよりながら言う。「サンドリンガムで王家の親戚と過ごしたほうが楽しいでしょうに」

「わたしは招待されてはいませんから。それにここにも楽しいことはたくさんあると思いますわ」

「まあ、驚くようなことはいくつかありますよ。恐ろしいニュースは耳にされたんでしょうな」

「脱獄した囚人と、うちのリンゴの木で自分を撃った隣人の話はしたわ」レディ・ホース＝ゴーズリーが言った。

「あれは梨の木だ。どうでもいいことだが。地元の警官どもはとんでもないことばかり考える。彼は、キジを盗むために我が家の果樹園に忍びこんだのではないかと言うのだ。ばかばかしいと言ってやったよ。木の上からキジを撃ったりはしない。キジは陸鳥だからな。まったく愚か者ばかりだ。それにキジを撃つのに、カラス撃ち用ライフルは使わない。あの男が、なにかばかげた罠を仕かけようとしていたのははっきりしている。針金を持っていたのだから。重みで枝が折れて落ち、銃が暴発して顔に当たったのだろう。いやな死に方だが、まあ自業自得というものだ」

彼は自分の格好を見おろした。「なんとまあ、ひどい有様じゃないか。一日中、いまいましい警察官につきあっていたからな。夕食はいつもの時間なのかね？」

「一日中警察官にあれこれと調べられていた使用人たちに、料理をして、テーブルを整える時間があれば、そのはずですけれど」

「わたしは着替えてくる」

レディ・ホース＝ゴーズリーも立ちあがった。「わたしはレディ・ジョージアナを案内して、部屋までお連れしますよ。彼女もさっぱりして、着替えをする必要があるでしょうからね。さあ、行きましょう。こっちですよ」

彼女は駆け足で家を案内してくれた——磨きあげられた長いテーブルがある美しい古い食堂、書斎、モーニング・ルーム、音楽室、家の裏手には長いあいだ使われていないらしい舞踏場まであった。レディ・ホース＝ゴーズリーはそのあいだ中、ずっと話し相手がいなかったかのように、ひっきりなしに喋りつづけた。彼女はどうして突然、大がかりなハウス・パーティーをクリスマスに開く気になったのだろうと、わたしはいぶかった。

「お客さまは何人いらっしゃるんですか？」彼女が息継ぎをするために言葉を切ったところ

で、わたしは尋ねた。「盛大なパーティーとおっしゃっていましたけれど」

「数えてみますね」そこにいる人を思い浮かべるかのように、彼女は広々とした舞踏場を眺めた。「ラスボーン大佐と奥さま。インドから戻ってきたばかりの素敵なご夫婦なんですよ。また古き良きイギリスのクリスマスを過ごすことを楽しみにしていらっしゃるの。それからヨークシャーからアップソープご夫妻とお嬢さんのエセル。そちらで大きな工場を経営なさっているそうよ。事業をされているわけだけれど、でも気持ちのいい人たちですよ」

彼女は息継ぎをした。「えーと、どこまで言ったかしら？　ああ、そうそう、アメリカからウェクスラーご夫妻が娘さんといっしょにいらっしゃるわ。海の向こうの話が聞けるのをとても楽しみにしているんですよ。あとは、きっとあなたもご存じの方々ね。伯爵未亡人と付き添いの方。彼女とはお知り合い？　あら、違うの？　驚きだわ。社交界でとても有名な方だったんですよ。でもあなたのような若い方とは時代が違うんでしょうね」

彼女はしゃべりながら大理石の像に指を這わせてほこりがたまっていないかを確認し、花瓶に活けてあるヒイラギの枝の位置を直した。それからわたしを連れて舞踏場を出ると、再び口を開いた。

「それから地元の友人ご夫婦のセクレスト船長と奥さま。船長は海軍にいらしたの。気持ちのいい人たちですよ。あとはジョニー・プロスロー。ジョニー抜きのパーティーなんて考えられませんもの。どんな集まりでも場を盛りあげてくれるんですよ。本当に楽しい人なの。これで——一三人になったかしら？」彼女は足を止めると、心配そうな顔で振り返った。

「幸いなことにわたしは迷信深くはないんですよ。そうでなければ、不吉な数字だと言っていたところだわ。でもどちらにしろ、あなたを数えていませんでしたからね。あなたもお客さまのようなものですものね、そうでしょう？　そうすれば一四人になるわ。家族を加えれば、さらに人数は増えますしね」

それほど大勢の客をもてなすだけでも多額の費用がかかるのに、どうして人数を増やしたいのだろうとわたしは不思議に思った。ハウス・パーティーを開くのに、必要な最低人数というのがあるのかしら？　けれど彼女はすでに舞踏場を出て、階段に向かって廊下を歩き始めていた。「右側にあるのが主人の書斎と仕事場です。あのドアの向こうは使用人たちの持ち場。台所とか洗濯室とか。もう何時間も使用人の姿を見ていないわ。警察に逮捕されたり、脅かされて逃げ出したりしていないといいのだけれど」

そして彼女は軽い足取りで階段をのぼり始めた。

「あなたの荷物はどうしたのかしら。だれかが運んでくれました？」

「わたしのメイドが持ってあがったと思いますけれど」

彼女が振り返った。「メイドを連れてきてくれて、本当によかったわ。でも当然ですよね。連れてくるに決まっていますよね。本当に助かるわ。女性のお客さまの身支度を手伝ってもらえますもの。もちろんだれも、メイドを連れてきたりはしないでしょうからね。わたしづきのメイドはもういないんですよ。くびにしなくてはならなかったんです。着替えをするのに手助けがいるわけでもないし、マーサが洗濯や掃除はきちんとこなしてくれますからね。

さあ、ここです」

わたしたちが歩いてきたのは中央の廊下で、壁には家族の肖像画や狩りの様子を描いた絵が並び、深い窓枠には古い陶器の花瓶が飾られていた。ここが元々の館で、Eの字を形作る両側の棟はあとから増築されたものだろうとわたしは思った。オーク材の化粧板が貼られた壁には、あちらこちらにくぼみやへこんだところがあった。そのことに気づいたとたん、レディ・ホース＝ゴーズリーはわたしの心を読んだかのように言った。

「かくれんぼをするにはうってつけのところでしょう？　楽しく遊んでいただけるといいのだけれど」

彼女は一方の棟へと進んで行き、あるドアの前で足を止めた。

「ここを使ってください。主寝室ほど大きくはないけれど、問題はないと思います。わたしたちの寝室はお客さまに譲って、滞在中はこちら側を使うことにしているんです」

彼女はそう言ってドアを開けた。女学校時代のような殺風景な部屋を予想していたけれど、そこに待っていたのはこぢんまりとしてはいるけれど、昔風のかわいらしい部屋だった。薔薇の模様の羽根布団に同じ柄のカーテンとテーブルスカート、白い衣装ダンスと整理ダンス、そして火を入れるばかりになっている暖炉。

「素敵なお部屋」わたしは言った。

「上の娘の部屋だったんですよ。いまは結婚して大陸で暮らしているんです。愛情でもお金でも、イギリスにあの子を連れ戻すことはできなくて。気に入っていただけたかしら？」

「ええ、もちろん。いいお部屋だわ。わたしの自宅の部屋よりずっと素敵です」

「本当に?」彼女はうれしそうに応じた。「まあ、メイドがもう荷物を片付けているのね。有能なメイドなんですね。フランス人ですか?」

「いいえ、イギリス人です」クイーニーが普段はまったくの役立たずであることや、おそらくはストッキングを吊るし、舞踏会用のドレスを引き出しに押しこんでいるだろうことを知られたくはなかった。

「それでは、ディナーの身仕度をなさってくださいね。家族だけのときはかしこまったことはしないんですけれど、クリスマスのあいだはきちんとするつもりなんですよ。それなりの形式に則ったものにしようと思って。七時四五分に食前酒の合図の鐘が鳴りますから」

レディ・ホース＝ゴーズリーはそう言い残して去っていった。鏡をのぞいたわたしは、まだ帽子をかぶったままだったことに、そのときになってようやく気づいた。笑みを浮かべて腰をおろす。いいところだ。この屋敷にもっといい時代があったことは間違いない。ホース＝ゴーズリー一家もそうだろう。今年はなぜこれほど贅沢《ぜいたく》なハウス・パーティーを開催する気になったのだろうと、わたしはいぶかった。ヨークシャーやインドやさらにはアメリカからやってくる客たちは、いったい何者なのだろう?

6

デボンシャー州ティドルトン・アンダー・ラヴィー、ゴーズリー・ホール
一二月二一日

ゆうべの食事はおいしかった。わたしはいいところに来たようだ！


目が覚めると、紅茶のトレイを持ったクイーニーがベッドの脇に立っていた。

「おはようございます、お嬢さま」クイーニーが言った。「お紅茶をお持ちしました」

わたしは体を起こし、夜のあいだに魔法でもかけられたか、あるいはだれかがクイーニーのふりをしているのではないかと思いながら、まじまじと彼女を見つめた。

「クイーニー、気分でも悪いの？」わたしは訊いた。

「とんでもない、元気いっぱいです。ここはいいところですね。使用人の人たちもあたしを見くだしたりしないし。それどころか、いまこの家にいるレディズ・メイドはあたしだけなんで、食事は自分の部屋に持っていくか、それともみんなといっしょに食べるかって料理人

がわざわざ訊いてくれたんですよ。すごいと思いませんか?」

「それで、あなたはなんて答えたの?」わたしは熱く濃い紅茶を飲みながら訊いた。

「あたしはそんな高慢ちきじゃないから、みんなといっしょに食べますよって答えたんです。ハウス・パーティーのせいでものすごく忙しいから、助かったって言ってました」

「あなたには、ほかの女性のお客さまの手伝いもしてほしいってレディ・ホース=ゴーズリーが言っていたわ。できるわよね? とんでもないことをしでかして、わたしに恥をかかせたりしないわね?」

「もちろんです、お嬢さん。すごく気をつけます。約束します。だれにも火をつけたりしませんから。蠟燭には近づかないようにします」(彼女は以前の雇い主に、うっかりマッチを落として火をつけたことがあった)。

「そう言ってくれてうれしいわ、クイーニー。今日はラノク家のタータンチェックのスカートと緑色のセーターを着るから」

「了解です、お嬢さん。今日は気持ちのいい日になりそうですよ」

わたしはベッドを出ると、窓に近づいた。死体が見つかったという果樹園が目の前にある。なんて奇妙な話かしら。葉を落とした木々を眺め、彼がのぼったというのはどの木で、本当はなにをするつもりだったのだろうと考えた。どれもそれほど大きな木ではない。この家の窓にライフルで狙いをつけるつもりだったの? ひょっとしたら、この窓に? わたしは身震いして、窓に背を向けた。たまたま命を落とした見知らぬ男性に、わたしのクリスマスを台無しにさせるつもりはなかった。

階下におりていくと、見たこともないほど巨大なクリスマスツリーが玄関ホールを占領していた。レディ・ホース＝ゴーズリーの指示を受けて、四人の男性が指示された場所へと運んでいる。

「おはようございます。よく眠れたかしら?」彼女が大声で言った。「よかったわ。食堂に朝食の用意ができていますよ。いまは手が離せないの。シャンデリアを壊されたら、困りますからね」

食堂に入っていくと、長いテーブルの端に席が用意され、サイドボードに置かれたたくさんの銀の大皿からはいいにおいが漂っていた。キドニーとベーコンをお皿によそい、ケジャリー（インドの料理を英国風にアレンジした、米と干しダラを使った料理）まで食べるのは欲張りすぎかしらと考えていると、若い女性が食堂に入ってきた。乗馬ズボンにジャケットという格好で、たったいま外から帰ってきたばかりのように顔を紅潮させている。

「こんにちは」彼女は好奇心もあらわにわたしを見た。「あなたはどなた?」

「ジョージアナ・ラノクよ」レディ・ホース＝ゴーズリーが、わたしが来ることをほかの人たちにも知らせておいてくれれば、何度も自己紹介する必要はなかったのにと思いながら答えた。

「あら、あなたがあの有名なレディ・ジョージアナなのね。母ったら、あなたのことばかり話していたのよ。ものすごく興奮していたわ。あなたにはとても期待しているのよ」

「そうなの？」

「ええ、そうよ。我が家のパーティーに王族の人が来てくれるなんて」彼女の顔が輝いた。「それに、あなたのお母さまはクレア・ダニエルじゃなかった？　有名な女優だったわよね？彼女がクリスマスに来るって、村ではその噂でもちきりよ。本当なの？」

「そうだと思うわ。でもだれも知らないはずなのに。ノエル・カワードと新しいお芝居に取り組んでいるのよ」

「ノエル・カワード？　すごい話ね。こんなつまらない田舎の町も活気づくというものだわ。あなたが母の申し出を受け入れたのは、それが理由？」

「それもあるわ。でも、ここよりもっとつまらない場所から逃げ出したかったの」

「ここよりつまらないところなんてあるの？」彼女は笑った。「ところでわたしはホーテンス。ここの娘なの。ゆうべは留守にしていてごめんなさい。エクセターの友人のところにいたものだから」

ホーテンス・ホース＝ゴーズリー。大切な子供にどうしてそんな名前をつけるのかしら？わたしの心の内を読んだらしく、彼女は顔をしかめて言った。

「そうなの。ひどい名前でしょう？　でも普段はバンティって呼ばれているわ。理由は聞かないでね。わたしにもわからないから」

「わたしのことはジョージーと呼んでちょうだいね」

「よかった。肩書きをつけて堅苦しく話さなきゃいけないのかと思っていたのよ。そういうの、大嫌いなんですもの。きっとわたしに肩書きがないせいね。うらやましいんだわ」

わたしは声をあげて笑った。「いまのわたしの状況は、少しもうらやましいようなものじゃないのよ」

「そうなの？　さぞかし華やかな生活を送っているんだろうと思っていたのよ――舞踏会にパーティー、あなたと結婚したくて行列を作る男性たち」

「行列なんてとんでもないわ。何人かはいたけれど、みんな頭の弱い、ひどい人ばかりだった。あの半分でもましだったら、断っていなかったと思うわ」そう答えたところで、彼女の服装に気づいた。「馬に乗っていたの？」

「そうなの。うってつけの朝だったわ。あなたも乗馬をするの？　あら、ばかなことを訊いたわ。もちろんするわよね。厩《うまや》には馬が山ほどいるんでしょう？」

「山ほどじゃないけれど、家に帰れば一頭いるわ」

「きっと、わたしたちのよりもいい馬ね。うちにも昔はとてもいい馬がいたのよ。でもそれも過去の話。わたしたちも以前はけっこうお金持ちだったのよ。コーンウォールの近くに錫《すず》の鉱山を持っていたの。でもそこは閉山して、父は残ったお金をアメリカに投資したの。それも、一九二九年の株価大暴落の直前に。そういうわけで、わたしたちはそれ以来落ちぶれてしまったというわけ。でもその話はしてはいけないことになっているの。母は、思い出したくないんですって」

「あなたのところの食事は、我が家よりもずっといいわ」わたしは山盛りにしたお皿を持って席についた。

「うちには農場があるから。たいていは自分たちのところで採れたり、育てたりしたものを食べているのよ。それに父はジャージー種の牛を繁殖しているの。あなたもそのうち食べる機会があると思うけれど、とてもおいしいクロテッド・クリームができるのよ」

バンティは椅子を引き寄せ、わたしの隣に座った。「朝食のあとで、わたしが村を案内しましょうか？」

「あなたのお母さまのお手伝いをしなければならないんじゃないかと思うの」わたしは言った。「最初のお客さまが到着する前に、することが山ほどあるんでしょう？」

「あなたはなにもする必要なんてないわよ」彼女はにっこり微笑んだ。「ただそこにいればいいの。この茶番劇を本物らしく見せるためにね」

「茶番劇？」

バンティは声を潜めて言った。「パーティーに来る人たちから、料金を頂くことになっているのよ。お願いだから、あなたに話したことは母には黙っていてね。これで収入を得られるって、母が考えついたことなの。昔ながらの貴族の家庭で、昔ながらのイギリス風のクリスマスを過ごす。それができるなら大金を払うっていう人がいるのよ」

それで筋が通る――多種多様な招待客も、レディ・ホース＝ゴーズリーがその準備にしゃかりきになっていることも。だからこそ彼女は、申し分のない経歴をもつ若い女性を求める広告を出したのだ。

「でもきっと楽しいと思うわ」バンティは言葉を継いだ。「ここのところずっと退屈なクリスマスだったんですもの。それよりはずっといい。弟が明日、オックスフォードのお友だちといっしょに帰ってくるし、うっとりするくらい格好いい従兄弟《いとこ》も招待しているの。村のいろいろな行事だけじゃなくて、仮装舞踏会もすることになっているのよ。村のお祭りもそれなりに楽しいものだけれど」バンティは言葉を切り、不安そうな表情を浮かべた。「かわいそうなフレディがあんなことになったからといって、村のお祭りを取りやめたりしないといいんだけれど。聞いたでしょう？　昨日、隣のフレディ・パトリッジが、うちの地所で自分を撃ったこと。わたしはけっこう彼のことが好きだったのよ。このあたりのほかの人みたいに退屈じゃないから。いろいろと面白いいたずらをしていたものよ。教会のオルガンのパイプに死んだミヤマガラスで栓をしたときは、本当に愉快だったわ。オルガン奏者が必死になって空気を送りこんだら、カラスの死体が一気に飛び出して、教会中に降り注いだの。オルガンを弾いていたのはもったいぶったミスター・バークレイなんだけれど、怒り狂ったわ。でもミスター・バークレイを怒らせるのは簡単なの。彼はなんでも深刻に受け止めるんですもの」

バンティは話をしながら、たっぷりの料理をたいらげた。立ちあがって、コーヒーのお代わりを注ぎに行く。「父はわたしをフレディと結婚させたかったんだと思うわ。そうすれば、彼の土地を手に入れることができるから。あそこはだれが相続することになるのかしら。近い親戚はいなかったと思うけれど」

そのとき、レディ・ホース＝ゴーズリーが顔にかかった髪をはらいながらやってきた。

「まあ、あなたたちはここにいたのね。お友だちになったようね、よかったこと」

「なにかお手伝いできることはありますか、レディ・ホース＝ゴーズリー？」わたしは訊いた。

「もう少しヒイラギとヤドリギがあるといいと思っているんですよ。ふたりで教会の庭まで行ってもらえるかしら？　家中を緑で飾りたいんです——どの部屋もお祝いの雰囲気にしたくて。大薪はオズワルドが探しに行ってくれていますからね」

「大薪？」バンティが声をたてて笑った。「お母さまったら、少しやりすぎじゃない？」

「とんでもない。伝統的なクリスマスに大薪はつきものでしょう？　クリスマスイブにはお客さまといっしょに、馬に大薪を引かせて帰ってくるのよ。雪さえ降ってくれれば、申し分ないんだけれど。大薪をそりに載せて引きながら、温かいトディ（蒸留酒に甘味料を加えて作るカクテル）を飲み、キャロルを歌うのよ」

バンティはちらりとわたしを見た。「そして雪のなかで踊っている農夫たちは、わたしたちを見かけてお辞儀をするのね」

「ふざけるのはやめてちょうだい、バンティ。あなたたちには、雰囲気を盛りあげてもらおうと思っているんだから。さあ、できるだけたくさんのヒイラギとヤドリギを取ってきてちょうだいね。それから牧師さまに、予備の蠟燭を貸していただけないかどうか訊いてきて。山ほどの蠟燭が必要なのよ。仮装舞踏会のときは、舞踏室に蠟燭を灯すんだから」

「うちには電灯というものがあるのよ、お母さま」

「でも蠟燭のほうがずっと雰囲気があるでしょう？　蠟燭の明かりのなかの仮装舞踏会。想像してみて」彼女はどこか哀愁を帯びた表情になった。

「そういうことなら、行きましょう、ジョージー」バンティが言った。「植木ばさみを持ってくるわ」

「ディクソンのコテージに寄って、頼みたいことがあるから朝のうちに来てもらいたいと伝えてくれるかしら？」

バンティがわたしに説明した。「ディクソンは、以前うちの執事だったの。年を取ったのでもう仕事はしてないんだけれど、正式な行事のときには引っ張り出すのよ。昔からいっしょにいたから、家族の一員みたいなものね」

わたしはコートと帽子と手袋をつけ、彼女といっしょに私道を進んだ。まず立ち寄ったのが、ゲートの脇にある小屋だ。わたしたちは手入れの行き届いた部屋に通され、バンティはかつての執事に母親の言葉を伝えた。彼はかなりの年寄りで弱々しく見えたけれど、いますぐにまた仕事を始めるかのように、硬いカラーと黒のジャケットという改まった格好をしていた。バンティがわたしを紹介すると、彼はかしこまったお辞儀をした。

「このようなイギリスの片田舎にお越しいただけるとは、まことに光栄に存じます。国王陛下ご夫妻はお元気でいらっしゃいますでしょうか？」

「バルモラルでお会いしたのが最後ですが、そのときはお元気でした」

彼は安心したようにため息をついた。「国王陛下の胸のことは、だれもが心配しています。とりわけ、皇太子の最近の行状がありますから。例のアメリカ人女性とお会いになったことはありますか？」

「ええ。何度も」わたしは答えた。

「それで、彼女は……」彼はふさわしい言葉を探しているのか、いいよどんだ。

「噂どおり、不愉快な女性かどうかということかしら？」ぱつの悪そうな彼にわたしは微笑みかけた。「ええ、とても不愉快な人よ」

「そうではないかと思っていました。皇太子は昔から意志の弱い人でしたから。ですが、しかるべきときがきたら、きっと正しいことをしてくれると信じています」

わたしは彼ほど楽観的にはなれなかったが、笑顔でうなずき、その小屋をあとにした。ゲートを出て村に入ったところで、村人たちがあちらこちらで集まって熱心に話しこんでいることに気づいた。パブの外にいる男性たちはちらりとわたしたちに目を向けたものの、すぐに会話に戻った。その様子は、どこか不安をかきたてた。なにかを企《たくら》んでいるかのような、不穏な空気が漂っている。彼らの態度に妙なところがあることにバンティは気づいていない様子だった。

「ティドルトン・アンダー・ラヴィーはこれでおしまい」彼女は言った。「パブが一軒、お店が二軒、学校、教会、数軒のコテージ」

「学校の脇の素敵な家は？」わたしは尋ねた。「校長先生が住んでいるの？」

「いいえ、彼の家はワイドコム・ロードにあるわ。あの家は、フレンチ・フィンチ姉妹のものよ。ずっとあそこで暮らしている三人の年寄り姉妹なの。父親が充分なものを遺したから、三人とも一度も結婚しなかったのよ。子供の頃は、〝不気味な三姉妹〟と呼んで、よくのぞき見したものよ。クリスマスには会えるわ。お母さまが毎年、クリスマスのランチに招待しているから」

「あのパブは？」冷たい朝の風に揺れる看板を見ながらわたしは訊いた。「〈鬼ばばと犬《ハグ・アンド・ハウンズ》〉？どうしてそんな名前なの？」

「言い伝えがあるのよ。この地には魔女がいたの。一七〇〇年代のことよ。村人たちは彼女を捕まえて裁判にかけようとしたんだけれど、彼女は荒れ地に逃げこんだの。結局、犬を使ってラヴィーの岩山の頂上に追いつめて、火あぶりにしたのよ。毎年大みそかには、それを祝うお祭りがあるわ。デボンのこのあたりがどれほど原始的か、あなたにもよくわかるわよ。さあ、こっちよ」

バンティは共有草地を囲む小道へと進み、キッシング・ゲート（人のみを通し、家畜の通過を妨げる門の一種）を通って教会の庭へと入った。ミヤマガラスが鳴きながら飛びたった。

「いやな鳥よね」バンティが言った。「生まれたばかりの子羊の目をつつき出すんだから。さあ、きれいなヒイラギはどこに残っているかしらね」

古い墓石のあいだを歩いていると、教会の扉が開いて女性が出てきた。よく教会で見かける奉仕活動好きな女性のようで、結婚していないことがひと目でわかった。かつては〝上等〟だったに違いない古い毛皮のコートを着て、型崩れした帽子をかぶり、年寄りの女性が好む妙な編み上げ靴を履いていた。片手で帽子を押さえ、風を避けるようにうつむき加減でこちらに歩いてくる。

「おはようございます、ミス・プレンダーガスト」バンティが声をかけると、女性は驚いて顔をあげた。

「まあ、ミス・ホース＝ゴーズリー、ああ、びっくりした」彼女は息を呑み、震える声で応じた。「考え事をしていたものだから。クリスマスのために教会の飾りつけをしていたんですよ。キリスト生誕の像《クレシュ》のまわりにヒイラギを飾ろうと思ったのに、ミスター・バークレイは絶対だめだって言うんです。聖なる地にヒイラギは生えないから嘘になるって。本当に不愉快な人ですよね。細かいことにこだわって、自分のやり方しか認めようとしないんだから。神さまだって、きれいな赤い実を飾ってもらって明るい気分になるのがいやなわけないじゃないですか」

「ええ、そうね」バンティが言った。「レディ・ジョージアナ・ラノクを紹介させてちょうだい。ジョージー、こちらはミス・プレンダーガストよ」

「初めまして」

彼女はあんぐりと口を開けた。「まあまあ。王家の方が村に来たも同然ですよ。お会いできて光栄です」そう言って、ぎこちなく膝を曲げてお辞儀をした。「それじゃあ、レディ・ホース＝ゴーズリーが計画しているいろいろなお楽しみに出席なさるんですね？　わたしもすごく楽しみにしているんですよ。レディ・ホース＝ゴーズリーはご親切に、クリスマスの祝宴に招待してくださったんです。ひとり寂しく暮らしているわたしのような人間にとって、こんな楽しみはありませんよ。でもこれ以上、あなたを引き留めてはいけませんね」

そう言い残し、彼女は帰っていった。

「彼女も変わった人ね」わたしは言った。

「この村の独身女性はみんなあんなものよ。少しだけ神経質で詮索好きではあるけれどね。それに彼女は、ここで暮らすようになってまだ日は浅いの。五年ほど前に越してきたのよ。ボーンマスかどこかでお母さんの面倒を見ていたのだけれど、お母さんが亡くなると家を売って、ここの教会の隣にコテージを買ったの。子供の頃、休暇でここに来ていたらしいわ。でも、彼女のおかげで助かっているのよ。どこの村でも、熱心な独身女性は必要だと思わない？　いつも率先していろいろとやってくれるんですもの」

きれいなヒイラギの茂みがあったので、枝を切っていった。どうしてヒイラギはお墓の近くを好むのかしら？

「ヤドリギも探さないといけないわ」わたしは言った。

「その必要があるかしらね」バンティはわたしに笑いかけた。「あなたがキスをするような相手なんていないと思うわ。恐ろしくちくちくする口ひげを生やした、年寄りの大佐くらいよ」

「それでも、あなたのお母さまに頼まれたんですもの。それに素晴らしく格好いい従兄弟が来るって言っていなかった？」

「わたしがキスする相手がいないとは、言わなかったわよ」バンティはいたずらっぽく笑って見せた。「真ん中のコテージの隣に大きな木があったと思うわ。ほら、あそこよ。あなたが木のぼりが得意だといいんだけれど」

それは大きなニレの木で、上のほうの枝にヤドリギが生えているのが見えた。

「わたしがのぼったほうがいいわね。万一あなたが木から落ちて首の骨でも折ろうものなら、母は絶対にわたしを許さないもの。ちょっと、手を貸してくれる？」バンティが言った。

わたしが持ちあげると、バンティはまぶしそうに目をすがめながら小道の先を眺めて言った。「あら、あれはだれかしら？」

わたしもそちらに目を向けた。丸っこい小さな人影がこちらに向かって歩いてくる。それがだれであるかをわたしが見て取ったのと、彼がわたしに気づいたのが同時だった。

「なんとまあ、こいつは驚いた」顔を輝かせながら彼が言った。「ここでいったいなにをしているんだ？」

「おじいちゃん」バンティを木にぶらさがったままにして、わたしは祖父に駆け寄った。

7

「おじいちゃん、来たのね！　うれしい」わたしは祖父に抱きついた。いつものように頬にひげが当たってちくちくする。

「ミセス・ハギンズひとりをこんなところまで来させるわけにはいかんだろう？」祖父は言った。「マーゲイトより遠いところに行ったことがないんだからな。おまえはいったいどうしてここにいるんだ？　母さんが内緒でおまえを招待したのか？」

「違うわ。お母さまはわたしが来ていることを知らないの。わたしは、ゴーズリー・ホールで開かれるハウス・パーティーのお手伝いに来たのよ。偶然なの」

祖父は、ブーツのボタンのような小さな目を輝かせた。「世の中には偶然なんてものはないと、わしはいつもおまえに言っていなかったかね？」

わたしは落ち着きなく笑って言った。「ええ、まあ、そうね。こうしていっしょにいられるんだから、素晴らしいクリスマスになるわ。お母さまも、もう着いているんでしょう？」

「カワードという男もな。あいつは男のほうが好きなのか？　それに、細かいことにずいぶんとうるさい。卵は三分ではなく、三分半でもなく、正確に三分と一五秒茹でろというタイプだな」

再び笑ったところで、なにかが滑るような音がして、バンティが木からおりてきたかった。

「いやだ、ごめんなさい。あんまり驚いたものだから。紹介するわ、わたしの祖父よ。おじいちゃん、こちらはバンティ・ホース＝ゴーズリー。滞在しているお宅の娘さんなの」

「どうぞよろしく」祖父は肉づきのいい大きな手を差し出した。

バンティは驚いたようだったが、育ちのいい娘らしく素直にその手を握った。

「こちらこそ。あなたの木からヤドリギを取らせていただこうと思って」

「わしの木じゃありませんからな。どうぞお好きなだけ」

「ちょっと母に挨拶してくるわ」わたしはバンティに言った。「物置にはしごがないかどうか、祖父に見てもらって。そのほうが木にのぼるより楽よ」

わたしは軽くノックをしてから、コテージの中に入った。そこはまさに絵に描いたような田舎のコテージで、ノエルが選んだ理由がよくわかった。天井には太い梁が走り、真鍮《しんちゅう》の寝床用あんかが壁に飾られ、暖炉では楽しげに火がはじけ、台所のコンロの上には銅のお鍋が吊るされている。糸車とそれをまわす白髪の老女がいれば完璧だが、そこにいたのはわたしの母だった。中枠のある窓のそばに置かれた肘掛け椅子の上で猫のように丸くなり、ファッション誌の〈ヴァニティ・フェア〉を読んでいる。顔をあげてわたしを見ると、その美しい目を見開いた。

「まあ、ジョージーじゃないの。ここでいったいなにをしているの？」

「ずいぶんなご挨拶ね」わたしは部屋を横切り、母の頬にキスをした。「〝こんなところでかわいい娘に会えるなんて、うれしい驚きだわ〟とか言えないのかしら？」

「あら、もちろんうれしいのよ。でも――ここでなにをしているの？　ノエルとわたしは仕事があるっていったでしょう？　予備の部屋なんてないし、それに――」

「落ち着いてちょうだい、お母さま。わたしはゴーズリー・ホールに滞在しているの。同じ村にいるのは、まったくの偶然なのよ。今日はただ挨拶に寄っただけ」

安堵の色が母の顔に広がった。「そういうことなら、会えてうれしいわ、ジョージー」母はそう言ってわたしの頬にキスを返した。

「なにも問題はない？　すべてうまくいっている？」

「完璧よ。ノエルは部屋でタイプライターにかかりきり。彼は食べるものにはうるさいんだけれど、あなたが紹介してくれたミセス・ハギンズはとてもよくやってくれているわ。それに地元のロージーという子に掃除をしてもらうことになったの。そのはずなんだけれど、もう来ていてもいい頃なのに」母は腕時計を見ながら言った。

窓の外に目をやると、噂話をしている村人たちの輪からひとりの女性が離れ、不安そうな面持ちでこちらに駆けてくるのが見えた。母とノエル・カワードのことを知って、あれこれと噂をしているのかもしれないとわたしは思った。

玄関のドアが開き、その女性が入ってきた。「遅くなってすみません、奥さま」明らかなデボンなまりで彼女は言った。「一〇時に来る約束だったんですけど、恐ろしいことがあって——お聞きになりましたか？」

「昨日、自分を撃った人のこと？　ええ、その話なら聞いたわ」

「違うんです。その人じゃなくて、テッド・グローヴァーのことです。今朝、ラヴィー川で死んでいるのが見つかったんです」

母は姿勢を正した。「そのテッド・グローヴァーというのは？」

「あたしの伯父なんです。ボベイ・トレーシーのすぐ郊外で大きな自動車修理工場を経営していて、すごく儲かっていました。大型バスを何台も持っていて、荒れ地のツアーなんかもしていたんです。その伯父が死んでしまって」彼女は労働で荒れた赤い手を顔に当て、声を立てて泣き始めた。母はためらいながら、彼女の肩に手を置いた。「気の毒に。ミセス・ハギンズに紅茶を持ってきてもらいましょうね」

「なにがあったの？」母が台所に向かってよく通る声で「ミセス・ハギンズ！」と呼びかけるのを聞きながら、わたしは尋ねた。

「伯父はよく〈ハグ・アンド・ハウンズ〉に飲みに来ていたんです。修理工場の隣には〈バックファースト・アームズ〉っていうパブがあるのに、わざわざこっちに来る理由はみんな知っていました。エールがおいしいっていうわけじゃなくて、パブの主人の奥さんといい仲だったからなんです。ふたりはパブの裏でこっそり会って、それから伯父は野原を横切って家に帰っていくんです。だれにも見られていないって伯父は思っていましたけど、みんな知っていました——村ってそういうものでしょう？」

ロージーは言葉を切ると、大きな格子縞のハンカチを取り出し、洟《はな》をかんだ。

「途中で、ラヴィー川にかかる小さな石橋を渡らなきゃいけないんです。岩を土台にして大きな石の板を渡しただけのこのあたりによくある簡単な橋で、あまりしっかりしているとは言えません。伯父はゆうべちょっと飲みすぎて、足を踏み外したみたいなんです。ラヴィー川に落ちて、岩で頭を打ったんです。クリスマスが目の前なのに、こんなことって。伯母さんがかわいそうで――ほかの女の人に会いに行って、そのせいで死ぬなんて」

わたしは同情の気持ちを込めてうなずいた。

「村の人たちがなんて言っているか知っていますか？」話を聞き逃したくないらしく、ミセス・ハギンズがわざわざ紅茶を運んできた。ロージーは聞き手が増えたことがうれしいようで、明らかに声がはずんだ。「二日のあいだにふたり死んだんですよ？　ラヴィーの呪いが蘇ったんだってみんな噂しています」

「ラヴィーの呪い？」母は興味を引かれたようだ。

ロージーはもっと近くに寄るようにと、母とミセス・ハギンズとわたしを手招きした。

「村の魔女の話は知っていますよね？　彼女は火あぶりにされたとき、この村に呪いをかけたんです。毎年クリスマスの時期には戻ってきて、復讐するって。そのせいで、クリスマスの頃にはいつも悪いことが起きるんですよ」ロージーは満足そうに腕を組んだ。「覚えておいてくださいよ。これはラヴィーの呪いです」

「いったいなんの騒ぎだね？」縞模様のシルクの部屋着を着たノエル・カワードが、戸口に姿を見せた。長い煙草用パイプを指にはさみ、ハンサムな顔に苦々しげな表情を浮かべている。「静かなところだと聞いて、ここを選んだはずなんだが」

「悲劇が起きたのよ、ノエル。ゆうべロージーの伯父さんが橋から落ちて、亡くなったの」

「人生とははかないものだ」ノエルは芝居がかったため息をついた。「伯父さんのことは大変気の毒に思うよ、ロージー。だがもう少し静かに悲しんでもらえるかね？ 数分前まで創造の女神はわたしと共にあったのだが、窓からどこかに飛んでいってしまったよ」

「あたしが捜してきましょうか？」ロージーが言った。「それって鳥かなにかですか？」

ノエルは再びため息をついた。「わたしは部屋に戻るとするよ。ミセス・ハギンズ、よかったら飲むに堪えるコーヒーを作ってもらえるかい？」

仰々しく部屋を出ていこうとしたところで、母が彼を呼び止めた。「だれが来ていると思う、ノエル？ 娘のジョージアナよ」

彼が振り返った。「ジョージアナ、そうだった！ どこかで見た顔だと思ったんだが、思い出せなくてね。会えてうれしいよ。どこかに行く途中で立ち寄ったのかい？」

「いいえ、クリスマスをここで過ごすのよ」わたしはいたずらっぽく告げ、ノエルが必死になっていらだちを隠そうとするのを面白く眺めた。

「ジョージーはゴーズリー・ホールに滞在しているのよ」母があわてて言った。「盛大なハウス・パーティーを開くらしいの」

「それはよかった。クレアとわたしは仕事があるのでね。あくせく働かなくてはならないが、たまにはお茶でも飲みに来てくれたまえ」

彼はそう言い残し、足音も荒く階段をのぼっていった。

母が気の毒そうにわたしに笑いかけた。「彼のことは気にしないでちょうだいね。仕事をしているときは、とにかく不機嫌なのよ。あなたがいてくれてうれしいわ、ジョージー。いずれ、女同士で楽しみましょうね」

台所の入り口に立っていたミセス・ハギンズが尋ねた。

「クイーニーもいっしょに来ているっていうことですか？」

彼女がクイーニーの大おばであることを思い出した。

「ええ、いっしょよ。あとで会いに来るように言っておくわね」

「あの子は、お嬢さまに満足していただけるようになっていますか？」

クイーニーに満足することは死ぬまでないだろうという厳しい現実を彼女に告げる勇気はなかった。「とてもよくなっているわ、ミセス・ハギンズ」

「それを聞いて安心しました」彼女は笑顔で台所へと戻っていった。

はしごが見つかってバンティが木にのぼろうとしているらしく、外からにぎやかな音が聞こえてきた。「もう行かないと。ヤドリギを取りにきたのよ」

「パーティーでキスをするのにふさわしい人がいるといいわね」母が言った。「そうでないと、ヤドリギが無駄になるわ」

外に出てみると、祖父が支えているはしごをバンティがぐらぐらしながらのぼっていた。

「わしがのぼると言ったんだが、彼女が頑として譲らんのだ」

「当然よ。おじいちゃんの年ではしごはだめよ」

「わしはまだそんな年じゃないぞ。ところでさっきの騒ぎはなんだったんだ？　泣き声が聞こえたが」

「お母さまが雇ったロージーという娘の伯父さんが、今朝、溺れて死んでいるのが見つかったの。ラヴィーの呪いだってロージーは言っているわ。この村で、二日のあいだにふたりも死んだのよ」

「ふむ。もしもわしの昔の上司の警部補がそれを聞いたらなんと言うか、おまえならわかるだろう？」

「今回ばかりは、それは間違いね。ひとりはうっかりして自分を撃ってしまったんだし、もうひとりは飲みすぎて真夜中に小さな石橋から落ちたの。これぱっかりは、事故だとしか言いようがないと思うわ」

「そうだといいがな。個人的には、わしはなにもややこしいことなどない静かなクリスマスを迎えたいね」

バンティが誇らしげにヤドリギを振りたてながらはしごをおりてきたところで、一台の車が止まった。

「うんざりするわ」数人の警察官が降りてくるのを見て、バンティが言った。「もう終わりだと思ったのに」

8

警察官のひとりがまっすぐわたしたちに近づいてきた。淡黄褐色のレインコートに同じ色の帽子をかぶり、やはり淡黄褐色のだらりとした口ひげをはやしている。額に〝刑事〟と刺青《いれずみ》があったとしても、これほど刑事らしくは見えないだろう。

「おはようございます、ミス・ホース＝ゴーズリー」彼がトリルビー帽を持ちあげると、きれいに中央で分けられた薄くなりつつある淡黄褐色の髪が見えた。

「おはようございます、刑事さん」

「事故の話はお聞きになりましたよね。二日のあいだにふたりも死んだんですよ。休暇を取って、女房とクリスマスのショッピングに出かけようとしていたところだったというのに」

「でもどちらも事故ですよね」バンティが言った。

「そうだといいんですがね、ミス・ホース＝ゴーズリー。本当に。ですが、テッド・グローヴァーの件が気になっているんですよ。普段の彼は、酔っ払って足元をふらつかせるようなことはない。違いますか？　酒に呑まれたりはしない男だと聞いています。なので、脱獄犯のひとりがまだこのあたりに潜んでいて、ゆうべテッドとばったり出くわしたのかもしれないと思いましてね」

「わたしが脱獄犯だったら、一刻も早くプリマスに行って、フランス行きのフェリーに飛び乗りますけれど」バンティが言った。

「あなたならそうするでしょうね、ミス・ホース゠ゴーズリー。だがあなたは世慣れた女性だ。ああいった犯罪者たちは、ヨーロッパに行っても途方に暮れるだけだ。フランス語だって話せやしないんですからね。まわりからすっかり浮いてしまって、すぐに捕まるに決まっていますよ。実を言えば、それほど遠くには行っていないんじゃないかとわたしは考えているんです。それどころか、近隣のだれかが匿《かくま》っているんじゃないかと疑っている」彼は祖父を見た。「たとえば、このコテージを借りている人間ですが、彼らが脱獄したのとちょうど同じ頃にここに来たんじゃなかったですかね？」

「それはそうですけれど、ここにいるのはクレア・ダニエルとノエル・カワードです。静かなところで、新しいお芝居を書いているんです。脱獄犯を匿ったりなんてしません」

「こちらの方は？　使用人ですか？」

「クレア・ダニエルの父でアルバート・スピンクスだ」祖父は硬い口調で言った。「ロンドン警視庁に三〇年勤務していた」

警部補は一歩あとずさると、手を差し出した。「お会いできて光栄です。ハリー・ニューカム警部補と申します。あなたのような方がいてくださるなんて、本当に運がいい。よろしければ、ぜひ助言をお願いします。数日前からこのコテージにいらしたということですね？

このコテージは、男が自分を撃った果樹園に面している。「昨日の朝早く、銃声をお聞きになりませんでしたか？」

祖父は首を振った。「いや、聞かなかった。だがわしはぐっすり眠っていたのでね。死亡推定時刻はわかっているんですかな？」

「いいえ、医師の報告書はまだ届いていません。荒れ地にあるアパー・クロフト農園で赤ん坊が生まれるというので、そちらに行ってしまっているんです。ですが、昨日の早朝だろうとわれわれは考えています。暗いなかで果樹園に入りこみ、木にのぼったりする人間はいないでしょうからね。となると七時半かそれ以降ということになります。そして、サー・オズワルドが犬を連れて、朝の視察に行く前でなければならない」

「わしが起きたのは七時だった」祖父が言った。「だがひげを剃っていたか、火をおこしていたのかもしれないな。小型のライフルはそれほど大きな銃声は立てない」

「ですが、だれも銃声を聞いていないというのは妙です」警部補は力をこめて祖父の肩を叩いた。「あなたのような人がいてくれて、本当に助かりましたよ。村でなにかおかしなことがあれば、あなたなら気づいてくれますよね？　部下の人数には限りがあるし、悪党どもが隠れているかもしれないこの手の小さな村は山ほどあるんです」

「その囚人たちだが」祖父が考えこみながら言った。「ここに来る列車の中で脱獄の記事は読んだが、くわしいことはわからなかった。地元の人間なのかね？」

「いいえ、違います。ふたりは、言ってみれば芸人です――ひとりは脱出マジックを見世物にしていた男で、その後金庫破りになったんです。おそらく彼が手錠の鍵をはずしたんでしょう。もうひとりは大衆演芸場で出し物をしていました。三人目は銀行員でしたが、列車強盗に関わっています。脱獄の計画を立てたのは彼だと、われわれは踏んでいます。物静かな小男に見えますが、実はひどく冷酷で、だれかに見られたと思えばためらうことなく喉を掻き切るでしょう」

バンティが身震いした。

祖父がうなずいて言った。「彼らはこのあたりに知り合いは？」

「銀行員の妹がプリマスにいます。もちろん彼女の家は、しっかり見張らせています。あの列車強盗が行われたのはペンザンスとロンドンを結ぶ急行列車で、ウィルトシャー州を走っているときでした。もちろん覚えておいででしょうが」

祖父はうなずいた。「なるほど。盗まれた金は発見されていないのだね？」

「はい。ですので、ウィルトシャー警察は強盗事件が起こった付近を十分に警戒することになっています。あとのふたりは、西部の州に滞在していたことがあります――トーキーとウエストン＝スーパー＝メアの埠頭で、夏のあいだ出し物をしていたことが何度かあるんです。それから、大衆演芸場に出ていたロビンズという男ですが、彼は借りていた部屋の大家たちから老後の蓄えをだまし取ったんです。そのうちの何人かは殺していて、最後のひとりが住んでいたのがここニュートン・アボットでした」

「どうして殺人罪で死刑にならなかったの？」バンティが訊いた。

「法律上の問題ですよ。階段から突き落としたことが証明できなかったんです。結局、故殺ということになって、二〇年の刑でした。卑劣な男です」

「だがそいつには、いつまでもこのあたりにいる理由はないのだろう?」祖父が訊いた。

「わたしならここにはいませんね。彼はロンドン出身ですし、ここらの住人が彼を見かけたなら、先を争って突き出しますよ」

祖父はうなずいた。「わしの経験からすると、ここのような村で人目を避けるのは難しい。何者かが隠れていたら、だれかが気づくはずだ」

ニューカム警部補はうなずいた。「ごもっともです。不運な事故が二件続いたので、考えすぎているのかもしれません。一件目は自殺以外考えにくい状況ですし、二件目は——ふむ、争ったあともありませんでしたしね。脱獄犯なら、暴力をふるっているはずじゃないですか?」

「ライフルの指紋を調べましたか?」わたしは尋ねた。

警部補は初めてわたしの存在に気づいたようだった。「おや、ここにも素人探偵がいるようですね。アガサ・クリスティがお好きなんでしょう? 彼女のおかげで、知ったかぶりをする人間がずいぶんと増えましたよ」

「殺人事件に関しては、いくらか経験があるんです」わたしは言った。「わたしなら、ライフルの指紋を調べるだけじゃなくて、死体の解剖もしてもらいます。そうすれば、殺人じゃないっていうことがはっきりしますから」

ニューカム警部補は、人を見くだすような笑みを浮かべた。「もしわたしがだれかを殺そうと思ったら、その人が木からおりてくるまで待ちますよ。木の上にいる相手がライフルを持っているのがわかっていたら、むやみに近づこうとは思いませんね」

もっともな台詞だったから、わたしはうなずいた。

「あなたもこのコテージに泊まっているんですか、お嬢さん？」

「こちらは国王陛下の親戚のレディ・ジョージアナ・ラノクよ」バンティがもったいぶって告げた。「わたしたちのところに滞在しているの」

「それは失礼しました」ニューカム警部補が言った。「悪気はなかったんです。お会いできて光栄です。ですが探偵仕事は警察に任せて、あなたはゴーズリー・ホールに戻り、楽しいクリスマスを過ごしてください」


「感じの悪い人でしょう？」

屋敷へと戻りながら、バンティが言った。村道に出たところで、雑貨店から奇妙な風体の男が出てくるのが見えた。小さな店の入り口をふさいでしまうほどの大きな体に何種類もの鮮やかな色の服をまとい、モップのようなぼさぼさの巻き毛の頭には形の崩れた赤い帽子をかぶっている。子供が演じる巨人のような、ぎくしゃくした妙な動きで歩きだした。

「あれはいったいだれ？」わたしはバンティに尋ねた。

「ああ、ウィラムよ。村の愚か者。どの村にもひとりはいるでしょう？」彼女はそう言って笑った。「あの店のデイヴィ夫人の息子なの。ちょっと頭が弱いんだけれど、害のない人よ。あたりをうろうろしては、たまに小銭をもらって雑用をしているわ。おはよう、ウィラム」バンティは彼に呼びかけた。

彼は子供のような無邪気な顔をわたしたちに向けると、帽子に手を触れた。

「おはよう、ミス・ホース゠ゴーズリー。聞いた？　〈ファイブ・コーナーズ〉の近くに住んでるテッド・グローヴァーが、ゆうべラヴィー川に落ちたんだって。どうして夜に野原を歩いていたりしたんだろう。それが不思議なんだ」

「〈ハグ・アンド・ハウンズ〉から家に帰るところだったのよ」バンティが答えた。

ウィラムは顔をしかめた。「そこって、お酒を飲みに行くところだよね？　夕方にはぼくがそうしているみたいに、ちゃんと母さんのところに帰らなきゃいけなかったのに」

「本当にそうね、ウィラム」バンティはくすくす笑った。「けっこうかわいいでしょう？」彼のうしろ姿を眺めながら、彼女は言った。「そう言えば、いずれサルにも会うことになると思うわ。彼女は荒れ地の女なの」

「冗談を言っているのよね？」

「本当よ。サルは、田舎の村に時々いる自由に生きている人なの。石でできた荒れ地のあばら屋に住んでいて、薬草を摘んだり、月明かりの下ではだしで踊ったりしている。魔力があるんだって地元の人たちは言っている——例の魔女の子孫なんだっていう噂もあるの。たくましい人よ。それは間違いないわ。ひどいお天気のときでも、薄っぺらな服にはだしであたりを走りまわっているくらいだから」そう言ってから、バンティはわたしに視線を向けた。

「いやだ、あなたを脅かしてしまったかしら？　サルやウィラムや不運な事故のことは、お客さまには黙っているようにって母に言われているのよ。でないと、お金を返せって言われるかもしれないから」

「最初のお客さまは明日到着するのよね」わたしは言った。

「そうよ。母はそれも気に入らないの。母は全員同時に盛大に出迎えたかったんだけれど、アメリカ人一家は一日早く来たいって譲らなかったの。余裕を持ってクリスマスを迎えたいから二二日に着くって、ミスター・ウェクスラーは船から電報をよこしたのよ。それから、息子が置いていかれるのをいやがったから連れていくって」

「難しい人たちじゃないといいけれど。たくさんお金を持っている人は傲慢になりがちな気がするわ」

「王族の親戚がいるのがわかって、恐れおののいておとなしくなるといいわね」バンティはいたずらっぽく笑った。「あら、ミスター・バークレイのお出ましだわ」

髪をきっちりと中央で分け、きれいに口ひげを整えた小柄な男が教会から出てきた。

「おはようございます、ミスター・バークレイ」バンティは朗らかに声をかけた。

「不愉快な朝ですよ、ミス・ホース゠ゴーズリー。まったくもって不愉快だ。プレンダーガストという女性は、実に趣味が悪い。彼女が考えている飾りつけというのが、それはそれはひどいもので。そのうえ牧師は古い讃美歌しか認めようとしない。わたしが『もろびと声あ《イン・ドゥルチ・ユビロ》げ』を提案したというのに、けんもほろろですよ。こきおろしたと言ってもいい。それも聖歌隊が練習したあとですからね。退屈な真夜中のミサがしたいというのなら、それもいいですけれどね」

彼は一気にまくしたてると、わたしが名乗るまもなく気取った足取りでその場を去っていった。バンティとわたしは顔を見合わせた。

「あの人はいつもなにかに腹を立てているのよ」バンティが言った。「いつだって教区会に文句を言って、怒っているわ」わたしたちはゴーズリー・ホールに続くゲートに近づいた。「わたしたちがどれほど変わっているか、あなたもこれでわかったでしょう？　どうしようもなく世間知らずの田舎者なのよ」バンティは笑った。

9

ゴーズリー・ホール
一二月二一日と二二日

私道に曲がろうとしたところで、古ぼけた自動車が通りの向こう側に止まり、同じくらい古ぼけた運転手が手を貸して、鳥のような三人の老女を降ろした。

「ショッピングをしていたんですよ、ミス・ホース＝ゴーズリー」ひとりがうれしそうに声をかけてきた。「楽しかったですよ。もう少しでクラッカーを忘れるところで、〈ハンリーズ〉で売り切れていたらどうしようかと思ったのだけれど、運よく残っていましてね」

「あなたのお母さまがまたクリスマスの昼食会に呼んでくださったんですよ」ふたりめの老女が言った。「毎年、とても楽しみにしているんですよ」彼女は同意を求めるように、運転手に荷物を手渡しているほかのふたりを見た。「我が家にキャロリングに来るのを忘れないでくださいね。料理人が軍隊を養えるくらいのミンス・パイを焼きましたからね」

三人はそう言い残すと、子ガモのように一列になってよたよたと家のなかに入っていった。

彼女たちがフレンチ・フィンチ姉妹であることはすぐにわかった。

「かわいい人たちなのよ」バンティが言った。「一度も結婚しなかったし、生まれてからずっとここに住んでいるの。退屈でしょうね。そう思わない？　でもあの人たちに不満はないみたい。一番上のエフィがあとのふたりを牛耳っているのよ。ここの料理人は本当に腕がよくて、母が何度か引き抜こうとしたんだけれどうまくいかなかったの」

わたしたちは私道を家に向かって歩いた。その日の午後は、ヒイラギとヤドリギを飾ることに費やした。若い男性といえば彼女の弟と従兄弟だけだというのに、バンティはヤドリギを飾るべき場所にこだわりすぎる気がした。その下に立たないように、わたしはヤドリギの位置をしっかりと頭にたたきこんだ。年寄りの大佐たちに捕まって、キスをされるのはごめんだ。

クリスマスツリー以外の飾りつけは終わった。ツリーだけはクリスマスイブに招待客たちが飾りつけをすることになっている。彼らの基準からすれば簡単な夕食を終えたあと――レディ・ホース＝ゴーズリーはかなりの量のワインを飲んでいた――わたしは早めに床についた。翌朝は遅くまで眠っていたらしく、クイーニーがベッド脇に立っているのに気づいて、ぎょっとして目を覚ました。

「朝の紅茶です、お嬢さま」クイーニーが言った。「びっくりしますよ。ひと晩中、雪が降ったんです。外はすごくきれいです」

わたしは体を起こし、その景色をうっとりと眺めた。果樹園の向こうの松の木とレヴィーの岩山のおかげで、まるでアルプスのような風景になっている。左のほうに目を向けると、母のコテージの煙突から煙がたちのぼっているのが見えた。「本当にきれいね。いかにもクリスマスという感じだわ」

「食事もおいしいですよね」クイーニーはトレイを置きながら言った。「今日もタータンチェックのスカートとセーターを着ますか？」

「いいえ、今日は灰色のジャージーのドレスに真珠をつけるわ。アメリカ人一家は、わたしが王家の人間らしい格好をしているものと思っているでしょうからね」

「灰色のドレスと真珠？　それにはちょっと寒くないですか？」

「この家は暖かいもの。お風呂に入っているあいだに用意をしておいてちょうだい。お風呂が空いているといいんだけれど」

「できれば、朝食のあとでヘッティおばさんのところに行ってきたいんですけど」クイーニーはローブを差し出しながら言った。

「もちろんいいわよ。おばさんもあなたのことを気にしていたわ」

わたしは暖かなベッドから渋々出ると、紅茶を飲み、ローブを羽織った。洗面用具を入れた袋とタオルを持って廊下を歩きだしたところで、玄関のドアを乱暴にたたく音がした。足を止め、好奇心もあらわに通路から下をのぞきこんだ。最初の客がこんなに早く着いたのかしら？

老いた執事がドアを開くと、強い地元のなまりのある若い女性の声が聞こえてきた。

「ああ、ミスター・ディクソン。恐ろしい話なの。ミス・エフィなの。彼女の部屋のガスがつけっぱなしだったの。ミス・エフィが死んでいたの。うちには電話がないから、医者を呼んでくるようにってミス・フロリーが。でもいまさらなにもできないと思う。だって完全に死んでいたんだもの。天国に行けるといいけど」

この騒ぎに、レディ・ホース＝ゴーズリーが食堂から出てきた。

「なにごとなの、ディクソン？　いったいなにがあったの？」

「フレンチ・フィンチ姉妹の家のメイドです」気持ちが高ぶっているのか、ディクソンの声はいくらか震えていた。「姉妹のひとりが寝ているあいだに亡くなったようで、医者を呼ぶのに電話を貸してほしいとのことです」

「まあ、それはお気の毒に」レディ・ホース＝ゴーズリーが言った。「さあ、いらっしゃい。驚いたでしょうね。亡くなったのはどなたなの？」

「ミス・エフィです」少女はこみあげてきたものを抑えこみながら答えた。「ミス・エフィがいなくなったら、妹さんたちはどうするんでしょう。いつだって彼女が一番えらくて、あたしたちにあれこれ命令していたのに」

レディ・ホース＝ゴーズリーはメイドの肩に手を乗せた。

「彼女ももう若くはなかったわ。心臓発作かなにか？」

「いいえ、違うんです。ミスター・ディクソンにも言いましたけど、彼女の部屋のガスストーブからガスが出ていたのに、火がついていなかったんです。ひと晩中、ガスを吸っていたみたいです」

レディ・ホース＝ゴーズリーは即座に行動を起こした。「ディクソン、ウェインライト医師に電話して、すぐにフレンチ・フィンチ姉妹の家に来てほしいと受付係に伝えてちょうだい。わたしもすぐに行ったほうがいいでしょうね。さぞ混乱しているでしょうから」

「ミス・プレンダーガストがもう来てくれています。ミス・フロリーとミス・リジーを慰めてくれていると思います。たまたまいつもの朝の散歩のときに通りかかって、すぐに入ってきてくれたんです。いつもどおりてきぱきしていましたけれど、でも彼女の家にも電話があるわけじゃないんで、あたしをここによこしたんです」

わたしはそれ以上そこにとどまることなく、自分の部屋に引き返した。クイーニーはまだわたしの服を用意していなかった。

「お風呂に入っているとばかり思っていたんで」問いただされて彼女は言い訳をした。説明している時間はなかったから、わたしは昨日着ていたスカートとセーターを手早く着こむと、階段を駆けおり、私道を歩いているレディ・ホース＝ゴーズリーに追いついた。雪が一〇センチ近く積もっていた。もっと頑丈な靴を履くだけの時間があればよかったのにと思った。

「恐ろしい知らせを聞いたんですね」わたしの足音を聞きつけて、彼女が言った。「なにかの間違いだと思いますよ。気の毒に、彼女は寝ているあいだに自然死したんじゃないかしら。火をつけ忘れるとか、うっかりガスを出してしまうなんて、ミス・エフィらしくないもの。

三人のなかでも一番しっかりしているのが彼女なんです。彼女がほかのふたりの面倒を見ていたんですよ」ひどく動揺しているような口調だった。「なにかおかしい。三日で死人が三人なんて。ラヴィーの呪いだって村人は本気で考え始めるでしょうね。お客さまたちはきっとみんな帰りたがるわ」

「悪いことは三度あるって聞いたことはありませんか？」わたしは言った。「三人が続けて亡くなるのは、前例がないわけじゃありません。亡くなった原因はどれもまったく違っていますし。きっとガスストーブが故障していたんですよ。それとも風のせいで火が消えてしまったのかもしれません。きっと単純な理由なんです」

話をしていた相手がだれであるかに初めて気づいたかのように、彼女はまじまじとわたしを見た。「レディ・ジョージアナ。こんなことにあなたを巻きこみたくありません。家に戻って朝食をとっていてくださいな。できるだけ早く帰りますから」

「わたしにもお手伝いできることがあるかもしれません」

「そうですか、それならいっしょに来ていただけると助かります。恐ろしい話ですよね？」

通りを渡っていると、わたしの名を呼ぶ声がして、祖父が手を振っているのが見えた。

「朝刊を買いに来たところなんだ」わたしたちに歩み寄りながら言う。「ミセス・ハギンズは〈デイリー・ミラー〉が好きで、ミスター・カワードは〈タイムズ〉が好きで、わしは朝の散歩が好きなんでな。ここいらはきれいなところだ。素晴らしいじゃないか」

「ええ、素敵ね」

祖父はわたしの様子がおかしいことに気づいたらしい。「なにかあったのか？」

「この家に住んでいる老婦人のひとりが、不審な状況で亡くなったの。こちらはレディ・ホース＝ゴーズリーよ。彼女の娘さんには昨日会ったでしょう？」わたしは彼女に向き直った。「この人はわたしの祖父です。以前はロンドン警視庁に勤めていました。いっしょに来てもらえば、役に立つことがあるかもしれません」

「まあ」レディ・ホース＝ゴーズリーは不安そうな顔になった。「これはただの恐ろしい事故でしょう？　死は三度続くって、あなたはたったいま言ったわ」

「悪いことは三度続くって言ったんです。それに、きっとこれはただの恐ろしい事故だと思います。でも祖父に見てもらっても、害にはならないはずです」

「でも彼女たちは、こんな時間に男性を迎える準備はできていないわ」レディ・ホース＝ゴーズリーはおののいたように言った。「まだ寝間着姿かもしれない」

祖父は声をあげて笑った。「警察官だった三〇年のあいだには、寝間着姿よりもっとひどい格好を何度も見てきましたよ。ですが、遠慮しろと言われるのなら、やめておきます」

レディ・ホース＝ゴーズリーが譲歩した。「専門家に現場を見てもらうのは、いいことかもしれないわね。それに、いずれ警察は呼ばなくてはならないんですから」

わたしたちは玄関に向かった。デボンの頑丈な砂岩を使った、ジョージ王朝様式のバランスのいい四角い家だった。羊毛が繁栄を意味していた時代の羊毛商人が好んで建てたような家だ。ドアがちゃんと閉まっていなかったので、レディ・ホース＝ゴーズリーが押し開け、わたしたちは中に入った。玄関ホールに取り乱した様子の家政婦がいた。エプロンは曲がり、髪は見苦しいほどにぼさぼさだ。

「ああ、あなたでしたか、レディ・ホース＝ゴーズリー。なんてひどいことが起きたんでしょう。お気の毒なミス・エフィ。医者に電話をかけるようにとメイドを行かせたんですが」

「ディクソンが彼女に付き添っていますよ。こちらはロンドン警視庁で以前、警察官だった方です。なにがあったのか、謎を解明してくれるかもしれません」

「謎を解明？　あのストーブが故障していただけのことです。ほかにどんな理由があるっていうんです？」

わたしたちは曲線を描く広い階段をあがった。そこで待っていたのは、冷静なふりをしようとしているものの、動揺していることが明らかなミス・プレンダーガストだった。

「ようやくだれかが来てくれた」彼女は言った。「恐ろしい話ですよ。メイドが半狂乱で飛び出してきたときには、とても信じられませんでした。でも本当でした。ご自分でご覧になってください」

彼女はある部屋のドアを開けた。ガスのかすかなにおいがまだ残っていたものの、窓は大きく開け放たれ、冷たい風が吹きこんでいる。わたしは、ベッドに横たわる小さな白い人物に目を向けた。とても小さく、はかなく見えた。すぐさま目をそらし、来なければよかったと後悔した。なにかできることがあるかもしれないなんて、どうして考えたのかしら？

祖父は部屋を見回した。「窓の開いたこんな大きな部屋で、死ぬはずがないんだが」

「違います、違います、わたしが窓を開けたんです」ミス・プレンダーガストがあわてて言った。「この家の人たちはひどく混乱していて、窓を開けることすら考えつかなかったんです。わたしが真っ先にしたことがそれでした。ガスを止めて、窓を開けたんです。でないとみんなが、ミス・エフィと同じ運命をたどりかねませんから。窓はしっかり閉まっていました。部屋のなかはひどいにおいでした。お気の毒に。ストーブが故障したに違いありません。それとも、使用人のだれかがガスの栓を開けたのに、ちゃんと火をつけるのを忘れたとか。もちろん、いまとなってはその使用人が白状することはないでしょうけれど」

レディ・ホース＝ゴーズリーが軽蔑したように鼻を鳴らした。「窓を閉めて眠ると、こういうことになるんです。不健康な習慣ですよ。だれにとっても、新鮮な空気はいいものなんです」

「そこがおかしなところなんです」家政婦が言った。「ミス・エフィはいつも窓を開けて寝ていたんです。それからドアも。ミス・フロリーはよく悪夢を見るので、彼女が夜中に悲鳴をあげたときには聞こえるように、ドアを開けてあったんです」

「でもゆうべはどちらも閉まっていたのね？」わたしは確認した。

彼女はうなずいた。「そうなんです。雪が降っていたから、部屋に入ってくるのがいやだったんだと思います。ドアは風のせいで閉まったのかもしれません」

「それなら、風がストーブの火を吹き消してしまったのかもしれないわね」わたしはさらに言った。

「きっとそうですね」ミス・プレンダーガストがうなずいた。「ガスストーブは気まぐれですからね。わたしはあんなものは家に置きませんよ」

祖父は部屋のなかを歩きまわり、触ることこそなかったものの、あれこれと調べている。

「こちらの女性は――ここ最近、精神的に落ちこんだり、悩みごとがあったりということはありませんでしたかな？」

ドア近くにいた家政婦が小さく叫んだ。「自殺だとおっしゃりたいんですか？　ありえません。ミス・エフィは絶対に違います。この家を維持していたのは彼女なんです。妹さんたちの面倒もよく見ていらっしゃいました。おふたりを見捨てるようなことは絶対にしませんよ」

「昨日の夜、だれか尋ねてきた人はいた？」レディ・ホース＝ゴーズリーが尋ねた。

家政婦はきっぱりと首を振った。「とんでもない。奥さまたちが夜にお客さまを迎えることは、もうありません。早めの夕食をとったあとは、三人ともお休みになります。たまにトランプを少しなさることはありますが、それも長い時間じゃありません」

「それなら、最後に訪ねてきたのはきっとわたしですね」ミス・プレンダーガストが言った。「お茶に呼ばれていたんです。そうしたら、ミスター・バークレイがいらして、当然ながらごいっしょすることになりました。ミスター・バークレイとわたしは、教会の飾りつけのことで意見が合わなかったので、どうにも気まずかったんですけれど。ミス・エフィはそういうところはそつがない人なので、うまく取りもってくださいました。人の扱いの上手な方でした。ああ、そういえば、帰り際にウィラムが来たんだったわ。そうよね、ベイツ夫人？」

「そうです。屋根裏からクリスマスの飾りをおろしてほしいって、奥さまたちが彼を呼んだんです。ウィラムは飾りをおろして、クリスマスツリーを運ぶ手伝いをしてくれました。居間に全部置いてあります。クリスマスイブまで飾りつけはしないんです。それが習慣でした」

「ウィラムのあとはだれも来なかったの？」レディ・ホース＝ゴーズリーが確認した。

「はい。ウィラムが帰ったあと、ドアの鍵はかけたはずです」家の外に車が止まる音がして、家政婦は言葉を切った。「ああ」うめくように言う。「あの警察官だわ。このあいだも来たんです。意地の悪い人ですよ。物置に脱獄犯が隠れているだのなんだのと言って、うちのメイドたちを怖がらせるんですから」

玄関を乱暴にたたく音がした。メイドのひとりがドアを開けたらしく、階段をのぼるどすどすという足音が聞こえた。

「おや、こちらにおそろいですか」ニューカム警部補が部屋に入ってきた。「医者を呼ぶ電話がかかってきたとき、わたしは隣村の警察署にいたんですよ。交換手のグラディスは、わたしにも連絡したほうがいいと考えたらしくて。なかなか頭の切れる女性です。こちらの老婦人がガスで自殺されたとか？」

「自殺じゃありません。ミス・エフィは絶対にそんなことはしません」家政婦は断言した。「なにか恐ろしい手違いがあったんです。窓もドアも閉まっているなんて、おかしいんです」

「考えすぎということはありませんかな?」彼は死体に近づいてのぞきこんだ。「高齢の女性だ——心臓発作を起こしてもおかしくない」

「でもにおいがしたんです。ひどいガスのにおいでした」ベイツ夫人が言った。

「ほんのわずかなガスでもひどいにおいがするものですよ。少し漏れていたのかもしれない」

「ガスの栓は開いていました」ミス・プレンダーガストがきっぱりと言った。「部屋の窓を開ける前に、まずガスの栓を閉めなくてはならなかったんです。だれかが栓を開けたんです。たまたまなのか、意図的なのかはわかりませんけれど」

「よりによってこんなときに」ニューカム警部補がつぶやいた。「この調子では、クリスマスが終わるまで家族に会えそうもない。プレゼントを買わなくてはならないのに……」彼は口ひげを撫でた。「さてと、みなさんはお帰りください。なににも触ってほしくないのでね」

「だれもなにも触っていません。いまも言いましたけれど、わたしがガスの栓を閉めて、窓を開けただけです」ミス・プレンダーガストはぎろりと彼をにらんだ。「でもあとはお任せします。わたしならメイドたちに話を聞きますね。だれかがいい加減な仕事をしたことがわかっても、驚きませんよ。ガスストーブに火をつけたと思いこんで、確認しなかったんじゃないですかね」

「厄介なことになったな」階段をおりながら祖父が言った。「三日で死人が三人とは。いやはや、静かで平和な田舎とはよく言ったもんだ!」

10

フレンチ・フィンチ姉妹の家
一二月二二日

家の外には警察官が立っていた。そうでなければ、いっしょにあたりを調べてほしいと祖父に頼んでいたかもしれない。だれかが壁をよじのぼって開いていた窓から侵入したとしても、あいにく雪が足跡を消してしまっている。だれが、なぜそんなことをするのかは見当もつかなかったけれど。脱獄犯のひとりが食べるものを手に入れるために忍びこんだところをミス・エフィに見つかって、彼女を殺したうえでガスによる事故死に見せかけたのかもしれない。警察がさっさと彼らを捕まえてくれることを祈った。もしくは彼らがすでに遠くに行ってしまっていることを。ダートムーア刑務所から逃げ出したのがわたしだったなら、近くにとどまっていたりはしないだろうと思った。

「どうすればいいかしら」祖父やミス・プレンダーガストと別れたあと、ゴーズリー・ホールに戻りながらレディ・ホース＝ゴーズリーが言った。「明日の夜、お客さまが全員着いたら、キャロルを歌いながら村をまわるつもりでいたんですよ。でも気の毒なミス・エフィが亡くなって、妹さんたちが悲しんでいるのに、そんなことをしていいものかしら」

「そうですね。お客さまといっしょに大薪を探しに行ったらどうですか？」

彼女の顔が輝いた。「素晴らしい考えだわ。あなたが来てくれて本当によかった。あなたはとても聡明な方ね。娘もそうなんですよ。ヒステリックなところもないし、愚かでもないし。ふたりともいい人と結婚できるといいんですけれどね。あなたはどなたか決まった人が？」

「いいえ、いません」わたしは顔を赤くして答えた。

「ホーテンスは従兄弟に目をつけているんじゃないかと思うんですよ。それが合法なのかどうか、よくわからないんですけれどね。あの子の目当てが彼本人なのか、それとも彼の肩書きなのかも」彼女は疲れた様子で笑った。「レディ・ジョージアナ、お客さまがいらしたとき、この一連の不運なできごとには触れずにいていただけるとありがたいんですけれど。みなさんが……狼狽《ろうばい》なさるかもしれませんから」

わたしはうなずいたものの、三日のあいだに死人が三人も出たという事実にわたし自身がいくらか狼狽していた。三人の死につながりがあるわけではない――どれも死因は異なるし、事故として説明のつくものばかりだ。わたしは、ラヴィーの呪いを信じる気になり始めていた。

コートを脱ぎ、すぐに部屋に戻った。「クイーニー、灰色のドレスはどこ？」

クイーニーは衣装ダンスを開けたが、すぐにまた閉めた。「あのドレスは少し長いって言ってましたよね？　流行遅れだって」

「ええ」いやな予感がした。

「もう長すぎることはありませんよ」クイーニーはそう言うと、最後に見たときより三〇センチは短くなっているドレスを衣装ダンスから取り出した。

「わたしのドレスが。あなた、いったいなにをしたの？　切ったわけじゃないわよね？」自分の声が危険なほど甲高くなっているのがわかった。

「違います、お嬢さん。そんなことしていません。ただ……その、糸が出ていたんで、ぐいっと引っ張ったら、ドレスがほどけ始めたんです。なんとか止めましたけど、ひとつ間違ったらセーターになっているところでした」

「クイーニー。あなたはわたしの服をかたっぱしから台無しにしているわね。あの灰色のドレスは、スーツ以外では唯一のおしゃれな冬の服なのよ。家の中でスーツを着るわけにはいかないのに。これから一週間ずっと、タータンチェックのスカートをはいて女学生みたいな格好をしていなきゃいけないんだわ」

「あたしがもう一度元通りに編んでみましょうか？」クイーニーが提案した。

「無理に決まっているでしょう。どうしてわたしはあなたをくびにしないのかしら。わたしには、新しい服を買うだけの余裕はないのよ」

クイーニーは牛のような大きな目に涙をためてわたしを見つめた。

「本当にすみません、お嬢さん。悪気があったわけじゃないんです」

「それはわかっているわよ、クイーニー。でもドレスが台無しになったことに変わりはないの」

「短すぎるってことはないかもしれませんよ。今年はスカート丈が短くなっているって言ってたじゃないですか」

「それはそうだけれど、太ももが半分見えるほどじゃないわ！」わたしはドレスを体に当ててみた。「いまさら言っても仕方がないわね。昨日着たものを着るしかないわ。お願いだから、ほかのディナー・ドレスには触らないでちょうだい。洗ったり、アイロンをかけたりしようとしないで。しわだらけのまま着るほうがまだましだわ。大きな穴が空いていたり、ベルベットのけばがなくなっていたりするのは、もうたくさん」

クイーニーは寂しそうにうなずいた。「了解しました、お嬢さん」

「ああ、それから」その場を立ち去ろうとするクイーニーにわたしはさらに言った。「ほかの女性のお客さまがメイドを連れてきていなかったら、あなたに手伝ってほしいとレディ・ホース＝ゴーズリーが言っていたのを覚えている？」

「はい」

「手伝わないで。わたしには、あなたがだめにした服を弁償することも、あなたが火をつけた人に対する責任を負うこともできないの」

「そんなことは一度きりです。いつもいつもだれかに火をつけているわけじゃありません」

「念のために言っているの。あなたは歩く災害みたいなものだし、せめて被害を与えるのはわたしだけにしておいてちょうだい」

「はい、お嬢さん」クイーニーはぼそりと答えると、出ていった。わたしは最悪の気分だった。なにかをしでかすのは彼女なのに、どうしてわたしがこんな気分にならなければいけないのかしら？　わたしは用を足してから、最初の客――インディアナ州からやってきたウェクスラー一家――を出迎えるために階下におりた。

一家が到着したのは午後遅くになってからだった。ニュートン・アボット駅から電話がかかってきて、迎えの車が出発した。わたしたちは私道の先まで歩き、門のところで彼らを迎えることになった。「歓迎していることを示すためですよ」レディ・ホース＝ゴーズリーはそう言って、荘園に新しい領主を迎えるときのように使用人を一列に並ばせた。

「まったくばかばかしい」サー・オズワルドは文句を言った。「古いカーディガンを着替えろなどと言うんじゃないだろうな。だれが来ようとわたしは着替えるつもりはない。ありのままのわたしで満足してもらうだけだ」

「オズワルド、あのカーディガンは袖に穴が空いているのよ。ホームレスみたいに見えるわ。せめてツイードのジャケットを着てちょうだい」

間抜けになった気分で震えながら門のところに立っていると、雪が降りだした。

「ほら、ホワイト・クリスマスになるのよ」レディ・ホース＝ゴーズリーがうれしそうに言った。「オズワルド、あなたは暗いことばかり言っているけれど、きっと素晴らしいクリスマスになるわ。このうえなく素晴らしいものに」

村に近づいてくるベントレーがようやく見えてきた。車が私道を進むあいだ、わたしたちはずっと手を振り続け、レディ・ホース＝ゴーズリーがじきじきに車のドアを開けた。

「骨董品なみの車をお持ちですね」ミスター・ウェクスラーが後部座席から降り立った。「実に古風だ。客を駅まで迎えに行くために、わざわざ古いものを引っ張り出してきたんでしょう？　それらしい雰囲気を出すために」

「我が家の車はこれ一台だけなんです」レディ・ホース＝ゴーズリーが答えた。「なんとまあ。わが国ではこんなものは博物館にしかありませんよ」

一家は車から降り、あたかもそこが火星であるかのようにあたりを見回した。信じられないほど長身のミスター・ウェクスラー、厚化粧のミセス・ウェクスラー、ふくれっ面の娘シェリー、そばかすだらけの息子のジュニア。

「客はわたしたちだけじゃないでしょうな」家のなかに入り、あたりを見回しながらミスター・ウェクスラーが文句を言った。「盛大なハウス・パーティーと聞いていましたが」

「ほかのお客さまは明日いらっしゃることになっています」レディ・ホース＝ゴーズリーが答えた。「王家の一員のレディ・ジョージアナだけはすでにお越しですけれど」

バンティが言っていたとおり、その言葉は状況を一変させた。ミセス・ウェクスラーはぎこちなく膝を曲げてお辞儀をし、ミスター・ウェクスラーは妻に向かって言った。「おいおい、どうだ。生涯忘れられないクリスマスになると言っただろう？」

「パパ、壁の剣を見てよ。あれって本物？」

「もちろん本物よ、坊や」レディ・ホース＝ゴーズリーが応じた。「どれもあなたの手をすっぱり切り落とせるくらい鋭いのよ」ジュニアはあわてて手を引っ込めた。

レディ・ホース＝ゴーズリーは一行を部屋へと案内した。両親は趣のあるかわいらしい部屋だと感じたようだが、娘のシェリーは、インディアナ州マンシーにある自宅の宮殿のような広々とした部屋に比べると〝ものすごく狭い〟と言った。ミセス・ウェクスラーはセントラル・ヒーティングを少し強くしてほしいと申し入れ、そんなものはないと聞かされて愕然とした。

「この部屋がものすごく寒いのは、だれかがうっかりして窓を開けっぱなしにしたせいね」そう言って、即座に窓を閉めた。

「わたしたちは窓を開けたまま眠るんです。そのほうが健康的ですから」バンティがにこやかに言った。

「お嬢さん、あなたはわたしたちよりずっとたくましいようですね」ミスター・ウェクスラーが言った。「冬のあいだは、部屋は暖かいほうがいい。寝る時間までに暖炉に忘れずに火を入れておいてくれれば……」

「もちろんそれまでには使用人がちゃんと火をおこしておきます」バンティが答えた。

ジュニアがベッドの下をのぞきこんだ。「パパ、ここにおまるがあるよ」うれしそうに笑いながら告げる。

「お部屋の飾りよ。昔風にしてあるの」ミセス・ウェクスラーが言った。

「いえ、そういうわけではなくて、一番近いトイレが廊下のずっと先だからなんです」レディ・ホース＝ゴーズリーが説明した。「念のためです」

「お部屋にトイレがないっていうこと？」ミセス・ウェクスラーはぞっとしたように目を見開き、夫を見つめた。

「この家が建てられたのは一四〇〇年代です。当時、屋内の配管設備はあまり発達していませんでしたから。この階にトイレがふたつ――廊下の両端に――あるのは幸運なんです」レディ・ホース＝ゴーズリーは一度言葉を切った。「湯沸《ギーゼ》かし器の使い方をバンティに説明させたほうがいいでしょうね。時々、機嫌が悪いことがあるので」

「間欠泉《ギーゼ》？　イエローストーンのように、お湯が地面から湧き出すわけじゃないでしょうね？」

「地面から湧き出す？」レディ・ホース＝ゴーズリーは戸惑ったような顔になった。「ごく当たり前のお湯を沸かす装置です。バスタブの上にある小さな機械ですが、我が家のものは少し気まぐれなんです」

「わたしたちが日頃使っているものとはずいぶん違うようだ」ミスター・ウェクスラーが言った。

「もちろん違いますとも」レディ・ホース＝ゴーズリーが明るい口調で応じた。「そのためにいらしたんですよね？　昔ながらの英国風クリスマスを過ごすために。あなた方の国と同じでは、いらした意味がありませんよね」

そう言い残し、彼女はウェクスラー一家をその場に残して階段をおりていった。

「英国貴族を怒らせたみたいよ、クライド」ミセス・ウェクスラーが低い声で言った。「あの人たちがどれほど神経質か、わかっているわよね？」


その日の午後は、アメリカ人一家に三人の不可解な不慮の死のことを知らせまいとして、レディ・ホース＝ゴーズリーは落ち着かない様子だった。せっかく雪が降っているのだから、雪だるまを作ってはどうかと子供たちに提案したものの、笑われただけだった。一家の住んでいるあたりは雪が多いらしく、雪だるまは少しも珍しくないようだ。そういうわけで、彼らの気分を盛りあげるのはわたしの役目になった。親戚である幼い王女たちの話題を持ちだし、いっしょに過ごした楽しい時間について語った。幸い、とても興味を示してくれた。

「聞いた、クライド？　エリザベス王女といっしょに馬に乗ったんですって。王女は大人なみに乗れるそうよ。それにあの小さなマーガレット王女——話を聞くかぎり、まるで癇癪玉《かんしやく》ね。大きくなったら、いろいろと問題を起こしそうね」

紅茶が供されると、彼らの表情は見るからに明るくなった。お茶は珍しいらしい。ケーキとスコーンも気に入ったようだ。

「あらかじめお話ししておきますが、ディナーのときはきちんとした服を着ることにしています」レディ・ホース＝ゴーズリーが言った。「サー・オズワルドは道徳規範を守ることに熱心なんです」

当のサー・オズワルドはハリスツイードの古いジャケットと色あせたコーデュロイのズボンという格好のうえ、客をもてなそうとする気配すら見せなかったから、彼を持ちだしたのは逆効果だとわたしは思った。

「それって、イギリスでは下着のまま食事をする人がいるってこと？」ジュニアが尋ねると、姉がくすくす笑った。

「いいえ、そういうわけではないのよ。でも下層階級の人たちは、昼間着ていた服を着替えないの。上流階級の人たちはきちんとした服装で、礼儀正しく食事をするの。たとえひとりで食べるときでも。それが普通なのよ」レディ・ホース＝ゴーズリーが説明した。

「ぼくは、きちんとした服装なんてないよ。ねえ、ママ？」

「あなたは大人とは別に食事をするのよ。料理人に子供部屋まで運ばせましょうね」

「もちろんジュニアはわたしたちといっしょに食事をします」ミセス・ウェクスラーが言った。「いつだっていっしょに食べているんですから。独房の囚人みたいにひとりで食べさせるなんて、とんでもない。あなたたちイギリス人が冷淡で無愛想になるのも無理ないわ」

「わたしたちは冷淡でも無愛想でもありません。そうしたいのなら、いっしょに食べてもかまいませんよ」

「遅くまで起きててもいい？」ジュニアが訊いた。

「ええ、もちろんですとも。古臭い英国人といっしょにいられる機会なんて、そうないんですものね」

レディ・ホース＝ゴーズリーはきゅっと唇を結び、歩き去っていった。だがディナーが始まってウェクスラー夫妻がお酒を飲まないことがわかると、彼女の気分はぐっと上向いた。それだけ費用が安くすむし、その分のワインを自分が飲むことができるからだ。彼女は一家が体験することになる古臭いイギリスの習慣を、詩的な言葉で表現した。「完璧な大薪をずっと探していたんですよ。お客さまが全員揃ったら、クリスマスツリーを飾りましょうね。キャロルを歌いながら家を一軒ずつ回って、熱々のミンス・パイとトディをごちそうになるんですよ」

「つまらなさそうだね」ジュニアが言い、姉がうなずいた。

レディ・ホース＝ゴーズリーは言葉を継いだ。「若い人たちのためには、レディ・ジョージアナが計画してくださっていることがあるんですよ。パーティー・ゲームや屋内花火、それからもちろん仮装舞踏会も。クリスマスのあとは、村の伝統的な行事がいろいろと行われます。狩り、ラヴィー・チェイス、大晦日には鬼ばば退治もあるんですよ」

「それ、なに？」ジュニアは興味を引かれたようだった。

「ラヴィーの呪いに関わることなの」バンティが芝居がかった口調で言った。「昔、わたしたちの村には魔女がいたの。彼女は火あぶりにされたとき、クリスマスの時期には村に戻ってきて復讐するって誓ったのよ。そういうわけで、毎年大晦日には村人たちが太鼓やお鍋やフライパンを手に家を一軒一軒まわって、大きな音をたてて魔女を怖がらせるの。新しい年に悪いことが起きないようにって」

「呪いとか魔女なんていうものはないんだよね、パパ？」ジュニアは自信なさげに尋ねた。

「アメリカにはないかもしれないわね」レディ・ホース＝ゴーズリーが答えた。「でもイギリスにはあるのよ。ここはとても古い国ですもの。この家はコロンブスがあなたの国を見つける一〇〇年も前に建てられたのよ」

夕食後、ミスター・ウェクスラーはサー・オズワルドとポートワインを飲んだり、葉巻を吸ったりするのではなく、女性たちといっしょに応接室にいるほうがいいと言った。夫妻が夜にはコーヒーを飲まないこともわかった。「もし麦芽乳があれば……」ミセス・ウェクスラーが言った。

「麦芽乳？」レディ・ホース＝ゴーズリーはけげんそうに訊き返した。「お休みになる用意ができたら、お部屋までココアを持っていかせますけれど」

「そろそろ休んでもいい時間だ」ミスター・ウェクスラーが言った。「早寝早起きがわたしたちのモットーなのでね。朝食は何時です？　いつもは七時には食べるようにしているんですが」

「お手伝いが必要であればレディ・ジョージアナがメイドを貸してくださるとおっしゃっていますけれど、いかがですか？」レディ・ホース＝ゴーズリーが訊いた。

わたしはジャージーのドレスを思い出して不安にかられたが、とりあえず尋ねた。

「わたしのメイドに着替えのお手伝いをさせますか？」

夫妻はおおいに面白がった。「着替えの手伝い？」ミセス・ウェクスラーは夫のあばらをつついた。「わたしは、自分で着替えもできないくらいひ弱だと思われているらしいわよ、クライド」今度はわたしの腕を叩きながら言う。「わたしの国では、女性はなんでも自分でするように育てられるの。使用人を使うのは、正しいことだとされていないのよ」

「なんとまあ」ウェクスラー夫妻が部屋に引き取り、わたしたちだけになったところで、レディ・ホース＝ゴーズリーがコーヒーを飲みながら言った。「お客さまがあんなに――」

「難しいとは思わなかった？」バンティが言葉を継いだ。

「わたしたちとは違うと言おうとしたのよ。でもそう言ってもいいかもしれないわね」

「上流階級の英国の家ではこうするもので、それを経験するためにここに来たはずだって言ってやればいいのよ」バンティがきっぱりと告げた。

「やってみたつもりなのだけれど」レディ・ホース＝ゴーズリーはため息をついた。「ほかのお客さまがあんなに……違わないといいのだけれど」

わたしたちは寝室に引き取った。わたしはなぜか眠ることができず、静けさのなかに響くふくろうの鳴き声を聞きながら天井を見つめていた。三人の不可解な死、脱獄囚、村の愚か者、荒れ地の女といったことが、頭のなかをぐるぐると駆け巡っている。しばらくたったところで、あたりがしんと静まりかえっていることに気づいた。物音ひとつしないということは、まだ雪が降り続いているのだろう。ホワイト・クリスマスはさぞ美しいだろうと思った。大切な人たちが近くにいて、おいしい料理とお酒と暖かい家がある。フィグは遠く離れたところにいる。三人の死や脱獄囚や扱いの難しいアメリカ人などに、せっかくのクリスマスを邪魔させるつもりはなかった。

11

ゴーズリー・ホール
一二月二三日

今日は、ほかのお客さまたちがやってくる。ウェクスラー一家ほど扱いが難しくないといいのだけれど。わたしにホステス役が務まるかしら?

翌朝早く、わたしはウェクスラー一家が大声で話しながら廊下を歩く音で目を覚ました。クイーニーが朝の紅茶を運んでくるのを待たずにバスルームに行き、戻ってきて着替えた。今日はツイードのスーツのスカートにブラウスとカーディガンにした——あまりおしゃれとは言えないが、少なくとも昨日とは違う格好だ。階下におりていくと、玄関ホールに執事が立っていた。「まだだめです」

わたしの足音に気づき、彼はこちらを見ながらさらに言い添えた。「電話線が切れているようです。夜のあいだに雪が降ったのかもしれませんが、とにかく電話はつながりません」

疲れた顔のレディ・ホース＝ゴーズリーが朝食室から現われた。「困ったわね。伝えたいことがあるのに、車を町まで行かせなくてはならないようね」

「なにかわたしにできることはありますか？」わたしは尋ねた。

「警察署まで行って、電話を使わせてくれるように頼んでもらえるかしら？　緊急事態なんですよ」

「緊急事態？」鼓動が速まるのがわかった。

「そうなの。気が変わったことを肉屋に伝えなくてはいけないんですよ。七面鳥だけでなく、ガチョウも出したいんです。本当はガチョウはあまり好きではないのよ――油っぽくて、しつこいでしょう？　でも伝統的なクリスマスの料理はガチョウだってオズワルドに言われたんですよ。だから出さないわけにはいかないわ。お客さまは期待しているでしょうから」

「それじゃあ、わたしは肉屋に電話をかければいいんですね？」

「ええ。肉屋の名前はスカッグズよ。そう言えば、交換手がつないでくれます。レディ・ホース＝ゴーズリーの気が変わって、明日の朝早く、七面鳥といっしょにガチョウを届けてほしいって伝えてもらえるかしら」

「わかりました」

「まず朝食をとってくださいね。ウェクスラー一家はもう食べ終えたんですよ。あの人たち、家では小枝みたいなシリアルしか食べないんだそうよ。キドニーなんてとんでもないって言われましたよ」彼らには見込みがないとでも言わんばかりに、彼女は首を振った。「急ぐことはありませんからね。でも肉屋は一日中、とても忙しいと思うの。ほかのお客さまがいついらっしゃるかわからないから、わたしは家を離れられないし。ウェクスラー夫妻から靴下のことを訊かれたのだけれど、あの人たちはクリスマスに靴下でなにをするのかしら？」

「サンタクロースのために吊るすんだと思います」

「どこに？」

「暖炉の上に」

「こんなに大勢の人がいたら、まるでびっしりと洗濯物を干しているように見えるじゃないの。いいえ、靴下は配らないでおくわ。スノーハウスを作って、そこに全員分のプレゼントを入れておこうと思ってるんですよ。プレゼントを交換したい人はそうしてもいいし、ツリーの下に置いてもいいし」

「あら」わたしはまじまじと彼女を見つめた。「プレゼントを用意することになっていたんですか？」

「あなたはいいのよ。必要ありません」

わたしはうなずいたが、頭のなかは様々な考えが駆けめぐっていた。ラノク城ではクリスマスにプレゼントを贈るという習慣があまりなかった。甥のポッジには毎年ちょっとしたものをあげていたし、ビンキーとフィグがハンカチや手袋をくれることはたまにあったけれど。母は覚えていた年には小切手を送ってくれた。とはいうものの、わたしたちにとってクリスマスは大騒ぎするようなイベントではなかったのだ。クイーニーにはささやかな贈り物を用意していたが、祖父にもなにか贈るべきだということに不意に気づいた。そして母にも。問題は、レディ・ホース＝ゴーズリーからここまでの交通費をまだもらっていないということで、わたしは懐がかなり寂しかった。スーパーのウールワースで、〈アッシュズ・オブ・ローゼズ〉の香水を買っても、母はあまり喜んではくれないだろう。祖父には本当にいいものを贈りたかった――カシミアのマフラーとか暖かなセーターとか。お金がないことをこれほどいらだたしく思ったことはなかった。前払いしてほしいとレディ・ホース＝ゴーズリーに頼もうかとも思ったが、さすがにプライドが邪魔をした。とりあえず村のお店をのぞいてみて、あとは奇跡が起こることを祈ろうと決めた。

たっぷりした朝食のあと、村に向かった。夜のあいだに硬く凍りついた雪を踏みしめながら私道を進み、足を止めて目の前の景色をうっとりと眺める――そり遊びをする小さな男の子たち、共有草地に作られた雪だるま、おいしいものやきれいに包装された荷物が入ったかごを手に、厚着をして家路を急ぐ村人たち。クリスマス気分がぐっと高まるのがわかった。

警察署では不安そうな顔つきの巡査が応対してくれた。「申し訳ありませんが、お役に立てません。署の電話も通じないんです。いったいどういうことなのか、わからないんですよ。ゆうべは嵐でもなんでもなかったですよね？　寒さのせいなのかもしれません」

村の店をのぞいたが、目についたのは長いウールの下着と白いハンカチくらいで、クリスマスプレゼントにふさわしいものはなにもなかった。けれど、レディ・ホース＝ゴーズリーのメッセージを伝えるためにはだれかが町まで行かなければならないことに気づいて、わたしの気分は上向いた。

「警察署の電話も通じていないんですか？」レディ・ホース＝ゴーズリーは髪を撫でつけながら言った。「なんてことかしら。どうしてこう間際になって問題が起きるのかしらね。もしよかったら、町まで行ってもらえないかしら？　どうしてもガチョウが必要なんですよ。これ以上遅くなったら、きっと売り切れてしまうわ」

「もちろん行ってきます」買い物をするチャンスができたことがうれしかった。

車が用意され、わたしは上機嫌でニュートン・アボットの町に向かった。ティドルトン・アンダー・ラヴィーが、田舎のクリスマス風景を形にしたものだとしたら、ここはディケンズの小説そのものだった。弓形に張り出した鉛枠の窓、楽しそうなパブ、街角でキャロルを歌う子供たち、食料品やプレゼントを山のように抱えてよろめきながら通り過ぎる人々。レディ・ホース＝ゴーズリーの伝言を届けると、ミスター・スカッグズは満足げに言った。

「だからそう言ったんだ」デボンの強いなまりで彼は言った。「きっとガチョウも欲しくなるよってね。お嬢ちゃん、クリスマスの朝早く、ちゃんと届けるって夫人に伝えておくれ。心配いらないってね」

「レディ・ホース＝ゴーズリーは電話をかけようとしたんだけれど、電話線が切れたかなにかでつながらなかったの。警察署の電話もだめだったのよ」

「なるほどね、そりゃあそうだ」彼は訳知り顔でうなずいた。「ゆうべ、電話交換局で火事があったんだ。聞いていないかい？　恐ろしい話さ。配線がどうかなっていたらしくて、気の毒な交換手がヘッドホンを差しこんだら、感電しちまったんだ。交換局も一気に火に包まれて、消防隊が消し止めるのに何時間もかかった。クリスマスがすぐそこだっていうのに、気の毒ったらありゃしない」

「その娘さんは亡くなったの？」こみあげる恐怖を抑えつけながら、わたしは尋ねた。

彼はうなずいた。「娘さんじゃないけどな。グラディス・トリップって言って、もう何年もここで交換手をしていた。詮索好きで、しょっちゅう人の電話に聞き耳を立ててはいたが、悪い人間じゃなかった。あんなふうに死ぬことはなかったよ」

「その人はティドルトン・アンダー・ラヴィーの近くに住んでいたの？」

「いいや、この町で生まれて、ずっとここで暮らしていた。おれといっしょに小学校に通ったんだ」

言葉が見つからなかった。店を出て大通りを歩いたが、クリスマスカードのような風景ももう目に入らなかった。四人めの死。今回も事故なのかもしれない――配線がおかしくなっていたのかもしれない。電線と電話線が近づきすぎていたのだろうか。電話がどんな仕組みになっているのかは知らないけれど、こういった事故が頻繁に起きるとは思えなかった。それに死んだ交換手は、電話を盗み聞きするのが好きだったという。聞いてはならないことを聞いてしまったのかしら？　一五キロ以上も離れた町に住んでいる彼女に、ラヴィーの呪いが及ぶとは思えなかった。

わたしにできることはなにもなかったし、このあたりに住む殺人狂が、手当たりしだいに違うやり方で人を殺しているのでないかぎり、彼女の死がほかの三人の死と関わりがあるとも思えなかった。そのとき、ひとつだけ共通点があることに気づいた。彼女の名前は聞いたことがある。ミス・エフィの事故の一報を受けたとき、機転を利かせて警察に連絡した交換手の名がグラディスだとニューカム警部補が言っていた。ふたつの死がこれでつながったが、それもごく弱いつながりにすぎない。買い物かごを持った女性たちのあいだを縫うようにして大通りを歩きながら、あれこれと考えてはみたものの、通りの最後までたどり着いたときにもまったく答えは出ないままだったので、当初の目的――クリスマスプレゼントを探すこと――に意識を戻そうとした。けれど婦人服店、靴屋、日用食料品店や雑貨店まで見てまわったが、値段が安くてかつ素敵なものは見つからなかった。小さな宝石店のショーウィンドーの前で足を止め、美しいアンティークの宝石を眺めて羨望のため息をついた。ずいぶんと高価な品物を置いている。こんな店に足しげく通えるほど裕福な人が、小さなデボンの町にどれほどいるのだろうとわたしはいぶかった。歩きだそうとしたところで、ウィンドーの下のほうに置かれている小さな商品に目が留まった。

〝幸運を呼ぶデボンの妖精《ピクシー》〟

ぼくは幸運を呼ぶ伝説のデボンのピクシー。

一度キスをして、二度回してくれれば、幸運を運んでくるよ。

銀で作られたピクシーは小さな箱に入れられ、蓋《ふた》にはこんな言葉が記されていた。観光客の興味を引いて、店内に呼びこもうというのだろう。祖父には幸運が必要だろうと思ったし、母もこのピクシーをかわいらしいと思うかもしれない。ひとつずつ買おうと決めたところで、衝動的にダーシーの分も手に取っていた。ひょっとしたら、彼と会うことがあるかもしれない。幸運が必要な人間がいるとしたら、それは彼だ。彼もわたしと同じくらい貧しいし、いつだって危険な場所を旅している。

応対してくれたのは年配のユダヤ人男性だった。店の名が〈クラインの宝石店〉といったから、おそらくは彼がミスター・クラインだろう。こんなささやかなものしか買わないにもかかわらず、とても礼儀正しく接してくれた。

「ちょうどパリからいい品物が入ったところなんです。よろしければご覧になりますか？」

彼は箱を包みながら訊いた。

「残念ですけれど、こちらの美しい品物を買うだけのお金がわたしにはないんです」わたしは悲しげに微笑んだ。

「そうですか」彼が箱を差し出した。「いまは生きていくのが難しい時代ですからね。近頃では、高級な品物を求める人はめったにいなくなりました。いいクリスマスをお過ごしください、お嬢さん」彼はそう言ったあと、抜け目なく言い添えた。「それとも〝お嬢さま〟とお呼びすべきですか？」

三つのピクシーを手に店を出たわたしは、隣のお菓子屋でミセス・ハギンズに箱詰めのチョコレートを、レディ・ホース＝ゴーズリーには『ブラック・マジック』というチョコレートを買った。なかなか姿を見せないミスター・カワードのためにはなにも買うつもりはなかった。

12

次の客が到着したのは二時頃だった。アップソープ夫妻と娘のエセルだ。締まりのない丸顔の大柄な娘で、髪はマルセルウェーブにしていたが、どういうわけか少しもおしゃれには見えなかった。母と娘はどちらもパリ製であることがひと目でわかる仕立てのいい服を着ているものの、落ち着かない様子だった。ウェクスラー夫妻とアップソープ夫妻は互いをうさん臭そうに眺めた。わたしはエセルを彼女の部屋まで案内した。

「わたしたちのほかにも普通の人がいて安心したわ」彼女は小声で言った。「貴族の人ばかりだったらどうしようって思っていたの。父がたくさんお金を稼いだというだけで、わたしたちはただの平民だもの。お金だけじゃ満足できないらしくて、両親はわたしを社交界にデビューさせようとしたんだけれど、それはいやだって言ったの。そうしたら母は、わたしを貴族と結婚させようって決めたのよ。そういうわけでここに来たんだけれど、でも若い男の人はいないみたいね」

「このあと三人来ることになっているわ。この家の息子さんと、オックスフォードの彼のお友だちと従兄弟よ。三人がどんな人なのかは教えられないわ。わたしも会ったことがないから」

「あなたのお父さまはなにをなさっているの？」

「元グレン・ギャリーおよびラノク公爵よ。もう亡くなったけれど」

彼女は口を手で覆った。「まあ。あなたのこと知っているわ。社交欄で写真を見たことがある。いやだ、わたしったらばかみたい」

「いいのよ。わたしもごく普通の人だもの。仕事はないし、あなたたちよりずっと貧しい暮らしを送っているわ」

「でもあなたには王家の親戚がいるでしょう？」

「ええ、それはそうね」

「膝を曲げてお辞儀をして、〝お嬢さま〟って呼ばなきゃいけないのね」

「こういう場ではその必要はないわ。今週はみんな友人同士よ。ジョージーって呼んでちょうだい」

彼女は顔を輝かせた。「あなたっていい人ね、ジョージー。家に帰って、友だちにこの話をするのが待ちきれないわ」

とりあえず、だれかを満足させることはできたようだ。階下におりてみると、ラスボーン大佐夫妻が到着していた。ふたりとも想像どおりの人物だった。レジー・ラスボーン大佐はいかにも軍人っぽい口ひげをはやした恰幅《かっぷく》のいい男性で、夫妻はどちらもツイードのスーツを着て、夫人のほうは質のいい黒水晶のブローチを襟《えり》につけていた。

「夏のカルカッタは、それはそれはとんでもなく居心地が悪くなることがありましてね」大佐が言った。「たいてい家内は山地に行かせていたんですよ。そうだったな、おまえ？」

「山地はとてもきれいなんです。見渡すかぎりお茶の農園が続いていて。インドに行かれたことはおありですか？」ミセス・ラスボーンはウェクスラー夫妻とアップソープ夫妻に話しかけたが、ぽかんとした顔で見つめられただけだった。

「インドのようなところは、わたしはいやだわ」ミセス・ウェクスラーが身震いした。「ほこりと病気だらけで、町には牛が走り回っていて。とんでもないわ」

「いいところですよ、インドは」大佐が言った。「マハラジャの宮殿をお見せしたいですな。虎狩りやカシミールの湖も。本当に素晴らしいところだ」

「休暇で帰っていらしているんですか？　それとも、もうこのままずっとこちらに？」レディ・ホース＝ゴーズリーが尋ねた。

「長期休暇です。五年に一度取れるんですよ。以前はこのあたりに家があったんですが、残念なことに手放しましてね。こういうご時世ですからね。退役したときに、イギリスに戻ってくるかどうかもわかりません。インドの暮らしは家内にとって、とても快適なものなんですよ。そうだな、おまえ？」

「暑さと病気を除けば、インドはとても暮らしやすいところです。使用人は献身的ですし、パーティーやダンスがしょっちゅうありますし。イギリスの暮らしのほうがよっぽど退屈だわ。四年前に帰国したときにそう思いました。レジーがほとんどいっしょにいてくれなかったから、なおさらだったわ――そうだったわね、あなた？」

「まったく迷惑な話でしたよ。ほんの数カ月しかいないというのに、呼び出されて――」

「あら、伯爵夫人がいらしたみたい」レディ・ホース＝ゴーズリーが不意に立ちあがった。「お出迎えしなくてはならないので、ちょっと失礼します。すぐにお茶にしますね。デボンシャー・クリームをお出ししますから」

いっしょに来るようにと、彼女はわたしに身振りで示した。年代物のロールスロイスが止まり、威厳のある女性が後部座席から降り立った。セーブルのロングコートと帽子に身を包み、黒檀と銀の杖を手にしている。柄つき眼鏡《ローネット》を目に当ててあたりを観察しているあいだに、ネズミを思わせる小柄な女性が車を降りてぐるりと回り、彼女を玄関までいざなおうとした。レディ・ホース＝ゴーズリーが両手を大きく広げながら彼女に近づいた。

「オルベリー伯爵夫人。ようこそゴーズリー・ホールに。歓迎いたします」

「はじめまして」伯爵夫人は硬い声で言うと、彼女に触れられる前に黒い手袋をした手を差し出した。

「長旅でしたか？」

「それほどでもありません。昨日ロンドンを発って、ゆうべはバースのフランシスに泊まりました。わたくしの好きな町のひとつです。ミルソム・ストリートで骨董品を買うのが好きでした。もちろんいまは買いません。飾るところがありませんから」

「さあ、どうぞお入りください」

「もちろんそうします」伯爵夫人は鼻を鳴らした。「こんな寒さのなかに、一週間立ちっぱなしでいるつもりはありませんからね」

レディ・ホース＝ゴーズリーは気まずそうにくすりと笑うと、階段をあがる伯爵未亡人に手を貸そうとしたが、はねつけられた。「まだ老いぼれてはいません。みんなわたくしを年寄り扱いしようとするけれど、そうはさせませんからね」

彼女はだれの手も借りずに階段をあがった。

「ほかのお客さまとお茶にする前に、お部屋でさっぱりなさりたいですよね？」レディ・ホース＝ゴーズリーが訊いた。

「さっぱりする？　それは海の向こうの下品な俗語ですか？　休息を取って、体を洗い、服を着替えるという意味なら、そう言いなさい。わたくしの時代には、だれもが正しい言葉遣いをしたものです。わたくしが子供の頃は、〝さっぱり〟したり〝緊張をほぐし〟たりはしませんでしたよ」伯爵夫人は長い階段を見あげて言った。「わたくしの膝の状態を考えると、〝さっぱりする〟のはやめておいたほうがいいでしょうね。わたくしたちがどこで眠るのかを、同伴者に教えておいてください。それと、客間かどこか午後にくつろぐ場所に案内していただきたいですね」

「応接室に大きな暖炉があります」レディ・ホース＝ゴーズリーが言った。「レディ・ジョージアナがご案内します」

ローネットがわたしに向けられた。「ジョージアナ？　バーティ・ラノクの娘ではないでしょうね！　ああ、そうだわ。面影がある」案内しろというように、彼女はわたしの腕に手をからめた。「あなたのお祖母さまも、もちろんあの恐ろしいひいお祖母さまのビクトリア女王も知っていますよ。彼女に拝謁したときは、緊張のあまり転びかけたものです。お祖母さまはおとなしい方でしたね——そうならざるを得ませんよね。母親のいるところでは、ひとことたりとも口をきけなかったでしょうからね。でも彼女がラノクと、わたくしがオルベリーと結婚してからは、かなり親しくしていたのですよ。あなたのお父さまが子供だったときのことも、覚えています。気立てのいい子でした。人が好きだったのに、いつもひとりぼっちだったのですよ。弟か妹がいればよかったのですがね。大家族のなかでなら、もっと強くなれていたのでしょうに」

「わたしと同じですね。兄とは年が離れているので、ひとりっ子のようなものでしたから」

「少なくともあなたのお祖母さまは死ぬまでに跡継ぎである息子を産んだけれど、わたくしはそれができませんでした。その結果、わたくしたちの地所は能無しの甥のものになり、わたくしはあっさりと放り出されたのです」伯爵夫人は言葉を切り、窓の外の雪景色を眺めた。

「門番小屋を与えられましたが、下層階級出の甥の嫁は、わたくしとは一切関わりたくないという態度でしたのでね。最近はケンジントンの小さな家で暮らしているのです。友人のほとんどは同じような境遇にあるか、でなければ死んでしまいました。昔が懐かしいのですよ——若い頃のような、古き良きクリスマスが」

わたしは、はげますような笑みを浮かべた。「きっと楽しい時間が過ごせると思います」

彼女が顔を寄せて言った。「ほかの客はどうなのです？　わたくしが知っている人はいますか？」

「いないと思います」わたしはそつのない答えを選んだ。「でもみなさん、気持ちのいい方々ですよ」

「問題はそこなのですよ。わたくしの知っている人はもうほとんど死んでしまいました。わたくしはもうこの世では歓迎されていないのです」

「ここでは歓迎されているじゃありませんか」

彼女はわたしの腕を叩いて言った。「あなたは優しい子ですね。お父さまも優しい人だったでしょう？」

「わたしは父をほとんど知らないんです。父はヨーロッパにいることが多かったので」

「思い出しましたよ。スキャンダルがありましたよね？　妻に逃げられたのでしたね。いまではその類はもうスキャンダルにもならない。だれもが同じようなことをしていますからね。皇太子がいい例です。人妻であるアメリカ人女性を追い回しているというではありませんか。いったいこの世界はどうなってしまうのやら」伯爵夫人は振り返って言った。「そんなところに突っ立っているものじゃありませんよ、ハンフリーズ。さっさとわたくしの部屋の場所を訊いて、荷物を片付けていらっしゃい」わたしに視線を戻す。「どうしようもない人なのですよ。気骨というものがない。ですが、忠実です。もう五年もいっしょにいるのですよ」

応接室に入ると、レディ・ホース＝ゴーズリーが伯爵夫人を紹介した。全員が気圧されたようにたじろいだがラスボーン夫妻だけは例外で、彼女がインドにいたことがあるのがわかると、次々と著名な場所や人々の名前を持ちだして優位に立とうとした。

「シムラーはどうですかな？　お好きでしたか？　あそこはわたしたちのお気に入りの町のひとつなんですよ。だがウーティももちろん素晴らしい。ウダイプルのマハラジャとはお会いになりましたか？　豪華絢爛ですよ」

「まあ何不自由なく暮らしてはいましたね。ですが、ハイデラバードのピキシーとはくらべものになりません。トミーが総督だったときの官邸には行かれましたか？　たいしたものでしたよ」

お茶の時間になる頃には、伯爵夫人が優勢になりつつあった。低いテーブルが用意され、わたしが大好きなものがいっぱい載った台車が運ばれてきた。クリームとイチゴジャムを載せた焼きたてのスコーン、スモーク・サーモンのサンドイッチ、エクレア、ブランデー・スナップ（円筒状に丸めた、薄いショウガのクッキー）、ミンス・パイ、濃厚なフルーツケーキとビクトリア・スポンジ。全員の気分がぐっと上向いた。ウェクスラー夫妻とアップソープ夫妻は、自動車と妻の毛皮にどれほどのお金をかけたかを互いに自慢し始めた。ラスボーン夫妻と伯爵夫人は、古き良き時代は去り、二度と戻ってこないという結論で合意した。ジュニア・ウェクスラーですら、スコーンとクリームは〝いかしている〟と言い、驚くほどの量を胃に収めた。わたしもスコーンを頬張っていると、レディ・ホース＝ゴーズリーが不意に戸口に目を向けた。

「まあまあ、あの子たちがいるわ。着いたことに気づかなかった」彼女は立ちあがった。「モンティ、会えてうれしいわ。それじゃあ、無事に着いたのね」

「いいや、母さん。ぼくたちは溝にはまって死んだのさ」モンティは姉を見てにやりとした。

「もちろん無事に着いたよ。こうやってここにいるんだから」彼はすらりとした長身で、信じられないほど若く見えた。

「それにバジャー。あなたなら大歓迎ですよ」そばかすのある赤毛の若者に手を差し出しながら、レディ・ホース＝ゴーズリーが言った。「ようこそ」

「ありがとうございます、レディ・H－G」バジャーというあだ名のそばかすの若者は、心のこもった握手をした。「ものすごく楽しみにしていたんですよ。ぼくを招待してくださって、本当にうれしいです」

「息子のモンタギューと普段はバジャーと呼ばれている、友人のアーチボルドを紹介させてください」レディ・ホース＝ゴーズリーはそう言ってから、きょろきょろとあたりを見回した。「従兄弟とは列車でいっしょじゃなかったの？　そうするって彼は言っていたのに」

「いっしょに来たよ」モンティが答えた。「ほら、あそこにいる」

そしてダーシーが部屋に入ってきた。

13

ダーシーはわたしに気づかなかった。彼が部屋の奥まで進むより早く、バンティが駆け寄った。

「従兄弟のダーシー。また会えて、ものすごくうれしいわ。最後に会ってからずいぶんたつわよね。最後に会ったときより、わたしはずっと大きくなったでしょう？」

「まったくだ」ダーシーは彼女とハグを交わし、頬にキスをした。「お元気でしたか、カミラ叔母さん？」

「あなたが来てくれたから、ますます元気になりましたよ」レディ・ホース＝ゴーズリーが笑顔で応じた。「本当に久しぶり。会えてうれしいですよ。オズワルドはいったいどこに雲隠れしてしまったのかしら。あの人を愛想よくさせるのは、本当に難しいわ。でもほら、ほかのお客さまがみなさん、あなた方をお待ちかねよ。こちらはインドから帰っていらしたばかりのラスボーン大佐夫妻。ウェクスラー夫妻とお子さんたちはアメリカからわざわざいらしたの。アップソープご一家はヨークシャーから。それからオルベリー伯爵夫人を紹介するわね。伯爵夫人、彼はわたしの甥のジ・オナラブル・ダーシー・オマーラです」

ダーシーは伯爵夫人に近づき、手を取ってキスをした。彼女はローネットごしにしげしげとダーシーを眺めた。「キレニーの息子？　ああ、そうね、面影がありますね。あなたもきっと、彼の若い頃と同じような不良青年なのでしょうね」

「間違いなく」ダーシーはにやりと笑って言った。

「そしてこちらが」レディ・ホース＝ゴーズリーが言葉を継いだ。「レディ・ジョージアナ・ラノク」

わたしはスコーンを頬張ったところだったが、口のなかのものを飲みこむことも忘れ、その場に立ち尽くしていた。次にあわてて飲みこもうとして、ひどく咳きこんだ。

恋人同士の再会にはほど遠い光景だった。駆け寄って、相手の腕に飛びこむこともない。それどころか、ダーシーの驚いたような顔には複雑な感情が浮かんでいる。

「なんてこった、ジョージー。こんなところでいったいなにをしているんだ？」

「こんにちは、ダーシー」咳が収まったところで、わたしは姿勢を正して言った。「あなたと同じよ。素敵なクリスマスを楽しむために来たの」

「まあ――あなたたちは知り合いだったのね。よかったこと」レディ・ホース＝ゴーズリーが言った。「でも驚くことではないわね。若い人たちは町で同じようなパーティーに参加しているんでしょうから」

「わたしがダーシーをお部屋に案内する？」バンティがダーシーの腕に手をからませながら、訊いた。

「とんでもない。若い女性が若い男性を寝室に案内したりするものじゃありませんよ、ホーテンス。たとえ彼が従兄弟でもね」

「ぼくらがあとで案内するよ、母さん」モンティが言った。「でもいまは、なにか食べる物を早急に腹に収める必要があるんだ。そしてそこにスコーンとクリームがある。さあ、食べようぜ、バジャー」

若者ふたりはソファに腰をおろし、スコーンに手を伸ばした。ダーシーは紅茶を受け取ると、こちらにやってきてわたしの椅子の肘掛けに座ったので、ほっとした。わたしに気づいたときの彼の表情があまりうれしそうではないのを見ていたから、どういう態度を取ればいいのかわからなかったのだ。イギリスに戻ってきた彼が、連絡すらよこさなかったことを思い出した。突拍子もない考えがぐるぐると頭のなかを駆け巡る。母がロンドンのカフェ・ロワイヤルで見かけたとき、彼はだれか女性と会っていたのかもしれない。彼女と会えることを期待していたのに、ここにいたのがわたしだったので狼狽したのかもしれない。それとも、レディ・ホース＝ゴーズリーは彼の叔母でもなんでもなくて、これはわたしがうっかり迷いこんでしまった、スパイの秘密の会合かなにかなのだろうか。彼はスパイのようなことをしているのではないかと、日頃からひそかに疑っていたから、こちらのほうが筋の通った説明のような気がした。わたしは礼儀正しく小さく会釈をし、彼が口を開くのを待った。

「元気にしていたかい？」ダーシーが低い声で訊いた。「うれしい驚きだよ」

「元気よ、ありがとう。でもあなたが連絡をくれていれば、わたしがここに来ることがわかったと思うわ」

「だがきみは家族といっしょにスコットランドでクリスマスを過ごすと言われたよ」

「だれに？」

「電話をかけたんだ。義理のお姉さんに命じられていたらしくて、執事がこう答えたよ。〝クリスマス休暇中はレディ・ジョージアナにお会いになれないと伝えるようにと、奥さまから言われております。ご家族で過ごされることになっておりますので〟確か、このとおりの台詞だった」

「なんて嫌な女なのかしら」思わずわたしがつぶやくと、ダーシーは笑った。「あなたから電話があったなんて、ひとことも言っていなかったのに。本当に意地が悪いんだから」

「彼女はぼくを認めていないからね。ぼくはきみを堕落させただろう？　それで、どうしてきみは家族で過ごすクリスマスから逃げ出してきたんだい？」

「フィグの家族がそろって押しかけてきたの。とても耐えられなくて」

「それにしても、よりによってどうしてここなんだ？　きみが叔母を知っているとは思わなかった」

「ダーシー、紅茶はお代わりしてちょうだいね」レディ・ホース＝ゴーズリーが声をかけた。料金を払って滞在している客たちの前で、広告に応募したのだとはとても言い出せなかったから、わたしはダーシーのカップに紅茶を注いだ。カップを渡すときに指が触れると、肩まで電気が走った。

「ジョージアナ、お茶が終わったら若い人たちを書斎に案内して、クリスマスのあいだの計画を立てたらどうかしら。若い人たちにはうんと楽しんでほしいのよ」


「朝になったら馬に乗りたいんじゃない、ダーシー？」バンティがダーシーの近くに椅子を引き寄せた。「このあいだあなたがここに来たとき、荒れ地で馬に乗ってとても楽しかったことを覚えている？」

「雪の荒れ地で馬に乗るのは賢明とは思えないな、バンティ。湿地帯が見えない」ダーシーはそう応じると、笑いながら顔をあげた。「ところで荒れ地の女はどうしている？　サルと言ったかな？　いまでも野蛮でたくましいのかい？」

「野蛮？」ミセス・ウェクスラーが不安そうに訊き返した。

「野蛮というわけじゃありませんよ。少し変わっているだけです」レディ・ホース＝ゴーズリーがあわてて釈明した。「荒れ地でひとりで暮らしている変わった女性なんです」わざとらしく陽気に笑って見せる。「相変わらず、たくましいですよ」

「なにひとつ変わることのない村は、その後どうだい？」ダーシーは陽気に言葉を継いだ。

「このあいだぼくが来たとき、きみはこの村をそう言っていただろう、バンティ？」

「昔どおり、静かで平和ですとも」レディ・ホース＝ゴーズリーが再び口をはさんだ。「まさしく田舎の村ですよ。昔ながらのイギリス。わたしたちはそれが好きなんです。あら、やっと夫のお出ましだわ」

古ぼけたツイードのジャケットにニッカーズ、履き古したソックスとブーツという格好のままのサー・オズワルドが現われた。「あいつらは豚小屋をちゃんと掃除しなかったんだ。おかげで、わたしがしなくてはならなかった」彼はそう言うと、ミセス・ラスボーンの隣に腰をおろした。「腹が減ってたまらん。豚小屋の掃除は実に腹が空く」

ミセス・ラスボーンが素早くソファの端に移動するのを見て、ダーシーが笑いをこらえているのがわかった。

「あのいまいましい警察官どもも、ようやく帰ったようだ。クリスマス直前に自殺などされると、まったくもって迷惑このうえない。脱獄犯にしてもそうだ。いまは、平和と善意の時期のはずだろうに」

「自殺ですって？」ミセス・アップソープが不安げに尋ねた。「だれが自殺したんです？どこで？」

「このあたりで不運な事故が何件かあったんですよ。なにも心配なさることではありません」レディ・ホース゠ゴーズリーが急いで告げた。「スコーンをもっといかがですか？アリス、紅茶のお代わりを持ってきてちょうだい。冷めてしまったわ」

「脱獄犯というのは？」ミスター・ウェクスラーが口をはさんだ。

「ここから数キロ離れたところにあるダートムーア刑務所から、数人の囚人が逃げ出したんですけれど、いまごろはもうどこか遠いところにいますよ。警察が荒れ地を捜索したんです」

「わくわくする話ね。わたしたちが人質にされるかもしれないのね」シェリー・ウェクスラーが言い、母親に脇腹を突かれた。

「だってなにかわくわくすることがないと、退屈のあまり死んでしまうわ」シェリーが言い返した。

レディ・ホース＝ゴーズリーが勢いよく立ちあがった。「ジョージアナ――若い人たちをお連れして、計画を立てたらどうかしら？」

「母さん、ぼくたちは着いたばかりだよ。まだなにも食べていないのに」エクレアを口いっぱい頬張ったモンティが言った。

「ぼくはまだお腹が空いているし」ジュニア・ウェクスラーが言い足した。

「もちろんですとも。せかしているわけではないのよ。そういうことなら、わたしが大人の方々にこの家をお見せしようかしら。とても歴史のある建物なんですよ」

ウェクスラー夫妻、アップソープ夫妻、ラスボーン夫妻は言われるがまま立ちあがったが、伯爵夫人は動こうとしなかった。「わたくしが歴史のある家を見たことがないとでもお思い？ブレナム宮殿にも、あの有名なカントリー・ハウスのロングリートにも、わたくしはしばしば招待されていたのです。それに、わたくしたちの地所だったオルベリー公園は、造園の魔術師と呼ばれたケイパビリティ・ブラウンの設計でした」

「伯爵夫人には階段はお辛いかもしれませんね」レディ・ホース＝ゴーズリーが言った。「ホーテンスが書斎にお連れしましょうか。気持ちよく暖まっていますし、若い人たちといっしょにいるよりはそこのほうが静かですから」

「わたくしは若い人が好きですよ。生き返った気持ちにさせてくれますからね」伯爵夫人が言った。「ロンドンの最新のゴシップを聞かせてもらうことにします。さあ、どうぞ行ってくださいな」

一行はおとなしく部屋を出ていったが、サー・オズワルドはその場に残り、豚のにおいをさせていることにも気づかずに機嫌よく食事を続けていた。伯爵夫人はダーシーとわたしに近いソファに移動した。「ロンドンの最新のスキャンダルを聞かせてもらいましょうか」

「わたしはこの数カ月、ずっとスコットランドにいたんです」わたしは言った。

「ぼくは南アメリカに」

「でも、あの悪名高いアメリカ人のレディと会ったことはあるのでしょう？　シンプソンと言いましたか？」

「ええ、会ったことはあります。〝レディ〟とはとても呼べない人ですけれど」

伯爵夫人は頭をのけぞらせて笑い、わたしの手を叩いた。「あなたが気に入りましたよ。お父さまと同じユーモアのセンスの持ち主なのですね。そしてあなた――」彼女はダーシーに向き直った。「南アメリカでなにをしていたのです？　きっとよからぬことなのでしょうね」

「あれやこれやですよ」ダーシーが答えた。

「わかっていますよ、武器の売買ですね。南アメリカではそれでお金を稼ぐのでしょう？新たな革命が起きる手助けをして、その後、両方の陣営に武器を売るのですね」

「とんでもない。よくもそんなことをおっしゃいますね」そう言いながらもダーシーの顔には笑みが浮かび、目はからかうような光をたたえていた。「世界がどうやって動いているのか、少しくらいはわかっていますからね」

「なにをするかを相談するのかと思ったわ」バンティが不機嫌そうに言った。

「ジュニアがシュークリームを食べ終わったら、始めましょうか」わたしは言った。

「ジュニア、お腹を壊すわよ」シェリーが注意した。「本当に食いしん坊なんだから。どうしてこんな子を連れてきたのかしら。メイベル叔母さんと残っているべきだったのよ。あなたはまだ、こういうきちんとした社交の場に来られるほど大きくないの」

「湖にはまるといいよ、姉さん」ジュニアは最後のシュークリームに手を伸ばした。

「さてと」わたしは明るく切りだした。「なにをしましょうか？　仮装舞踏会をする話は聞いているわ。ジェスチャーゲームもやりたいわね。どうかしら？」

「ジェスチャーゲームか、いいね」赤毛のバジャーがうなずいた。

「それにここは、すし詰めごっこ《サーディン》をするには最適だわ」わたしはさらに言った。

「すし詰めごっこ？　それはなんだい？」

「かくれんぼのようなものだけれど、隠れている人を見つけたら、いっしょになってそこに隠れるの。全員が一カ所にぎゅうぎゅう詰めになるまで続けるのよ」

「子供っぽい遊びね」シェリーは不満そうだ。

「あら、そうかしら。面白そうだけれど」エセル・アップソープはまずダーシーを、それからモンティを見ながら言った。彼らといっしょに衣装ダンスに閉じこめられているところを想像しているのがよくわかった。

「あなたはなにがしたいの？」わたしはシェリーに訊いた。「なにか考えはある？」

「わたしが友だちと出かけたときは、ダンスをしたり、内緒でタバコを吸ったりカクテルを飲んだりするの。トーキー映画に行くこともあるわ」

「昔ながらのイギリスのクリスマスに映画は含まれていないわ」わたしは言った。

「外が暗くなる前に雪合戦をするのはどうだい？」モンティが提案した。

「いい考えだ」バジャーが賛成した。「やりたい人は？」

シェリー・ウェクスラーを除く全員が面白そうだと考えたので、コートを着て、スカーフを巻き、手袋をはめて外に出た。太陽はラヴィーの岩山の向こうに沈んだばかりで、空を血のような赤に、雪をピンクに染めている。ミヤマガラスがけたたましく鳴きながら、巣へと帰っていった。ダーシーがわたしに近づいてきた。

「さてと、話してもらおうかな」不審がっているような表情だった。「よりによって、どうしてここを選んだんだい？　きみがぼくの叔母を知っているとは、考えたこともなかった」

「それじゃあ、レディ・ホース＝ゴーズリーは本当にあなたの叔母さまなのね？」

ダーシーはうなずいた。「もちろんそうだ。母の妹なんだ。きみに彼女の話はしたことがなかったはずだ。親戚はほかにもあちらこちらにいるからね。だがここのところ、父とのあいだが少しばかりぎくしゃくしていたものだから、彼女からの招待を喜んで受けたというわけだ」ダーシーはさらに体を寄せてきた。「いまはもっと喜んでいるよ」

幸せな気分がわたしの中にも広がった。

ダーシーが顔を近づけて言った。「きみが優秀な探偵だということはわかっている。ぼくが滞在する場所を探りだして、きみも招待されるように仕向けたのかい？」

「違うわ」わたしは頬が赤くなるのを感じながら答えた。「あなたに会って、わたしも心の底から驚いたのよ。あなたがホース＝ゴーズリー家とつながりがあるなんて、全然知らなかった」

「きみが彼らと知り合いだとは、ぼくも知らなかったよ」

「知り合いじゃないわ。これはふたりだけの秘密よ――ほかの人には言わないでね。この家のクリスマス・パーティーのホステス役を募集する広告に応募したの。それまでは、ホース＝ゴーズリーという名前もティドルトン・アンダー・ラヴィーという地名も聞いたことがなかった。でもフィグの親戚から逃げられるなら、北極にだって応募したでしょうね」

ダーシーの顔に安堵の色が広がり、彼は声をたてて笑った。

「ぼくたちを運命が引き寄せたんだ」

雪玉が飛んできて、まともにわたしの顔に当たった。

「あら、ごめんなさいね、ジョージー」バンティが言った。

14

ゴーズリー・ホールと村周辺
一二月二三日

雪合戦を楽しみ、指先と鼻が寒さにじんじんしてきたところで家のなかに入ろうとすると、白い人影が私道をこちらに近づいてくるのが見えた。今朝、ひどくうろたえながらやってきたあのメイドだった。

「すみません、お嬢さん」彼女はバンティに呼びかけた。「フレンチ・フィンチ姉妹からお母さまに伝言があります。ミス・フロリーとミス・リジーは、昨日あんなことがあったけれどもキャロルは例年どおりやってほしいと言っています。料理人が山ほどのミンス・パイを作ったので、ミス・エフィなら無駄にするなって言うだろうから、予定どおり来ていただきたいということです」

「それはよかった」モンティが言った。「キャロルを歌うのはいいものだからな。みんな『ウェンセスラスはよい王様』をちゃんと歌えるんだろうな？　練習したほうがいいか？」

家に戻り、その知らせを伝えると、レディ・ホース＝ゴーズリーはとても喜んだ。

「こういうときに育ちがわかるのです」あまり気の利いた台詞ではないとわたしは思った。

「彼女たちの家の外では、慰めるような静かな曲を歌うことにしましょう。お気の毒に、どれほど傷ついていらっしゃるか」

コートと帽子を脱いだところで、新たな客が到着していることを知らされた。おしゃれな装いの中年夫婦と、鉛筆のように細い気取った口ひげをはやし、カナリヤイエローのシルクのクラバットを首に巻いた四〇がらみの男性だ。

「これでお客さまは全員です」レディ・ホース＝ゴーズリーが言った。「近所の方々がいらしてくださったの。セクレスト船長ご夫妻――船長はベテランの船乗りで、いまは休暇で家に戻ってきていらっしゃるんです。ミセス・セクレストはわたしのブリッジのパートナーで、とてもお上手なんですよ。それから馬に乗るのもお上手です」

「馬だけじゃないんですよ」その男性が言い、ミセス・セクレストがくすくす笑った。

「ジョニー、本当にはしたないんだから。もう少しお行儀よくできないの？」彼女が言った。

「すまないね。わたしのことはよく知っているだろう？　女性を見る目はあるんだ」彼は感情を秘めたとしか表現しようのないまなざしをミセス・セクレストに向けた。

「そしてこちらのいかがわしい人がジョニー・プロスロー。作家のようなことをしています」

「ルネサンス的教養人と言ってほしいね、カミラ」ジョニーが言った。「わたしは絵を描き、ヨットに乗り、狩りをする。それにいっしょにいて楽しい。そうだろう、サンディ？」

ミセス・セクレストはわたしの曾祖母を真似て少しも面白くないふりをしようとしたが、うまくいっているとは言えなかった。妻がジョニーにちやほやされてうれしがっているというのに、セクレスト船長はウィスキーを片手にいかにも退屈した様子で悠々と座っている。

「今夜はキャロルのあとで、簡単な夕食にします。遅くなるでしょうから、着替えはなさらなくてけっこうです」

「簡単な夕食？」ミスター・ウェクスラーが文句を言った。「昨日の夕食も簡単なものだった。何皿もある豪華な食事のはずじゃなかったのかね？」

「これまでの経験からすると、キャロルを終えて戻ってくる頃には、みなさんミンス・パイでお腹がいっぱいになっているものなんです。簡単な夕食で十分だと思われるはずですよ、ミスター・ウエクスラー」

部屋を出ようとしたとき、ミセス・アップソープが娘に囁《ささや》いているのが聞こえた。

「残念ね。去年の夏、パリで買ったあのイブニングドレスを着るのを楽しみにしていたのに。そう思わない、エセル？」

「ブラッドフォードで着ても意味がないわよ」エセルが応じた。「あの人たちは、シャネルとウールワースの区別もつかないんだから」

わたしは階段をあがりながら、人生は皮肉なものだと考えていた。わたしは公爵の娘だけれど、パリ製のドレスなど持っていない。それどころか、クイーニーに台無しにされていない服があれば、幸運だと思わなければいけないくらいだ。これ以上彼女になにかされたらどうしようかと思いながら角を曲がると、ジョニー・プロスローがわたしの部屋への通り道をふさいでいた。

「やあ」いやらしいとしか言いようのない目つきでわたしを眺める。「それできみはだれなのかな？」

「ジョージアナ・ラノク」わたしは冷ややかに名乗った。「初めまして」

「よろしく。あの有名なレディ・ジョージアナだね。きみの素敵な母君がこのあたりにいると聞いたよ。本当かい？」

「お答えできません」彼との距離が近すぎて、どうにも落ち着かなかった。彼は片手を壁に当て、わたしのほうに身を乗り出している。

「きみはママと同じくらい愉快かい？」

「母をご存じですか？」

「個人的には知らないが、新聞で面白い話はいろいろと読んでいる」

「新聞に書かれていることを信じないほうがいいと思います」わたしは彼の腕の下をすり抜け、彼がくすくす笑う声を聞きながら、自分の部屋のドアを開けた。

わたしたちは言われたとおり一番暖かい服に身を包んで、玄関ホールに集まった。手に持って歩けるように、棒の先にランタンを結びつけたものが雪に挿してあった。歌詞を知らない人たちにバンティが楽譜を配った。

「私道を歩きながら、まずは『ウェンセスラスはよい王様』から始めましょう」レディ・ホース＝ゴーズリーが言った。「それで喉を温めて、フレンチ・フィンチ姉妹の家に着いたら『ああベツレヘムよ』にします。静かに歌ってくださいね」

歌いながら歩き始めるとすぐに、ダーシーがわたしの隣にやってきた。

「どうして静かに歌うんだい？」小声で尋ねる。「ぼくたちの音程のはずれた歌を聴いて気を悪くするくらい、彼女たちは音楽が好きなの？」

「違うわ。昨日の朝、家族が亡くなったのよ。三人姉妹のうちのひとりが、寝ているあいだに死んでいるのが見つかったの。だれかがガスの栓を開けて、窓を閉めたの」

「自殺？」

「そうじゃないと思う」

「それじゃあ、残った姉妹のどちらかが彼女に死んでほしかったんだろう。嫉妬か、あるいは遺産をもっと欲しかったか。それとも単に頭がどうかしたのかもしれない」

わたしは首を振った。「ううん。ふたりは姉を尊敬して、頼っていたそうよ。一番しっかりしていて、なんでも彼女が決めていたみたい」

〝雪があたりに降り積もり、深く凍って一面を覆うとき〟と歌は続いている。

ダーシーは険しい目つきでわたしを見た。「殺人だって言いたいのかい？」

「みんなは事故だって考えたがっているの。でもこんな小さな村で三日のうちに三人が死んだのよ。多すぎるとは思わない？」

「亡くなったほかのふたりも老婦人なのかい？」

「それが全然違うの。ホース＝ゴーズリー家の果樹園の木の下で、隣の家の地主が自分の銃で自分を撃って死んでいたの。地元の自動車修理工場の経営者が、村のパブからの帰り道で橋から川に落ちたわ。そのパブの主人の奥さんに会いに行っていたらしいの。どちらも、犯罪をほのめかすような証拠は見つかっていない。老婦人の家は夜六時に鍵がかけられていたし、ミス・フレンチ・フィンチの死を願う理由をだれも思いつかないの」

「死は三度続くって言うじゃないか。どれも事故だというのが、一番論理的な説明だと思うけれどね」

「ほかにも気になることがあるのよ。そのうちのひとつがラヴィーの呪い」

「なんだって？」ダーシーは笑い、ランタンの明かりを映した目がきらめいた。

「数百年前の大晦日に火あぶりにされた魔女がいたそうなの。毎年クリスマスの時期に村を悲劇が襲うという呪いをかけたんですって」

「これまでも悲劇はあったの？」

「知らないわ。でももっと深刻なことがあるのよ。数日前、ダートムーア刑務所から三人の囚人が脱獄した話を聞いていない？　それほど遠くには行っていないと警察は考えているみたいなの。ひょっとしたら彼らは荒れ地に隠れていて、出会った人間を殺しているのかもしれない」

「たとえば、果樹園で撃たれた男とか？」

わたしはうなずいた。「早朝だったの。脱獄犯と出くわしたのかもしれないわ」

「夜中に川を渡っていた男も？　確かに彼が脱獄犯と遭遇した可能性はある。だが老婦人に当てはまるとは思えないね。荒れ地をうろついたりはしないだろう？」

「そうね、そんなことをするはずがない。自動車の窓から彼らを見かけたのかしら？　でもそれならすぐに警察に電話をするはずよね」

「それに、脱獄犯なら彼女が眠っているあいだにガスで殺したりはしない。たいていの犯罪者はそんな手口は使わない。頭を殴りつけるか、窒息させるかだ」

「そもそも、家に入れないはずだもの」

私道の終わりまでやってきたところで、一行は声高らかに歌いあげた。

〝主が歩き、雪がくぼんだその跡を彼はたどり
聖者の歩みは芝土に熱を与える〟

フレンチ・フィンチ家の大きな四角い建物と飾り気のない石の壁を見あげながら、ダーシーは顔をしかめた。「こんな村に三人の脱獄犯が隠れていられるとは思えない。村人たちの目は鋭い。必ずなにかに気づくものだ。たとえだれかが匿っているのだとしても、いつもより食料品を多く買っていれば気づかれるはずだ」

「あなたの叔母さまはいつもより食料品を多く買っているわよ」わたしは指摘した。「クリ

スマスに備えて、みんなそうしていると思うけれど」

わたしたちは人気《ひとけ》のない道路を渡り、フレンチ・フィンチ姉妹の家の玄関にやってくると『ああベツレヘムよ』を歌い始めた。

メイドがドアを開け、灰色の髪をきっちりとお団子にまとめた小柄なふたりの女性が続いて姿を見せた。どちらも喪服姿で、フリンジのついたスパニッシュ・ショールを肩から羽織っている。まず頭に浮かんだのが、彼女たちの名前がいかにもふさわしいということだった。ふたりして小首をかしげ、小鳥《フィンチ》のように頭をゆすりながらわたしたちの歌を聴いていた。

「来てくださってうれしいですよ」ひとりが子供のような優しい声で言った。「エフィはキャロルが大好きでしたからね。おわかりいただけると思いますけれど、家のなかにお誘いはしませんが、料理人自慢のミンス・パイと自家製のニワトコ酒を召しあがってくださいね」

トレイがふたつ、運ばれてきた。ミンス・パイは素晴らしかった――温かくて、さくさくのパイ生地のなかにスパイシーな詰め物がたっぷり入っている。ニワトコ酒もおいしかったので、わたしはお代わりをした。姉妹の健康を祈り、亡き姉をしのんで乾杯をしてから、わたしたちはその家をあとにした。

ミスター・バークレイは大げさにまくしたてながらわたしたちを出迎え、何曲かキャロルを要請したが、わたしたちはどれも知らなかったので、結局『天には栄え』を歌うことになった。天が栄えるほどの出来栄えではなかったものの、ミスター・バークレイは努力だけは認めてくれたようで、チーズストロー（小麦粉に粉チーズを混ぜて焼いた細長いビスケット）とホットワインを振る舞ってくれた。次は牧師さまの家で、わたしたちは使い古してはいるけれど居心地のいい居間で『神の御子は今宵しも』を歌った。牧師さまはミンス・パイと伝統的なワッセイル（香辛料を入れた温かいエール）を用意していた。そこを出て『こがらしの風ほえたけり』を歌いながらミス・プレンダーガストのコテージに向かう頃には、わたしは食べ物とアルコールのおかげで体がぽかぽかし始めるのを感じていた。

戸口でわたしたちを出迎えた彼女は、ひどくうろたえている様子だった。彼女はいつもうろたえているように見えるとわたしは思った。

「本当に恥ずかしいんですけれど、クロスワード・パズルをしていたら、ミンス・パイのことをすっかり忘れていたんです。わたしはあのパズルが大好きで、すっかり没頭してしまって。なにかが焦げているにおいでようやく気づいたんですけれどもう手遅れで、材料を買い直しに町まで行く時間もなかったんです。本当にばかみたいですよね。わたしのミンス・パイはとてもおいしいんですよ。そうですよね、レディ・ホース＝ゴーズリー？　そういうわけで申し訳ないんですけれど、ビスケットとジンジャー・ワインしかお出しできないんです」彼女は玄関脇の低いテーブルに置いてあったトレイを運んできた。「さあ、どうぞ。ジンジャーは体を温めますからね。これ以上のものはありませんよ」そう言いながら、トレイを皆に勧めた。「クリスマスの行事に参加するのをとても楽しみにしているんですよ、レディ・ホース＝ゴーズリー。わたしを招待してくださるなんて、なんてご親切なんでしょう。本当に心の広い方ですね。わたしのような天涯孤独の人間にとって、だれかといっしょに過ごせるのがどれほどうれしいことか、とても言葉にはできません」

ジンジャー・ワインはかなり強烈で、わたしは思わず咳きこみ、目には涙がにじんだ。よく見えない目で、足をふらつかせながら母のコテージに向かう。居留守を使うのではないかとひそかに考えていたが、どっしりしたカーテンの隙間からは明かりがこぼれていて、祖父がドアを開けてわたしたちを迎えた。陽気な執事のふりをするのかと思ったが、祖父はこう言った。

「あのふたりは一日中仕事に没頭していて、頭痛がするといって早めに床に就いたので、すまないがなかに入ってもらうわけにはいかないんですよ。ホット・ラム・パンチとミセス・ハギンズのおいしいソーセージ・ロールがありますから、控え目にキャロルを歌ってもらえるとありがたいですな」

そういうわけでわたしたちは再び『こがらしの風ほえたけり』を歌い、祖父がパンチを振る舞った。わたしにグラスを手渡しながら、祖父はウィンクをして言った。

「こいつは利くぞ。ああ、そういえば、おまえの母親とミスター・カワードはおまえのところのクリスマス・ディナーに招待されたよ」

「おじいちゃんは？」

「わしは招待されておらん。わしとミセス・ハギンズは場違いなところに行くよりは、わしらだけで過ごすほうがずっといいんだ。上流階級の一員じゃないからな」

「クリスマスの日には、時間を見つけて会いにくるわ」

「そいつはうれしいね。いつでもいいぞ。待っているからな」

わたしはパンチを受け取った。熱さと強烈なラムの香りに咳きこんだが、口に含んでしまえばすんなりと喉を流れていった。母のコテージを出て次の目的地へと向かう頃には、わたしはなにも怖いものなどないような気分になっていた。だがほんの数メートルも進まないうちに、妙な感覚に襲われた。だれかが見ている。母とノエル・カワードがコテージの二階からわたしたちを見ながら笑っているのだと思いこもうとしたが、わたしが感じたのはそれだけではなかった。これは危険が迫っているときの感覚だった。

15

ティドルトン・アンダー・ラヴィーの村のどこかの暗がり
一二月二三日

危険が迫っている感覚を判別できるくらいには経験を積んでいる。わたしがいま感じているのは、間違いなくそれだった。敵意を持った人間がわたしたちを見つめている。あたりを見まわした。共有草地は動くものもなく、ひっそりと静まりかえっている。凍りついた雪がのぼったばかりの月明かりにきらきらと光っている。煙突から煙が立ちのぼり、コテージからは光がこぼれている。カーテンがきちんとしまっていない窓がいくつかあって、その隙間からクリスマスツリーや色紙の輪飾りや居心地のよさそうな部屋を彩る植物が見えた。まさに絵葉書のような、美しく平和なイギリスの村だ。だがここで三日のうちに三人が命を落としたのだ。いずれ四人目の犠牲者が出るのだろうかとわたしは考えた。何者かが、キャロルを歌うわたしたちにいまにも襲いかかろうとして、豹のように尾行しているのだろうか。

わたしたちはさらに、残りのコテージの外で歌った。ウィラムはうれしそうに笑いながら、わたしたちが歌う『世の人忘るな』に合わせて店の外で不格好なダンスを踊り、彼の母親は笑顔でそれを眺めていた。わたしは空家になっているコテージや、危険人物が隠れていそうな場所はないかと目を凝らしたが、閉ざされたままの玄関はないようだった。クリスマス翌日のボクシング・デーにはゴーズリー・ホールに贈り物を取りに来るようにとレディ・ホース＝ゴーズリーが村人たちに告げ、彼らはうやうやしくお辞儀をして言った。「奥さまに神のご加護がありますように」

もしも脱獄犯が近くにいるとしても、村の人々はひとりとしてそのことを知らないとわたしは確信した。もちろん匿ったりもしていない。だれもが幸せそうで、子供たちは恥ずかしそうに脚のあいだやスカートの陰からこちらをのぞいている。それでも危険を告げる感覚が去ることはなかったが、私道に戻って来る頃にはわたしは別の感覚に襲われていた。普段あまりお酒を飲むことがないので、キャロルのあいだに飲んだ様々なパンチやワッセイルの酔いが急にまわり始めたのだ。

「面白かったね」ダーシーがわたしに近づいてきて言った。「子供の頃に戻ったみたいだ」

「とても。すごく面白かったわ」わたしは言った。少なくとも、そう言おうと思ったが、実際に口から出た言葉は「しゅごくおもろかたわ」だった。

ダーシーが批判がましいまなざしをわたしに向けた。「ずいぶん飲んだね」

「パンチとニワトコ酒だけよ」堂々とした態度で気取って答えようとしたものの、雪に埋もれていた石につまずいただけだった。ダーシーが支えてくれなければ、顔から倒れていただろう。

「おっとっと」わたしはくすくす笑い始めた。

「ニワトコ酒? かわいいジョージー、自家製のワイン、それも老婦人の作るものは強烈だということを知らないのかい?」

「そうなの? わたし、二杯も飲んだわ」わたしはまた足を取られて、くすくすと笑った。

ダーシーがわたしの腕をつかんだ。「そのランタンはぼくによこすんだ。きみはぼくにつかまって」

「あなたって優しいのね」うっとりと彼を見つめる。「わたしをすごく大事にしてくれる。でもいつだってどこかに行ってしまうの。どうしていつもいなくなるの?」

「お金と呼ばれるもののせいさ。時々は稼がなくてはならないからね」

「お金がなんだっていうの? いっしょに逃げましょうよ。無人島の小さなコテージで暮らすの。きっと幸せに過ごせるわ」そう言ったつもりだったが、彼がどれくらい理解していたのかはわからない。言葉を紡ぐのが難しくなっていた。それどころか、世界がぐるぐる回っている。

家に着くと、ダーシーが玄関ポーチにランタンをたてかけた。「こんなになっているきみをだれかに見られる前に、ベッドに連れていったほうがいいな」つぶやくように言う。「さあ、おいで。階段をあがるよ」

「わたしなら大丈夫」そう言うと同時に、磨きあげられた床の上で足が滑った。「わたしたちが留守のあいだに、いったいだれがここをスケート場にしたのかしら？　いい考えよね」

「ほら、階段をあがって」ダーシーはわたしの腕をしっかりとつかむと、半分かかえるようにして階段をあがり、わたしの部屋へと向かった。

「ようやくね」彼に連れられてドアをくぐりながら、わたしは言った。「ようやくふたりきり。あなたとわたしとベッド。どうしてこんなに長くかかったの、ダーシー？　ずっとこうする日を待っていたのに」彼がコートや上着を脱がせ、座らせて靴を脱がせているあいだ、わたしはずっとしゃべり続けていた。「バージンでいるのがどれほど退屈か、あなたにわかる？　退屈で、退屈でたまらないの。みんながバージンは退屈だって思っている。知っている？　そのとおりなのよ」

ダーシーがわたしのキルトを留めている革のストラップをはずすと、キルトは床に落ちた。

「手を上にあげて」そのとおりにすると、ダーシーがセーターを脱がせた。「これでいい。あとはメイドに任せるよ。なにか食べるものを持ってこよう。食べられるなら食べたほうがいい。それからブラックコーヒーも」

「どこに行くの？」わたしは哀れっぽい声で訊いた。

「下に行って、レディ・ジョージアナは気分がすぐれないと伝えてくる」

「わたしをひとりにしないでしょう？　こんなに大きくてきれいなベッドがあって、わたしはひとりでこれを使えるのよ。それにあなたはすごくキスが上手なのに」

ダーシーは笑みを浮かべ、わたしの額にキスをした。「とても魅力的な誘いだが、きみが自分のしたことを覚えているときまで待つよ。きみの義理の姉さんがどう考えているにしろ、ぼくは紳士なんだ」

「フィグ？　フィグの話なんてしないで。わたしが退屈だとしたら、あの人はその一〇倍も退屈よ。世界で一番退屈な人よ。あの人は自分の寝室に男の人を誘ったことなんてないに決まっている。絶対にないわ」

ダーシーは面白がっているような、それでいて心配そうな顔でわたしを見た。

「さあ、おとなしく横になって眠るんだ。きみのそばにいるように、メイドに言っておくよ。あとでなにか食べるものも持ってくる。いいね？」

「あなたがここにいてくれればいいのに」わたしはつぶやくように言った。「あなたの腕のなかで眠りたい。暖かくて、気持ちがよくて、安心できて……」わたしは目を閉じ、つぎに開いたときには彼の姿はなかった。

わたしはベッドに横になり、うつらうつらしていたが、ドアがカチリと開く音がして、隙間から射しこむ廊下の明かりに目を覚ました。ドアが再び閉められると明かりはすぐに消え、だれかがベッドに近づいてくるのがわかった。

「もう夕食の時間？」わたしは寝ぼけた声で尋ねた。

「夕食は終わったよ」低い声が返ってきた。「みんなはコーヒーを飲んでいる。わたしはきみがどうしているのか、見ておこうと思ってね」

そしてその人物はわたしのベッドに座った。わたしは手探りで枕元の明かりをつけた。赤っぽい光のなかに、ジョニー・プロスローの顔がすぐ目の前に浮かびあがった。

「わたしの部屋でなにをしているの？」恐怖が舌の動きを滑らかにした。

「きみの様子を見に来ただけだよ。具合が悪いと聞いたのでね。元気づける必要があるかと思ったわけだ」恐ろしいことに、彼はむきだしになったわたしの肩に手を置いて撫でたかと思うと、その手を前へとずらし始めた。

わたしは残っている力をかき集めて、体を起こした。「触らないで」いやな虫を追い払うように、彼の手をはらいのける。「出ていって」

どういうわけか彼はわたしの反応を愉快だと思ったらしい。

「きみは本当に素敵だ。今年のクリスマスは涙が出るほど退屈かと思っていたが、なかなか楽しいものになりそうだ」

わたしはつかみかかろうとしたが、彼はわたしの両手をつかむと枕に押し倒した。

「元気なお嬢さんじゃないか」逃れようとするわたしに彼はささやいた。「抵抗されるのは楽しいね。手に入るものがずっと甘くなる。このあたりにあるのは干からびたプラムばかりで、ほんの少し誘いをかけるだけで向こうから落ちてくるんだ」

彼の顔がわたしのすぐ目の前にあって、アルコールと煙草とポマードかヘアオイルが混じった不快なにおいがした。どんなに濃いブラックコーヒーよりも、酔いを覚ますには効果的だった。

「出ていかないと、悲鳴をあげるから」わたしは言った。

彼はますますおかしそうに笑った。「ベッドを渡り歩くのは、昔ながらの田舎の楽しみだ。みんなやっていることさ。いっしょに楽しもうじゃないか」

「お断りよ。とりわけあなたとは絶対にいや。さっさとここから出ていって」

「聞こえたはずだよ。ひどい目に遭わないうちに、出ていくんだね」背後から脅すような声がして、まるで報復の天使のようにクイーニーが現われた。手には水差しを持っている。

「これをあんたの頭で割ってほしいかい？」

「出ていけと言うのなら、出ていくさ」ジョニーはそう言うと、あわてて出ていった。

「クイーニー」わたしは再び、体を起こした。「あなたにはお給金だけの価値があると思うことが時々あるわ」

「あの男はいったいだれなんです？　あんなふうにお嬢さんの部屋に入ってくるなんて、まったくあつかましいったら。いやらしいやつですよ。今後は、マットレスを持ってきて、あたしがお嬢さんの部屋でいっしょに寝ますよ。お嬢さんはミスター・ダーシーに話すといいですよ。きっと叩きのめしてくれます」

「それはやめておいたほうがいいと思うわ」

「ミスター・ダーシーはお嬢さんを心配していました。〝クイーニー、彼女といっしょにいてやってくれ。できれば、なにか食べるものを持っていってやってほしいんだ〟って言われたんです。だからトレイを持ってきましたよ。おいしいスープと猟鳥の肉入りパイとブラックコーヒーです」

「コーヒーをいただくわ」わたしは応じたものの、ベッドの足元にクイーニーが座っているあいだに眠りに落ちていた。

16

ゴーズリー・ホール
一二月二四日　クリスマスイブ

困惑と不快感と共に目を覚ます。自分へのメモ：二度とお酒は飲まない。とりわけニワトコ酒は。

わたしは目を開き、どうして太陽の光をこれほどつらく感じるのだろうと不思議に思った。やがてゆうべの記憶がぼんやりと蘇ってきた。お酒を飲みすぎたことだけではなく、危険を感じたことも思い出した。それなのに酔っていたせいで、なんの警戒もしなかったのだ。寝室のドアを開けた。家じゅうが不気味なくらい静まりかえっている。ゆうべは眠ったりせずに、目を光らせていなければいけなかった。危険を感じたことをダーシーに告げるべきだった。あんなことを言うのではなく……自分がなにを口走ったかを思い出して、頰がかっと熱くなった。もしもゆうべだれかが死んでいたら、それはわたしのせいだ。

さすがのウェクスラー夫妻も今朝は日の出と共に起き出してはいなかった。口にしたお酒が思った以上に強くて多かったことにあとになって気づいたのは、わたしだけではなかったのかもしれない。顔を洗って着替え、階下におりてみると、ラスボーン夫妻が口数も少なくトーストとブラックコーヒーの朝食をとっているところだった。わたしもそれくらいしか食べられそうにない。マーマレードを塗ってなんとか流しこもうとしていると、ドアが開いて、モンティとバジャーとダーシーがなにか冗談を言い合っているかのように笑いながら入ってきた。

「そうしたら司祭が言ったんだ。〝四旬節《レント》のあいだはだめだ〟」モンティが言うと、あとのふたりの笑い声はいっそう大きくなった。サイドボードに歩み寄った三人が、そこにあるものすべてをたっぷりと皿によそっているあいだに、わたしはほかに出口はないかと部屋を見まわした。それともランプかなにかのふりをしようか。だがなにをする暇もなく、ダーシーがわたしの隣に腰をおろした。

「おはよう、ジョージー。よく眠れたみたいだね？」

彼の目が笑いをたたえていることに気づいて、わたしは真っ赤になった。

「ニワトコ酒は二度と飲むなって言ってちょうだいね」

「なんてこった。まさかあのばあさんたちのワインを飲んだんじゃないだろうね？」モンティがぞっとしたように訊いた。「あれは、このあたりでは有名なんだ。とんでもなく強烈だ。そのうえニワトコはタンポポよりも始末が悪い。もちろんパースニップは命取りだしね」

〝命取り〟という言葉を聞いて、わたしの顔から笑みが消えた。母のコテージから帰ってくるときの危険が迫っている感覚を思い出したのだ。

「今朝はみんな無事かしら？」わたしは尋ねた。

モンティはまだにやにや笑っている。「ほかの客たちもきみと同じようなものじゃないかな。あのワインを飲んだのなら、ひどい頭痛がしているはずだ」

モンティとバジャーは若い学生だけが持つ旺盛な食欲で朝食をたいらげると、ラグビーボールで遊ぶと言って出ていった。わたしも食堂を出ようとしたが、ダーシーに手首をつかまれた。

「みんな無事かと訊いたのは、どういう意味だい？」静かな口調で尋ねる。「無事じゃないかもしれないと思ったのかい？」

「説明のつかない死が続いたのよ。わたしがここに来てから、毎日だれかが死んでいるの。果樹園で男の人が撃たれ、自動車修理工場の経営者が橋から落ち、老婦人がガスを吸って亡くなった――それに昨日は、ニュートン・アボットで恐ろしい事故があったの。電話交換手がヘッドホンのプラグを差しこもうとして感電したのよ」

「それは妙だ。電話線の近くに電線があるはずがない」

「それを入れれば、四日間で四人が死んだことになる。だから、今朝もだれかが死んだかもしれないと思って不安になったの」

「ぼくが知るかぎり、みんな元気なはずだ。廊下に死体は転がっていなかった」

「冗談はやめて、ダーシー」わたしはきつい口調で言い返した。「恐ろしい話なんだから」

彼は手を伸ばし、わたしの頬を撫でた。「そうだろうね。実際にその死体を見たのならなおさらだ。だがぼくたちにできることはなにもないんだ、ジョージー。ぼくたちには関係のないことなんだよ。その電話交換手は、ひょっとしたらなにかを盗み聞きしたせいで殺されたのかもしれない。だがほかの三人は——つながりはなさそうだし、そもそも殺人だとはぼくには思えない。不運な事故が続いただけだ」

ダーシーは頬から顎へと手を滑らせ、わたしを引き寄せてキスをしようとした。

「ダーシー、こんなところで」

彼はにやりと笑った。「ぼくの記憶が正しければ、ゆうべのきみはあまり慎みがあるとは言えなかったけれどね。寝室にぼくを誘い、無人島にふたりで逃げようと言った。きみがあんなに情熱的だとは知らなかったよ」

「いやだ」わたしは両手で顔を押さえた。「もう言わないで。恥ずかしくてたまらないわ」

「恥ずかしがることはないさ。ぼくは気に入ったよ。あんなきみをまた見たいね」

「やめてったら」わたしが手を叩くと、彼は声をあげて笑った。「あれがきみの本質なのかもしれないね。結局きみは、お母さんに似ているのかもしれない」

「そうじゃないことを願うわ」

「そういえば、ゆうべ見かけたのはきみのおじいさんかい？　よく似ていたけれど」

「ええ、そうよ。母もここにいるの。ノエル・カワードといっしょに、新しい脚本に取り組んでいるのよ。おじいちゃんはふたりの世話をしに来ているの」

「きみのお母さんとノエル・カワードか――ずいぶん妙な組み合わせだ」ダーシーはくすりと笑った。「それじゃあ彼女はまた舞台に戻るのかい？　あの大柄な金髪のドイツ人はお払い箱？」

「彼は家族といっしょにクリスマスを過ごしているの。ここだけの話だけれど、あのふたりはそろそろ終わりかもしれない。母はただ、また舞台にあがるという考えが気に入っているだけだと思うの。ほめそやされるのが大好きな人だもの」

「だれだってそうだろう？」ダーシーにうっとりするような笑顔を向けられ、わたしは爪先までとろけそうになった。

「あら、ダーシー。起きていたのね、よかった」バンティはわたしたちを見かけると、不意に足を止めた。「狩りに行く気はない？　山ほどのキジが仕留められるのを待っているのよ」

「きみのお母さんの計画を聞いてからにしたほうがいいんじゃないかな？」ダーシーが応じた。「いろいろと考えているようだからね」

「母のばかばかしい計画に、家族全員がつきあう必要なんてないわよ」バンティはダーシーの腕をつかんだ。「ふたりで気づかれないように抜け出しましょうよ」

「また今度にしよう、バンティ」ダーシーはちらりとこちらに視線を向け、わたしが無関心を装おうとしていることを見て取ると、咳払いをした。「バンティ、言っておいたほうがいいと思うんだが、ジョージーとぼくは……その……」

長い長い沈黙があって、わたしは椅子の上で落ち着きなく身じろぎした。

「わかっていたわ」バンティがようやく口を開いた。「彼女を見る目つきに気づいていた。ああ、もう。わたしはもっと寛容になって〝おめでとう、よかったわね〟って言うべきなんでしょうね。どっちにしろ、従兄弟とは結婚できないのかもしれないし。まったく頭に来るわ。こんな田舎で、どうやってまともな結婚相手と出会えっていうのよ」

バンティは足音も荒く出ていった。ダーシーとわたしはじっと見つめ合った。

「言わなきゃならなかった。ここに着いてからというもの、彼女はずっとぼくにまとわりついていたんだ」

「レディ・ホース＝ゴーズリーが気を悪くしないといいけれど」わたしはさりげない風を装っていたものの、心のなかではダーシーがわたしを恋人と認めてくれたと大声で叫び続けていた。「彼女もあなたを娘の結婚相手として考えていたんじゃないかしら」

「結婚相手？　いまのところぼくは、それほどいい相手ではないけれどね。遠い未来に受け継ぐ肩書きと、なんの展望もない現在があるだけなんだから。ひとことで言えば、絶望的だ」ダーシーはまた、あの笑みを浮かべた。

ほかの人たちも朝食室に集まり始めた。「おはよう」とつぶやく声を聞くかぎり、彼らも二日酔いらしい。わたしは立ちあがった。「レディ・ホース＝ゴーズリーに会って、なにをすればいいのか訊いてくるわ」だがわたしより先に、彼女が部屋に入ってきた。

「ジョージアナ、今朝はお天気がもうひとつなんですよ。また雪が降りそうなの。雨になるかもしれません。うんざりね。そういうわけなので、若い人たちを集めてパントマイム（イギリスでは大衆的な笑劇を意味し、クリスマスシーズンを中心に演じられる。出し物は有名なおとぎ話をもとにしたものが多い）の準備を始めたらどうかしら」

「パントマイム？」

「ええ。わたしたちイギリス人は毎年、ボクシング・デーにはパントマイムをするんですよ。おかしな笑劇ほど歓迎されます。地元のジョークのことはバンティに訊いてくださいね。屋根裏部屋から扮装用の衣装をおろすように、使用人に言っておきますから。毎年、とても楽しいんですよ。衣装はジェスチャーゲームのときにも使えるわね。舞踏場の隣の小さな居間を使ってくださいね」

レディ・ホース＝ゴーズリーはテーブルをぐるりと見回した。「みなさん、ご機嫌はいかがですか？　よかったこと。書斎に新聞を持っていくように執事に言っておきますね」

彼女はそう言い残して出ていった。わたしはダーシーに尋ねた。

「あなたは、パントマイムが上手？」

「プロだよ。ぼくがやったトゥワンキー未亡人は大喝采だった」

「それはなにに出てくる人なの？」

ダーシーは驚いたようだ。「『アラジン』だよ。ウィッシー・ワッシーや魔法のランプが出てくるあれだ」

わたしは肩をすくめた。「観たことがないわ」

「『アラジン』を一度も観たことがない？　ジョージー、きみはいままでなにをしていたんだい？」

「ラノク城のあたりでは、あまりパントマイムをしていないのよ。クリスマスの時期にロンドンに行ったこともないし。『長靴をはいたネコ』は一度観たことがあると思うけれど、なにひとつ覚えていないわ」

「『ディック・ウィッティントンとネコ』はどうだい？　『シンデレラ』もある。それから『森のふたりの幼い子供』も」

「登場人物が七人か八人の物語じゃないとだめよ。全員に役が必要だもの」

「それなら『ディック・ウィッティントンとネコ』はだめだな。出てくるのはディックとネコだけのはずだ」

「恋人も出てくるんじゃないかしら。それがお決まりのようだから」

「『シンデレラ』がいいんじゃないかな。少なくとも、だれでもストーリーは知っている」

わたしは指を折って数えた。「シンデレラでしょう、意地悪な継母――」

「それはぼくがやろう」

「ふたりの醜い姉」

「モンティとバジャー」

「王子さまと魔法使いのおばあさん」

「王さまとガラスの靴を運ぶ側近。これで八人だ」

「完璧ね」

わたしは若い人たちを集め、考えていることを話した。例によってシェリーはそんなものは退屈だと言い、ジュニアはばかばかしいと考え、エセルはあまり気乗りしない様子だった。けれどシンデレラの役を与えると、シェリーの顔はぱっと明るくなり、エセルは魔法使いのおばあさん役をすることで同意した。バンティには王子さまの役を頼んだ。パントマイムでは伝統的に主役の男性はタイツ姿の女性が演じ、滑稽な老女役を男性が演じることになっている。顔にパイをぶつけるといったことも行われる。

お昼近くになる頃にはそれぞれの台詞もだいたい決まり、全員が役になり切っていた。エセルは飲みこみが早くて機知に富んでいることがわかったし、ジュニアでさえ王さま役を喜んで演じていた。けれど彼らがばかげた衣装を身に着け、笑ったり、冗談を言ったりすればするほど、わたしのなかの不安は大きくなっていった。ゆうべ母のコテージのすぐ近くに行ったとき、どうして危険を感じたのだろう？　突拍子もない考えが浮かんだ。祖父がかつて警察官だったことを脱獄犯のひとりが知ったとしたら？　五番目の犠牲者にしようとするかもしれない。

それ以上我慢できなかった。「もう一度、最初からやっておいてもらえるかしら。わたしはちょっと村まで行ってくるから」

わたしはコートを着ると、プレゼントを持ち、融けだした雪に時々足を取られながら私道を走った。母のコテージのドアを叩く。祖父がドアを開けてくれたときには、安堵のあまり大きなため息をついた。

「ああ、無事だったのね。よかった」

「無事じゃない理由があるかね？」祖父はわたしのコートを脱がせながら訊いた。「ぴんぴんしているさ」祖父は自分の胸をどんと叩いた。「さあ、お入り。お客さんが来ているんだ」

居間に入ると、暖炉のそばにティーカップを手にしたニューカム警部補が座っていた。

「わしと話をしに来たんだ」祖父が言った。

「また殺人があったわけじゃないですよね？」わたしは尋ねた。

「そういう話は聞いていませんね。だがどうにも気に入らない。最初の三件はまだ説明がつきます。だが電話交換局のあの気の毒な女性は――意図的に殺されたとしか思えない。交換局が燃えてしまったのではっきりしたことはわかりませんが、だれかを殺す意図があって電話線を故意に接続したとしか思えない。そういうわけで、あなたのおじいさんに会いにきたんですよ、お嬢さん」

わたしがただの〝お嬢さん〟ではなく、〝お嬢さま〟であることを、彼はすっかり忘れているようだ。

「上司の警部が休暇でフランスにスキーに行っているので、すべてはわたしの肩にかかっているんです。ロンドン警視庁に助けを求めるべきなんでしょうが、気が進まないんですよ。愚か者みたいに見えますからね。なので、ロンドン警視庁を引退した方に助言をいただこうと思いましてね」

彼は期待のこもったまなざしを祖父に向け、祖父はただの警察官ではなくロンドン警視庁の有能な刑事のような顔をしようとした。

「このあたりに、亡くなった方に恨みを持っている人はいないのかね？　少々正気を失っているような人間は？」

警部補は首を振った。「いません。普段は、この近辺は墓地より平和なんですよ――おっと、軽率な表現でしたね。ですが、たまに強盗や、家畜泥棒や、土曜の夜に妻を殴りつけたりするのが、我々にとっての犯罪なんです。これは外部の人間の仕業ですよ。そしてわたしに考えられる外部の人間といえば、脱獄犯しかいません」

「レディ・ホース＝ゴーズリーの家に滞在している人たちがいます」わたしは指摘した。

「あの人たちはみんな、外部の人間です」

「それはそうですが、亡くなった人たちとは無関係だ。ちがいますか？」警部補はぎょっとしたように言った。

「そうですね。アメリカやヨークシャーやインドから来たばかりですから」

「早いところ、いまいましい脱獄犯を捕まえてもらいたいものですよ。それまでは、わたしの担当地域に潜んでいると仮定しなくてはならない。その場合、捕まえるのはわたしの責任ですからね」

「だれかが押し入ったり食べ物が盗まれたりしたときには、すぐに通報するようにこのあたりの人には言ってあるんですよね？」わたしは確認した。「脱獄犯もなにかを食べなくてはならないし、身を隠す場所が必要ですもの」

「そのとおりです。こんなお天気ですからね、だれかが匿っているに違いないんです。でも一軒一軒、ちゃんと調べたんですよ。地元の人間のほとんどは生まれてからずっとここで暮らしています。犯罪者を匿ったりするとは思えません」

「わしらが捜しているのは、本当に脱獄犯なんだろうか」祖父がゆっくりとした口調で言った。「警察官時代、わしは大勢の犯罪者を見てきた。大部分はあまり頭がよくなくて、だれかを殺そうと思ったときには、すぐ手近にあるものを使っていた——煉瓦《れんが》で頭を殴りつけたり、刃物で刺したり、銃を持っているときは、それで撃ったり。それに、たいていは同じ手口を使うもんだ。だれの仕業だかわかる痕跡を残していくんだ。この一連の出来事が殺人だとしたら、かなり巧みなやり方だと言える——とても頭の切れる何者かが、まったく異なる手口で殺している。目的はわからんが。もしくは、複数の人間が関わっているのかもしれない。だから、まず考えるべきは動機だ。どうしてわざわざ電話交換局の人間を感電させたりする？　家まで彼女のあとをつけて、殴り殺したり、刺したりするほうが簡単だろう？　犯人の頭のなかを理解しないかぎり、そいつを止められるとは思えない」

「そのとおりだと思います。ですが、今回の脱獄犯は普通の悪党とは違うんですよ。ひとりは銀行員でしたが、大がかりな列車強盗のブレーンだと言われています。もうひとりは劇場で脱出マジックを演じていました。イギリス版フーディーニですよ。手錠をはずしたのは彼だと思います。彼は犯罪に走り、金庫破りをするようになりました。三人目は女房といっしょに大衆演芸場で喜劇を演じていました。年寄りの軍人と無邪気な若い娘の役で」

「無害な人間のように聞こえるが」

「それがそうでもないんですよ。演芸場で稼げなくなると、ふたりは大家から金を奪ったり、老後の蓄えをだまし取ったりするようになったんです。被害者のひとりが不慮の死を遂げたんですが、この男が手をくだしたとは立証できずに終わりました」

「女房はどうなったんだね？　彼女も刑務所に？」

「自殺しました。サセックスのビーチー・ヘッドで入水《じゅすい》したんです」

「このあたりの出身ではないということだね？」

「全員、違います。まったく頭がどうかなりそうですよ」

ニューカムはゆっくりと紅茶を飲むと、カップを置いた。

「その脱獄犯にこだわるべきではないと思う」祖父が言った。「逃げている人間が、人を殺しておいて事故に見せかけるような手間をかけるとは考えにくい。人から見られるかもしれない場所にいる時間が長くなればなるほど、捕まる危険性が高くなるものだ」

「ありがたいことに、今日のところはまだ死人は出ていません。あの四人を殺して、犯人は目的を果たしたのかもしれません」

「その目的とはなんだ？　被害者たちはお互いまったく無関係だとしか思えないし、だれかを脅かすような存在でもない」

警部補はため息をついた。「まったくそのとおりです。お手あげですよ。ですがフランスから戻った上司が、わたしが事件を解決していないことを知ったら、ひどく怒るでしょうね」彼は立ちあがった。「話ができてよかったですよ、アルバート。ひょっとしたら、クリスマスのあいだはなにも起きないかもしれませんね。冷淡な犯罪者でも、聖なる時期に人を殺すのはためらうのかもしれない。わたしも妻や子供たちといっしょに、クリスマスのディナーを食べられるかもしれない」

彼が玄関のドアを開けると、制服警官がこちらに向かって歩いてくるのが見えた。

「ああ、ここにいらっしゃいましたか。警部補を探すように言いつかってきました。大通りで窃盗事件があったんです。夜のあいだに、ミスター・クラインの宝石店に何者かが押し入って、高価な品物を盗んでいったそうです。彼はひどく興奮していまして。警察のせいだとかなんだとか、怒鳴り散らしているんです。すぐにいらしてください」

17

「だれも触っていないだろうな。指紋が台無しになっていないといいが。ずいぶんひどくやられたのか？　窓は割られているか？」ニューカム警部補が訊いた。

「いいえ。押し入られた形跡はまったくなくて、盗まれた品物は店の奥の金庫に入っていたそうです。ミスター・クラインはプロの仕業に違いないと言っています。入り口の鍵も開けられていました。自分がなにをしているかも、なにを探しているかわかっている人間の仕業ですね。金庫に入っていた、ばかでかいダイヤモンドの指輪だけをいくつか盗っていきました。おそらく指紋も残っていないでしょう」

「なるほどね」ニューカムが言った。「言っただろう？　脱獄犯のひとりは、脱出マジックを商売にしていた。鍵を開けるプロだ。彼らがこのあたりに潜んでいるのはわかっていたんだ」

「実は、もうひとつお伝えしたいことがあるんです」巡査の頬は興奮のあまりピンクに染まっていた。「脱獄犯のひとりがバーミンガムで捕まったという知らせが、たったいま入ってきました。ジム・ハワードです。脱出マジックをしていた男じゃありませんか？」

「くそっ」ニューカムはつぶやいた。「となると、わたしの説は成り立たなくなる。銀行員と大衆演芸場の芸人が金庫を開けられるとは思えない。ほかのふたりも彼といっしょにいたんだろうか？　あるいは彼が居所を知っているかもしれない。だが仲間を売ったりはしないだろうな」ニュートカムは巡査の肩を叩いた。「行こう。町に戻らなければ。あわただしく帰ることになって、すみません、アルバート。なにかわかったら、お知らせします」

彼は小道の先で待っている車に向かって歩いていった。

「少なくとも殺人ではなかったわ」わたしは震える声で言った。礼儀正しくて魅力的なミスター・クラインは、パリから高価な品物が届いたばかりだと言っていた。おそらく、間違った相手にその高価な品物の話をしてしまったのだろう。ともあれ彼はまだ生きているし、怪我もしていない。

「この犯人を見つけるのはそれほど難しくないはずだ」祖父は遠ざかる車を見つめながら言った。「金庫を開けることができて、いいものを見極める目を持つ人間は、このあたりにはそれほどいない。クリスマスのために金が必要になったこそどろなら、窓を叩き割って、そこらにあるものを盗んでいただろう」

「それじゃあおじいちゃんは、この盗難事件は一連の不可解な死とは関係がないと思っているのね？」

祖父はうなずいた。「つながりが見えない。これまでの死が殺人だとしたら、犯人はいびつな心の持ち主だし、この盗難事件はプロの泥棒の仕業だ。名の知れた泥棒だろう」

わたしたちは居心地のいい居間に戻った。裾に羽根飾りのついた青いサテンのローブをまとった母が部屋に入ってきた。

「あの不愉快な人は帰ったの？　静かで平和なクリスマスを過ごすはずだったのに、いやらしい警察官が次から次へと出たり入ったりするんだから。お父さんも、あまりあの人たちをいい気にさせないでほしいわ」

「彼は困り果てているんだ。わしの助言が欲しいんだよ」

「お父さんがロンドン警視庁の腕利き刑事などではなくて、ただの警察官だったことは話していないんでしょう？」母は肘掛け椅子に体を丸めるようにして座った。「あら、いらっしゃい、ジョージー。あなたの老いた母親にキスをしてちょうだい」

わたしは言われたとおりにキスをしてから、包みを差し出した。「ささやかなクリスマスプレゼントよ。明日まで開けないでね」

「ジョージー、こんなことしなくていいのに。ありがとう。わたしはばつが悪いわ。年が明けたらあなたをショッピングに連れていくつもりだったけれど、その前に会えるとは思っていなかったの」母はそう言うと立ちあがった。「でも、手ぶらで帰すわけにはいかないわ。二階に行って、あなたの好きなものがないかどうかを見てちょうだい。わたしのほうがずっと小柄なのはわかっているけれど、きれいなスカーフや帽子やほかにもいろいろなものがあるから」

「別にいいのよ、そんなことしてくれなくても……」

「なに言っているの。こういう日にはなにか受け取らなきゃだめよ。それに、わたしはいつも旅に服を持ってきすぎるの」

母はわたしを引きずるようにして狭い階段をあがり、おそろしく散らかった寝室に連れていった。母がメイド抜きで旅をすることが、めったにないのがよくわかった。ミセス・ハギンズが母の衣装ダンスの整理をするつもりがないことも。

「気に入ったものを持っていってちょうだい。なんでも好きなものを」

部屋をぐるりと見回すと、淡いバラ色のきれいなカシミアのカーディガンに目が留まった。これが欲しいと言うのは厚かましいような気もしたが、母はなんでも好きなものを買うだけのお金があるのだし、わたしがカシミアを手に入れるチャンスはそうそうないのだと自分に言い聞かせた。

「これを着てみてもいい？　これなら、わたしでも入りそう」

「そんなに古いものでいいの？　持っていきなさい。ここがとても寒かったときのために持ってきたのだけれど、このとおり暖かいもの」

試しに着てみると、ぴったりだった。

「それに合うスカートがいるわね。いま着ているツイードのスカートはひどく形が崩れているじゃないの。ちょっと待ってね」母は衣装ダンスをかきまわしたかと思うと、デシン織りのほっそりした灰色のスカートを取り出した。「これはわたしには長いのよ。あなたのウエストは細いし」

三〇分後、わたしはカーディガンとスカート、素晴らしくきれいな薄桃色のシルクのスカーフ、片側に粋な孔雀の羽根飾りがついたおしゃれな黒の帽子を手に入れていた。母の寝室を出たところで、隣の部屋のドアが開きノエル・カワードが顔をのぞかせた。

「ジョージーのクリスマスプレゼントを選んでいたのよ。楽しかったわ」母が言った。

「しまった。プレゼントを贈ることになっているのかい？」ノエルが言った。「考えてもみなかった」

「いえ、いいんです、ミスター・カワード」わたしは答えた。「わたしもあなたへのプレゼントは持ってきていません。なにがお好きかわかりませんでしたから」

「残念だが、きみにはわたしが気に入るようなものは買えないよ」彼は言った。「それに、ここのところ、あまり欲しいものはないからね。だがこうしよう――きみのために歌を書こう。それでどうだい？」

「印税はちゃんと払ってちょうだいね、ノエル」母が抜け目なく言った。

「もちろんだとも。少なくとも半分は払うさ。さてと、仕事に戻るとしよう。あの場面はもうすぐ書きあがるよ、クレア。通してみたいんだが、いいかい？」

「わたしはゴーズリー・ホールに戻らないと」わたしは母の頰にキスをした。「プレゼントをありがとう。どれも素敵だわ。これでクリスマスにお洒落ができる。明日のクリスマス・ディナーで会えるんでしょう？」

「行くかどうか、まだ決めていないの。わたしたちとは住む世界が違う人たちだろうって、ノエルは言うのよ」

わたしは階下におりると、祖父にピクシーの入った小箱を、ミセス・ハギンズにチョコレートを渡した。ふたりともとても喜んでくれた。

「夢みたいだよ。このあたしが、王家の人からプレゼントをもらうなんて」ミセス・ハギンズが言った。「エセックスの家に戻って、みんなに話すのが待ちきれないね」

「おまえは優しい子だな」祖父がわたしを抱きしめた。「わしもプレゼントを用意していればよかったんだが、おまえに会えるとは思ってもみなかったんでな。おまえにいいことが起きるのを祈っているよ。おまえは、世界一幸せになっていいんだ」

「クリスマスにおじいちゃんの近くにいられるなんて、これ以上のプレゼントはないわ」わたしはそう言って祖父にキスをした。

わたしは幸せな気分でコテージを出た。自動車は一台も走っていないにもかかわらず、ミス・プレンダーガストが急ぎ足で通りを渡っているのが見えた。風などほとんど吹いていないのに、型崩れした帽子をしっかりと押さえているせいで、ぶつかりそうになるまでわたしに気づかなかった。

「あら、びっくりした。ごめんなさい、気づかなくて。フレンチ・フィンチ姉妹のお宅にうかがっていたんです。元気づけようと思ったんですけれど、お気の毒におふたりともひどく落ちこんでいらして。なにもかも、ミス・エフィに頼りっぱなしでしたからね。彼女はずいぶんと威張りちらしていましたけれど、いなくなってしまうとおふたりはどうしていいかわからないんですよ。本当にお気の毒に」声が震え始めたが、感情に流されまいとしているのがわかった。「違う結果になっていれば……」彼女は言い始めた言葉を呑みこんで、首を振った。「どれほど悲しくても、起きてしまったことはどうしようもありませんものね」

ミス・プレンダーガストはそう言い残し、自分のコテージのほうに歩き去った。わたしはそのうしろ姿を見つめながら、彼女の言葉を考えていた。違う結果？　ミス・エフィが死なければよかったということ？　それとも残った姉妹のどちらかが、彼女の代わりに死んだほうがよかったということ？　わたしは考えながら、ゴーズリー・ホールへと戻り始めた。

そのあとはこれといった事件もなく、一日が過ぎていった。パントマイムの練習を終えた若者たちは上機嫌で、ボードゲームを楽しんだ。セクレスト夫妻とラスボーン夫妻はブリッジをしながら、この地域のことや、昔楽しんだ狩りやレガッタや共通の知人の話をしていた。ラスボーン夫妻は一時帰国休暇を過ごすための家をこの近くに持っていたのだが、一九二九年の株価大暴落の際に多額の損失を出し、手放さざるを得なくなったらしい。

「妻はいまもあの庭を恋しがっていましてね」ラスボーン大佐が言った。「カルカッタは庭仕事をするには暑すぎるんですよ」

「庭師は一生懸命やってくれているんです」ミセス・ラスボーンが説明した。「でも暑さにはかないませんし、モンスーンがやってきてはなにもかも台無しにしてしまいますしね」

「いまが夏じゃないのが残念ですよ。サンドラが我が家の庭をご案内できたんですがね」セクレスト船長が言った。「妻は庭仕事にすっかり夢中なんです。そうだろう、おまえ？」

「あなたが留守をしている数カ月のあいだ、なにかすることが必要ですもの」ミセス・セクレストがそう応じながら、ちらりとジョニー・プロスローに視線を投げかけたことにわたしは気づいた。彼はバンティとトランプをしながら、必要以上に彼女の膝に触っている。

「こちらにはよく帰っていらっしゃるんですか？」ミセス・セクレストがラスボーン夫妻に尋ねた。

「五年に一度です」

「向こうにはいつまで？」

ラスボーン大佐は顔をしかめた。「わかりません。引退したら、ここのような小さな村で暮らしたいのですがね。だがいまいましい戦争や、現地での暴動がいつ起きるかはだれにもわからない。軍の年金でどれほどの暮らしができるかもわかりませんしね」

彼は妻を見つめたが、彼女は視線を逸らした。「問題はそこなんですよ」ミセス・ラスボーンが言った。「軍に人生を捧げても、スズメですら生きていけないくらいの年金しかもらえない。本当に不公平ですよ。わたしもほかの奥さんたちのように、マハラジャと浮気をして、その見返りに宝石をもらえばよかったのかもしれませんね。そうやっていい思いをした奥さんたちを何人か知っていますよ」

「マハラジャとなら浮気をしてもいいかもしれない」ミセス・セクレストがうっとりとした顔で言った。「とてもきれいな黒い目をしているでしょう？」

わたしは雑誌を読んでいるふりをしながら、彼女たちの話を聞いていたが、心に巣くった不安を追い払うことができずにいた。一日はまだ終わっていない。まだだれかが死ぬ可能性は残っている。

レディ・ホース＝ゴーズリーがやってきて、手を叩きながら言った。

「みなさん、お茶の時間ですよ。明るいうちに大薪を探しに行けるように、少し早めに用意しました。そのあとで真夜中のミサに行くのか、それとも早朝ミサに行くのか、教えてくださいね。ああ、それからダーシー――ニュートン・アボットのカトリック教会のミサの時間を調べておきましょうか？」

そうだった――わざと目を逸らしていた事実がある。ダーシーはカトリック教徒だ。わたしは彼とは結婚できない。

18

一二月二四日　クリスマスイブの夜

いろいろなことがあったにもかかわらず、わくわくせずにはいられない。

わたしは不安を頭から追いやり、暖かい服を着こんで大薪を探しに出かけた。キャロルを歌いながら雪のなかを歩こうとモンティが言い出した。今日は気温がいくらか高めだったので道が雪でぬかるんでいて、そりに載せた薪を運ぶのは大変そうだ。サー・オズワルドとモンティがひとつずつそりを引いていたが、バンティは荷台を引いた馬を連れてきていた。

今回は家の反対側から出発した。雪の王冠を頂いた彫像や縁が白く染まった蓮の池を眺めながら美しい整形式庭園を通り過ぎ、ラヴィーの岩山に続く荒れ地に出た。このあたりには、無慈悲なダートムーアの風にさらされて大きく曲がった古いオークの木やヒマラヤスギやイチイがびっしりと生えている。数本のブナの木すら見受けられた。足を止めて振り返ると、丘の合間に抱かれるようにして建つゴーズリー・ホールとその向こうの村という美しい景色が見えた。木々のあいだからは、もう一軒の大きな屋敷が見える。

「あれはなに？」わたしはバンティに尋ねた。

「ああ、気の毒なフレディの家よ」彼女が答えた。「だれが相続するのかしらね。兄弟はいないのよ。きっと売りに出されるんでしょうね。週末だけ、にわか成金の不愉快な銀行家が来るようになるんだわ」

「その人たちがハウス・パーティーを開けば、あなたにもだれかと出会うチャンスができるわ」わたしが言うと、バンティはにっこりと笑った。

「それほど不愉快な人たちじゃないかもしれないわね。わたしを養えるくらいお金のある人と、どうしても結婚したいのよ。肩書きはなくてもいいわ」

「そうね。現実の世界では肩書きなんてたいして役に立たないもの」

「あなたは、本当の意味の肩書きを持つ人——王子さまや公爵——と結婚できるでしょう？」

「わたしの家族はそれを望んでいるの。以前には、不愉快なルーマニアの王子と結婚させようとしたこともある。友人のベリンダとわたしは彼のことを魚顔って呼んでいるのよ」

「それでもあなたは、貧乏なダーシーのほうがいいのね」バンティは、モンティといっしょにそりを引きながらずっとうしろを歩いているダーシーを振り返った。

「ええ。でもたぶんどうにもならないと思う。わたしはカトリック教徒と結婚することを許されていないの」

「ばかばかしい。愛している人と結婚できるのなら、わたしはそんなことは無視するわ」

「確かイギリスの法律に関係していると思うの。法を犯すわけにはいかないわ」

「そうしたいと思えば、方法はあるものよ」バンティは励ますように言った。

わたしたちはひたすら歩き続けた。

「まだ遠いの？　疲れたよ」ジュニアが弱音を吐いた。

あることに気づいて、わたしは振り返った。このあたりはフレディの家に近いうえ、大木がたくさんある。もしも彼がなにか罠を仕かけようと思ったなら、ここが理想的だ。どうしてわざわざ果樹園まで行く必要があったのだろう？

「さあ、ここだ」サー・オズワルドが声をあげた。「わたしが考えていたのがこの丸太だ。どう思うかね？」

わたしたちは巨大な丸太――倒れたオークの木の枝――を取り囲んだ。力を合わせて持ちあげ、そりに載せたが、その重みでそりはぬかるんだ雪に沈みこみ、ぴくりとも動かない。そこで荷馬車を使うことにした。重い丸太を引きずって丘をくだるのがわたしたちではなく、馬であることにほっとした。家路をたどっていくあいだに、日はみるみるうちに落ちていき、あたり一面くすんだピンクに染まった。

「丸太を家に運びこんで、ディナーのあとで火をつけましょう」レディ・ホース＝ゴーズリーが言った。「うまく火がつけば、クリスマスの日は一日中燃え続けて、幸運を呼んでくれます」

コートと帽子を脱ぐとすぐに、執事のディクソンが湯気のたつホットワインと熱々のソーセージ・ロールを運んできた。わたしは凍えた指をグラスで温めながら、ゆっくりと飲んだ。

「さあ、ディナーの前にもうひとつすることがありますよ」レディ・ホース＝ゴーズリーが再び場の主導権を握った。「クリスマスツリーの飾りつけをしましょう。この箱にライトが入っています。ガラスの飾りはここ、モールはそこにありますよ。ツリーの上のほうには、階段の手すりのあいだから手を伸ばせば届くはずですけれど、そこにライトや飾りをつけるのは男性がしてくださいね」

まず細かい飾りから取りかかった——ラッパや鳥、ノームやボール。そのあと松ぼっくりやネズミの形の砂糖菓子やモールで仕上げていく。ライトのスイッチを入れると、ツリーは華やかにきらめき、一同は歓声をあげた。

その日のディナーは青と白のチェックのジャケットというとんでもない格好のジュニアを除き、だれもがフォーマルな装いだった。ミセス・アップソープとエセルはパリ製のドレスで現われたが、どういうわけか優雅には見えない。手厳しい意見だとわかってはいるけれど、偏見なく評価したつもりだ。いまが冬ではなく夏だったら、わたしもシャネルのイブニング・ドレスが着られたのにと思うと残念だった。ココがわたしのために直々にデザインしてくれたのだ。だが薄いシフォン生地だから、冬にはふさわしくない。そういうわけで、赤紫色の古いベルベットのドレスを着るほかはなかった。幸い、先祖代々伝わるルビーのネックレスがあったので、クイーニーが下手にブラシをかけて生地を台無しにした箇所から人の目を逸らすことはできた。

食堂は、レディ・ホース＝ゴーズリーが見事にしつらえていた。ダイニングテーブルには大きな枝付き燭台が二台置かれ、その明かりが銀器やクリスタルにきらきらと反射している。ウェクスラー夫妻ですら感心しているのがわかった。テーブルには座席札が置かれていて、わたしの席はラスボーン大佐とジョニー・プロスローのあいだだった――あまり歓迎できない席だ。案の定、ひと皿目――ボリュームのある肉入りスープ――の途中で、膝に手が乗せられたのがわかった。わたしはその手をはらい、なにごともなかったふりをした。

ふた皿目が運ばれてきた。マトウダイのケッパーソース添え。再び膝に手が置かれたのがわかって、ぎょっとした。今度は反対の膝だ。ジョニーの手が突然長くなったのか、そうでなければ大佐もまた触り魔だということだ。わたしはその手を押しのけた。なにか気づいたのか、テーブルの向こうからダーシーがけげんそうな顔でわたしを見ている。わたしは左右をちらりと見てから、天を仰いだ。ダーシーは理解したらしく、にやにや笑った。

メインコースの前に、口をさっぱりさせるためのシャーベットが運ばれてきたが、膝に伸びてくる手はなかった。そしてメインコースが運ばれてきた。見事なバロン・オブ・ビーフ（背骨でつながった二枚のサーロイン）にヨークシャー・プディング、かりかりのローストポテト、すりつぶした根菜の表面を香ばしく焼いたものが添えられている。だれもが食べることに忙しく、会話は途切れがちだった。お皿がさげられたところで、今度は両膝に手が置かれた。我慢の限界だった。わたしはテーブルの下に手を伸ばし、穏やかな笑みを浮かべながら、両方の手を優しく撫でた。その手を取り、互いに握らせてから、ゆっくりと自分の手を離す。彼らが手を握り合っていることに気づくまで、一瞬の間があった。ふたりはあわてて手を引き、わたしの両側でしゃんと背筋を伸ばした。どちらも真っ赤な顔をしている。

デザートはデボンシャーのクロテッド・クリームを添えたアップルタルトで、締めくくりはイギリスの正式な食事の締めくくりに供されるアンチョビのトースト・セイボリーだった。その後女性たちは応接室でコーヒーを飲み、まもなく男性たちも合流した。

「なにか室内ゲームをしましょうか」レディ・ホース゠ゴーズリーが提案し、わたしたちは『ミニスターズ・キャット』のような昔ながらのばかばかしい言葉あそびのゲームを始めた。大きな城でほかに子供もおらず、使用人に囲まれて育ったわたしはこの手のゲームをほとんどしたことがなかったから、どれも楽しいひとときだった。

一〇時になるとウェクスラー一家は寝室に引き取ったが、それ以外は全員が残った。真夜中のミサに行く予定にしている人たちも多い。何人かはトランプのホイストを始め、加わらない人たちは暖炉のそばでお喋りをした。気がつけばわたしは会話には加わらず、今日の窃盗事件やダーシーのカトリック信仰について考えていた。今日はクリスマスイブなのだし、なにも問題はないと自分に言い聞かせてみても、この数日不安をかきたてるような出来事があまりに多くあったせいで、心からくつろいで楽しむことができなくなっている。疲れも感じていたので、教会に行く着替えのために部屋に引き取ったときにはほっとした。

一一時四五分には再び私道に集まり、学校の遠足のように二列になって出発した。伯爵夫人は、真夜中のミサはカトリック教徒が考え出したことで、クリスマス当日の朝の礼拝のほうが正しいのだと主張して、同行しなかった。セクレスト船長夫妻もそれにならった。夫妻はたっぷり食べて飲んだので、体を動かす気になれないのだろうとわたしは思った。融けかけた雪は再び凍り、足元は不安定だったが、わたしたちは互いに支え合いながら進み、怪我をすることもなく教会にたどり着いた。ホース＝ゴーズリー家は前列に自分たちの席を持っているらしく、レディ・ホース＝ゴーズリーはわたしたちを連れてほかの信者たちの横を通り過ぎ、だれも座ろうとはしなかった一番前の席に腰をおろした。ダーシーも来ていて、わたしのうしろの列にモンティとバジャーといっしょに座った。

そこはアーチ形の天井とシンプルな祭壇があるノルマン朝時代の典型的な村の教会で、古い教会を連想させる独特のにおい――かびと古い本と艶出し剤の混じった、少しも不快ではないにおい――が漂っていた。また、たいていの古い教会と同じく暖房が入っていないので、息が白く見えた。ミス・プレンダーガストの飾りつけは見事だった。あらゆるくぼみにヒイラギが飾られ、祭壇の裏側には蔦を這わせてある。だがキリスト生誕の像や、聖母礼拝堂に続く階段には、ミスター・バークレイの主張どおりヒイラギの飾りはなかった。

赤い蝶ネクタイというきちんとした格好でオルガンの前に座っている彼に気づいたまさにその瞬間、重厚な和音が教会全体に響き渡った。聖歌隊の少年が入ってくる。幼い子たちは眠い目をこすっていた。白いローブに赤いひだ襟という姿の少年たちは見るからに天使のようだったが、オルガンに合わせて『神の御子は今宵しも』を歌い出すと、その歌声も天使だった。『主よ、われらはあなたを喜び迎える。この喜ばしい朝にお生まれになったことを』

という一節に差しかかったところで、教会の鐘が一二時を打ち始め、クリスマスの日を迎えた。

心を浮き立たせるような『天には栄え』の合唱のあと、わたしたちは帰路についた。歌のおかげで眠気は消えている。わたしはダーシーと並んで歩いた。

「わたしたちと異教徒の教会に行ったわけね」わたしは冗談めかして言った。「教えてくれる? カトリックの信仰はあなたにとってとても大切なことなの?」

「ぼくが教会に行ったのは、それがレディ・ホース＝ゴーズリーへの礼儀だと思ったからだ。それに、旅の途中で、教会が五キロ以上離れた場所にあるときには、ミサに行かなくてもいいという決まりがあるんだ。ここから一番近いカトリック教会まで一五キロ以上はあるし、こんな天気のなか、車を出してもらうわけにもいかないからね」

「そうだったの」

「信仰が大切なことかどうかという質問だが、敬虔《けいけん》なカトリック教徒とは言えないけれど、信仰に向き合いたいとは思っている。母は父と結婚するために改宗して、とても信心深くなった。だからぼくも意識はしている」

わたしは彼の言ったことを考えながら、黙って歩いた。何枚も着こんだコートやスカーフを脱いでいると、応接室にブランデーと熱いミンス・パイを用意しているとレディ・ホース＝ゴーズリーが言った。そちらに向かおうとしたわたしをダーシーが腕をつかんで引き留めた。

「今日はクリスマスだ。きみにプレゼントがあるんだ」彼はポケットから小さな箱を取り出した。「きみが来ることを知っていたら、なにかもっと特別なものを用意していたんだが。でもなにか贈りたかったんだ。ぼくがいないあいだ、ぼくのことを思い出してもらえるように」

わたしは箱を受け取って開いた。そこに入っていたのは、きれいな銀のチェーンと銀のピクシーだった。思わず笑いがこぼれた。

「なにがそんなにおかしいんだい？　気に入らない？」

「明日の朝になればわかるわ。もちろん気に入ったわ。ありがとう」

「きみは気づいていないみたいだが、ぼくはあらかじめ計画していたんだ。きみはヤドリギの真下に立っているんだよ」

ダーシーはわたしを抱き寄せてキスをした――形だけ唇を触れ合わせるのではなく、本物の素晴らしいキスだった。

19

ゴーズリー・ホールで迎えるクリスマス当日

一二月二五日

わたしはバラ色のもやに包まれた気分でベッドに歩み寄った。ダーシーはわたしを愛している。それ以外のことはもうどうでもいいと思えた。クイーニーが、わたしのベッドの上でいびきをかいていた。着替えを手伝うつもりで帰ってくるのを待っていたのだが、それ以上起きていられなくなったのだろう。そっと彼女を起こした。

「クイーニー、もう寝ていいのよ。メリー・クリスマス」

「メリー・クリスマス、お嬢さん」クイーニーはそうつぶやくと、再び眠りに落ちた。

「クイーニー、自分のベッドに戻ってちょうだい」わたしはクイーニーを突いて、動かそうとしたが、彼女はため息をついて寝返りを打っただけだった。重たすぎてどうしようもない。わたしは幸せいっぱいだったし、クリスマスで気分も浮き立っていたので、彼女を転がしてベッドの片側に寄せると、服を脱いでベッドに入った。

晴れやかな鐘の音に目を覚ました。クリスマスだ。わたしは体を起こしたが、クイーニーはまだぐっすり眠っていた。ぽっかりと口を開け、みっともないいびきをかいている。彼女を揺すぶった。

「クイーニー、起きて。朝よ。紅茶を持ってきてちょうだい」

クイーニーはあくびをして猫のように伸びをすると、ぱっと目を開き、驚いたようにあたりを見まわした。

「なんとまあ。いったいあたしはここでなにをしているんです？」

「わたしを待っているあいだに寝てしまったのよ。起こすのが忍びなかったの」

「お嬢さんはやっぱり本当のお嬢さんなんですね」

「ええ、そうね。本当のお嬢さんはこの時間には朝の紅茶を飲んでいるものよ。だから早く起きて、紅茶を持ってきてちょうだい」

「おっと、了解です」

クイーニーはよたよたと部屋を出ていった。残されたわたしはベッドに座ったまま、鐘の音に耳を澄まし、窓の外の白く染まった静謐《せいひつ》な景色を眺めた。首に手をやってピクシーを探り当てると、握りしめた。目を閉じ、ゆうべのキスを思い出す。なんて素晴らしいクリスマスなんだろう。

クイーニーは間もなく戻ってきた。

「メリー・クリスマス、お嬢さま。今朝はビスケットの代わりに、ミンス・パイを焼いてくれましたよ」

できたてのミンス・パイは温かくておいしかった。

「お嬢さまはなにをお召しになりますか？」クイーニーはせいいっぱい行儀よく振る舞おうとしている。

「お母さまからのクリスマスプレゼントを着るわ――ローズ色のカーディガンとシルクのロングスカートとスカーフに、わたしの白のシルクのブラウスを合わせる。そうそう、クイーニー――あのカーディガンはカシミアなの。洗ったり、こすったり、アイロンをかけたりしないで。というより、なにもしないで。わかった？」

クイーニーはうなずいた。「あのジャージーのドレスはすいませんでした、お嬢さん。あたしったらばかみたいですよね。父さんがなんて言っていたか、覚えていますか？」

「いろいろあったわね。確か、生まれたときに頭から床に落ちたんだとか、ひとりの人間がそこまでばかなはずがないから、あなたは双子に違いないとか」

クイーニーはにんまりした。「そうです。父さんはそのとおり、言っていました」

わたしは立ちあがって化粧台に近づき、小さな包みを取り出した。「メリー・クリスマス、クイーニー。本当なら、使用人は明日のボクシング・デーにクリスマスの贈り物を受け取るものだけれど、いま渡しておくわね」

「あたしにですか？」クイーニーは目を丸くした。

「たいしたものじゃないのよ。わたしにあまりお金がないことは、知っているでしょう？」

クイーニーは包みを開けた。いつも彼女がかぶっている、植木鉢にしか見えない型崩れした帽子の代わりにと思って買った黒い釣鐘形の帽子だった。クイーニーはわたしが恥ずかしくなるくらい喜んで、涙をぬぐった。「ああ、お嬢さん。こんなきれいなもの、初めてです。本当です。お嬢さんはなんて素晴らしい人なんでしょう。あたしはものすごく運がいいです」

こういうことを言われると、どれほどへまばかりしようとも、どうしても彼女をくびにできないという気持ちになる。

顔を洗い、新しい服を着たわたしは、すっかり洗練された女性になった気分で階下におりた。ウェクスラー一家を除けば、今日もまた一番乗りだ。ずらりと並んだ料理から好きなものをよそった。ゴーズリー・ホールの朝食はいつもたっぷりと用意されているが、クリスマスに入ってからはいっそう豪華だ。ベーコン、ソーセージ、キドニー、卵、トマト、揚げパン、スモークしたタラ――考えられるものすべてが並んでいる。クリスマスの祝宴が控えていることがわかっていたから、取りすぎないように注意した。

わたしが食べているあいだに、客たちが次々とやってきて、メリー・クリスマスの声があちらこちらから聞こえてきた。全員が席についたところでレディ・ホース＝ゴーズリーが現われ、メリー・クリスマスと声をかけてから、小さいほうの居間にいいものを用意してあるので食事が終わったらそちらにどうぞと告げた。待ちきれない子供のようにわたしたちは急いで居間に向かった。低いテーブルの上に見事なスノーハウスが作られている。スノーハウスというのはボール紙で作った昔風の家で、雪に見えるようにコットンとなにかきらきらするもので飾ってある。なかにはプレゼントが詰まっていた。

レディ・ホース＝ゴーズリーが煙突をはずした。

「好きなものをひとつ取ってくださいな。赤いリボンが男性用、白いリボンが女性用ですよ」

わたしたちはひとりずつ取っていった。プレゼントはどれも実用的なものばかりだ――ハンカチと便箋、スケジュール帳と日記帳。わたしは日記をつけているから、日記帳が当たったのは幸いだった。紫色の革の装丁で鍵までついている豪華なものだ。わたしたちはお礼を言い、レディ・ホース＝ゴーズリーは笑顔を見せたが、なにか気にかかることがあるのがわかった。ほかの人たちがその場を離れたあと、わたしは彼女に歩み寄った。

「なにかお手伝いすることはありますか？　心配事があるようですけれど」

彼女は顔をしかめた。「あのいまいましい肉屋なんですよ。約束のガチョウをまだ届けてくれていないんです。料理人はもう詰め物を用意して、あとはオーブンに入れるばかりにしているのに。遅くとも九時には届けてほしいって伝えてくれたんですよね？　かれこれ一〇時になろうとしているのに」

「夜のあいだにまた雪が降って、車が通れなくなっているのかもしれませんね」わたしは言った。

「問題は、それを知るすべがないということなんですよ。電話がまだ通じていないんです。

詰め物もあるし、全員に行き渡るくらいの七面鳥はあるけれど、どうしてもガチョウが欲しいのに」

「わたしが池にいる白鳥を何羽か撃ってこようか」サー・オズワルドは真面目な顔で訊いた。

「それで代わりになるかね？」

「ばかなことを言わないでちょうだい、オズワルド」レディ・ホース＝ゴーズリーは叱りつけるように言った。「全然面白くないわ」

「白鳥は食べられないんですか？」ミスター・ウェクスラーが尋ねた。

「だれも食べたことなんてありません」バンティは、無知を思い知らせるようなまなざしを彼に向けた。「白鳥は王家の人たちのものなんです。昔は、白鳥を殺すと絞首刑でした。いまはそこまでじゃないと思いますけれど、それでも罪には問われます」

「驚きだわ。なんて古臭い」ミセス・ウェクスラーが言った。「この国にはずいぶんと奇妙な法律があるんですね」

「中世の頃に制定されたものをだれも廃止しようとしなかったからなんですよ」レディ・ホース＝ゴーズリーが説明した。「朝の礼拝に行く方は仕度をなさってくださいね」

「わたくしの車を持ってきてちょうだい、ハンフリーズ。雪のなかを歩いていくつもりはありませんからね」伯爵夫人が告げると、彼女はおびえた兎のように駆けだしていった。

「まったく役に立たないったら。わたくしもよく我慢しているものだわ」ハンフリーズがまだ声の聞こえるところにいるにもかかわらず、伯爵夫人はつぶやいた。

「わたしたちも乗せていただこうかな」ミスター・ウェクスラーが言った。

伯爵夫人はローネットごしにしげしげと彼を見つめた。「歩けるときには歩くべきだと思いますよ」きっぱりとした口調で告げる。「私道に雪が積もっていなければ、わたくしも車を使ってガソリンを無駄にしようなどとは思いません」

「でも、結局は使われるわけですから」ミセス・ウェクスラーは愛嬌があると自分では思っているらしい笑顔を作った。

伯爵夫人は笑みを返さなかった。「そうやって甘やかしていたら、あなたたちのお子さんふたりは太った怠け者になってしまいますよ。息子さんはちゃんとした寄宿舎に入れたほうがいいですね。朝は冷たいシャワーを浴びて、朝食前には野原を走るんです」

「なんて野蛮な」ミセス・ウェクスラーはジュニアの肩を抱き寄せた。

「そのおかげでいまのわたくしたちがあるんです」伯爵夫人はようやく笑顔を見せた。「世界の半分を支配するようになったんです」そう言ってうなずいた。「教会でお会いしましょう」

彼女が出ていったところでダーシーと目が合い、わたしは彼に近づいた。

「彼女は素晴らしいね」彼がつぶやくように言った。

「こっちに来て」わたしは彼の手を取って、部屋から連れ出した。

「このあいだの夜の続きかい？」ダーシーは、挑発するようなまなざしをわたしに向けた。

「またきみの寝室に連れていくつもりなのかな？」

「あのときの話はもうしないで」わたしは顔を赤らめた。

「当分のあいだ、あのときの話をさせてもらうつもりだよ」

玄関ホールの脇にあるアルコーブにやってきたところで、わたしはダーシーと向き合った。

「あなたにクリスマスプレゼントがあるの。あなたがここに来ることを知らなかったときに、買ったものよ」

わたしは小箱を手渡した。包み紙をはずしたところで、彼の顔に笑みが浮かんだのがわかった。

「ぼくたちは気が合うね」箱を開けてピクシーを見つめながらダーシーが言った。

「なにかを贈りたかったし、あなたにはだれよりも幸運が必要だと思ったの」

「もっともだ。ぼくにはいまこそ幸運が必要だよ。父がますます扱いにくくなってきていてね。いまではだれともまともな会話ができない。代々伝わる家宝の最後のひとつを売ろうとしているんだが、ぼくの言うことに耳を傾けてもくれない。やりきれない思いだよ。家族を象徴していたものが少しずつ崩壊していくのに、ぼくにはなにひとつできないんだ」ダーシーは言葉を切り、ばつの悪そうな笑みを浮かべた。「ぼくの問題をきみに背負わせてはいけないな。それもクリスマスだというのに」

「わたしも同じように感じているわ。わたしの家だったはずのところに居場所がなくなって、どこにも行くところがないのよ」

「嵐のなかのふたりの孤児というところだな。きみが酔っていたときに言ったとおりにするべきかもしれない――なにもかも放り出して、ふたりで無人島に行くんだ」
「わたしは、ココナッツはあまり好きじゃないの」わたしが言うと、ダーシーはわたしを抱きしめて笑った。

レディ・ホース゠ゴーズリーは、教会に行く人たちが出発する前に全員を再び集め、隣村のワイドコムで行われるボクシング・デーの狩りに参加したい人は申し出るようにと告げた。全員分の馬を用意できるかどうかを心配しているらしい。

「わたしたちは行きません」ミセス・ウェクスラーが毅然として言った。「狩りは野蛮なスポーツです。かわいそうな小さなキツネを八つ裂きにするなんて」

「あの人たちは生まれてこのかた、馬に乗ったことがないんだろうね」伯爵夫人は声を潜めることもなく言った。

「そういうことをするには、わたしは年を取りすぎましたからね」ミセス・ラスボーンが言った。「でも主人はせっかくの狩りのチャンスを逃さないと思います。そうでしょう、レジー？」

「もちろんだ」ラスボーン大佐の声には熱がこもっていた。「〝タリホー〟と猟犬に声をかけ、キツネを見つけたら、〝ビュー・ハルー〟と叫ぶ。それがイギリスの伝統というものだ」

「わたしたちに狩りは無理でしょうが、ぜひ同行させてもらいたいですね。狩りを見たことはないんですよ。あの赤い上着を着たら、若い人たちはさぞ格好いいでしょうな」ミスター・アップソープが言った。

「ピンクです」伯爵夫人の口調は辛辣《しんらつ》だった。

「上着の色は赤だと思いましたけれど」ミセス・アップソープはけげんそうな顔になった。

「赤ですけれど、わたくしたちはあれをピンクと呼ぶんです」

「ピンクじゃないのに、どうしてピンクと呼ぶんです？」ミセス・ウェクスラーが訊いた。

「その理由は歴史のなかに埋もれてしまったと思いますよ」話がそれ以上広がらないうちに、レディ・ホース＝ゴーズリーが割って入った。「オズワルドがみなさんをエステート・カーでお送りします。主人は脚の調子が悪いんですよ。怪我がまだ治りきっていなくて、医者から狩りを止められているんです」

サー・オズワルドはむっつりした顔でうなずいた。「あのやぶ医者になにがわかるというんだ？」

「わたくしは狩りの様子を眺めさせてもらいますよ」伯爵夫人が言った。「ハートフォードシャーのお屋敷で暮らしていた、古き良き時代を思い出しますね」

ウェクスラー家の子供たちはどういうわけかこの台詞を愉快だと思ったらしく、くすくす笑い、伯爵夫人から恐ろしい顔でにらまれた。「もちろんミセス・ラスボーンには、喜んでわたしの車に乗っていただきますよ」それ以外の人間は乗せないという宣言だった。

「あなた方はご自分の馬に乗られるんですよね、セクレスト船長？」レディ・ホース＝ゴーズリーは、いやな雰囲気を追い払おうとして急いで言った。

「もちろんですとも。明日の朝一番に家に戻りますよ」

「わたしの車アームストロング・シドレーで、明日、お宅までお送りしましょう」ジョニーが言った。「わたしも自分の馬を取ってこなくてはなりませんから」

ミセス・セクレストが「ありがとう、ジョニー。ご親切ね」とお礼を言ったのと、「その必要はありませんよ。わたしの車がありますから」と彼女の夫が応じたのが同時だった。

レディ・ホース＝ゴーズリーが全員を見まわしながら言った。「そうなると、あとは大佐、わたし、モンティ、ダーシー、バンティね。あなたはどうするの、バジャー？」

「ぼくは世界一の馬の乗り手というわけじゃありませんが、行こうと思います」バジャーはそばかすのある顔をピンク色に染めて答えた。

「いいわね、その意気よ」レディ・ホース＝ゴーズリーは満足げにうなずいた。「ジョージアナ――あなたは行くでしょう？」

「ええ、もちろん。ぜひ行きたいです。馬が用意できるのなら、ですけれど」

「できると思いますよ。オズワルドが行かないのならサルタンが使えるし、スターは少し足取りが重くなってはいるけれど、まだ乗れます。それにフレディの馬がいるわ。あんなことになる前、お客さまのために馬を貸してほしいと彼に頼んであったんですよ。馬も走らせてやらなくてはいけないでしょうしね。モンティ、ダーシーといっしょにフレディの家に行ってもらえないかしら。明日の朝八時半までに馬を連れてきてほしいと、馬丁に言ってちょうだい」

「キツネ狩り用のピンク・コートを持ってこなかった」ラスボーン大佐が言った。「狩りをするとは思わなかったのでね。あれを着ずに馬に乗るわけにはいきませんな。そんなみっともない真似はできない」

「オズワルドがお貸ししますわ。ねえ、あなた？」レディ・ホース＝ゴーズリーが有無を言わせぬ口調で言った。サー・オズワルドは乗り気ではなさそうだったが、力なく微笑んだ。

「わたしもハント・コートを持ってきていません」わたしは言った。乗馬ズボンは持ってきている。だれでもそうするものだからだ。

「わたしの古いジャケットを着ればいいわ」バンティが言った。「サイズは同じくらいだし、それほど傷んでもいないから」

「ありがとう」ダーシーのことがあったのに、彼女はとても潔い人だとわたしは思った。

計画がまとまったところで、レディ・ホース＝ゴーズリーは教会に行く人たちを送り出し、狩りの参加者には馬を選びに行かせ、狩りに行かない人たちのためにジグソーパズルやボードゲームを用意した。わたしはそのあいだに、もっとも近しい大切な人たちにクリスマスの挨拶をしに行くことにした。

融けた雪が凍って足元がひどく危なっかしい。こんな状態で狩りは大丈夫だろうかと心配になった。滑って転ばないようにとそればかりを考えて歩いていると、突然生垣から何者かが現われてわたしの前に立ちはだかった。それが荒々しい容貌の女性であることに気づいて、ぎょっとした。髪はぼさぼさで、たっぷりした緑色のスカートをはき、驚いたことに裸足だ。

彼女はわたしの行く手を遮り、じっとこちらを見つめている。

「メリー・クリスマス」猫のような緑色の目でまばたきもせずに見つめられ、わたしはどうしていいかわからずに言った。「あなたはサルね。話は聞いているわ」

「気をつけたほうがいいよ」彼女は濃い西部なまりで言った。「でないと怪我をするよ」

そして生垣に姿を消した。

20

わたしはそのまま歩き続けたが、少なからず動揺していた。実を言えば、荒れ地のサルの話は信用していなかったのだ。だが彼女は実在しただけでなく、警告らしき言葉を口にした。あれはただ、足元が悪いから気をつけろという意味だろうか？　それとももっと不吉なことを示唆しているのだろうか？

教会の前を通ったときには、ミスター・バークレイが演奏するオルガンの音が聞こえた。母のコテージに着くと祖父がドアを開けてくれて、台所から漂うセージの詰め物をした鳥を焼く香ばしいにおいがわたしを出迎えた。居間では母とノエル・カワードが暖炉の前に座っていた。だれもがクリスマス気分に包まれていて、わたしを温かく迎えてくれた。ノエル・カワードですら、ばかげた紙の帽子をかぶっている。

「ジョージアナ、粗末な家を訪ねてくれてうれしいよ。あの大きな屋敷では山ほどのお楽しみがあるのだろうに。どうだね、あそこはひどく封建的かい？　小作人たちはみな、ぺこぺこしているのかい？」

「今日のクリスマス・ランチに来れば、ご自分の目で確かめられますけれど」

「ふむ。せっかくのお誘いだが、クレアとわたしは遠慮することに決めたんだ。申し訳ないと伝えてもらえるかい？　みなから称賛されたり、世間の期待どおりに振る舞ったりするのはひどく疲れるものなんだ。本当のノエルは恥ずかしがり屋で内気なのでね」

わたしは声をたてて笑った。「それってだれの話かしら？」

「おやおや、傷つくね。クレア、きみの娘はきみの残酷なまでの正直さを受け継いでいるよ」

「ジョージー、その服はとてもよく似合っているわよ。カーディガンはわたしよりも、あなたのほうが似合うわね」母は両手を広げて言った。「さあ、クリスマスのハグをしてちょうだい。あんなプレゼントをあげるなんて、わたしはとんでもなくけちだとノエルに言われたのよ。古着を譲っただけだって彼は言うの。小切手のほうがよっぽど喜ばれるって。ロンドンに戻ったらすぐにショッピングに繰り出す約束をしてあるって、わたしは反論したのよ」

ノエルはため息をついた。「気前のいいおじの役目はわたしが担わなくてはならないようだ」そう言いながら、五ポンド札を二枚差しだした。

「まあ。ありがとうございます」わたしはお礼を言うのがせいいっぱいだった。

「わしもおまえにあげるものがあるんだ」祖父が切りだした。「たいしたものじゃないが、クリスマスにはなにかあげたくてな」

包みを開くと、入っていたのはかわいらしい小さな村のスノードームだった。下の台に〝デボンからの贈り物〟と記されている。

わたしは笑って言った。「素敵。いいおみやげになるわ」

「クリスマスの祝宴には大勢集まるんだろう？」祖父が尋ねた。

「ええ。レディ・ホース＝ゴーズリーは村の人たちの半分は招待していると思うわ。そういえば、ついさっき荒れ地のサルと会ったのよ。本当にいたのね」

「そうなのかい？」ノエル・カワードは興味を引かれたようだ。「ぜひ会ってみたいね」

「本当に変わった人ね。裸足で歩いていたし、射るような緑の目で見つめるのよ」

「この村で火あぶりになった魔女の子孫だと言われているのよね？」母が口をはさんだ。

「この村は面白いところね。いま書いている脚本は破棄して、この村のようなかわった場所を舞台にしたものを書いたほうがいいって、ノエルには言っているのよ」

「あれだけ亡くなった人がいるんだもの。コメディにはならないわ」わたしは言った。

「あれで終わりになることを祈ろうじゃないか」祖父が応じた。「一時間ほど前、救急車が通ったのを聞いたか？　まだ戻ってきていないようだ」

「そうなの？　今日は道路の状態がひどく悪いんでしょうね。とても滑りやすいわ」わたしは腕時計に目をやった。「もう帰らなくちゃ。お客さまをもてなさなきゃいけないし、もうすぐ礼拝が終わる時間だわ」

「帰る前にシェリーを飲んでいらっしゃいな」母が言った。

「遠慮しておく。今日は一日中、ワインがたっぷり振る舞われるだろうし、このあいだのキャロルの夜は大変な目に遭ったのよ。老婦人たちが作ったニワトコ酒のせいだと思うの」

母たちはそろってくすくす笑った。

「実は告白しなければならないことがある」やがてノエルが口を開いた。「きみのお母さんはパンチを作るときに、ラムをたっぷりと入れた。わたしが味見をしたんだが、なにか足りない気がしたんで、ウォッカを丸々一本足したんだ。その結果、かなり強烈なものになってしまった」

「あれがとどめだったのね。あの夜はべろべろに酔ってしまって大変だったの」

わたしは母たちを順番に抱きしめてから、冷たい風の中に出た。ラヴィーの岩山の上空にかかる雲は厚く、いまにもまた雪が降り出しそうだ。祖父が小道まで送ってくれた。

「例の妙な死について考えてみた。ニューカム警部補はわしをロンドン警視庁の腕利き刑事かなにかだと思っているようだが、実のところとんと見当がつかん。連続殺人の場合、普通はパターンがあるんだが、今回はまったくつながりが見つからない。殺人だということを示す証拠すらないんだ」

「ニューカム警部補は証拠を調べるのにあまり熱心じゃないと思うわ。指紋を集めたり、足跡の型を取ったり、目撃者に話を聞いたりしたとは思えない……」

「おやおや」祖父はくすくす笑った。「本物の刑事のような口ぶりだな。おまえのような身分の女性は、普通はそういったことを知らないもんだ」

「経験から学んだのよ。ともあれ、昨日は死人は出なかったみたいだから、これで終わりになるといいわね」だれかが大声で歌う『ウェンセスラスはよい王様』が聞こえて、わたしは振り向いた。「ウィラムだわ。かわいい人よね」

紙の帽子をかぶったウィラムが、共有草地で雪だるまとたわむれていた。

「もう戻ったほうがいいわ」わたしは祖父に言った。「風邪をひいたら大変」

「ここに来てから、胸の調子はすこぶるいいんだ。絶好調だ」

遠くから鐘の音が聞こえて、祖父は視線をあげた。教会の鐘ではない。途切れることなく続くその音は次第に近づいてきている。やがて救急車が曲がりくねった道路をこちらにやってくるのが見えた。村に入ったところで、警察署から警察官が姿を現わした。救急車は速度を緩め、運転手が窓を開けた。

「ガローズ・コーナーでひどい事故があったんです」運転手が叫んだ。「車がスリップして斜面を滑り落ち、川にはまったんですよ」

「怪我人は？」警察官が大声で尋ねた。

「車に乗っていたのはひとりだけでした――町の肉屋のスカッグズですが、即死でした」

救急車は走り去った。祖父とわたしは顔を見合わせた。

「死人が出ていないって言ったのは、間違いだったみたい」

「自動車事故はほかの死とは無関係だろう。道路がこんな状態なのに、スピードを出しすぎたんだ」

わたしはこみあげてくる涙をこらえた。「彼は今朝、わたしたちのところにガチョウを届けることになっていたのよ。九時までに届けてほしいって言ってあったから、きっと急いでいたんだわ。お気の毒に。クリスマスだっていうのに、ご家族はどうするのかしら。ゴーズリー・ホールに戻って、なにがあったかを伝えないと」

祖父はうなずき、大きな温かい手をわたしの肩に乗せた。「クリスマスを楽しむんだぞ。おまえが落ちこむことはない。この村でなにが起きようと、わしらとは関係ないんだ」

私道を歩いていると、フレンチ・フィンチ姉妹とミス・プレンダーガストを乗せた年代ものの車が横に止まった。

「お乗りなさい。こんな日に歩くものじゃありませんよ」彼女たちがドアを開けてくれた。わたしは車に乗りこんだ。「ありがとうございます。本当に足元が悪くて」

「いましがた、救急車が通り過ぎていきましたね」

「事故があって、車が道路から落ちたそうです」わたしは答えた。「亡くなった人がいるとか」

「なんて恐ろしい」ミス・プレンダーガストが言った。「地元の人ですか？」

「町の肉屋です。レディ・ホース＝ゴーズリーにガチョウを配達する途中だったんです。遅くなったので、急いでいたんだと思います」

「悲劇ですね。クリスマスだというのに」フレンチ・フィンチ姉妹のどちらかが言った（実を言えば、どちらがどちらなのかいまだにわからない）。「悲しいことが続きますね。帰宅途中で橋から落ちた自動車修理工場の男性にわたしたちの姉。クリスマスの行事に参加するべきかどうか、ふたりでいろいろと話し合ったのですよ。でもエフィは家に引きこもってしょんぼりしているわたしたちを見たくはないはずだと、リジーが言うのでね。本当に頼りになる人でしたよ、わたしたちの大事なエフィは。彼女なしで、いったいどうすればいいんでしょう」

「本当にお気の毒です」ミス・プレンダーガストが言った。「わたしにできることがあれば、なんでもおっしゃってくださいね」

「ご親切にありがとう。あなたのおかげでとても助かっていますよ。あなたがこの村に来てくれたのは、神さまのお恵みですね」

車は家の前で止まった。

「ついさっき、荒れ地の女性と会ったんです」私道の脇の生垣になにか動くものが見えた気がして、わたしは言った。

「荒れ地のサル？　ええ、時々見かけますよ」姉妹のどちらかが言った。「エフィが亡くなった夜、彼女が裏口にやってきたと料理人が言っていました。遅い時間にドアをノックして、食べ物を分けてほしいと言ってきたんだそうです。外は雪が降っていたし、気の毒になったので、台所に招き入れて食べ物をあげたそうですよ」

運転手がドアを開けた。まずわたしが車から降り、彼女たちに手を貸した。だがそのあいだも、脳みそは猛烈に回転していた。あの夜、玄関に鍵をかけたあと、彼女たちの家を訪れた人間がいたのだ。それもただの訪問客ではない。やってきたのは魔女の子孫であり、わたしに奇妙な警告をした女性だった。

21 クリスマスの祝宴の時間

心配事はとりあえず棚あげにして、わたしたちは集まっている人々に加わった。わたしは母とノエル・カワードの謝罪の言葉をレディ・ホース＝ゴーズリーに伝えた。食事の前に焼き立てのソーセージ・ロールとシェリーが振る舞われ、まもなく銅鑼《どら》の音を合図に華やかに整えられた食堂に向かった。テーブルはヒイラギで飾られ、それぞれの席の脇にはクリスマス・クラッカーが置かれている。今回、両脇の席は触り魔ではなくモンティとミスター・バークレイだったので、わたしは心の底から安堵した。牧師さまが祈りの言葉を捧げ、祝宴が始まった。

まずはクラッカーを引っ張るところからだ。ポンというにぎやかな音が響き、中身がテーブルの上に飛び出すと驚きの声があがったが、やがて全員の手に紙の帽子となぞなぞ、おもちゃやゲームや楽器などが行き渡った。それぞれ帽子をかぶり――みんなひどく間抜けに見える――互いになぞなぞを出し合ったりしているあいだに、ひと皿目の料理が運ばれてきた。

クレソンと薄く切ったブラウンブレッドを添えたスモークサーモンだ。ふた皿目はスパイスを利かせたパースニップのスープ、そしてメインが七面鳥だった。執事がサイドテーブルで、こんがりと焼きあげられた三羽の七面鳥を手際よく切り分けていく。栗の詰め物、ローストポテト、芽キャベツ、ニンジン、焼きパースニップとグレービーソースが添えられ、それぞれの前に運ばれた。食べているあいだは、会話も途切れがちになる。

「これまでアメリカで食べたどんな七面鳥よりもおいしい」やがて、ミスター・ウェクスラーが口を開いた。

「ローストしたガチョウもあればよかったんですけれど」レディ・ホース＝ゴーズリーが言った。「残念なことに、肉屋が届けてくれなかったんですよ」

「まあ、彼が事故に遭った話を聞いていませんか？」ミス・プレンダーガストが訊いた。

「車が斜面を転がり落ちて、お気の毒に亡くなったんです」

レディ・ホース＝ゴーズリーの顔から血の気が引いた。「いいえ、聞いていないわ。なんて恐ろしい。今朝、ガチョウを届けてほしいとわたしが頼んだのがいけなかったのね」

「おまえのせいじゃない」サー・オズワルドが素っ気ない声で言った。「道路が凍っていたんだ。だれの身に起きてもおかしくない」

わたしたちはさっきまでの明るい気分を取り戻そうとした。

「ラスボーン大佐、こちらに家があった頃は狩りに行かれていましたか？」ジョニー・プロスローが尋ねた。「お見かけしたことはないようですが」

「もう何年も冬には来ていませんでしたから。一時帰国休暇を取るのはたいていたい夏なんですよ。インドの暑さから逃れたくて」

「ご自宅はどちらに？」ミセス・セクレストが訊いた。

「クレディトンのほうです」ミセス・ラスボーンが急いで答えた。

「一度もお会いしていないなんて妙ですね。主人もわたしも、生まれてこのかたずっとこのあたりに住んでいますのに」

「デボンは大きな州ですからね」大佐はそう応じると、ミスター・バークレイに向き直った。「そういえば、素晴らしいオルガンの演奏でしたよ。しっかりと鍵盤を叩けるオルガン奏者がわたしは好きなんです。古い讃美歌も」

ミスター・バークレイは笑顔でうなずいたが、場違いなところに来てしまったかのように、不安そうにあたりを見まわしている。貧しい家の出でこういう場は慣れていないのだろうと思ったが、彼の言葉を聞いてそのとおりだとわかった。「ずいぶんと豪華ですね。なにか失態を犯したらどうしようと思うと、心配でたまりませんよ。あなたは平気ですか？」

「わたしはしょっちゅう失敗しています。お肉を切るときに、テーブルの向こうまで飛ばすのが得意なんです。もしくは椅子から滑り落ちたり。それもたいていは、親戚といっしょに食事をしているときに、そういう事態になってしまうんです」

「あなたの親戚は保守的な人たちのようですね」

「彼女の親戚は国王陛下と王妃陛下ですよ、ミスター・バークレイ」モンティがにやにやしながら言うと、ミスター・バークレイは真っ赤になった。

「知りませんでした。だれも教えてくれなかった」彼はあえぐように言うと、あわててワインを口に運んだもののひどくむせて、白いテーブルクロスに赤い染みを作った。

わたしは彼が気の毒になったので、彼の家族についてあれこれと尋ねた。ピアノ演奏を職業にしている双子の兄がいるらしい。「コンサート・パーティや桟橋での夏公演で演奏しているんです。『ピート・アンド・パット　鍵盤の上で躍る指』と題した出し物をわたしといっしょにやりたがったんですが、わたしはそこまで落ちる気になれなかったんです。兄はかなり稼いでいるようですけれどね」

満腹になったところで皿が片付けられ、ヒイラギの小枝が載ったクリスマス・プディングが、炎に包まれながら運ばれてきた。

「大変だ、ママ、火がついてる」ジュニアが叫んだ。「水をかけなくていいの？」

伯爵夫人が彼をにらみつけた。「ばかなことを言うんじゃありません」

やがて火は消え、サー・オズワルドがナイフを入れた。「妻が入れると言ってきかなかった、ばかばかしい銀のがらくたに気をつけてください」

「銀のがらくた？」ミセス・ウェクスラーが訊き返した。

「古いイギリスの習慣ですよ」レディ・ホース゠ゴーズリーが答えた。「プディングには銀のチャームを入れて焼くんです。蹄鉄、指ぬき、指輪、ボタン、靴、豚、それから三ペンス硬貨も何枚か」

「それはなんのためなんです？」ミスター・ウェクスラーが訊いた。

「見つけたときに説明しますね」

ブランデー・バターを添えたプディングが全員に配られた。食べ始めてしばらくすると、エセルが声をあげた。「蹄鉄があったわ」

「よかったですね。来年、いいことがあるという意味ですよ」レディ・ホース＝ゴーズリーが説明した。

「わたしは靴」ミセス・ラスボーンが手にしたものを掲げた。

「いいものじゃありませんか。もちろん旅という意味です」

「本当に？　素敵だわ」ミセス・ラスボーンは悲しげな笑みと共につぶやいた。

ミスター・アップソープとジョニーはお金を意味する三ペンス硬貨だった。バジャーはボタンで、それを聞いた全員が笑った。

「独身男性のボタンよ、バジャー。あなたは結婚しないという意味ね」

「ありがたいね」バジャーは言った。

テーブルをはさんでわたしの向かいに座っていた大佐が、不意に顔を赤くし、目を見開いて喉を押さえた。

「喉を詰まらせている！」彼の妻が叫んだ。

バジャーとジョニーがすぐさま立ちあがり、彼の背中を叩いた。わたしは心臓が止まりそうになった。これが今日予定されていた死なの？　荒れ地のサルに警告を受けてから、ずっと不安を抱いていたことに改めて気づいた。大佐はがくがくと体を揺らし始めている。

「だれか、どうにかして！」ミセス・ラスボーンが叫んだ。

テーブルについていたほかの男性たちは、なすすべもなくその場に立ち尽くしている。大佐の体の動きが小さくなったかと思うと、テーブルに突っ伏した。ワイングラスが倒れ、中身が血の川のように白いテーブルクロスを染めた。

22

まだクリスマスの祝宴

恐怖におののきながら見つめるうちに、ある考えが浮かんできた。一連の死はこれまで、この家とは関係のないところで起きている。今朝の自動車事故は、単に運の悪い事故にすぎなかったのかもしれない——スピードを出しすぎて、凍った道路でカーブを曲がりきれなかっただけなのかもしれない。いま目の前で起きているのが、クリスマスの日に予定されていた死なんだろうか？

ジョニーは大佐のでっぷりした腰を抱えて、テーブルから持ちあげようとした。すると、大佐の口からなにかが飛び出してテーブルの上に転がった。大佐はあえぎながら大きく息を吸い、咳と共に体を起こした。

「ああ、よかった」ミセス・ラスボーンはそばにいる人たちを押しのけるようにして、夫に駆け寄った。「レジー、無事だったのね」

「騒ぐんじゃない。無事に決まっているだろうが」

「いまいましいチャームのせいだ」サー・オズワルドが言った。「いつかこんなことになると言ったじゃないか、カミー」

「いやはや、どうなることかと思いましたよ」ジョニーは大佐に水のグラスを差し出した。

「なにかが喉に引っかかったんですよ」大佐が答えた。

「チャームでしょう」

「なんだったんです？」

ジョニーはテーブルに転がっていたチャームをナプキンでつまみあげたかと思うと、声を立てて笑った。「豚だ。大食漢という意味ですよ」

「レジー、だからあなたはがつがつ食べすぎるって、いつも言っているじゃないの」

わたしたちみんなが笑い、その場の雰囲気がほどけた。その後はだれもが注意しながら食べていたが、やがてわたしの歯になにか固いものが当たった。

「おっと、ジョージーは指輪を当てたぞ」モンティが叫んだ。

「次に結婚するのはあなたということね」レディ・ホース＝ゴーズリーが言い、わたしは顔を赤らめたり、ダーシーのほうを見たりしないでおこうとしたが、あまりうまくいかなかった。

いくらか落ち着いた雰囲気のなかで食事は終わり、ポートワインとナッツとミカンが配られた。コーヒーを前に陶然として座っていると、レディ・ホース＝ゴーズリーが不意に手を叩いた。

「さあ、みなさん、急いで応接室に移動してくださいな。時計を見ていなかったので、もう少しで聞き逃すところだったわ。急いでください」

「なにを聞き逃すんです？」ミスター・ウェクスラーが尋ねた。

「国王陛下のクリスマス・スピーチですよ。三時から始まるんです」

わたしたちは応接室に急いだ。ラジオのスイッチを入れるとザーザーという雑音が流れたが、やがて「国王陛下のお出ましです」という声が聞こえ、国歌の演奏が始まった。わたしたちイギリス国民は即座に立ちあがった。アメリカ人一家はそんなわたしたちを面白そうに眺めていたが、やがて彼らもそれにならった。国王陛下の重々しく低い声が流れてきたところで、わたしたちは再び腰をおろした。世界中のイギリス国民に向かって、陛下はゆったりとした口調で季節の挨拶を述べている。ほかの人たちはうっとりとした様子で耳を傾けていたが、わたしは陛下があまりお元気そうではないことが気にかかった。国王陛下のお気に入りの自宅であるサンドリンガムでお会いしたときのことが蘇ってくる。いまそこから放送をしているはずのテーブルで、切手のコレクションを披露してくださった。自分が陛下と同じ王家の一族であることを思うと、誇らしさが胸に広がった。

「あなたは国王陛下をご存じなのよね」スピーチが終わったところで、ミセス・ウェクスラーが言った。「王家のお城や宮殿にも行ったことがあるのでしょう？」

「ええ、何度も」

「陛下はどんな方？」

「最初は恐ろしく感じるかもしれません。短気なところもおありですし、すべてがきちんとしていることを好まれます。けれど本当はとてもお優しくて、イギリスと国民のことを大切になさっているんです。死ぬほど気にかけていらっしゃると思います」

突如としてわたしが危険人物になったかのように、みんながそろそろと離れていった。

やがて年配の人たちが肘掛け椅子に座ったままうとうとし始めたので、わたしたちは散歩に出かけた。

「雨になりそうね。明日の狩りにはうってつけだわ」バンティはそう言うと、わたしを振り返った。「あなたが乗馬が上手だといいんだけれど。今朝、フレディの厩舎に行ってみたんだけれど、彼の馬はすごく跳ねるのよ。大きいし」

「それなりに乗れるわ」わたしは控え目に応じた。淑女たるもの、決して自慢をしてはいけないと家庭教師に叩きこまれて育ったのだ。

わたしたちは地所を抜け、葉を落とした森に入ったところで屋敷と村を振り返った。果樹園を見おろしていると、なにかがわたしの脳裏をよぎった。あまりに漠然としているけれど、なにか木にまつわること。背後にある隣の地所を見つめた。あそこの木に関するなにか。

ダーシーが隣にやってきて尋ねた。「不安そうだね。どうかしたのかい?」

「大佐が喉を詰まらせかけたでしょう」ほかの人に聞かれないように、わたしは声を潜めた。「彼が今日の定められた被害者かと思ったの」

ダーシーはけげんそうな顔をした。「定められた被害者?」

「わたしがここに来てから、一日にひとりだれかが死んでいるのよ。昨日はべつとして。今日は肉屋が自動車事故で死んでいるけれど、あれは本当の事故で、大佐の一件が予定された死なのかと思ったの」

ダーシーはわたしを少し離れたところにある大きな樅《もみ》の木の下に連れていった。

「ジョージー、つまりきみは――何者かが毎日ひとりずつ、だれかを殺そうとしていると言いたいのかい？　なんのために？」

「わからない」

「亡くなった人たちはたまたま殺されたと思っているの？　それとも意図的に選ばれたんだろうか？」

「彼らに殺される理由はないわ――肉屋、老婦人、自動車修理工場の経営者、電話交換手、地主。いったいどんな共通点があるっていうの？」

「警察は事故ではないと断定したのかい？」

「警部補は、少なくとも一件は事故ではないと疑っていると思うの。でも証拠がないのよ」

ダーシーは眉間にしわを寄せた。「このあたりに不運な出来事が続いているだけなんじゃないだろうか。連続殺人犯の仕業だときみは考えているのかもしれないが、彼らはこういうやり方はしない。警察や世間に自分がやったことだと知らせたいんだ。だから特徴的な手口を使う――ロンドンの切り裂きジャックがいい例だ。売春婦たちをまったく同じ残忍なやり方で殺しただろう？」

わたしは身震いしながら彼の言葉を聞いていた。「彼らは、自分たちのほうが警察よりも頭がいいと思いこむことで興奮を得ているんだ。それなのに、どうして事故のように見せかけて殺したりする？」

「わからない。なにひとつ、わからないのよ、ダーシー。ラヴィーの呪いを信じる気になり始めているくらい。今日、荒れ地のサルから警告のようなことを言われたの。彼女は魔女の末裔《まつえい》なんでしょう？」

「ジョージー」ダーシーは面白がっているような顔でわたしを見た。「それは村の迷信だ。きみは世慣れた若い女性だろう？　魔女や呪いなんて信じていないはずだ」

わたしは笑顔を作ろうとした。「わたしはただ――怖いのよ。なにか恐ろしいものが徐々に迫ってきていて、最後には殺人犯がここにやってくるような気がして」

「心配いらないさ」彼はわたしの肩を抱いて言った。「ぼくがきみを守る」

「そういうことじゃないのよ、ダーシー。どういうわけか、わたしがここの人たちを守らなければならないような気がするの。手遅れになる前に、パズルを解かなければいけないって」

彼はわたしの顔を自分のほうに向けさせた。「きみは時々、考えすぎることがある。この件は警察にまかせて、きみはクリスマスを楽しめばいいんだ。ぼくたちはここにいっしょにいて、楽しいときを過ごしている。考えてもみてごらん、きみは義理の姉さんとクリスマスの食卓を囲んでいたかもしれないんだよ」

わたしは声をあげて笑った。「みんなで一羽の鶏を分け合って、寒さをしのぐために身を寄せ合うわけね。フィグの家族に囲まれているビンキーが気の毒だわ」

ダーシーがわたしの手を取った。彼の手のぬくもりとそこからぞくぞくするものが伝わってくるのを感じながら雪に覆われた牧草地を歩くのは、素晴らしいひとときだった。

屋敷に戻ると、応接室には紅茶と見事なクリスマスケーキが用意されていた。雪景色に見立てたアイシングの上に、そり遊びをしている子供、毛皮のマフをつけた女性、スケートをしている人、雪だるまといった陶器の人形が飾られている。当然のことながら、だれもまだ食欲はなかったが、なんとかひと切れはお腹に収めた。フレンチ・フィンチ姉妹は、もうなにも食べられそうにないので、ケーキを家に持って帰りたいと頼んだ。姉妹とミス・プレンダーガストのために、切り分けたケーキを包んだものが用意された。

ミス・プレンダーガストは感極まったように言った。「レディ・ホース＝ゴーズリー、なんてご親切なんでしょう。お優しすぎます。本当にいい方ですね。わたしにはもったいない……」彼女は胸に手を当てた。「家族のいない天涯孤独の身であるわたしにとって、こんなお祝い事に出席させていただけるのは本当にうれしいことなんです」

「これからもこういう機会がたくさんあるといいですね」レディ・ホース＝ゴーズリーは差しだされた手をぎゅっと握りしめた。三人の老婦人が車に乗りこんで帰っていくのを、わたしたちは手を振って見送った。

レディ・ホース＝ゴーズリーが屋内花火を持ち出してきたので、わたしたちは暖炉を囲み、紙切れがのたうつ蛇に変わったり、様々な色に変化したりしたあとで、パチパチとはじけるのを眺めた。最後の花火に火をつけたところで、夕食までジェスチャーゲームをしようと牧師さまが提案した。扮装用の衣装が入った箱が、廊下の反対側にある書斎に運びこまれ、わたしたちはいくつかのチームに分かれた。わたしはモンティ、バジャー、ミセス・アップソープ、セクレスト船長、シェリー・ウェクスラーと同じチームになった。なにか単語を選び、それをいくつかの音節に分けてジェスチャーで当てるのだとモンティがシェリーに説明した。音節で当てられなければ、言葉自体のジェスチャーをする。

わたしたちは様々な小道具のなかから、古い牛の角を選んだ。

「〝豊穣の角《cornucopia》〟にしよう」バジャーが言った。「ひとつめの音節は〝うおのめ《corn》〟だ。ふたつめが〝あなた《you》〟、三つめが〝うまく対処する《cope》〟。〝豊穣の角〟自体のジェスチャーをするときには、ギリシャ神話のとおり角からとめどなく出てくる果物を取り出して食べる真似をするんだ」

わたしは老女の役を割り当てられた。不格好な黒い式服と白髪のかつらと帽子という格好で出ていき、痛む足をひきずるふりをしながら歩いたあと、靴を脱いで、ほっとしたような表情で爪先を撫でて見せる。

「足……怪我……痛み！」観客たちから声があがった。

ふたつめの音節はモンティの担当だった。観客のひとりを仰々しく指差すことになっている。選ばれたのはミスター・バークレイで、彼は指を差されると真っ赤になった。わたしはその様子を見ながら、心がざわつくのを感じた。なにか気づかなければいけないことがある。なんだろう？　うおのめに関わること？　それともミスター・バークレイ？　たったいま目にしたなにか……。

結局、なにも考えつかなかった。最後の音節のジェスチャーが始まった。ミセス・アップソープがエプロンをつけていらいらしている母親を演じ、チームのほかのメンバーは行儀の悪い子供たちに扮した。セクレスト船長は学生帽にネクタイをつけ、バジャーは首にフリルのついたスモックを着て大きなおしゃぶりをくわえ、シェリーは頭に巨大なリボンをつけた。はいはいをしながら出てきた三人がうなったり、母親のスカートを引っ張ったりするなか、ミセス・アップソープはそれをなだめながら料理や食卓の用意やそのほかの家事をするふりをした。彼女たちのジェスチャーはおおいに笑いを誘ったものの、だれも正しい音節を当てることはできなかったので、わたしたちは角を持ち出し、そこから現われた果物を食べるふりをした。正解はすぐに出た。

つぎのチームが準備をしているあいだ、わたしはいましがた脳裏をよぎったなにかについて考えていた。なにか重要なこと。ティドルトン・アンダー・ラヴィーで起きた奇妙な出来事を解決に導くかもしれないなにか。やがて、レディ・ホース゠ゴーズリーのチームのジェスチャーが始まった。彼らの単語は〝たんぽぽ《ダンデライオン》〟で、ラスボーン大佐が四つん這いになってうなりながらあたりをうろつき、バンティを食べようとしたところで、わたしたちはすぐに正しく言い当てた。

しばらくゲームを続けたところで夕食の時間になった。使用人たちがクリスマス・パーティーをできるように、今夜の食事は火を通す必要のないものばかりだ。わたしはまだあまり空腹を感じてはいなかったが、コールド・ビーフやハム、子牛とハムのパイ、コーニッシュ・パスティ、様々なピクルスはどれもおいしそうだった。ワインや地元産のリンゴ酒が振る舞われ、締めくくりはリキュールとチョコレートとナッツとナツメヤシだった。

たっぷりの食事とクリスマス気分を堪能したところで、全員が寝室に引き取った。ウェクスラー一家ですらなにひとつ文句をつけず、ジュニアは〝すごくいかしたクリスマス〟だったと言った。わたしも同じ意見だった。素晴らしいクリスマスだ。自動車事故で命を落とした男性がいなければ、完璧と言えただろう。

23

ゴーズリー・ホールで迎えるボクシング・デー

一二月二六日

狩りに行く予定。馬に乗るのは楽しみ。いい馬だといいのだけれど。

紅茶を運んできたクイーニーに起こされたとき、外はまだ薄暗かった。

「おはようございます、お嬢さん。今朝はキツネ狩りに行くことになっているから、早く起こすようにって言われたんです。こんな天気の日に馬に乗るなんて、あたしじゃなくてよかったですよ」クイーニーはトレイを置いた。「なにを着るつもりですか?」

「乗馬ズボンは一本しか持ってきていないのよ。だから選択の余地はないわ。一番暖かいセーターを着て、バンティがハンティング・ジャケットを貸してくれることになっているの」

窓の外に目を向けると、果樹園は霧に包まれていた。ラヴィーの岩山はまったく見えない。霧が出ているということは、少なくとも凍ってはいないということだ。わたしは服を着ると、食堂へとおりていった。早く起きた者たちのために、サイドボードにコーヒー、紅茶、パスティ、ソーセージ・ロール、ミンス・パイなどが用意されていた。狩りに行く人たちがひとり、またひとりとやってきて食事を始めた。窓の外からひづめの音が聞こえてくると、わたしはいつものようにぞくぞくするものを感じた。キツネがかわいそうだとは思うものの、昔から狩りが好きだった。きっとわたしの血のなかにそういうものが流れているに違いない——それにキツネは賢いから、たいていは逃げおおせる。

黒のベルベットのジャケットを手にしたバンティがやってきた。「これに合わせたければ、予備の黒の帽子もあるわ。ちょっと心配だわ。フレディの馬は二頭ともけっこう粗暴なのよ。フレディはよく、飛ぶように村を駆け抜けていったものよ」

「ありがとう。すごく励みになるわ」

「フレディはあまり乗馬がうまくはなかったから。あなたならきっと大丈夫ね。先に行って、好きなほうを選ぶといいわ」

「どっちのほうがおとなしいの？」

「知らないわ。一度も乗ったことがないから」

そこで外に出てみると、馬丁が背の高い骨ばった灰色の馬と栗毛の馬の二頭を連れてきていた。栗毛のほうは足を踏み鳴らし、軍馬のように鼻息も荒い。冷たい空気のなかに白い息を吐いている様子は、まるで火を噴くドラゴンのようだ。二本のハミの頭絡と上下に揺り動かしている頭の大きさを確認したわたしは、灰色のほうに乗ることに決めた。

「スノーフレークっていうんです」馬丁はわたしを鞍に座らせようとしながら言った。「なんとも扱いづらいやつなんですよ。なかなか言うことをきかなくて。時々、本当に手に負えなくなります。ブラシをかけていると、噛もうとするし。手放したほうがいいって旦那さまには言ったんですけど、どういうわけかこいつを気に入っていたみたいで」彼は首を振った。「正しい判断ってやつができたためしがなかったんですよ、お気の毒に」

しきりに跳ね回るスノーフレークにかろうじてまたがったものの、彼女はその後も五分間はわたしを振り落とそうとした。バジャーが恐怖に目を見開いて、その様子を眺めていた。

「ぼくはやめておいたほうがよさそうだ」彼はモンティに言った。

「ばか言うなよ。きみには子猫みたいにおとなしい馬を用意してあるさ。バンティとぼくは、年寄りのスターで乗馬の練習をしたんだ。歩くのは遅いが、信頼できるし安全だ。大丈夫だよ」

ふたりは厩舎へと姿を消し、間もなく馬にまたがって現われた。先頭は見事な鹿毛に乗ったレディ・ホース＝ゴーズリーで、そのうしろにモンティとバンティがいる。大佐が乗っている大きな黒い馬はサルタンだろう。最後がバジャーでポニーとさほど大きさの違わない丸々した馬に乗っていた。ダーシーがやってくると、ちらりとわたしを見てから軍馬になんなくまたがった。軍馬は鼻を鳴らし、何度か前脚で地面をかいたものの、すぐにダーシーを主人と認めたようだった。ダーシーはわたしと並ぼうとしたが、スノーフレークがあとずさりした。

「こいつらは嫌い合ってるんですよ」馬丁が大声で告げた。「まあ、スノーフレークはどんな馬のことも嫌ってますけどね。本当に手に負えないやつなんです」

「きみに挨拶をしようと思ったが、やめておいたほうがよさそうだ」スノーフレークが再び飛びのくのを見て、ダーシーが大声で尋ねた。「大丈夫かい？」

「ほかの馬が近づいてきたり、この子を脅かしたりしないかぎりはね」わたしは実際に感じているよりも陽気な声で返事をした。

「さあ、出発しましょう」レディ・ホース＝ゴーズリーが声をかけ、わたしたちは私道を進み、村を抜けた。しんと静まりかえった霧のなかにひづめの音が響く。草地を通り過ぎるときも、動くものはなにもなかった。今日ばかりは、村人たちも遅くまで寝ているのだろう。丘を越え、人気《ひとけ》のない荒れ地を進んでいくと、猟犬のほえる声とかちゃかちゃという馬具の音が聞こえてきて、やがてぽつんと建つパブにたどり着いた。赤と黒の上着に身を包んだ人々ときれいに手入れされた馬たちが集まっている様は壮観だった。見物人を含め、すでにかなりの人数が揃っていて、パブの主人が温かいグロッグ酒をせっせと配っている。寒さのせいで頬と指がすでに痛み始めていたから、わたしはためらうことなく受け取った。

「おや、レディ・ホース＝ゴーズリー、客人を連れてきたのですな」口の上に短く生やしたコールマンひげの小柄な男性が、馬にまたがったまま近づいてきた。美しい灰色の馬で、乗り手同様、非の打ちどころがない。

「ごいっしょさせてくださって、ありがとうございます」

「彼らが馬の乗り方を知っているといいのですがね。それから狩りのルールも。ご存じのとおり、わたしはルールにはうるさいのでね」

「ええ、わかっています」レディ・ホース＝ゴーズリーはわたしたちを振り返った。「こちらは猟犬の管理人のウェズリー・パーカー少佐です。少佐、こちらはラスボーン大佐。ひょっとして、お知り合いだったりしますか？」

「残念ながら存じあげない」少佐は手を差し出しながら言った。「どちらの連隊でいらっしゃいますか？」

「ベンガルの槍騎兵隊です。インドで最強の戦闘部隊ですよ」

「ベンガルの槍騎兵隊？　それなら老ジャンボをご存じでしょうね！」

「ジャンボ？」

「あの老ジャンボですよ。准将のジャンボ・ブレザートン」

「ああ、ブレザートン准将ですか。ジャンボと呼ばれているとは知らなかった」

「そうなんですか？　だれもがジャンボと呼んでいるのだと思っていました」

「彼の部下はべつですよ」

スノーフレークはほかの馬を嫌がると聞いて最後尾にいたから、わたしはほかの人たちを観察することができた。大佐を眺めながら考えた。ベンガルの槍騎兵隊にいた人間なら、もっとうまく馬に乗れるのではない？　当時は一日の半分を馬の上で過ごしていたはずでしょう？　どうして彼は准将のあだ名を知らなかったの？　このあたりに家があったというのに、どうしてだれも彼のことを知らないの？　ふと記憶が蘇った——脱獄犯のひとりは大衆演芸場で芸をしていて、年寄りの軍人を演じることがあったという。大佐のふりをして、ゴーズリー・ホールに潜伏しているというのはありえることだろうか？　もしそうだとしたら、彼の妻を演じているのはだれなのだろう？　脱獄犯が逮捕されたとき、妻は自殺したと聞いている。少なくとも、ニューカム警部補に話をするだけの価値はありそうだ。ほかの馬が近づいてきて、スノーフレークが目をぎょろつかせながらあとずさったので、わたしは注意をそちらに戻した。最後の参加者がやってきたのだ。美しい狩猟馬にまたがったジョニー・プロスローと、見事な装いのセクレスト夫妻もそのなかにいた。

「どうも、少佐。万事、順調ですよ」ジョニーが鞭《むち》の柄で帽子に触れながら言った。

「今日はばか騒ぎはつつしんでもらおう、プロスロー」少佐が言った。

「もちろんですとも、少佐」ジョニーはにやりと笑うと、ほかの人たちに合流した。角笛が吹き鳴らされる。人々がグロッグ酒を飲み干す。しっぽを振りながらあたりを嗅ぎまわっていた猟犬たちは、いきなりスイッチを入れられたかのように興奮して駆けだしていく。

「さあ、出発だ」少佐は叫び、わたしたちを振り返った。「この先はかなり霧が濃い。沼地に迷いこまないように気をつけてくださいよ。ラヴィーの岩山近くまで行くときは、バーストン池の右側に留まるように。反対側はたちの悪い沼地になっていますからね。おわかりかな？　よろしい」

わたしたちは野原のなかのゆったりした小道を進んだ。驚いた羊たちが逃げていく。雑木林を抜けたところで、犬たちが不意ににおいを嗅ぎつけた。興奮した鳴き声が霧の中に響く。馬の速度をあげ、けたたましく吠えながら駆けていく犬たちを追った。言われていたとおり、スノーフレークはほかの馬が近づいてくると脇に逸れようとするので、わたしはほかの人たちについていくのがせいいっぱいだった。やがて現われた低い石の壁をスノーフレークは軽々と飛び越えた。谷におりていくと、そこはいっそう深い霧に覆われていた。一頭の馬が右側から近づいてきたので、スノーフレークは反対方向に進もうとした。灰色の馬にまたがった少佐だ——白っぽい馬のせいで、その姿はほとんど霧に埋もれてしまっている。わたしはなんとかスノーフレークをその場に留め、彼に道を譲った。左手のはるか前方から猟犬の吠える声が聞こえる。わたしは、枯れたワラビと岩だらけの急斜面を駆けあがった。すると突然、霧のなかから奇怪な黒い影が現われた。わたしたちを捕まえようとして大きく両手を広げた巨人のように見える。スノーフレークは不意に立ち止まり、うしろ脚で立ちあがった。なんとか落馬せずにすんだものの、スノーフレークを落ち着かせるまでしばらくかかった。わたし自身の心臓も激しく打っていたが、やがてそこにあるのが発育不全のヨーロッパアカマツの木であることに気づいた。強風のせいで曲がってしまっていて、その向こうには黒い水のように見える霧が渦巻いている。

わたしはしばしその場に止まったまま、方角を確かめた。鳥の鳴き声か、あるいは猟犬が遠くで吠えているような声が聞こえたが、どこから聞こえるのかはわからない。だがそうしているあいだに、危険が迫っているような感覚が伝わってきた。だれかに見られている。狙われている。馬の向きを変え、霧のなかに目を凝らしたが、数メートル先の草すら見えない。突然、なにか白いものがわたしの傍らに現われた。布がはためくような音と共に、幽霊を思わせるなにかがこちらに近づいてくる。耐えられなくなったスノーフレークは、今度は右方向に走り始めた。なんとかして彼女を落ち着かせようとしていると、新たな人影が霧のなかからぬっと現われ出た。わたしは急停止したスノーホワイトに振り落とされそうになった。

手を振りながら現われたその人影は、荒れ地のサルだった。「そっちに行っちゃいけないよ、お嬢さん。そっちは危ない。沼地にはいりこんで、出てこられなくなる。来た方向に戻って、くだっている道を進むんだ。そうすれば大丈夫だから」

「ありがとう」わたしはお礼を言ったが、すでに彼女の姿は消えていた。

わたしは慎重に馬を進めながら来た道を戻った。スノーフレークの脇腹が不安に震えているのがわかる。ヨーロッパアカマツが見えてきたところで、あの幽霊のように見えた白い影はいったいなんだったのだろうと考えてみた。やがて、霧のなかに動く白いものが見え、装具が当たるかちゃかちゃという音と草の上を歩くこもったひづめの音が聞こえてきて、わたしは安堵のため息をついた。ほかの人たちからそれほど離れていたわけではないらしい。間もなく灰色の馬が目の前に現われたが、乗り手がいないことに気づくまでしばらくかかった。

いやがるスノーフレークをなだめながら、わたしはなんとかその馬に近づいて手綱を取った。

「だれかいますか？」わたしは霧に向かって叫んだ。「大丈夫ですか？」

返事はない。布のはためくような奇妙な音が、霧に埋もれた岩山に反響するだけだった。道もない荒れ地をうろつくつもりはなかったから、わたしはサルの助言どおり灰色の馬を引いて丘をくだり始めた。灰色の馬の足取りが重いのは、スノーフレークの機嫌が悪いからかと思っていたが、振り返ってよく見ると、左の前脚を引きずっているのがわかった。わたしはさらに歩調を緩めた。丘をおりたところで、こちらに向かってくる狩りの参加者たちと出会った。

「ダウニー川でにおいが途切れた」ひとりが言った。「霧があまりに濃いので、狩りは中止にしたんだ。脚を折ったりしてはばからしいからね」大きな黒い馬にまたがった男性が近づいてきた。わたしが引いている馬に気づいて足を止める。

「それは少佐の馬じゃないか？　彼はどこだね？」

「わかりません。馬だけが霧のなかを歩いていたんです」

「どこで？」

「あそこです」わたしはくだってきたばかりの小道を指差した。

「あの先はバーストン池だ。きみはどうしてそんなところに？」

「ほかの人たちからはぐれてしまったんです。少佐のあとをついていっているつもりだったんですけれど。わたしの馬がなにかに驚いて、なんとか落ち着かせたときには、どこにいるのかわからなくなっていて」

「少佐が落馬するとは考えにくい」彼は言った。「乗馬は得意だし、彼の馬はどんなものでも飛び越えられる」

「前脚を怪我しているみたいです。ひどくひきずっているんです」

「出血しているようだな。壁を飛び越えようとしたときに、切ったのかもしれない。あるいはジャンプしたときに転んだか。少佐は時々、無鉄砲なことをするんだ。いまでも自分を二一歳だと思っている」彼は乾いた声で笑った。

ほかの人々が集まってきた。

「こちらの女性が、池の脇で少佐の馬を見つけたそうだ」

「見に行ったほうがいいだろうな」だれかが言った。「だが、はぐれないようにしよう。沼地にはまりたくはないからな」

わたしたちは少佐の名を呼びながら、ゆっくりと丘をのぼった。返ってくるのは沈黙ばかりだ。頂上に出たところで霧が不意に途切れ、目の前に黒い水が広がっているのが見えた。数羽の白鳥が優雅に泳いでいる。

わたしたちに向かってきた白くはためくものは、白鳥だったのかもしれないと思った。縄張りを守ろうとしたのかもしれない。白鳥が攻撃的になることがあるのは知っていた。ひょっとしたら少佐も同じように白鳥に襲われて、馬から落ちたのかもしれない。池の周辺をさらに進んでいき、草が異常なほどあざやかな緑色に見える箇所までやってきた。スコットランドの荒れ地で育ったわたしは、沼地を見ればそれとわかったし、鮮やかな緑色の草地に足を踏み入れた愚か者の身になにが起きるかも承知していた。濃厚な泥に足を取られて、動けなくなる。体が沈み始める。逃れようとしてあがくほどに、ますます深く沈んでいく。馬や牛を数分のうちに呑みこんでしまう沼地もあるのだ。

わたしたちは馬にまたがったまま、緑の草地が黒い水と一体化しているあたりを身じろぎもせずに見つめていた。

「まさかとは思うが……」ようやくだれかがつぶやいた。

「ありえない。少佐はこのあたりをよく知っているんだ。沼地に近づくなとわれわれに警告したのは彼だぞ。自分から行くはずがない」

「だが彼の馬はここで見つかっている」ほかのだれかが指摘した。

「だが彼の気配はない。高すぎる壁を飛びこえようとして馬に振り落とされたんだろうとわたしは思うね。そのあと馬が勝手にうろついていたんだろう」

「おそらくそんなところだろう。このあたり全体を手分けして捜そう」

わたしたちは二手に分かれ、別々の方向に向かった。そして一時間後、荒れ地や岩場をくまなく捜したあと、結果の出ないまま再び顔を合わせた。少佐の痕跡はなにひとつ見つからなかった。

「意識を失って、ワラビのなかで倒れているのかもしれない」だれかが言った。

捜索の指揮を執っていた大柄な男性が首を振った。「何時間も意識を失っていることはないはずだ」

「それなら意識を取り戻して馬がいなくなっていることに気づき、歩いて家に向かったんじゃないだろうか。どこかで車に乗せてもらって、もう帰っているかもしれない」

「そうだな、きっとそうだろう」数人が同意した。だれもが一番恐れていることに目を向けまいとしているようだ。レディ・ホース゠ゴーズリーがわたしたちを集め、無言で帰路についた。


馬を進めていると、ダーシーが近づいてきた。すっかり疲れていたスノーフレークは、仲間の馬が並んで歩いても抵抗しようとはしなかった。

「また妙なことが起きたね。馬を見つけたのはきみだと聞いたが、本当かい？」

「ええ。沼地のそばで」わたしは身震いした。「彼があそこに落ちていないことを祈るばかりよ。あんな最期はごめんだわ」

「もし沼地に落ちたのだったら、どうして叫ばなかったんだろう？　こういう日は音がよく伝わる。数キロ離れたところからでも、犬の声は聞こえた」

「確かにそうね。それにわたしがすぐ近くにいたのよ。聞こえたはずだわ」

「じりじりと沼に沈んでいるのに、なにもしないなんてありえない。少なくとも、暴れた痕跡は残るはずだ」

「そうとも言えない。ハイランドの大きな牛が数分のあいだに沼に呑みこまれたのを見たことがあるわ。かわいそうなその牛は大声で鳴いたの。でもわたしたちが駆けつけたときには、もう手の施しようがなかった」ごぼりというぞっとするような音と共に泥のなかに消えていく大きな牛の恐怖におののく目を思い出して、わたしは身震いした。

「彼は優れた乗り手だという話だし、このあたりにはくわしい」ダーシーが言った。「ぼくたちに警告しておきながら、どうして池の近くに行ったりしたんだろう？」

「馬がなにかに驚いたのかもしれない」はためく白いなにかに襲われたこと、スノーフレークを落ち着かせるまでしばらく時間がかかったことを彼に話した。

「白鳥？」ダーシーは考えこみながらうなずいた。「たしかに白鳥が攻撃的になることはあるが、自分の馬に乗っているのであれば、すぐに落ち着かせることはできるはずだ」

「ほかにもあるのよ。あそこで荒れ地のサルを見かけたの。彼女も白いものをはためかせているように見えたわ。わたしの馬のすぐ前に出てきて、沼地の方向に行こうとするのを止めてくれたの。道路に戻る正しい方角を教えてくれたのよ」

「荒れ地のサルが？　彼女はあんなところでなにをしていたんだろう？」

「あのあたりのどこかに小屋があるんじゃない？」

ダーシーは笑いながら首を振った。「この村は盛りだくさんだね。荒れ地の女に村の愚か者、独身の老婦人たち……古いイギリスの村の風刺画みたいじゃないか。これが現実だとは信じられないよ」

そのとおりだとわたしは思った。とても現実とは思えない。毎日だれかが死んでいるなんて、もっと信じられなかった。

「言い伝えを知っている？」わたしはダーシーに向き直った。「クリスマスの時期に村を悲劇が襲うっていうラヴィーの呪いの話よ」

「それこそ信じられない話だ」ダーシーは笑って言った。

「笑いごとじゃないわ」わたしは喉元にこみあげてきたものを呑みこんだ。「毎日だれかが死んでいるのよ。巨人の手が、次の被害者をつかもうとして待ち構えているような気がするの」

24

まだ一二月二六日　ボクシング・デー

ゴーズリー・ホールに戻ると、わたしはほっとして馬丁にスノーフレークを返した。彼女は別れの挨拶代わりに、わたしを蹴ろうとした。狩りに参加しなかった人たちは嬉々としてわたしたちを出迎え、キツネを殺したかどうかを聞きたがった。当然のことながら彼らは少佐のことを知らなかったから、説明しなくてはならなかった。

「このあたりではいつもこんなに事故が起きているんですか？」ミスター・アップソープが尋ねた。「田舎は静かで、退屈なところだとばかり思っていた。わたしの工場でこういったことが立て続けに起きたら、仕事になりませんよ」

「普段は、本当に平和なところなんですよ」レディ・ホース＝ゴーズリーが言った。「着替えをしたら、昼食の前に書斎でシェリーをいかがです？」

浴槽にお湯を張っているあいだに、クイーニーが台無しにすることのないよう、バンティのジャケットを返しにいかせた。それから遅めの昼食をとるために階下におりた。

「今日の食事は簡単なものになっています」レディ・ホース＝ゴーズリーが言った。「今日はボクシング・デーなので、使用人は家族と過ごすことを許されているんです」

簡単とはいえ、充分な量だった。ボリュームのあるスープ、パスティ、コールド・ミート、ミートパイ、締めくくりがシェリーをたっぷり染みこませた大きなトライフルだった。祖父を訪ねて今日の出来事を報告したかったが、みんながお茶の時間まで楽しく過ごせるように舞踏場でスキトルズ（木製の円盤またはボールを転がして、九本のピンを倒すゲーム）をしてほしいとレディ・ホース＝ゴーズリーに頼まれた。

「あなたがいてくれて本当によかったわ」彼女はわたしを引き寄せて言った。「実を言うと、こんなに長い滞在にしなければよかったと思っているんですよ。初めはいい考えだと思ったの。狩りにラヴィー・チェイスに鬼ばば退治。でも一〇日となると——食事を用意するだけではなくて、楽しんでもらわなくてはならないでしょう？　思っていた以上に大変だわ。それに、恐ろしく退屈な人たちばかりなんですもの。自分たちで楽しもうという気がないのよ」

大佐は昼寝をするために部屋に引き取り、ジョニーとセクレスト夫妻はそれぞれの自宅に馬を連れ帰ったあと、戻ってきていなかったが、それ以外はスキトルズを楽しみ、お茶の時間にはクリスマスケーキの残りを片付けた。

ケーキをちょうど食べ終えたところに、〝豚小屋の掃除〟用の格好のままのサー・オズワルドがやってきた。

「また警察官がきた」彼が言った。

「ジョージアナと話がしたいそうだ」

「わたしですか？」きしむような声になっていたと思う。

「書斎で待たせてある」サー・オズワルドは同情のこもった笑みを浮かべた。

書斎にいたのはニューカム警部補だった。わたしが入っていくと、彼は立ちあがった。

「ごきげんよう。先日は失礼な口のきき方をして申し訳ありませんでした。ついうっかりしていまして。今日はボクシング・デーだというのに、重ね重ねすみません。ですが、今日の狩りで行方がわからなくなった男性のことで、お話をうかがいたいのです。バーストン池の近くで彼の馬を見つけたのがあなただそうですね」

「はい。そのときには、だれも乗っていませんでした。左の前脚を怪我していて、とても痛そうでした」

「その前になにかを見ませんでしたか？　彼が落馬をしたところとか？」

「いいえ。そのしばらく前に少佐はわたしの脇を通りすぎたんです。わたしが乗っていた馬はほかの馬をひどく嫌うので離れたところにいるようにしていたら、気づいたらひとりになっていて、自分の居場所もわからなくなっていたんです。するとなにかがはためくような音がして、大きな白いものが襲いかかってきたので、わたしも馬もひどく驚きました。いま考えれば、白鳥だったのかもしれないと思いますが、そのときは池の近くにいることすら気づいていませんでしたから」

「それでは、彼が落馬したような痕跡は見ていないんですね？」

うなずいた。

「ほかにだれか近くにいませんでしたか？」

「荒れ地のサルと呼ばれている女性を見かけました。わたしの馬の前に現われて、こっちに行ってはいけないと言って、正しい方角を教えてくれたんです。彼女がいなければ、わたしが沼地にはまっていたかもしれません」

「なるほど」

「それが少佐の身に起きたことだと考えていらっしゃるんですね？」

「午後はずっと犬を連れた部下たちに荒れ地を捜させましたが、なにも見つかりませんでした。彼の馬を見たんですが、前脚の傷はかなりひどいですね。それにたてがみにワラビがからみついていた。どこかで転んだんだと思います。妙なのは——傷口がきれいなんですよ。壁にぶつかって転んだのなら、皮がむけているはずなんですが」

彼はわたしがなにか言うのを待っているかのように、こちらを見つめている。「二本のヨーロッパアカマツのあいだに、血痕がありました」

「松の木立ちがあったのは知っています。たくさんの枝が妙な角度に突き出していましたから、わたしはあのあいだに馬を進めようとは思いませんでしたけれど。でも、もし少佐があそこを通ったのだとしたら——」わたしは言葉を切った。「傷口はきれいだとおっしゃいましたよね？　だれかが木と木のあいだにワイヤーを張った可能性はありますか？　少佐は無鉄砲なところがあると聞いています——彼なら、近道であるそちらを通るだろうとだれかが考えて――」

ニューカム警部補は眉間にしわを寄せて、わたしを見つめた。「もしそれが事実なら、殺人ではないにしろ、意図的に行われた悪意ある行為ということになります」

わたしはうなずいた。「そうですね」

警部補は深々とため息をついた。「これまでは、一連の死は不運な事故がたまたま続いただけだと自分に言い聞かせていたんですが、現実を直視しなくてはならないようです。頭がおかしいか、あるいはひどく賢いか、それとも頭がおかしくて賢い人間が、わたしの受け持ち区域で人を殺していることを認めるべきでしょうな。だが動機がなんなのか、わたしには見当もつきませんよ」

わたしはしばらく考えてから口を開いた。「荒れ地のサルが関わっているとは考えられませんか？　少佐の姿が見えなくなった場所で、彼女はわたしを引き留めた。その先にワイヤーが仕掛けられていることを知っていたのかもしれません」

警部補の顔が見るからに明るくなった。「ふむ、そうかもしれない。ひとつ思い出したことがあります。昨日、車が道路から落ちた場所を見に行ったんです。近くの雪に足跡がありました。それも裸足のものが。それを指摘すると、部下のひとりが〝ああ、あれはティドルトンに住んでいる頭のおかしな女の足跡ですよ。彼女は一年中裸足なんです〟と言ったんです」警部補は言葉を切り、考えを巡らせた。「彼女はあなたの馬の前に飛び出してきたと言いましたね？　もしも、あの車の前に飛び出したとしたら？　彼はよけようとしてあわててハンドルを切る。道路は凍っていますから、まっすぐ川に突っこむことになったでしょう。違いますか？」

「そういうことでしたら、ひとつ、いいえふたつお話ししておかなければならないことがあります。初めて会ったとき、彼女は不吉なことを言ったんです。気をつけないと怪我をするって。雪道で転ぶことを言っているのかと思ったんですが、それ以上の意味があったのかもしれません。彼女の邪魔をしないように、警告していたのかもしれない。それからフレンチ・フィンチ姉妹が、彼女たちの姉が死んだ夜、サルが裏口に来ていたと教えてくれました。食べるものをねだりに来て、気の毒に思った料理人が彼女を台所に入れたんだそうです。ひょっとしたら彼女が隙を見てこっそり二階にあがり、ガスの栓を開けたのかもしれません」

警部補は立ちあがった。「あなたのおかげで肩の荷がおりた気分ですよ、レディ・ジョージアナ。あなたは優れた頭脳をお持ちだ。その女性を探して、連行します。これでようやく家族と平和なクリスマスを過ごせるかもしれない」

警部補はほつらつとした足取りで帰っていったが、わたしはそれほど浮かれた気持ちにはなれなかった。それどころか胸に重石《おもし》を入れられた気分だ。わたしは状況証拠だけで、荒れ地のサルを犯人だと名指ししてしまったのかしら？

あれこれと考えを巡らせながら、皆のところに戻った。荒れ地のサルが本当に殺人犯だとして、彼女はいらぬことに口を出さないようにとわたしに警告したんだろうか？　それとも、次はわたしの番だと言おうとした？　そうだとしたら、動機はなんだろう？　亡くなった人たちのことを考えてみたが、どれほど頭をひねっても、彼らとわたしのあいだに共通点は見つからない。田舎の村の住人の無作為サンプルだとしか思えない。

とてもゲームをしたり、浮かれて騒いだりするような気分ではなかったが、わたしが警部補と話をしているあいだに、レディ・ホース＝ゴーズリーが全員を集めてパントマイムの舞台を整えていた。出演者たちはすでに衣装に身を包み、不吉なことなどなにも起きていないかのように、笑ったり冗談を言ったりしている。割り当てられた役がなくてよかったと思いながら、わたしは楽しんでいるふりをした。義理の母親と意地悪なふたりの姉を演じるダーシーとモンティとバジャーは皆を大笑いさせていたし、エセルは機知にとんだ魔法使いのおばあさんになって、すっかり主役の座を奪っていた。台詞を覚えている者はだれもいなかったが、わたし以外は全員が楽しいひとときを過ごしていた。夕食に備えて着替えをする頃にはだれもが空腹を訴えていた。

料理人は残った食材を惜しむことなく注ぎこんだ料理を用意していた。スパイシーな平豆のスープに、メインはたっぷりのつけあわせを添えた七面鳥のカレー、そしてホイップクリームを使ったデザートだ。カレーが一番おいしいとわたしは思ったが、これまでカレーを口にしたことのないウェクスラー一家とアップソープ夫妻は、うさんくさそうに眺めている。大佐はひと口食べてから、妻に向かって言った。

「これがカレーかね？　わたしたちが住んでいるところでは、おいしいカレーというのは眉が焦げるくらい辛いんですよ。料理人のムカジー——ずっとわたしたちのところで働いている、素晴らしく腕のいい男です――はベンガル人ですが、辛いものを食べられないイギリス人はみな意気地がないと言っていますよ」

「申し訳ないが、これでも充分辛いと思いますね」ミスター・アップソープは眉の汗を拭った。「あなたはよその国の料理を楽しめばいい。わたしはイギリス風のローストした肉と野菜が二種類あれば、それで満足ですよ」

「わたくしがデリーで友人の総督のところに滞在したときには、カレーの昼食をおいしくいただきましたよ」テーブルが静まりかえったところで、伯爵夫人が告げた。「ぜひまた食べたいと思っていましたから、ここでいただけてうれしいですよ」

レディ・ホース＝ゴーズリーが顔を輝かせた。「ありがとうございます、伯爵夫人。用意していたものをお褒めいただくとほっとします。そう言っていただいて、料理人もさぞ喜ぶと思います」

　男性たちがワインと葉巻を楽しんだあと、女性といっしょにコーヒーを飲みはじめたところで、すし詰めごっこ《サーディン》という一種のかくれんぼをすることになった。隠れるのはわたしだ。リネン用戸棚に隠れることにして、一番下の棚に体を押しこんだ。その直後、戸棚のドアが開いて、だれかが隣に入ってきた。

「ようやくふたりきりになれるチャンスができた」ダーシーがわたしの首にキスをしながら囁いた。

「どうやってこんなに早くわたしを見つけたの？」わたしも小声で尋ねた。

「実をいえば、いんちきをしたんだ。きみがどっちに向かったのかを見ていた。リネン用戸棚が好きなことは覚えていたしね。狭かったし、これ以上お喋りで時間を無駄にするのはやめよう」ダーシーはそう言ってキスをした。窮屈だったけれど、至福の時間だった。どれくらいそうやっていただろう。再びドアが開いて、新たな人物が体を押しこんできた。

「見つけたぞ、かわいいお転婆娘」ジョニーの声だ。「今度こそ逃げられない。閉じこめたからね」

「言っておいたほうがいいと思うんだが、きみがつかんでいるのはぼくの腰だ。ジョージーではなくて」ダーシーが言った。ジョニーがあわてて体を離し、わたしはくすくす笑った。

「つかんでなどいないぞ。いったいどうやってこんなに早く彼女を見つけたんだ、オマーラ?」

「直感に優れているとだけ言っておくよ。それにその直感は正しかったみたいだ。きみのような男から彼女を守らなくてはならないからね」

「ただのクリスマスのパーティー・ゲームじゃないか。ちょっとしたお楽しみだよ」

ふたりの話し声が聞こえたらしく、ぞくぞくと人が集まってきて、戸棚のドアが閉まらないくらいにいっぱいになり、ゲームは終わりになった。そろって階段をおりていると、ダーシーがわたしにウィンクをしてその場に引き留めた。「次はあまり一生懸命探さないようにしよう」囁くように言う。「ぼくたちがいないことに、だれも気づかない」

わたしに異論があるはずもなく、ほかの人たちが家のあちらこちらに散っていったところで、ダーシーとわたしはサー・オズワルドの書斎に忍びこみ、さっきのキスの続きを始めた。

「ずいぶんと久しぶりだ」ダーシーがつぶやいた。

「あら、それってだれのせいかしら？　わたしはずっとラノク城にいたのよ。あなたはつい最近、カフェ・ロワイヤルに行っていたんですってね」

「きみはだれかにぼくをスパイさせていたのかい？」ダーシーは笑った。「たしかにカフェ・ロワイヤルに行ったよ。ある男性と会わなくてはならなかったんだ。ちょっとした仕事の依頼だったんだが、結局断った。いささか危険すぎたんでね」ダーシーは突然、切望のまなざしをわたしに向けた。「ごく当たり前の仕事につけたら、妻と家族を養っていけるだけの人並みの収入が得られたら、どんなにいいだろうと思うよ」

「ごく当たり前の仕事だとあなたは退屈するわよ」わたしは軽い調子で言おうとした。

「真面目に言っているんだ、ジョージー。わかっているだろうけれど、きみを養っていけると思えば、とっくに結婚を申し込んでいるよ。できるかぎりのことはしているんだが、ぼくのような男がつける仕事はない――植民地に行かせてもらうためのコネすらないんだ」

「わかるわ。わたしも同じように感じている。フィグはわたしがそばにいるのをいやがるけれど、かといってひとりでラノクハウスにいさせてもくれない。王家の親戚が用意してくれる王子さまや伯爵と結婚しないかぎり、わたしにはどこにも行くところがないのよ」

「きみは、そうしたほうがいいのかもしれない。いつまでもきみを待たせておくわけにはいかない」

「ダーシー、そんなことできないってわかっているでしょう？　愛してもいない人と結婚するくらいなら、一生独身でいるほうがいいわ。お母さまみたいな不道徳な人生もいいかもしれない」

ダーシーは笑いながら首を振った。「きみはそんなタイプじゃないよ。ひいひいおばあさんのモラルを受け継いでいるんだから。このあいだの夜のきみを見たあとでは、それも疑問ではあるけれどね。部屋まで連れ帰ったのがジョニーだったら、彼をベッドに誘っていたかい？」

「からかわないで。そんなことするはずがないって、わかっているくせに。あの人、わたしが酔っているのをいいことに、本当に部屋に来たのよ」

「本当に？　恥知らずなやつめ。それでどうしたんだ？」

「わたしはたいしてなにもできなかったんだけれど、クイーニーが水差しで殴ると脅かして追い払ってくれたの」

「クイーニーはいいね。メイドとしてはあまり役に立たないけれど、気骨がある」

足音がドアの外を通り過ぎていった。ダーシーは言葉を切り、やがて小声で言った。

「貴重な時間をお喋りで無駄にすることはないね」

再びキスをする。けれどわたしはさっきのようには夢中になれなかった。彼との結婚は許されていないことを、まだ話せずにいた。

25

一二月二七日

レディ・ホース＝ゴーズリーと同じ意見に気持ちが傾き始めている。このパーティーは長すぎる。また恐ろしいことが起きる前に、ここから逃げ出してしまいたい。まるで頭上に運命の剣が吊るされていて、己の無力さを教えられているかのようだ。

翌朝は素晴らしいお天気で、雪を頂いたラヴィーの岩山は太陽の光を受けてきらきらと輝いていた。レディ・ホース＝ゴーズリーは朝食の席で、彼女と家族はミス・フレンチ・フィンチの葬式に出席しなければならないが、興味のある人にはこの近辺の景勝地を運転手が案内すると告げた。歴史のある村の古いパブで昼食もとれると言う。アップソープ夫妻とウェクスラー一家が手をあげた。伯爵夫人は、この部屋にいる人間がまだだれも生まれていない頃にデボンで休暇を過ごしたことがあるから、いまさら見る必要はないと言った。バジャーは乗馬をしたがったが(彼はエセル・アップソープに――少なくとも彼女の財産に――興味を持っているようだ)レディ・ホース゠ゴーズリーが思いとどまらせた。

「ほかの人たちといっしょにラヴィー・チェイスの練習を始めたほうがいいんじゃないかしら?」

「ラヴィー・チェイス? それはなんです?」バジャーはけげんそうに訊き返した。

「話したじゃないか」モンティが言った。「このあたりの若者は障害物競走をするんだ。ばかみたいな鞍を背負ってコースを走り、フェンスを飛び越えるのさ。本物の競馬みたいに、観客はだれが勝つかを予想して賭ける。実は数年前、イートン校を出たばかりで健康そのものだったときに、ぼくは勝ったことがある」

「オックスフォードで衰えてしまう前にね」バンティが口をはさんだ。「すごく面白いのよ、バジャー」

「古い歴史があるんだ。確か一七〇〇年代まで遡《さかのぼ》る――このあたりに有力なカトリック教徒の一家がいたんだが、当時カトリック教徒は馬を持つことを法律で禁止されていた。そこで彼らは自分たちの息子を使って、競馬を始めたというわけだ」

「とても興味をそそられますね」ミセス・ラスボーンが言った。「早く見たいわ。そういう古いイギリスの伝統は大好きなんです」

「それは若者たちだけのものなのかね? わたしのような年寄りでも参加できるのかね?」大佐が尋ねた。

「レジー、鞍を背負ってフェンスを飛び越えるなんて、転んで恥をかくだけだからやめてくださいな」ミセス・ラスボーンが言った。

「わたしは参加しよう」ジョニー・プロスローが言った。「四〇歳を過ぎていようとかまうものか。きみはどうする、セクレスト？」明らかな挑発だった。

「わたしも参加しようじゃないか」セクレスト船長が応じた。

「そういうことなら、あなたたちはコースを下見して、ジャンプの練習をしてきてくださいな」レディ・ホース＝ゴーズリーが言った。

「そうしますよ」ダーシーが答え、わたしに向かって言った。「ぼくにたっぷりと賭けてくれるだろうね」

「勝てるの？」

「相手になりそうなやつはいないね」ダーシーはくすくす笑った。「頑健な農家の若者がいればわからないが」

「参加できるのは良家の息子だけなのよ」バンティが口をはさんだ。「下っ端の人たちにはやらせないの」

「バンティ、あなたは口のきき方にもう少し気をつけてちょうだい」レディ・ホース＝ゴーズリーがたしなめた。

「うるさく言うようなことじゃないと思うわ」バンティは頭を振りたてた。「ここには、下っ端の人たちはいないんだから。それに、女性が参加できないのは不公平よ。学生時代、わたしはクロス・カントリーが得意だったのに」

「それならいっしょに来て、アドバイスをくれないか、バンティ」ダーシーは彼女の肩に手をまわし、わたしを振り返って言った。「きみも来るかい？　応援団が必要だ」

「みんなにすることがあるのなら、わたしは母と祖父のところに行ってこようかと思うの」

「いい考えですね。ジョージアナ」レディ・ホース＝ゴーズリーが言った。「ご自分の親戚と過ごす時間はほとんどありませんでしたからね。残っている人たちは、午前中にブリッジをする予定にしているんですよ。ミセス・セクレストがブリッジをせずにいられるのは、二日が限度ですから。そうよね、サンドラ？」ミセス・セクレストはかわいらしい笑みを浮かべた。

「ぼくは男の人たちといっしょに行くよ」ジュニア・ウェクスラーが母親から体を離した。

「わたしは応援団に加わるわ」シェリー・ウェクスラーがダーシーを見ながら言った。「楽しそうだもの。エセル、あなたも来る？」

「わたしは寒いところで立っているよりも、暖かな車のなかに座っているほうがいいわ。町に行けば、開いているお店があるかもしれないし」

そういうわけでわたしは、観光に赴く人たちを乗せた車が出発し、若き美少年《アドニス》たちが障害物競走の練習に行くのを見送ってから、母のコテージに向かった。母とノエル・カワードはせっせと働いていた——少なくともノエルは仕事に没頭していた。黒檀の長い煙草ホルダーを手にした母は、深い青緑色のパジャマ姿でゆったりと座り、ノエルが口にする台詞に時折うなずいている。そこで祖父とわたしは昼食前に散歩に出かけることにした。

「今朝早く、警部補が来たんだ」祖父が言った。「荒れ地のサルとやらを逮捕したらしい。ゆうべ、彼女が荒れ地の掘っ立て小屋に帰ろうとしたところを捕まえたそうだ。ひどく暴れて、まるで野生動物のようだったと言っていた」

わたしはうなずいた。喉になにかがつかえているようで、言葉が出てこない。沼地に近づかないようにと彼女が警告してくれたおかげで、わたしは命を落とさずにすんだようなものだ。彼女はこれまでどうやって生きてきたのだろうと考えずにはいられない。たったひとりで暮らし、世界中にだれも頼る人がいないなんて。

「そう考えれば、すべて辻褄が合う」祖父は機嫌よく言葉を継いだ。「彼女は荒れ地をあてもなくうろついているのだろう？　それに頭もおかしい。殺す相手はだれでもかまわなかったんだろう。頭のなかで声がするとか、そういったところだと思うね。よく聞く話じゃないか。これで警部補も肩の荷がおりたというもんだ。それに裁判になることもない。彼女は精神病院に送られるだろう」

わたしたちは歩き続け、営業を再開した商店を通り過ぎた。新聞や煙草がよく売れているようだ。パブの前では地元の人たちが集まって噂話をしていた。おそらくは荒れ地のサルの逮捕の話だろう。わたしたちが通りかかると、彼らは警戒しているようなまなざしを送ってきた。

「犯人が頭のおかしな人間でほっとしたよ」祖父が言った。「どうしても死んだ人たちとその死に方に、つながりを見つけられなかったからな。警察には長いあいだ勤めたが、どの事件とも似たようなところはまったくなかった」

「おじいちゃんたら、ずいぶん歩くのが速いのね。きっと田舎の空気が合っているんだわ」

「確かにそうだ」

「このあたりに引っ越すことを考えたらどう？　ここみたいな村に小さなコテージを買って」

「いや、そいつはないね。わしには似合わんよ。わしはロンドンの人間だ。あそこで生まれ育った。自分の居場所はよくわかっているんだ」

わたしは、どれほど祖父を愛していて、どれほど頼っているかに改めて思いをはせながら、気づかうようなまなざしを向けた。わたしが頼れるのは、世界中で祖父だけだ――気まぐれで身勝手な母にはもちろん頼れないし、ダーシーですら当てにはできない。二分以上、同じところにいたためしがないのだから。どうしておじいちゃんは、胸の状態を悪化させるばかりの空気の悪いロンドンに帰りたがるんだろう？　命を縮めるかもしれないのに。わたしは憂鬱な思いを振り払おうとした。いまおじいちゃんはここにいて、いっしょに楽しい時間を過ごしている。大事なのはそれだけだ。

コテージに戻ってみると、台所からおいしそうなにおいが漂っていて、ミセス・ハギンズが顔をのぞかせて言った。「食事の前になにかお腹に入れておきたければ、オーブンにソーセージ・ロールが入っていますよ。ミスター・カワードはあたしのソーセージ・ロールがとりわけお気に入りでね。ペストリーの名人だって言うんですよ。実際、あたしのペストリーはいつだっておいしいですからね。そうだよね、アルバート?」

「もちろんだとも」

ミセス・ハギンズはうれしそうに祖父に微笑みかけた。

母とミスター・カワードがおりてきて、いっしょにワインを飲み、ソーセージ・ロールをつまんだ。母はスカートとカシミアのセーターに着替えていたが、ミスター・カワードはドレッシング・ガウンのままだった。

「お気に入りをもうひとつ作っておきましたよ、ミスター・カワード。ステーキ・アンド・キドニー・パイです」ミセス・ハギンズが言った。

「ミセス・ハギンズ、あなたはわたしに幸せをもたらすために天国から遣わされた、人間の姿をした天使だね」

ミセス・ハギンズはうれしそうに顔を赤らめた。彼女はこのまま、ミスター・カワードの料理人になってしまうかもしれないとわたしは思った。おじいちゃんはどう思うだろう?

「ノエル、あなたって本当はアイルランド人じゃないの?」母が言った。「本当にお世辞が上手なんだから」

ノエルはデカンターを手に取り、自分のグラスに赤ワインを注いだ。

「わたしは心から言っているんだよ、クレア」

「あなたに心なんてないわ。みんな知っていることよ」母は身を乗り出して、大きなグラスにワインを注いだ。パセリソースをかけたカリフラワーといっしょに運ばれてきたステーキ・アンド・キドニー・パイは素晴らしかったし、ジャム入り渦巻プディングもそれにひけを取らないおいしさだった。

「シンプルで最高のイギリス料理ね」母が言った。「こってりしたドイツ料理ばかり食べていると、こういうものが食べたくてたまらなくなることがあるのよ」

「そのとおりだと思うよ」ミスター・カワードが応じた。「カツレツなど見るのもいやになることが時々ある。キャビアにうんざりすることも。だが実のところそれは、安全な子供部屋を恋しがるようなものかもしれないな」

食事を終えたわたしたちは、暖炉を囲んでコーヒーとナッツとナツメヤシを楽しんだ。

「こうしているのは、本当に心地いいわ」母が言った。「帰りたくないわね。マックスの家の隙間風だらけのだだっ広い部屋に戻るのも、退屈なドイツのパーティーに顔を出すのももうたくさんよ」

「クレア、きみはあの人でなしと別れる理由を探しているだけだと思うね」ミスター・カワードが言った。

「彼は人でなしじゃないわよ」

「彼はドイツ人だし、ドイツ人は皆、本質は人でなしだ」

「彼はわたしを深く愛しているのよ、ノエル。わたしが愛されることが好きなのはわかっているでしょう? それに彼はとてもお金持ちだし、寛大よ。でもあなたの言うとおりね。だれでもしばらくドイツにいれば、逃げ出したくなるものよ――とりわけ、あのとんでもない小男のヒトラーが権力を握ったいまとなっては」

「長くはもたないさ。もつはずがない。彼は信じられないくらい滑稽だ。見てごらん。そのうちもう少し軍人らしい男が台頭してきて、彼は失脚するさ。ひょっとしたらきみのマックスがその人物かもしれない。そうしたらきみは総統夫人だ」

「ミスター・カワードのお芝居に出るのなら、お母さまはイギリスに留まることになるんじゃない?」わたしは言った。「きっとヒットするでしょうし、ロングランになるわ」

「もちろんそうなるとも。わたしが書くものはなんだってヒットするんだ。そうしたら次はアメリカ公演だ。だれもが称賛するだろうな」

「ああ、いいわね。ぜひ、やりましょう」母の顔が輝いた。「舞台に戻るときが来たんだと思うの。ずいぶん長く離れていたわ。わたしのファンはわたしを忘れてしまっているかしら?」

ミスター・カワードは母の手を取った。「そんなことがあるはずないだろう。みんなきみが戻ってくるのを待ち焦がれていたんだ」

ちらりと祖父のほうに視線を向けると、祖父はわたしにウィンクをした。

廊下の振り子時計が四時を打った。わたしは立ちあがった。「帰らなくちゃ。ほかの人たちもみんな戻ってくる頃だわ」

「ラヴィーの呪いをかけられて死んだ人間は戻ってこないがね」ミスター・カワードは冷たく言い放った。

「確かに。だがもうそれも終わりだ」祖父が告げた。「頭のおかしな女を逮捕したと警部補が言っていたからな」

ミスター・カワードはため息をついた。「この村は本当に素晴らしい。頭のおかしな女に独身の老婦人、村の愚か者に〈鬼ばばと犬《ハグ・アンド・ハウンズ》〉という名のパブ」

「ラヴィー・チェイスも忘れないで」わたしはそれがどういうものかを説明した。「それはぜひ観なければいけないな、クレア。それに明日の夜の仮装舞踏会にも顔を出そうじゃないか。仮装すれば、だれもわたしたちだとは気づかない」

「そうだったわ。仮装舞踏会のことをすっかり忘れていた」わたしは言った。「舞踏場を見せたいわ。本当に素敵なの」

「でもなんの仮装をすればいいかしら。明日までにふさわしい衣装を送ってくれるようなお店はエクセターにはないでしょうね。本当に行くつもりなら、工夫が必要よ、ノエル」

「行くつもりだよ。ぜひとも行きたいね。なにがあろうと逃すつもりはないよ」

彼の上品な顔に嘲《あざけ》るような笑みが浮かんでいるのがわかった。彼のようなタイプを相手にしているときは、真剣に言っている言葉なのか、皮肉なのかを見極めるのは難しい。

「それじゃあ、またね」わたしは投げキスをした。玄関のドアを開けたところで、車から降りてくる男性の姿が見えた。「また警部補がいらしたわ」わたしは振り返って、祖父たちに告げた。「荒れ地のサルが自白したのかしら」

警部補はゆったりとしたおちついた足取りで近づいてきた。

「うかつなことを言ってしまったようですね。荒れ地のサルは勾留中ですが、新たな死者が出たといいましがた知らせがありました」

26

母のコテージ
まだ一二月二七日

「また殺人?」母が尋ねた。「ぞくぞくするわね。ハエみたいに人が死んでいくのね」

警部補は苦々しい顔で母を見つめた。「殺人かどうかはわかりません。ここから何キロも離れたボベイ・トレーシーの向こう側で起きたことなので。わたしもたったいま聞いたところです。農夫の妻が牛小屋で倒れているところを発見されたんです。搾乳中に牛に蹴られたようです。これがほかのときであれば、運の悪い事故だと考えるところですが、こういう状況ですから、いまはなんとも言えません」

「どうぞお入りになって。ミセス・ハギンズが紅茶をいれますから」母が言った。「ずいぶんお疲れのようね」

「そうなんです。今回の件で、もうおかしくなりそうですよ。数日後に上司が帰ってきたら、なにをしていたんだと叱られるんでしょうね」

「だがきみにできることはなにもない」祖父は警部補を暖炉のそばの肘掛け椅子にいざなった。「一連の死のなかで、殺人だと断言できるものは一件もない。犯罪のにおいもしなければ、動機もない。違うかね？」

警部補はうなずいた。「おっしゃるとおりです。手がかりもありませんし、動機もありません。なにもかも筋が通らないんです。初めは脱獄犯の仕業かと思いました。潜伏場所を見つかって、殺したのかと。だがそれでは、町の交換手の事件の説明がつかない。それに、脱獄犯が馬を転ばせるためにわざわざワイヤーを張るとは考えられない。あれだけの霧なんですから、なにもせずにじっとしていればだれかに見つかるおそれはなかったでしょう。あの馬の脚が、わたしの目を開かせてくれましたよ。あれは悪意ある犯罪行為だ。特定のだれかを狙ったのか、それとも狩りをしている人間であればだれでもよかったのかはわかりませんが、馬を転ばせることが目的だったのは明らかです」

「罠がしかけられていた木は見つかったんですか？」わたしは尋ねた。

「今ごろは部下たちが見つけているかもしれませんが、荒れ地のサルを見つけて連行するだけで、彼らもへとへとになっていましたから。まるで小さな虎でしたよ。悪魔が取りつくだのなんだのと、呪いの言葉も吐いていましたしね——なかにはすっかり怯えてしまった者もいるんです」

「論理的に考えれば」ノエル・カワードは、ゆっくりとした上流階級の口調で言った。「これが連続殺人だという結論は、まだ出せないと思うね。第三者が介入したことを示唆しているのは、馬の脚の傷だけだ。果樹園の木のまわりに明らかな足跡が残っていたとか、男性が橋から落ちたあたりに争った形跡があったとかいうなら、話は別だが」

「実を言いますと、そのどちらの事件でも失態を犯していまして」警部補が打ち明けた。「木の下で死んでいた男性ですが――単なる愚かしい事故だと思ったんです。部下たちが周辺を歩き回って、あたり一帯に足跡を残してしまいました。橋から落ちた男性の場合も同じです。あのときは、犯罪かもしれないとは想像もしなかったので」

「仕方がないだろう」祖父が言った。「こんな静かな田舎で、だれかが橋から突き落とされたかもしれないなどと、考えるほうがおかしい」

「まったくです。ですがこの八日間、毎日死人が出ていることを考えると、何者かの仕業だと思わざるをえません」

「毎日じゃないわ」わたしは口をはさんだ。「一二月二四日にはだれも死ななかったでしょう?」

「そうでしたね」警部補はわたしに向かって指を振った。「だが犯罪は起きた。ニュートン・アボットの宝石店に泥棒が入りました。一連の死とは関係ないとは思いますがね。あれは、クリスマスのために金が必要になった何者かの仕業ですよ。ただしプロの仕事ではありますがね。簡単に金庫を開けて、いいもの――高価な指輪――だけを盗っていったんですから」

「それでは、脱獄犯の仕業だとはもう考えていないのかね?」祖父が尋ねた。

「はい。広い範囲で死人が出ていますから、脱獄犯がだれにも目撃されることなく、徒歩でそれだけの地域を回れるとは思えません。それに、そんなことをする理由がありません。ダートムーア刑務所から脱走したなら、できるだけ早く遠くに逃げて、身を隠そうとするものでしょう？」

「そのうちのひとりは捕まえたとおっしゃっていましたよね？」わたしは訊いた。

「そのとおりです。ここに連れ戻すまで、バーミンガムで拘留しています」

「いっしょに逃げた仲間のことはなにか聞いていないんですか？」わたしはさらに尋ねた。

「ほかのふたりはまっすぐロンドンに向かう予定にしていたようです。少なくとも、彼はそう言っています。なにかもっと知っていることがあるとしても、話さないでしょう。彼らは互いを裏切ったりしないものですから」

「牛に頭を蹴られて死んだ女性ですけれど、もうご覧になったんですか？」

「いや、まだです。発見されたときはまだ息があったので、急いで病院に運んだんですが、残念ながら途中で亡くなりました。彼女がどんなふうに倒れていたかとか、牛小屋を犯罪現場として調べたりする時間はありませんでした。いまごろは牛があたりを踏みしだいてしまっているでしょうね」

「すべては、〝なぜ〟に行き着くんだと思うね。なぜ、その人たちだったのか」

「わたしもそう思います。何度も同じことを自分に尋ねてみました。ですが、共通点はなにもないんです。つきあいがあったとは思えない。違いますか？　猟犬の管理人、電話交換手、そして肉屋。顔見知りですらないはずですよ」

「この地域に反社会的だったり暴力的だったりする人間がいないかどうか、これまでの記録を当たってみたのだろうね？」祖父が訊いた。

「調べました。この村のかわいそうな青年のような頭の弱い人間は何人かいますが、だれも人を傷つけるような傾向は見せていません」

「クリスマスの休暇でロンドンから来た人間かもしれないわ」母が言った。

「それはありえないと思います。犯人が何者であれ、被害者たちのことをよく知っていたことは間違いありません。どこで狩りが行われるのか、犯人は知っていたんです。逢引のあとテッド・グローヴァーが近道をして橋を渡って帰ることも、ミスター・スカッグズが朝早く車で配達に来て、あの危ないカーブを通ることも」

「彼らが本当にターゲットだったなら、そうかもしれない」ミスター・カワードは煙草ホルダーを警部補に向けて振りながら言った。「だが単に、人を殺すスリルが味わいたいだけだったら？　だれが橋から落ちようが、どの車がスリップしようが、かまわないと思っていたら？」

「やめてくださいよ。もしそうだとしたら、捕まえるのは不可能だ」

「きっと捕まえられるさ」祖父が言った。「わしはこれまで大勢の犯罪者を見てきた。なかにはずば抜けて頭のいいやつもいたが、最後には必ずへまをするものだ。調子に乗りすぎる。たとえば、馬の脚に証拠を残したように。あのときまでは、すべての死は事故だと考えることもできた。だがあのことで、少なくとも一件は事故ではないとわかったんだ」祖父は顔をあげた。「馬から落ちた男はまだ見つかっていないんだろう?」

「はい」警部補は悲しげにうなずいた。「捜索はしたんですが。部下たちがくまなく捜しましたし、犬も使いましたが、手がかりはまったくありませんでした。あの沼地に沈んだと考えざるをえません。気の毒に」

突拍子もない考えが浮かんだ。もし彼が姿を消したいと思っていたとしたら? 霧のなかで馬から落ちて、沼地にはまったように見せかけようと思ったとしたら? あまりに突飛な考えなので口には出さなかったが、ゴーズリー・ホールに戻ったら少佐のことをくわしく尋ねてみようと心に決めた。

ミセス・ハギンズが、分厚く切ったクリスマスケーキを山盛りにしたトレイを持って現われた。

「もう帰らないと」わたしはうしろ髪を引かれながら、再びドアに向かった。「それじゃあ、明日の仮装舞踏会で」

「わたしたちだとはわからないと思うね。見事な仮装をしていくつもりだからね」ノエル・カワードが言った。「あの長い私道を歩くときには、足元に気をつけたまえ。これまでのところ、ゴーズリー・ホールの人間に危害は加えられていないが、それも時間の問題かもしれない」

「ノエル、そんなことを言わないでちょうだい」母が彼の手首を叩いた。「この子を心配するのなら、送っていってあげて」

「そして、暗くなりつつあるなかを一人で帰ってこいというのかい？　一〇〇万ポンドもってもごめんだね。わたしの苗字が〝臆病者《カワード》〟なのは、だてじゃないんだ」

「わたしがお送りしましょう」警部補は紅茶カップを置く素振りを見せた。「ですが、ご心配には及ばないと思いますよ。あなたはよそからいらしたんですよね？　犯人はこのあたりの住人にしか興味がないようですから」

「心強い言葉だわ」わたしはにこやかな笑顔でコテージをあとにした。

なにごともなくゴーズリー・ホールにたどり着いたが、茂みでカサカサという音がするたびに振り返っていたというのが本当のところだ。観光に出かけていた人たちが、障害物競走の練習をしていた青年たちやブリッジをしていた人たちに、見てきたもののことを報告している。

「バックファスト修道院を見たんですよ。それに、修道士たちの詠唱を聴いたんです」ミセス・アップソープが言った。「中世に迷いこんだようだったわ」

「そして、あのかわいらしい小さな村や太鼓橋」ミセス・ウェクスラーが言い添える。

「ダートムーア刑務所も見たじゃないか」ミスター・ウェクスラーが口をはさんだ。「ぞっとするようなところだった。あんなところに入れられたら、逃げ出したくなるのも無理はない」

「ポニーを忘れないで」ミセス・ウェクスラーがさらに言った。「あの有名なダートムーア・ポニーを見たのよ」

「ポニーを？」ジュニア・ウェクスラーが初めて興味を示した。「野生のポニーっていうこと？」

「そうよ。雪の斜面を駆けあがっていったわ」ミセス・ウェクスラーは息子の頭を撫でながら言った。「競走の練習はどうだったの？」

「面白かったよ。フェンスってもっと大きいかと思っていたけど、ほんのこれくらいなんだ」ジュニアは両手で五〇センチ弱の高さを示した。「だれだって跳べるよ」

「みなさんが着替えを終えたら、お茶にしましょう」レディ・ホース＝ゴーズリーが告げ、全員が着替えるために階段をのぼっていくと、彼女はわたしに歩み寄った。「なにかニュースはあります？まだ電話が通じないから、世間から取り残された気分なんですよ」

「荒れ地のサルが逮捕されました」

「荒れ地のサル。まあ。それじゃあ、彼女だったのね。わかっているべきだったわ。彼女は魔女の子孫なんですもの」

「そうとも言えないんです。彼女が逮捕されたあと、また亡くなった方がいるんです」

「どこで？」レディ・ホース＝ゴーズリーは鋭いまなざしをわたしに向けた。

「ボベイ・トレーシーの向こう側だと警部補が言っていたと思います。それにほかの事件とは関係ないかもしれません。農夫の奥さんが搾乳中に牛に頭を蹴られたんです」

「それは珍しいことではないわね」レディ・ホース＝ゴーズリーはあっさりと片付けた。

「牛は予測のつかない生き物ですもの。きっと今回の件は本当に事故で、それ以外の少なくとも一部は荒れ地のサルの仕業なんでしょうね」

彼女は満足そうにうなずくと、またあわただしく歩き去っていった。全員でお茶を楽しんだあとは、オランダのスケート風景の大きなジグソーパズルに挑んだくらいで、夕食までたいしてすることもなかった。エセルと母親は新しい豪華なドレス姿で夕食の席に現われ――わたしの目が正しければ、スキャパレリだ――それを見たバジャーの目が輝いた。このハウス・パーティーに投資した甲斐があったようで、アップソープ夫妻は娘をめでたく上流階級の人間と結婚させることができそうだ。わたしは結婚のことは考えまいとした。考えても落ちこむばかりだ。

昨日の夕食がシンプルなカレーだった分、今夜は盛大なハウス・パーティーにふさわしく豪華だった。スモークサーモンのあとは濃厚なオックステール・スープ。そしてメインコースはキジだった。

「これはなんの鳥ですか？」ミスター・ウェクスラーがフォークで肉を突きながら訊いた。

「クリスマス当日にガチョウをお出しできなかったのがとても残念だったので、代わりにキジを用意したんです」レディ・ホース゠ゴーズリーが答えた。「狩りで捕れる鳥のなかでも一番おいしいとわたしは思いますね」

だれも反論しなかった。肉にはマッシュルームの入った濃い茶色のグレービーソースをかけ、まわりに小さい玉ねぎを飾り、薄く切ったかりかりのジャガイモを添えてある。わたしたちはお喋りをすることも忘れて食べた。キジのあとに運ばれてきたのがクロテッド・クリームを添えたアップル・クランブルで、締めくくりは地元のチェダーチーズとビスケットだった。蓄音機でレコードをかけ、静かな夜を過ごした。ダンスをしようとした人が何人かいた。

「ダンスなら明日の舞踏会でたっぷりできますよ」レディ・ホース゠ゴーズリーが言った。

わたしはベッドに横になったとたんに眠りに落ちた。月明かりで目を覚まし、長い廊下の突き当たりにあるトイレまで行かなければならないことを悟った。部屋を出たところで足を止め、前方に目を凝らした。白い人影が暗い廊下をゆっくりと漂っているように見える。なにも聞いてはいないけれど、あれはゴーズリーの幽霊だろうかとわたしはいぶかった。ラノク城で育ったので、さほど幽霊は怖くない。城壁でバグパイプを吹く祖父の幽霊をはじめとして――わたし自身は見たことがない――先祖の幽霊は大勢いるのだ。その人影が、白いナイトガウンの肩が隠れるくらいの長い黒髪をした女性であることがわかるまで、音を立てないように近づいた。サンドラ・セクレストだ。彼女もトイレに行きたくて、夜中に廊下を歩いているのだろう。妙なことを考えた自分がばかみたいに思えたが、それも彼女が、ある部屋に音もなく姿を消すまでのことだった。そこは彼女の寝室ではなく、ジョニー・プロスローの部屋だった。

27

一二月二八日

家に帰る日を指折り数え始めている。でもそんなのばかげたこと。だってここには祖父もダーシーもいるし、実のところ帰る家などないのだから。

翌朝目を覚ましたわたしは、霧に覆われた窓の外に目を向けた。まず頭に浮かんだのが、今日はだれが殺されるだろうということだった。

真っ先にそんなことを考えた自分がショックだった。デボンのこんな小さな村で毎日だれかがひとりずつ死んでいくなんて、認めるわけにはいかない。怒りが湧き起こった。果樹園の葉を落とした木々が霧のなかにぼんやりと浮かんでいるのを眺めながら、わたしは心を決めた。こんなことを許していてはいけない。だれかがなにかしなければいけない。警部補にそれだけの能力がないことは明らかだから、わたしがこれまでの経験を生かして殺人犯を捕まえるべきかもしれない。ロンドン警視庁に長年勤務してきた祖父もいるし、スパイのような仕事をしているに違いないダーシーもいる。そしてわたしはこれまで、いくつかの事件の解決に微力ながら手を貸してきた。わたしたち自らが捜査に乗り出すべきだろう。

クイーニーが紅茶を運んできたときには——カップに残っている紅茶より、ソーサーにこぼれているほうが多かった——わたしはすでに着替えを終えていた。完璧なメイドになるという彼女の立派な心構えも、あっという間に普段どおりに戻ってしまっている。

「なんとまあ。もう起きていたんですね。それがわかっていたら、わざわざ紅茶を持って階段をあがってくることもなかったのに」

「あなたが階段をあがるのは、朝、女主人に紅茶を持ってくるのも仕事のうちだからよ。女主人が紅茶を飲みたくても、飲みたくなくても関係ないの」わたしは指摘した。

クイーニーは不服そうな顔でわたしを見ると、丁寧とは言えない手つきでテーブルに紅茶を置いた。「うんざりするような日ですよ。お嬢さんはどうだか知りませんけど、あたしはもう家に帰りたいです。使用人たちがなんて言っているか、知ってますか？　この村にはラヴィーの呪いがかかっていて、年が明けるまで毎日だれかひとりが死んでいくんだそうです。ぞっとします。怖くてたまらないです」

「心配いらないわ、クイーニー。呪われるのは地元の人だけだから」

「それなら、あたしたちは大丈夫ってことですね？」丸い赤ら顔がぱっと輝いた。わたしも彼女と同じくらい、簡単に納得できればどんなによかっただろう。

朝食の部屋に行ってみると、テーブルの一方の端にダーシーがひとりで座っていた。もう一方の端ではラスボーン夫妻とアップソープ夫妻が、山盛りにしたケジャリーをせっせとたいらげている。わたしが隣に腰をおろすと、ダーシーは笑顔で言った。「おはよう」

「今日、モンティの車を借りられるかしら？」

「どこかふたりきりになれるところに行くのかい？」ダーシーの目にはからかうような光が浮かんでいる。

食事をしている人たちとは充分に離れていたけれど、わたしは声を潜めた。

「違うわ。まただれかが殺されるまえに、このとんでもない事件を解決したいの」

ダーシーは驚いた様子だったが、その顔には面白がっているような表情も浮かんでいた。

「ラノク家のシャーロック・ホームズになるつもりかな？」

「ダーシー、お願いだから茶化さないで。地元の警部補は悪い人じゃないけれど、この事件は彼には無理なの。あなたは人から話を聞き出すのがうまいし、嘘をついている人を見分けるのも得意でしょう？　それにおじいちゃんは――警察官時代、いろいろな恐ろしい犯罪と取り組んできた。だから、わたしたち三人で事件が起きた場所を見てみたらどうかと思うの」

「きみはぼくの叔母の右腕として働くことになっているんじゃないのかい？　スキトルズ大会を開催すべきときに、姿を消してしまっても平気かい？」

わたしは冷ややかなまなざしを彼に向けた。「わたしといっしょに来たくないみたいな口ぶりね。いいわ。せっかくいっしょにいられるチャンスなのに、あなたが来たくないなら……」立ちあがろうとしたわたしの腕をダーシーがつかんだ。

「ばかなことを言うんじゃないよ。ぼくがいつだってきみといたいと思っていることは、わかっているだろう？　ぼくはただ、地元の警察がすべき仕事に首を突っ込むのはどうだろうと思っただけだ。ぼくたちはこのあたりの人のことも、領地のこともなにも知らない。なにかできるとは思えない」

「ダーシー、あなたはニューカム警部補と話をしていないでしょう？　わたしはしたの。なにがどうなっているのかわからないって、自分でも言っていた。二秒ごとに、祖父の助言をもらいに来ているくらいよ。手助けは歓迎するに決まっているわ。それにもし祖父が行きたいところに行けたなら、この事件を解決できるかもしれない」

「わかった」ダーシーは心を決めようとするかのように、あたりを見まわした。「モンティに頼んでみよう。だがこのあたりの地形がよくわからない」

「世の中には地図というものがあるのよ。サー・オズワルドに借りるわ」

「一日中出かけるのなら、今夜の仮装舞踏会はどうする？　衣装を作らなきゃいけないんじゃないのかい？」

「実は屋根裏に衣装がたくさんあるのよ。ほかの人たちに見つかる前に、こっそり屋根裏に行って、いいものを取ってきましょう」

「屋根裏にこっそり忍びこんで、いいものを取ってくるか。なかなかいいね」

「ダーシー！」わたしは彼をにらみつけた。

「おやおや、今日のきみは怒りっぽいね」

「大勢の人が殺されているのに、だれもそれを阻止しようとしないのが腹立たしいの。なにかしなきゃいけないわ、ダーシー。ロンドン警視庁がだれかを送りこんでくるまでに、あといったい何人死ぬと思う？」

「これまでわかっていることからすると、どの事件も殺人だと断定する証拠はないんだ」

「偶然なんていうものはないって、祖父は言っている。ダートムーアの小さな村で、これほど多くの事故が起きるなんて、本当に考えているの？　毎日ひとりずつ死んでいるのよ」

「たしかにありそうもないことだとは思う。ラヴィーの呪いを信じているなら、話は別だけれどね」

「信じているの？」

「まさか」ダーシーはどこか決まりの悪そうな笑い声をあげた。「だがそれぞれの事件につながりがあるとは思えない。殺したい男がいるとして、そいつが木にのぼるまで待つだろうか？　自動車修理工場の経営者を橋から突き落としたのは、外部の人間ではなく、妻を寝取られた夫だと考えるのが自然だ。だれかがガス栓をひねって老婦人を殺したのだとしたら、おそらくそれは命令されるのにうんざりした妹たちのどちらかだろう」

「でもそうじゃないとしたら？　わたしたちがまだ見つけられない動機を持つ、頭のいい殺人犯がいるとしたら？」

ダーシーはわたしの肩を抱いた。「ジョージー、よく考えてごらん。地元の警察にできないことをぼくたちができると本当に思っているのかい？」

わたしは唇を噛んだ。自信のないときの癖だ。「わたしたち三人が協力して現場を順番に見ていけば、なにか気づくことがあるんじゃないかって思ったの」

ダーシーの視線はわたしを通り過ぎ、窓の外に向けられた。やがて彼は皿を押しやって言った。「わかった。モンティを探してこよう」

「その前に衣装を選ばないと。行きましょう。だれにも気づかれずに屋根裏にあがれるかどうか、試してみましょう」

ダーシーは気が進まない様子でため息をついてから、わたしの手を取った。わたしたちはいくつもの階段をあがった。あがるほどに階段は狭くなっていき、最後の急な木のステップをのぼった先が屋根裏だった。屋根窓から入る光が唯一の明かりで、ほこりよけの布をかけられた品々は暗がりのなかで不気味に見えた。実際に幽霊が出ると言われる城で育ったわたしは、普段ならこういうものを怖いとは思わない。だがわたしたちが入ってきたせいで布がかすかに揺れるさまはひどく不安をかきたてたので、ダーシーがいてくれてよかったと思った。

「さあ、これよ」わたしは衣装を吊るしてあるラックからほこりよけの布をはずした。

「ふむ、なんの仮装をしようか？」ダーシーは一着ずつ吟味していった。「ゴリラはやめておこう。暑すぎる。石器人？　いいかもしれないな。きみの髪をつかんで、部屋を引きずりまわすんだ」

「念のために言っておくけれど、そんなことができるほどわたしの髪は長くないわよ。それに女性の石器人の衣装がないわ」

「荒れ地のサルの真似をしたらどうだい？　妖精みたいな衣装がある。これを着れば、きっとふわふわと浮かべるよ」

わたしはその衣装を手に取った。「わたしは浮かぶようなタイプじゃないわ」

ダーシーは床に目を向けた。「衣装を探しに来た人間がほかにもいたようだ。ほら、足跡がある。ぼくたちより先にだれかがここに来ている」ダーシーはほこりの上にくっきりと残った足跡を指差した。

「レディ・ホース＝ゴーズリーかメイドのだれかが、衣装にちゃんとブラシがかかっているかどうかを確かめに来たんじゃないかしら」わたしは荒れ地のサルの衣装を戻した。

「チャールズ二世の衣装がないのが残念だ。そうしたらきみは下からオレンジをいくつか借りてきて、このドレスでネル・グウィン（チャールズ二世の愛人。子供の頃、劇場でオレンジを売っていた）になれたのに」ダーシーは一着のドレスを示して言った。「なかなか大胆なボディスじゃないか。だがネルは自分のオレンジを見せることはためらわなかったからね」

このままではらちが明かないと思ったわたしは言った。「こうしましょう。ジプシーになるの。下の衣装箱に赤いスカーフと大きな金のイヤリングがあるはずよ」

「ジプシーになるのはかまわないよ」ダーシーがうなずいた。「野外生活には憧れているんだ」

「よかった。これで決まりね」わたしはたっぷりしたズボンとひらひらした白いシャツと黒のチョッキを彼に渡した。「さあ、モンティを探しに行きましょう」

ダーシーはため息をつくと、わたしのあとから階段をおりてきた。

28

一二月二八日

三〇分後、わたしたちは祖父を車に乗せ、捜査に繰り出した。

「最初の事件から始めるべきだと思うの。果樹園のどの木だったか、知っている？」

「見当もつかんよ」祖父が答えた。

「果樹園を見ても意味はないと思う」ダーシーが言った。「警察官が歩きまわったあとだからね」

「使用人に話を聞いたらどうかしら」

ダーシーは問いかけるように祖父を見た。「どう思います？　ジョージーはそうしたいみたいですが、ぼくは警察の領分を侵すのは気が進みませんね」

「ふむ、警部補はわしの助言を聞きたがってはいるが、彼の知らないところであれこれ尋ねまわるのはどんなもんだろうな」祖父が答えた。「それに、あの家の人間はなにも知らないと警部補は言っていた。銃声を聞いてもいないし、彼が出かけたことも知らなかった。使用人たちは別棟で眠っていて、普段の彼は九時より前に起きては来ないらしい」

「充分、役に立つ情報だわ。彼の友だちに話が聞ければいいのに。いたずらをするつもりだって話していたかもしれない」

「それでなにがわかる？」ダーシーが訊いた。「おそらく彼はいたずらの計画をいろいろな人に話していただろう。なにか人目を引くようなことをするつもりだからこそ、散弾銃とワイヤーを持って木にのぼっていたんだろう？」

わたしはため息をついた。「簡単にはいかないようね」

「もしこれが殺人なら、犯人は事故に見えるように入念に考えて、計画を立てたんだろうからな」祖父が言った。

「いったいどんな人間がこんなことをするのかしら？」

「頭のいい人間であることは、間違いない。ひとりでいることを好む、物静かなタイプだろう。本当にこれだけの人間を殺す計画を立てたのなら、何年ものあいだ恨みを抱いていたに違いない。こういった犯罪は、計画を立てるのに時間がかかるものだ」

「女だということは考えられる？」わたしは尋ねた。「荒れ地のサルはそれに当てはまるわよね？」

祖父はうなずいた。「牛に蹴られて死んだ農夫の妻は、本当に事故だったのかもしれない。今後も死人が出るかどうかを待たなければわからないが、もしこれで終わりだとしたら、荒れ地のサルの仕業だということだ」

「事件の現場全部を見たいなら、行ってみよう」ダーシーが言った。「ふたつめの事件――橋から落ちた男のところだ」

「テッド・グローヴァーがパブのご主人の奥さんと逢引をしていたのなら、彼が何時に店を出たのかをご主人に訊くわけにはいかないわね」

「ほかの人間に訊けばいい」祖父が言った。「パブの外にたむろしている男たちがいるはずだ」

わたしたちはパブに向かった。話を聞くのはダーシーと祖父に任せ、わたしは離れたところで待った。

「だれも彼が帰るところを見ていないそうだ。だが閉店時間にはいなかったから、その前に店を出たことは間違いない。主人の奥さんと店の裏にいたのかもしれない」祖父は一度言葉を切った。「橋から落ちたと聞いて驚いたと言っていた。酔っているようには見えなかったそうだ」

パブから低地を横切るようにして一本の小道が延びていた。融けた雪でぬかるんでいるその道を足元に気をつけながら進んでいくと、橋――小川に平たい花崗岩を渡しただけの橋だ――にたどりついた。

「足がふらついていたら、落ちてもおかしくはないな」祖父が言った。

「でも彼は酔っていなかったんでしょう？　それにもしここに落ちたのだったら、川はかなり深いから岩に頭はぶつけなかったんじゃないかしら。水の冷たさに、一瞬で頭もはっきりしたたろうし」

「数日前よりいまのほうがかなり深くなっていると思うよ」ダーシーが言った。「雪が融けたからね」

「そのとおりね」わたしは勢いよく流れる水を眺めながら、男性の死体が浮いているところを想像し、彼が頭をぶつけたかもしれない岩を見つけようとした。それから来た道を引き返し、フレンチ・フィンチ姉妹の家に向かった。

「荒れ地のサルは、あの夜、姉妹の家を訪れたことを認めているわ」

祖父は首を振った。「荒れ地で自由に生きている彼女のような人間が、ガス栓をひねることを思いつくだろうか？　電話交換局の配線を混線させるなんていうことができるだろうか？」

「もっともだわ。ヘッドホンのプラグを差しこんだときに感電させようと思ったら、電気の知識がある人じゃないと無理ね」

わたしたちはミス・エフィの部屋の窓がある側にまわり、窓の真下の花壇に残された非常に大きな足跡を見つけた。

「大きなウェリントン・ブーツみたいに見えるな」祖父が言った。「それもすごく大きい。あのちょっと頭の弱い若者が大きなブーツを履いていたんじゃないか？」

「ウィラム？　そうかもしれない。でも彼はミス・エフィが亡くなる前日、ここに来ているの。荷物を運ぶのを手伝ったあと、屋根裏からツリーの飾りをおろしたのよ。物置からなにか運んだというのは、おおいにありうる話だわ」

「花壇を通って？」ダーシーが訊いた。

「窓から家のなかをのぞきたかったのかもしれない。彼は子供みたいだもの」わたしは母屋の裏手にある物置に目を向けた。「それに、ほら、見て。物置にはしごがたてかけてある。クリスマスツリーを飾るときに使ったのかもしれないわ」

祖父はまずはしごを、それから壁を眺めた。「あれを伸ばせば、寝室の窓近くまで届くだろう」

「届くでしょうね」ダーシーがうなずいた。「あとはだれがあれを使って部屋に入り、ガスの栓をひねり、だれにも見られることなく出てきたのかを突き止めるだけだ」

「また皮肉なの？」

「こんなことをしても無駄だと言っているんだ。シャーロック・ホームズならほんのささいな手がかりから真相をつかめるかもしれないが、ぼくたちには無理だ。近くの町の住人全員に話を聞くわけにもいかないし、警察や病院の記録も見られない――この手の殺人の容疑者を探し出すには、そういったものを調べる必要がある。それにもし犯人が、人と関わろうとしないひねくれた男で、自分の部屋に閉じこもって一連の計画を立てたのだとしたら、彼がなにかミスを犯すまで見つけるのは不可能だ」

「いつかはミスを犯すと思う？」

「最後には必ずミスを犯すもんだ」祖父が言った。「指紋を拭き取ったり、どれも事故に見えるようにあれこれ工夫したりはできるだろうが、いずれはへまをする」

「ほかの事件の現場も見ておきたいわ」わたしは言った。「車があるんだもの。いいでしょう？」

「だが、寒いぞ」ダーシーが応じた。

一キロ余り走ったところで、彼の言うとおりだと実感した。モンティの車はアルヴィス・ツアラーのオープンタイプだったので、わたしたちは凍りつくような冷たい風を浴びることになった。前方の座席はフロントガラスのおかげでまだましだったが、わたしは後部座席とは名ばかりの貧弱なスペースに座っていたので、風をまともに顔に受けた。車が丘をのぼり、再びくだってニュートン・アボットにたどり着くまで、わたしたちは体を寄せ合っていた。

〈クラインの宝石店〉の入り口には、〝休業日〟の札がかかっていた。ミスター・クラインは盗難に遭ったショックが大きくて、店を開ける気にならないらしい。電話交換局では、ふたりの娘がテーブルに設置した当座の交換台で仕事をしていたが、部屋の反対側は焼き切れたワイヤーが黒焦げになっていた。彼女たちのような娘はハンサムな男性相手のほうが口が軽くなるだろうということで、話をするのはダーシーに任せることにした。ダーシーがいくつか簡単な質問をすると、ふたりは恥ずかしそうに彼を眺め、〝気の毒なグラッド〟のためならできることはなんでもすると言った。

「いつかはこんなことになるって、前から言っていたのよ」娘のひとりが、同意を求めるようにもうひとりを見ながら言った。「彼女は電話を盗み聞きするのが大好きだったの。そのうえ、ものすごくお喋りだったし。そうよね、リル？」

もうひとりがうなずいた。「そんなことばかりしていたら、いつか問題になるって彼女にも言ったんだけれど」

「彼女は、盗み聞きした内容をきみたちに話したことはある？」ダーシーが尋ねた。

「時々——ほら、たとえば、だれかが人の奥さんと会っているとかそういうこと。彼女はその手の話が好きだったの。映画に夢中だったわ——ロマンスとかドラマとか」

「それじゃあ、あなたたちは、彼女の身に起きたことが事故だとは思っていないの？」わたしは言葉を選びながら尋ねた。

「そんなことがありえるとは思えなくて」リルが言った。「だって、いったいだれが電線を電話の交換台につないだりするの？ そんなことをするのは、自分がなにをしているのかわかっていない人だけでしょう？ そんな人はここにはいないもの。だれも外部の人は来ないの」

「時計のことで来た人がいたわよ」もうひとりの娘が告げた。

「ああ、そうだった。このあいだ、男の人が来たの——グラッドのことがある前の日よ。時計の修理に来たって言っていた。長くはいなかったわ。少し時計をいじっていたけれど、すぐに帰っていった」

「どんな人だった？」

「普通の人よ。四〇過ぎくらいかしら。細くて、大きな口ひげをはやして、眼鏡をかけていた。オーバーオールを着ていたわ」

「名前は訊かなかったのかい？　だれが彼をよこしたのか、言っていなかった？」

「わたしたち、忙しかったのよ。なにをすればいいのかわかっているみたいだったし、役所の依頼だって言っていたから、あとは彼に任せたの」

「ありがとう」ダーシーが言った。「本当に助かるよ」

「あんなことをした犯人を捕まえられると思う？」リルが訊いた。

「捕まえられるといいんだが。ああ、そうだ、だれかグラディスを恨んでいる人間はいたかい？　昔の恋人とか、仲の悪い隣人とか？」

ふたりの娘は眉間にしわを寄せた。「さっきも言ったけれど――」もうひとりの娘がリルをちらりと見てから口を開いた。「彼女は噂話が好きだったから、そのせいで面倒なことになっていたかもしれない。でも恋人のような人はいなかったわ。そういう意味で魅力のある人じゃなかったから。彼女のロマンスは映画のなかだけだったの」


「役所に行ってみる？」にぎやかな大通りに出たところで、わたしは言った。「時計の修理に来たのがだれなのか、わかるかもしれない」

「その人間がグラディスの件と関係があるとは思えないね」ダーシーが言った。「もし彼がだれかを殺すために交換台に細工をしたのだとしたら、翌朝早くグラディスが出勤してくるより先に、あのふたりの娘のどちらかが犠牲になっていたはずだ」

「わしの考えを言おうか？」祖父が切り出した。「彼女たちは喜んでわしらと話をしてくれた。訪ねてくる人間が珍しいとしたら、それを忘れたりするだろうか？」

「もっともだ」ダーシーが言った。「つまりぼくたちは、見込みのないことをしてるというわけだ」

「わかったわよ。わたしはばかで、あなたたちの時間を無駄にしているって言いたいんでしょう」

わたしは足早に車に向かって歩きだした。ダーシーがすぐに追いかけてきた。

「だれもきみをばかだなんて言っていないさ。ぼくはただ、きみが求めているものを手に入れる手段がないと言いたいだけだ。ぼくたちは素人なんだ、ジョージー。警察の記録は入手できない」

「彼の言うとおりだ。この事件を解決する唯一の方法は、反社会的だったり、屈折していたり、攻撃的だったりした過去のある人間を見つけることだとわしは思う。つまりだ、隣人のラジオの音が大きすぎるとか、八百屋がジャガイモの値段をあげたといって新聞社に手紙を送るような人間だ。被害者たちは、おまえやわしなら気にもかけないようなささいなことで犯人を怒らせたんだろう」

「それじゃあ、いままでの新聞を調べてみたらどう？」

「それには何日もかかる。それに警察はすでにそういったことは考えていると思うよ」

わたしはため息をついた。「わかったわ。帰りましょう。あきらめる。肉屋の車が道路から落ちた場所を見ても意味はないわね。大きな岩の陰に隠れていて、急に飛び出して彼を驚かせるくらい、だれにだってできるもの。それに、猟犬の管理人の馬を見つけたのはわたしだわ。あのあたりで見かけたのは荒れ地のサルだけだったし、いま彼女は勾留されている」

「それなら帰ろう。おいしい昼食をとって、こんなことは忘れてしまおう」ダーシーが言った。「そんな顔で見ないでくれないか。ぼくは無神経なわけじゃない。ただ現実的なだけだ。それにひょっとしたら今日は、だれも死なずに一日が終わるかもしれないじゃないか」

「あの農家まで車を飛ばして、奥さんが死んだ場所を見ておいてもいいかもしれない」ダーシーが車のドアを開けてくれているあいだに、わたしは言った。

「そして牛に尋問するのかい？」

祖父が声をたてて笑ったが、わたしはなぜか面白いとは思えなかった。苦々しい表情のまま、車に乗りこむ。

ダーシーがわたしの手を取った。「笑ってごらん、ジョージー。きみがこんなことをする必要はないんだ。牛小屋を見たからといって、なにがわかる？　気になるのは、頭を一度蹴られたことが死因だと医者が認めるかどうかくらいのものだ」

「その医者はこの町で開業しているのかしら。それともエクセターから呼ばれたの？」わたしはすでにあたりを見まわしていた。

「医者に話を聞くには、警部補の許可がいる」祖父が言った。「残念だが、ダーシーの言うとおりだ。わしらにできることはほとんどない。おまえはあの家に戻って、楽しい時間を過ごしたほうがいい」

ダーシーはエンジンをかけ、ゴーズリー・ホールに向かって車を発進させた。わたしは落胆も失望もしていたが、ふたりの言うとおりだということはわかっていた。なにか確かな手がかりがあれば。それぞれの死につながる糸があれば。目撃したかもしれないなにかを思い出そうとした。重要なものを見たと思える瞬間が何度かあったのだ。けれどそれははっきりした形を取る間もなく消えてしまって、いまではそれがいつだったかも思い出せない。探偵としては、わたしはまったくの能無しだ。

29

まだ一二月二八日

凍傷になりかかっている。

ゴーズリー・ホールに戻ってみると、だれもが仮装舞踏会の準備でそわそわしていた。裏側の部屋からはミシンの音が響いていて、村の女性が借り出されて衣装の手直しをしているのだろうとわたしは思った。だれかが衣装ケースをかきまわしては、「これはどう？」と尋ねている声が聞こえてくる。

ジュニア・ウェクスラーが脇を駆け抜けていった。「ぼくはイギリス兵になるんだ！　本物の軍服と銃を借りるんだよ」

「まあ、ここにいたのね、ジョージアナ」戸口に姿を見せたレディ・ホース＝ゴーズリーは、疲れ切った顔をしていた。「どこに行ったのかと思っていたんですよ」

「ダーシーと祖父といっしょに、一連の事件を解決する手がかりを探しに行っていたんです」

彼女はあたりを見まわし、近くにだれもいないことを確かめた。「警察は荒れ地のサルを捕まえたのでしょう？」声を潜めて尋ねる。

「ええ。でも農夫の奥さんはそのあとで亡くなっているんです」

「とても信じられないし、ありえないことばかりだわ」彼女は首を振った。「それもこのすぐ近くでなんて。それで、なにかわかったのかしら？」

「なにも。やり場のない気持ちなんですけれど、なにも手がかりがないんです」

「それはあなたのするべきことではないんですよ。あなたはほかの人たちといっしょに楽しめばいいんです。今夜の衣装はもう用意してあるのでしょうね？　いいものはもう、だれかに取られてしまっていますよ。ああ、そうそう、気を悪くしないでくれるといいのだけれど、今夜、ミセス・アップソープとミセス・ラスボーンの身支度を手伝うようにあなたのメイドに頼んだんですよ。ミセス・ウェクスラーとバンティはうちのマーサが手伝うので」

クイーニーに身支度を手伝わせるのは危険と隣り合わせであることを悟られまいとして、わたしは表情を繕った。わたしのメイドは以前、雇い主に火をつけたことがあるとミセス・アップソープとミセス・ラスボーンに警告しておくべきかしら？

「ミセス・セクレストはいいんですか？」夜中に廊下を忍び足で歩いていた白い影を思い出しながら、わたしは尋ねた。

「セクレスト夫妻はご自宅で仕度をなさるのよ。今年はなにを着てこられるのかしら。夫人はいつもとても手のこんだ仮装をするの。去年はネル・グウィンだったわ」わたしはそれを聞いて、思わず頬が緩みそうになるのをこらえた。

クイーニーを探し、充分に気をつけるようにと言い聞かせたが、彼女はレディズ・メイドとしての仕事を与えられたことに満足しているようだった。

「ここにはあたしみたいなちゃんとしたメイドがいないんで、あの人たちの身支度を手伝ってくれって奥さまから頼まれたんですよ」

「彼女はあなたがどんなだか知らないのよ、クイーニー。お願いだから、あんまりばかなことはしないでちょうだいね」

「あたしはいつだってそのつもりですよ、お嬢さん。なのになんでだか、問題が起きるんです」

伯爵夫人の手伝いを頼まれていないことが幸いだった。

わたしは衣装ケースを探し、赤いスカーフと金のイヤリング、さらに長い黒髪のウィッグを見つけた。髪の色を変えるとそれだけで別人のようになるのは、驚きだ。衣装を身につけたわたしは、地中海の妖婦のようになまめかしく見えた。この仮装を選んでよかったと思った。ジプシーとなったダーシーがパートナーとなれば、なおさらだ。

舞踏会で遅めの夕食が供されるので、ハイ・ティーは五時だった。いつもの食べ物に加えて、ゆで卵とウェルシュ・レアビット（肉料理の代用品として供された、チーズソースを使ったチーズトースト）が用意されていて、ごく小さな世界で子守とふたり、そういったものを食べていた子供時代のことを思い出した。

遠い昔のようだ。

七時近くになると、舞踏会の準備のために全員が部屋に引き取った。わたしは自分で身支度ができるからと言って、クイーニーをほかの人たちの手伝いに行かせた。部屋にひとりになったところで、一日がもうすぐ終わろうとしているけれど、まだだれも死んでいないことに気づいた。わたしたちの推理は当たっていたのかもしれない――結局のところ、農夫の妻の死は事故で、荒れ地のサルが少なくともほかの事件の一部には関わっているのかもしれない。大きな安堵の波にすっぽりと包まれるのを感じた。次の運命の一撃がやってくるのを、息を止めるようにして待っていたのだと、改めて気づいた。身支度がほぼ整い、ウィッグの上からスカーフを結ぼうとしていたとき、すさまじい悲鳴が聞こえた。わたしは部屋を飛び出した。まわりの部屋からほかの人たちも現われた。悲鳴は廊下の突き当たりから聞こえてくる。わたしたちは廊下を走り、勢いよくドアを開けた。

目に入ってきたのは、とんでもない光景だった。マリー・アントワネットの衣装を着たミセス・アップソープが鏡の前であらんかぎりの悲鳴をあげ、そのうしろでクイーニーがおののいたような顔で立ち尽くしている。

「どうしたんですか?」わたしは訊いた。

「このばかな子がファスナーにわたしをはさんだの」苦痛のあまり、北部の強いなまりが露わになっている。「はずれないのよ」

それほどひどい事態ではないと思ったが、それもクイーニーがなにをしたのかを目にするまでだった。ミセス・アップソープの皮膚をファスナーにはさみこんだクイーニーは、いかにも彼女らしくそのままあげ続けたのだ。取り乱したミセス・アップソープをなだめつつ、彼女の背中をファスナーからはずすまで数分かかった。ところどころ血がにじんだ赤いみみず腫れが背中に残っている。

「クイーニー、執事から救急用品をもらってきてちょうだい」

「だめよ。その子を行かせないで。苛性ソーダか除草剤を持ってくるに決まっているんだから」ミセス・アップソープが悲鳴のような声で言った。

「わたしが取ってきます」わたしはクイーニーを引きずるようにして歩きだした。「なんてことをしてくれたの」部屋を出るなり、わたしは言った。「気をつけるようにって言ったでしょう?」

「気をつけてたんです。ファスナーには慣れてなくて、固いだけだって思ったんです。背中がはさまってるなんて、わかるはずないじゃないですか。あの人、肉が多すぎるんです」

わたしはため息をついた。「ミセス・ラスボーンの手伝いに行ってちょうだい。レディ・ホース＝ゴーズリーがそう約束したそうだから」

「もう行きました。帽子を留めるピンをうっかりお尻に刺しちゃったんで、追い払われたんです」

「クイーニー！」

「べつに血が出たとかそういうことじゃないんです。あの人が、あんなにあわてて振り向くからいけないんですよ。なんだってあんなに大騒ぎするんだか」

「あなたをどうすればいいかしらね、クイーニー」

「悪いことをするつもりなんてなかったんです」クイーニーはあの牛のような大きな目でわたしを見つめた。

「それはわかっているわ。でもあなたが歩く災難だっていうことに変わりはないの」

わたしは消毒薬と脱脂綿と保湿クリームを持ってミセス・アップソープのところに戻った。ドレスで傷痕が隠れることがわかって、彼女もようやく落ち着いた。最初の客が到着したらしく、階下からは車のタイヤが砂利を踏む音が聞こえてきた。わたしは仮装の最後の仕上げを終えると、舞踏場へと向かった。その部屋は見事な変身を遂げていた。天井のシャンデリアには電灯が、壁の大きな枝付き燭台には本物の蠟燭が灯されている。白いクロスをかけた小さなテーブルや金縁の椅子や鉢植えの大きな植物が優雅な雰囲気を醸し出し、部屋の突き当たりの演壇ではバンドがジャズを奏でていた。

踊っている人はまだだれもおらず、様々な仮装に身を包んだ客たちは思い思いに話をしている。黒猫がいて、ぽっちゃりした男子生徒がいて、クレオパトラがいた。ゴリラの扮装をしている人もいる。セクレスト船長はネプチューンの衣装を身に着け、真珠と貝殻をちりばめた海緑色のウィッグとたっぷりしたチュールをまとった夫人は水の精に扮していた。ジョニー・プロスローが彼女を見つめていることに気づいた。彼は円卓の騎士の仮装をしている。おそらくはサー・ランスロットだろう。セクレスト夫妻がアーサー王とその妻グィネヴィアに扮していないことが残念だった（グィネヴィアはランスロットと不倫関係にあったとされている）。

ウェクスラー一家が姿を見せた。ミスター・ウェクスラーはカウボーイ、夫人は先住民の仮装だ。スペイン女性になったシェリーは恥ずかしさのあまり死にそうな顔をしていた。ジュニアだけは楽しそうで、まわりの人にかたっぱしから銃を突きつけている。弾が入っていないことをウェクスラー夫妻が確認していることを祈った。ラスボーン夫妻とアップソープ夫妻もやってきた。ミセス・アップソープはまだ顔色が悪い。忍び込み泥棒に扮したバジャーはまっすぐエセルのところに向かった。バンドは『オン・ザ・サニーサイド・オブ・ザ・ストリート』を演奏しはじめ、何人かがダンスフロアへと出ていった。わたしは、舞踏会でいつも経験するつかの間のパニック状態に襲われた――みんながパートナーを見つけているのに、わたしひとりが壁の花になっていたらどうしよう。わたしもほかの人同様、何度もダンスを申し込まれることはわかっていたから、意味のない恐怖だと知りつつも、自分ではどうすることもできなかった。

巧みなステップというよりは熱意が空回りしているバジャーとエセルが、跳びはねるようにして踊っている。モンティの相手はふくれっ面をやめたシェリーだ。ジェーン・オースティンの小説のヒロインの仮装をしたバンティが期待に満ちたまなざしで部屋を見まわし、ダーシーが近づいてくるのを見て目を輝かせた。だが彼はまっすぐわたしに歩み寄ったので、わたしは心のなかで喜びの声をあげた。「茶色い瞳のジプシーの娘。踊ってくれるかい？」

彼はそう言って手を差し出した。わたしたちは踊った。天国のようだ。

舞踏場は知らない人々でいっぱいだったが、なかには見慣れた顔もあった。フレンチ・フィンチ姉妹とミス・プレンダーガスト、牧師さまとミスター・バークレイが隅のテーブルに座っている。仮装はしていないものの楽しんでいる様子で、音楽に合わせてリズムを取っていた。母とノエル・カワードも来ると言っていたことを思い出して、ふたりの姿を探した。彼は顔を黒く塗り、大きくカールした黒い口ひげをつけ、巨大なターバンを巻いてマハラジャに扮していた。母はベールをつけた東洋の美女だ。わたしはダンスの合間にふたりに近づいた。

「わたしたちだってわかったのね」母ががっかりした口調で言った。「だれにも気づかれないと思ったのに」

「わたしはお母さまの娘よ」わたしは笑って答えた。「ベールごしでも、お母さまの目はわかるわ。ひげのせいで、ミスター・カワードのほうがわかりにくかった」

「そうだろう？　これはウールワースで見つけたんだ。この舞踏会は思っていたよりずっと豪華で洗練されているじゃないか。田舎者の集まりかと思っていた」

わたしはもう一度ダーシーと踊り、次にモンティ、さらにはジョニー・プロスローとも一度踊った。彼は必要以上にわたしを抱き寄せたが、その目はミセス・セクレストをちらちらと眺めていた。そのあとはポール・ジョーンズでパートナーを決めた。男性と女性がそれぞれ円を作って反対方向に回り、音楽が止まったときに前にいる人と踊るのだ。わたしが踊ることになったのは、狩りのとき少佐の馬のことで言葉を交わした男性だった。

「このあいだはとんだことでしたね」彼はわたしを回転させながら言った。「いまだになんの痕跡すら見つかっていません。沼にはまったんでしょう。気の毒に。いやな死に方ですね。彼のような人がこんなことになるなんて、想像もしませんでしたよ。このあたりのことは自分の庭のように知っているのに」

わたしはうなずいた。「恐ろしいことですね」

「彼の馬を転ばせるために、だれかがワイヤーを張ったという話です。そんなことをしたやつを見つけたら、わたしがこの手で首をへし折ってやりますよ」声を荒らげていることに気づいた彼は、気まずそうに咳をして、ダンスを再開した。「せっかくの夜を台無しにするのはやめましょう」

一〇時になると夕食の合図として『ポスト・ホルン・ギャロップ』が流れた。コールド・ポーチド・サーモン、コールド・チキン、ヨーク・ハム、セージを詰めたコールド・ポーク、さらには様々なパイやパスティ、ゼリー、ブラマンジェ、プチフールなどが並んだ。ゴリラはどうやって食べるのだろうと興味が湧いたが、彼を見つけることはできなかった。

夕食のあとはテンポのゆっくりした音楽が演奏され、ダンスフロアにいる人たちも減った。部屋のなかはかなり暑くなっていたので、フレンチドアは開け放たれていた。叫び声と悲鳴が聞こえたので振り返ると、ちょうど枝付き燭台のひとつが倒れるところだった。サンドラ・セクレストがその横に立っていて、よけようとしたものの間に合わず、燭台は彼女の長いスカートの上に落ちた。薄いチュールがまたたくまに燃えあがるのを、わたしたちは恐怖におののきながら見つめていた。

30

まだ一二月二八日

一日の恐ろしい締めくくり。

炎に包まれたサンドラ・セクレストは悲鳴をあげた。長い髪のウィッグが燃えあがり、パチパチという音と鼻につんとくるにおいが広がった。彼女は炎から逃げようとしたが、逃げられるはずもない。だれひとり動けずにいたが、すぐに数人の男性が行動を起こした。最初に彼女に駆け寄ったのはジョニー・プロスローだ。プロスローは彼女を床に押し倒すと、抱きしめたまま転がった。

「妻から離れろ」セクレスト船長が怒鳴った。

「彼女を助けているんじゃないか、ばか野郎」ジョニーは怒鳴り返し、よろめきながら立ちあがると、最後に残った火を足で踏み消した。顔は煤で黒く汚れ、豪華な騎士の衣装も焦げて黒くなっている。

サー・オズワルドとダーシー、さらに数人がミセス・セクレストを取り囲んでいるあいだ、プロスローとセクレスト船長はにらみ合っていた。ミセス・セクレストはうめきながら、すすり泣いている。ひどい有様だった――焦げた生地と髪が縮れてまとわりつき、全身が真っ黒だ。

「電話は通じるようになったの？」バンティが訊いた。「救急車を呼ばないと」

「救急車を待っている暇はない」サー・オズワルドが言った。「わたしが車で彼女を病院まで連れていこう」

「ぼくもいっしょに行くよ」モンティが言った。

「わたしも妻のそばにいる」セクレスト船長はモンティの前に立った。

「慎重に彼女を運んでくれ。相当痛いはずだ。わたしは車を取ってくる」サー・オズワルドが告げた。

ぞっとするような静けさのなか、ミセス・セクレストが運ばれていくのをわたしたちは無言で見守った。

「なんて恐ろしい。もううめき声は聞こえない。こんなひどいことが起きるなんて。信じられない」口々につぶやく声が聞こえてくる。

「どうしてこんなことになったんだ？」だれかが訊いた。

「フレンチドアが開いていたせいだ。風で燭台が倒れたんだろう」

燭台が落ちたところにミス・プレンダーガストが近づき、しゃがみこんだ。

「溶けた蠟のせいで寄木細工の床が台無しです、レディ・ホース＝ゴーズリー」まだ燃えている蠟燭を拾おうとしながら言う。「すぐにどうにかしないと」

「気をつけてくださいね、ミス・プレンダーガスト。あなたまで火傷をしてしまうわ」レディ・ホース＝ゴーズリーが言った。「あとは使用人がしますから」その言葉どおり、従僕とメイドがあわてて駆けつけてきた。

数人の客がふたりに手を貸して、枝付き燭台を元の位置に戻した。彼らが悪戦苦闘しているのを眺めながら、わたしは考えていた。あんな重いものを倒すなんていったいどれほどの風だったのかしら？　それなのに蠟燭の火は消えていないなんて。当然のように、新たな考えが浮かんだ。真夜中になる直前に、また犯人がやってきたんだろうか？　部屋を見まわし、ミセス・セクレストがどこに立っていたのかを思い出そうとした。もちろん開いたフレンチドアの近くだ——とすると、犯人は外から侵入してきて、タイミングを見計らって燭台を倒し、それからまた逃げたことになる。それともまだこのなかにいるの？　わたしは、必要以上に興味を示していたり、あるいは無表情だったりする人間はいないだろうかと客の顔をひとりずつ眺めた。だがだれもが驚き、ショックを受けているように見える。なにより、ここにいるほとんどの人間が仮装している。だれかを殺したいときには、最高の環境だと言えた。

ジョニー・プロスローはミセス・セクレストを車まで運んだひとりだったが、青い顔をして戻ってきた。

「飲むものがほしい。パンチよりも強いものが」

「ブランデーをお持ちしましょう」レディ・ホース＝ゴーズリーは近くにいた従僕に命じた。「ミスター・プロスローにブランデーを。急いで」従僕はあわてて駆けだしていった。

「あんなに一気に燃えあがるなんて信じられない」ジョニーがつぶやいた。

「ああいった生地はとても燃えやすいんです」レディ・ホース＝ゴーズリーが言った。「フレンチドアを開けたのがいけなかったんですね。でも暑いとおっしゃる方がいらっしゃったんですもの。そういえば、彼女もそう訴えていたんだわ」レディ・ホース＝ゴーズリーは言葉を切った。「いいえ、違う。妻が暑がっていると、ご主人がわたしのところに言いにいらしたんだった。それで窓を開けたのよ」

バンドのリーダーがこちらに近づいてきた。「演奏を再開したほうがよろしいですか？」うやうやしい口調で尋ねる。

レディ・ホース＝ゴーズリーはジョニーを見た。「あんなことがあったあとで、また踊りたい人はいないでしょうね？」

「そうですね。わたしならバンドはもう帰らせますよ」

わたしはなにか言わなければならない気になった。「待ってください。その前に警察に連絡すべきじゃありませんか？」

「警察？」ジョニーは驚いたようだ。

全員の視線が向けられていることに気づいて、わたしは顔が熱くなった。

「これだけ妙な事件が続いたあとですから、これが事故ではない可能性を考える必要があると思うんです」

「だれかがサンドラ・セクレストをめがけて、故意に燭台を倒したと言うの？」レディ・ホース゠ゴーズリーが信じられないといった顔でわたしを見た。「ありえません。ここにいるのはわたしが招待したお客さまばかりなのよ。わたしは全員を知っているんです」

ジョニーが首を振った。「それは不可能だと思う。わたしは彼女を見ていたが、彼女はひとりで立っていたんだ。熊のような夫がいるので、ダンスを申し込む勇気をかき集めようとしていたところだった。彼女から一メートル以内のところには、だれもいなかった」

「燭台の近くにもだれもいませんでしたか？」わたしは尋ねた。

「彼女の夫が近くにいた気がする」

その先は考えたくなかった――妻がジョニー・プロスローと浮気をしていることにセクレスト船長が気づき、その報復をしたのだろうか。彼が感情的で、怒りっぽい人間であることはわかっている。嵐のような嫉妬にかられてあんなことをしたものの、すぐに後悔したのかもしれない。これは初めての、はっきりした動機のある犯罪なのだろうか。だれかに話すべきか、それとも黙っていたほうがいいのか決めかねて、わたしは部屋のなかを見まわした。ミセス・セクレストを車に乗せる手伝いをしていたダーシーが戻ってくるのが見えた。

「お客さまが帰ってしまう前に、警察に現場を見てもらったほうがいいんじゃないかって言っていたところなの」わたしは言った。「どう思う？」

ダーシーもまったくそんなことは考えていなかったようで、驚いた顔をわたしに向けた。

「まさかこれも、殺人の企てだと言いたいんじゃないだろうね？」彼は首を振った。「考えすぎだよ、ジョージー。こんなことになった理由はわかっている。風が燭台を倒して、ミセス・セクレストは運悪くその近くにいた。火が原因の事故はよくあることだ。そうだろう？」

「それはそうだけれど、でも……」言葉にしている以上に疑惑を抱いていることを伝えたくて、わたしはじっとダーシーを見つめた。彼はわかってくれたようだ。

「窓は開いていたから、だれでも外から侵入できたのは確かだ。電話はもう通じている？」

「このあいだ試したときはまだだめだった。でも村の警察署の電話は使えるようになっているはずよ」

「わたしたちはそろそろ失礼しますよ、レディ・ホース＝ゴーズリー」ミスター・バークレイが近づいてきた。「わたしたちが警察に連絡しておきましょうか？」

「お願いします、ミスター・バークレイ。楽しいはずの夜がこんなことになってしまって、申し訳ないわ」

「ええ、残念です」ミス・プレンダーガストが、フレンチ・フィンチ姉妹のうちのひとりに手を貸しながらこちらにやってきた。「でも素晴らしい夜でした。招待してくださってありがたいと思っています。ダンスを見ているのも、お料理も堪能しました」

「ええ、本当に」フレンチ・フィンチ姉妹が声を揃えて言った。

そして一行は帰っていった。ほかの客たちはどうしていいかわからずに、所在なさげにたたずんでいる。

「わたしたちもそろそろ失礼していいですかね、レディ・ホース＝ゴーズリー？」わたしがいっしょに踊った男性が尋ねた。「あんな恐ろしい出来事を目撃したあとでは、だれもダンスをする気にはなれないでしょうからね」

「もうしばらくいていただけないかしら、ミスター・クローリー。警察を呼びましたから、目撃していた人たちに話を聞くことになると思うんです」

「警察？」クローリーが吐き捨てるように言った。「警察がいったいなにをすると言うんです？　あれは事故だ。あの代物が倒れるのをわたしはこの目で見ましたよ。だれも近くにはいなかった。断言してもいい」

「それなら、あなたやほかにも実際に見ていた人が証言してくださるのなら、ほかの方たちには帰っていただいてもいいのですけれど」

「わたくしは休ませてもらいますよ。あんな長ったらしい生地を引きずって火のそばに立つなんて、自業自得ですよ」伯爵夫人はそう言い捨てると、杖で人ごみをかきわけるようにして部屋を出ていった。

「わたしたちも部屋に戻る」ラスボーン大佐が言った。「妻はひどく動揺しているのでね。あまり丈夫なほうではないのだ」

母がわたしににじり寄ってきた。「ノエルは残りたがっているの。なにか面白いことが起きるかもしれないからって。でもわたしは、恐ろしくてたまらないのよ。あの気の毒な人が炎に包まれる様子が頭から消えないの。〝わたしだったかもしれない〟ってノエルに言ったのよ。この生地も、彼女のドレスと同じくらい燃えやすいでしょうからね」母はわたしの頬を軽く叩いた。「また明日会いましょう。ノエルはあのばかげたラヴィー・チェイスをぜひ見たいと言っているのよ。きっと、ショートパンツとランニングシャツ姿の若者を見るのが楽しみなんでしょうね」母はノエル・カワードを見ながらいたずらっぽい笑みを浮かべると、彼のほうへと歩いていった。

ひとりまたひとりと客は帰っていき、舞踏場にはパーティーの翌日の見捨てられたような物悲しさだけが残された。わたしはダーシーをかたわらに連れ出して、抱いていた疑念を打ち明けた。彼は眉間にしわを寄せた。「もし夫が妻を殺したいと思ったのなら、スカートに煙草の火を近づけるだけでよかったはずだ。違うかい？」

「そうね。でも運を天に任せたくなかったのかもしれない。蠟燭がたくさんあれば、彼女の服のあちらこちらに一気に火がつくわけでしょう？　それに燭台が当たって彼女が気絶する可能性だってあった。そうしたらなにもできなかったわ」

「まったくきみときたら、そんなことばかり考えているんだから」ダーシーは両腕でわたしを包みこみながら、愛おしげにわたしを見つめた。「最後のワルツをきみと踊るのを楽しみにしていたんだ――頰と頰を寄せ合って」

「またチャンスはあるわ、きっと。わたしはもうここから逃げ出したくてたまらないの。これまでの被害者はわたしたちの知らない人たちだった。それがついにここで事件が起きたのよ。次はだれだろうってどうしても考えてしまうの」

従僕のひとりがフレンチドアを閉めようとした。「警察が来るまで、なにも触らないほうがいいわ」わたしは声をかけた。彼は驚いた様子だったが、フレンチドアから離れた。わたしは枝付き燭台に歩み寄った。「これは元通りの場所にあるかしら?」

従僕は部屋を見まわし、ほかの燭台が置かれている場所を確かめた。

「だいだい、そのへんです。あと数センチ左だったかもしれません」

わたしは燭台を動かそうとしたが、だめだった。重すぎる。柄の部分をつかんだとき、部屋に吹きこんでいる冷たい強風にあおられて、なにかが動いているのが見えた。わたしは膝をついた。「これを見て」ダーシーに囁く。燭台の曲がった脚の一本にからみついた短い黒糸だった。

31

一二月二八日　夜遅く

ニューカム警部補は三〇分後に到着した。寝ていたところを起こされたかのように、目をしょぼしょぼさせて機嫌が悪そうだ。彼は、枝付き燭台が倒れたところを目撃した人たちから話を聞いた。だれも、その近くにいた人間を見ていなかった。わたしは不意に舞踏会が始まったときに見かけた、ゴリラの扮装をした人物のことを思い出した。夕食後、その姿を見かけていない。尋ねてみたが、だれもその正体を知らなかった。

「これがほかのときなら、フレディだろうと言うところだが、彼はあんなことに……」狩り仲間のミスター・クローリーが言った。「彼のやりそうなことだ。彼なら、シャンデリアからぶらさがっていたかもしれない」

ゴリラは夕食の席にもいなかったし、帰るところを見た人間もいなかった。もちろん枝付き燭台の近くにいるのを目撃されてもいないので、警部補はゴリラは無関係だと結論づけた。

彼はその後、フレンチドアの指紋を採取した。燭台を調べ始めるのを待って、わたしはその脚にからみついている糸を指し示した。

「この糸が燭台に結びつけられていて、だれかがタイミングを見計らって引っ張ったと言いたいんですか？」彼が訊いた。

うなずいた。

「あんな重たいものを動かすにしては、ずいぶん細いようですが」

「ボタンをつけるときに使う糸じゃないかと思います。かなり丈夫ですから」わたしは糸を触りながら言った。「それにあの燭台は上のほうが重くなっていますから、軽く引っ張るだけで目的は果たせるんじゃないでしょうか」

警部補は開いたままのドアから燭台に、そして床の上の溶けた蠟に視線を移した。

「つまり、ミセス・セクレストが今夜中にあの場所に立つことを期待して、何者かが燭台を倒すための仕掛けを施していたということですか？　考えにくいんじゃないですかね。それがどこであろうと、人が大勢いる舞踏場でひとりきりになることはなかなかありませんよ」

わたしはため息をついた。「ミセス・セクレストだけを狙ったのなら、そのとおりでしょうね。でも犯人がただ騒ぎを起こしたくて、相手はだれでもいいと思っていたなら、話は違ってきます」あるいは、夫が彼女を始末したくて、燭台を彼女に向かって倒したのでなければ。脳裏によぎったその考えを口にすることはできなかったので、代わりにこう言った。

「これが、今日の分の死だと考えるべきじゃないでしょうか」

「そうでしょうか？」警部補はひげを剃る必要のある顎を撫でた。「州統監と話をしたんですが、今回の件ではロンドン警視庁に連絡すべきではないということになりました。これが殺人だとは証明できないというのが、統監の考えです。動機もなければ、手がかりも凶器もない」

「荒れ地のサルはどうなんですか？　少佐が姿を消したあたりで目撃され、車が道路から落ちた付近に足跡があったということで、彼女を逮捕したんですよね？」

「彼女は釈放しました。確たる証拠がないと統監に言われまして。状況証拠だけでしたから」

「少佐の馬の脚の傷はどうなんです？　あれは故意につけられたものですよね？」

「そうとも言い切れません。羊の逃亡防止用の鉄条網を飛び越えようとして、引っかかったのかもしれません」警部補は優しげな表情を作ろうとした。「一部の死は故意だと考えてもいいでしょう――電話交換手の事故は明らかに疑わしい。彼女はなにか聞いてはいけないことを聞いてしまい、口を封じられたのかもしれません。あるいはだれかを脅迫していた可能性もある。その線を調べることはできるでしょう。老婦人は、妹たちかあの家にいるだれかをいじめていて、その報復をされたのかもしれない。そう考えれば筋は通ります。だがこのふたつの事件に関連性はない。ちがいますか？　不運な出来事が続いただけで、こういったことは時々あるものだと統監は言っています」

「それでは、この事件の捜査はしないんですか？」

彼は再び顎を撫でた。「脱獄犯が関わっているかもしれないと考えていたときは、現場で法医学的な証拠を探しました。でもなにも見つからなかった。そもそも、人が大勢いる町中に脱獄犯がわざわざ行く理由がない。見つかりに行くようなものですからね。女性が牛に蹴られた農場の近くに行く理由もない」

「その件は事故だったのかもしれません」わたしは譲歩した。

「今夜を別にすれば、どの事故にも目撃者はいません。指紋を採取しようとしましたが、電話交換台のあった部屋はひどく焼けてしまっていた。老婦人の寝室には、不審な指紋はありませんでしたし、それ以外の事件は屋外で起きています。ですから、血まみれのナイフが背中に刺さっただれかを発見するまでは、大量殺人犯がいるという考えは、残念ですが放棄せざるを得ませんね。まあ、最初から信じていたわけではありませんが。筋が通りませんからね」

「そうかもしれません」わたしは怒りを押し殺しながら言った。「次々と死人が出るのをいつまで放っておくつもりですか？　一月？　二月？　夏まで？　その頃にはこのあたりの人口はずいぶん減っているでしょうね」

殴られたかのように彼が顔をしかめるのを見て、わたしはすぐに後悔した。彼はただ上司の命令に従い、自分の仕事をしているだけだ。そもそもわたしは彼に対して腹を立てているわけではない。人が次々と死んでいくのに、それに対してだれもなにもできないことにいらだちを感じているだけだ。

「もう休んだほうがいいんじゃないでしょうか。みんな疲れていますし、今夜はもうできる

ことはなにもない」彼は指紋を採取していた巡査を呼び寄せ、いっしょに帰っていった。わ
たしも階段をあがっていると、ダーシーがやってきて傍らに並んだ。

「元気を出して」彼はわたしの肩に腕を回した。「あんなものを見て動揺するのはわかるが、ぼくたちにできることはなにもないんだ」

「明日まただれかが死ぬのを待つしかないって言いたいの？」

「この村には立派な警察があるんだから、任せておけばいいって言っているんだ。ああ、それから念のため、用心はしたほうがいいだろうね」

「わたしたちはこのあたりの人間じゃなくてよかったわね」

ダーシーはわたしを見つめた。「ぼくはこのあたりとのつながりがあるよ。母親はデボンの生まれだし、レディ・ホース＝ゴーズリーはぼくの叔母だ」

「でも犯人はあなたのことを知らないでしょう？　犯人がひとりだとしたら、殺す人間を選ぶ理由があるはずよ。なにかの復讐じゃないかと思うの」

「犯人は今夜ここにいたと思うかい？　舞踏会に？」

階段をあがり切ったところで、わたしは闇のなかに続いている長い廊下を見つめた。

「ゴリラの衣装を着た男の人がいたわ。彼が何者なのかだれも知らなかったし、後半は見かけなかった」

ダーシーは顔をしかめた。「犯人が本当に頭が切れる人間だとしたら、きみは関わってはいけない。きみの身に〝事故〟が起きてほしくないよ」

廊下を歩きながら、わたしは彼の肩に頭をもたせかけた。寝室までやってきたところで、彼のほうに向き直り、頬にキスをした。「おやすみなさい」

「それだけかい？」ダーシーはわたしの両肩をつかんで引き寄せた。唇が近づいてくる。気がつけばわたしはうっとりと彼に体を預け、キスを返していた。息を荒らげながら体を離したところで、ここがどこであるかを思い出した。

「廊下でこんなことをしちゃいけないわ。だれか来るかもしれない」

ダーシーはわたしを見おろして言った。「それなら、この続きはふたりきりになれるところでしよう」わたしの部屋のドアを開ける。「おや、いいぞ。きみのメイドは都合よく、寝てしまったらしい」わたしを見つめ、部屋の中へといざなう彼の瞳は欲望にかすんでいる。わたしは不意に不安を覚えて、ためらった。わたしはいったいどうしたの？　ここにいるのは、ダーシーなのよ。こうしたいとずっと望んできたんじゃなかった？　ほんの数日前には、ここにいてと懇願したんじゃなかった？　唐突に涙があふれてきた——彼はもちろんのこと、わたし自身も驚いた。

「彼女も同じことをして、そうしたらあんな目に遭ったんだわ」

ダーシーは急いでドアを閉めると、わたしに腕をまわした。「ちょっと待ってくれ。だれがなにをしたって？」

「ミセス・セクレストよ。彼女がだれかほかの人の寝室に入っていくのを見たの。彼女はたぶん死んでしまった」

「犯人は罪を犯した人間を襲っていると思うの？」

「わからない」わたしはまだ泣いていた。

ジプシーの黒髪をわたしの顔から払いながら、ダーシーは頬が緩みそうになるのをこらえているようだった。「きみは時々、本当にかわいいね。今夜の恐ろしいできごとに動揺しているのはわかる。ぼくたちみんながそうだ。でもきみとミセス・セクレストは違うだろう？彼女は結婚している。でもきみとぼくは互いを大切に思っている。そうだろう？」

「ええ、そうよ」わたしはベッドに座りこみ、両手で顔を覆った。「ただ……なにもかも恐ろしすぎて。恐ろしいことがあまりにたくさん起きたから、安全だと思えなくて」

ダーシーは優しいまなざしでわたしを見おろしていたが、やがて言った。

「大丈夫だよ。明日の朝、あのばかげたレースに出るのなら、ぼくは、今夜はゆっくり寝たほうがよさそうだ」体をかがめ、そっとわたしの額にキスをした。「ゆっくりおやすみ。それからジョージー、まだちゃんと言ったことはなかったと思う。いま、言うよ。愛している」

わたしは彼を見あげた。「わたしも愛しているわ」部屋を出ていこうとする彼の手をつかんだ。「行かないで」そのまま引き寄せて、隣に座らせる。

ダーシーはしばしわたしを見つめたあと、ジプシーのウィッグをはずし、髪を優しく撫でた。

「心配いらないよ。ぼくに任せて」そう言って、わたしのひらひらした白いブラウスのボタンをはずしはじめる。わたしはどういうわけか、クイーニーはもう寝てしまったのかしら、それともまさかとは思うけれど、ほかの女性客の着替えを手伝いに行ったのかしらと考えていた。悲鳴は聞こえてこなかったから、きっと寝ているのだろう。ダーシーはブラウスを肩から落とすと、そっと指を下へと滑らせていき、胸の曲線を優しくなぞった。彼への強烈な欲望が湧き起こり、クイーニーのこともほかのこともすべてが消えた。彼が欲しかった。ただただ彼が欲しかった。

彼の両手がブラジャーを包みこもうとしたとき、不意にドアが開いて、ひと筋の光が部屋に射しこんだ。わたしたちは揃って目をしばたたきながら、顔をあげた。

「着替えの手伝いに来たんです」クイーニーが硬い声で言った。「でもその人がもう手伝っているみたいですね」

ダーシーが立ちあがった。「レディ・ジョージアナは今夜の事件で動揺しているんだ。安心させてあげたくてね」

「そうやって安心させるんですか？」クイーニーはわたしを見た。「じゃあ、あたしは出ていったほうがいいですね？」

ダーシーはわたしを見つめ、笑みを浮かべた。「いや、その必要はないよ、クイーニー。彼女の世話をしてやってくれ。長い一日だったんだ」

ダーシーは投げキスをすると部屋を出ていった。

「すいません、お嬢さん」クイーニーが言った。「邪魔をするつもりじゃなかったんですけど」

「ミスター・オマーラは、動揺しているわたしを部屋まで連れてきてくれただけよ」わたしは取り澄ました口調で言った。

「いいんですよ」クイーニーはわたしを突いた。「〝いいこと〟するつもりだったんですよね？」

「クイーニー」わたしは厳しい口調になった。「それは、雇い主に対するレディズ・メイドの言葉遣いではないわ。今夜はもういいわ。着替えは自分でするから」

「悪気はなかったんです、お嬢さん」

「疲れているのよ。もう出ていって」

クイーニーは部屋を出ていき、わたしは暗闇のなかでただじっと座っていた。今日一日の不安をかきたてる出来事が次々と脳裏に浮かび、心が震えるような事実が最後に残った。ダーシーはわたしを愛している。知らず知らずのうちに笑みが浮かんだが、それも意識の底に押しこめていたある事柄を思い出すまでのことだった。彼はわたしを愛している。わたしも彼を愛している。けれどわたしたちは結婚できないのだ。

32

ゴーズリー・ホール
一二月二九日

ラヴィー・チェイスの日だけれど天気は最悪。なにも問題が起きないことを、ダーシーが巻き込まれないことを祈った。

紅茶のトレイを手にしたクイーニーに起こされた。

「おはようございます、お嬢さま」クイーニーが言った。「ひどい天気ですよ。霧がすごく濃くて、まるでロンドンに戻ったみたいです。あんなところにいなくてよかったです」

窓の外に目をやったが、果樹園の一番手前の木が見えるだけで、ラヴィーの岩山は影も形もなかった。

「ひどいわね。こんなお天気でラヴィー・チェイスができるのかしら」

クイーニーはベッド脇のテーブルにトレイを置いた「ゆうべは突然入ってきたりして、すいませんでした。続きができるように、あたしはさっさととんずらしなきゃいけなかったんですよね。あの人、なかなかいいですよね。いかしてますよ」クイーニーはそう言ってウィンクをした。

「クイーニー、世界中で自分の主人にそんな口のきき方をするレディズ・メイドはいないと思うわ」

「どんな口のきき方ですか？　あたしはただ、ちょっとしたお喋りをしてるだけですよ。友だち同士がするみたいな」

わたしたちは友だちではなく、彼女はわたしの使用人なのだと言おうとしたが、やめた。ベッドを出てため息をつく。クイーニーは決して学ばないことを受け入れなくてはいけない。ほかにはどこも雇ってくれるところはないだろうことも、わたしが彼女から逃れられないことも。

「レースを観戦するのはさぞ寒いでしょうね。一番暖かいセーターとタータンチェックのズボンを出してちょうだい。毛皮のコートがあればよかったのにと、こんなときは思うわ」

「あたしのをいつでも貸しますよ」クイーニーが言った。

わたしは噴き出したくなるのをかろうじてこらえた。クイーニーの古ぼけた毛皮のコートは、つんつんと毛羽が立ってみすぼらしく、それを着た彼女は年を取ったハリネズミのように見えるのだ。「あなたは親切ね、クイーニー。でも遠慮しておくわ」

着替えをしていると、廊下でベルが鳴った。「レース開始まで一時間です」レディ・ホース＝ゴーズリーの力強い声が聞こえてきた。「今日はしっかりした朝食が必要ですから、急いでください」

着替えを終えて、階下に向かった。朝食室に入ろうとしたところでダーシーに会った。

「よく眠れたかい？」そう尋ねる彼の目にはいたずらっぽい光が浮かんでいた。

「ええ、ありがとう」彼が厚手のコーデュロイのズボンとフィッシャーマンズ・セーターを着ていることに気づいた。「その格好でレースに出るわけじゃないわよね？」

「レース用の服はこの下に着ているよ。どうしても必要になるまでは、これを脱ぐつもりはないけれどね。本当は出るのをやめたいんだが、期待を裏切るわけにはいかないからね」

わたしたちはたっぷりした朝食を皿によそい、テーブルについた。ゆうべあんなことがあったにしては、驚くほど楽しげな雰囲気が漂っている。ジョニー・プロスローがわたしの隣にやってきた。

「聞いたかい？　今朝セクレスト船長が、病院から帰る途中で立ち寄ったんだ。サンディはひどい火傷を負ったものの、命にかかわるようなものじゃないそうだ。彼女は助かるよ」

「それはいい知らせだわ」プロスローの顔には安堵の色が浮かんでいた。彼は本当にミセス・セクレストのことを大切に思っているらしい。プロスローは彼女を愛しているけれど、彼女は違う人と結婚している。なんてややこしい話なんだろう。わたしは、別のことにも気づいた。昨日の一件が殺人の企てだとしたら、犯人はついにしくじったことになる。助かった被害者は、どうして自分が狙われたのかをわかっているかもしれない。

朝食を終えると、わたしたちはスカーフや帽子に身を包み、私道を進んだ。あたりでは霧が渦巻き、葉を落とした木々が巨大な骸骨のように見える。けれども村はすっかりお祭り気分だった。建物のあいだには旗布が張り巡らされ、店の裏の駐車場を示す看板が立てられている。共有草地の向こう側にはブースがいくつか作られていた。生垣のあいだを進んでいくと、ボーイスカウトの少年から四ペンスの入場料を請求された。霧の合間に見えるレーストラックの脇に、折り畳み式の椅子が並べられている。競技場はいかにもそれらしく設《しつら》えられているが、ジュニアが言っていたとおり、フェンスは一番高いところでもせいぜい五〇センチといったところだ。かなりの数の人たちが村の外から訪れていて、ホットサイダーや焼き栗やベークド・ポテトを売っている屋台は繁盛していた。賭けの胴元のまわりにも人が集まっている。置かれている黒板によれば、いまのところモンティが一番人気のようだ。ダーシーは一〇対一だった。わたしも列に並び、彼に賭けた。

「こういう賭けは違法じゃないのかしら？」ミセス・ウェクスラーが尋ねた。

「これは慈善事業なんですよ」牧師さまがあわてて答えた。「教会の修復のためなんです。それにあのなかには、警察官もいますからね」

わたしは年配の人たちに椅子を譲り、ブースのうしろに立った。そこならいくらか寒さがましだ。渦巻く霧に呑みこまれてテントが見えなくなったかと思うと、また現われる。まわりの人々はみな楽しげに笑っていたが、わたしはそんな気分になれなかった。この霧は殺人犯にとっては申し分のないチャンスであり、レースに参加する人間のなかにダーシーもいるということしか考えられない。

「やあ、ジョージー！」名前を呼ばれて振り返ると、豪華なミンクのコートをまとったふたつの人影が近づいてくるところだった。どちらも同じくらいあでやかなミスター・カワードと母だ。

「おはよう、ジョージー」母はわたしの頬から八センチのところにキスをした。「ゆうべ、わたしたちが帰ったあと、なにかあった？　あの気の毒な女性はどうしたの？」

「たいしてなにもなかったわ。警察は事故だと断定したの。幸いなことに彼女は助かったのよ」

「事故にしては妙よね」母が言った。「だれかが燭台を倒したに違いないわ。それが事故なのか、わざとなのかはわからないけれど。あんなにしっかりしたものが、風で倒れるはずがないもの」

「わたしもそう思うの」わたしはあたりを見まわした。「おじいちゃんも来ているの？」

「ミセス・ハギンズが外に出さないのよ。このお天気は胸に悪いからと言って。ここ最近、彼女は偉そうに命令しているわね」

「おじいちゃんを狙っているのよ」

「あら、いいんじゃない？　父はもう年なんですもの、だれかいっしょにいる人が必要だわ」

「ミセス・ハギンズが義理の母親になってもいいの？」

母の整った顔が一瞬、引きつった。「そう考えると、ちょっとどうかと思うわね。でも彼女はお料理も上手だし、父の面倒を見てくれると思うと安心は安心よ」

「お金があれば、心配しなくていいんじゃないかしら」わたしははっきり言うことにした。

「ジョージー、わたしがいままでなにもしなかったと思うの？　ドイツのお金だと言って、父は受け取ってもくれないのよ。あの人は、昔から頑固だったから」

会話を断ち切るようにドラムの音が鳴り響き、少年音楽隊が『ブリティッシュ・グレナディアーズ』を演奏しながら行進してきた。メガホンを手にしたアナウンサーが仮設の演壇にあがった。

「みなさま、第二三三回ラヴィー・チェイスにようこそ。今年の参加者を紹介いたします。ワイドコムからトニー・ハスレット。リトル・デヴァリングからローランド・パーブリー。ここティドルトンからモンティ・ホース＝ゴーズリー。シュロップシャーから参加してくれたのはミスター・アーチボルド・ウェザビー……」

大きなテントのフラップが開き、異様な風体の一団が現われた。白いウールの長袖シャツに長いズボン下を着て、頭には近衛竜騎士隊のような羽根飾りつきのヘルメットをかぶっている。腰につけた小さな鞍からは膝まであぶみが垂れていた。これほど滑稽なものを見たのは初めてだ。ひとり、またひとりと若者が出てくると、人々のあいだから叫び声や野次があがった。

「ボベイ・トレーシーからミスター・ジョナサン・プロスロー。そしてアイルランドからジ・オナラブル・ダーシー・オマーラ」ダーシーはちらりとわたしに目を向け、照れたような笑顔を浮かべた。

「参加者はスタートゲートに集まってください」アナウンサーが告げると、歓声があがった。「トラックを五週します。近道をしたり、フェンスを迂回したりといったことはしないように。不正行為をした者は失格となります」

参加者たちは地面に置かれたリボンに沿って並んだ。冷たい空気のなかに彼らの息がたちのぼり、まるで戦いが始まるのを待つ一列に並んだ軍馬のようだ。バンドの少年のひとりが前に進み出て、ラッパを吹き鳴らした。スターターが旗を振り、参加者たちが走り出した。鞍とあぶみがどれほど邪魔であるかはすぐにわかった。前後左右に激しく揺れ、フェンスを飛び越えようとすると、ほかの人たちに当たる。最初のフェンスでバジャーとがっしりした体格の男性が同時に飛び越えようとして、ぶつかりあった。さらに歓声があがり、野次が飛ぶ。そして一行は霧に呑みこまれた。

わたしはいつしか息を止め、霧の中にぼんやり見える幽霊のような人影を見つめていた。一分後、モンティとダーシーがすらりとした若者といっしょに先頭で姿を現わすと、安堵のため息が漏れた。バジャーとジョニー・プロスローは重たそうな足取りで、集団のうしろのほうを走っている。

うしろから男性ふたりの話し声が聞こえてきた。「おまえはモンティに賭けたんだな？どんなもんだろうな。あいつはスタミナが不安だ」

「ほかにだれがいる？」別の男が言った。「フレディ・パトリッジが生きていたら、やつに賭けたんだがな。あいつはこういうのが好きだったからな。自分を撃つなんて、だれに想像できた？」

わたしはまた息を止めた。だが今度はレースのことを考えたわけではなく、驚くべきことに気づいたからだ。あまりにも単純で、わかりきったことだったので、大声で叫びたくなるほどだった。フレディ・パトリッジ。彼の苗字は聞いたはずだが、記憶に残っていなかった。わたしは右方向に顔を向け、果樹園の一番こちら側の木を見分けようとして霧の中に目をこらした。サー・オズワルドの言葉が蘇ってくる。「あれは梨の木だ」

「なんてこと」わたしは声に出して言った。フレディは一連の事件の最初の被害者で、彼はクリスマスの数え歌に最初に登場する〝梨の木の中のヤマウズラ《パトリッジ・イン・ア・ペア・ツリー》〟だったのだ。

『クリスマスの一二日』

愛するあの人がくれたのは
一二人の鼓手
一一人の笛吹き
一〇人の跳びはねる領主
九人の踊る貴婦人
八人の乳搾りの娘
七羽の泳ぐ白鳥
六羽の卵を産むガチョウ
五つの金の指環
四羽のさえずる小鳥
三羽のフランスの雌鶏
二羽のキジバト
梨の木の中のヤマウズラ

※クリスマスの数え歌『クリスマスの一二日』の一二番の歌詞。一日目から一二日目までひとつずつ増えていく贈り物を列挙していく。一日目にもらうのが「梨の木の中のヤマウズラ」で、二日目からは新しい贈り物の後ろに前日までの贈り物をつけて繰り返していく。

33

一二月二九日
ラヴィー・チェイス

レースが続いていることすら忘れていた。参加者たちがあぶみをがちゃがちゃ言わせながら目の前を通り過ぎ、歓声があがったときも、ほとんど耳に入っていなかった。不意にすべてが意味を成した。なにもかも筋が通る。キャロルの『クリスマスの一二日』は一日にひとつずつ増えていく贈り物を数えていく歌で、すべてはこの「贈り物」になぞらえていたのだ。テッド・グローヴァーは、愛人であるパブの主人の妻に会いに行っていた。ふたりは「二羽のキジバト」だ。フレンチ・フィンチ姉妹はもちろん「三羽のフランスの雌鶏」。そしてグラディス・トリップは――「さえずる小鳥」。そうでしょう？　レース場に反響しているに違いないと思えるほど、心臓が激しく打っている。「五つの金の指輪」は？　宝石店のミスター・クラインだけは、どういうわけかただひとり、命を狙われなかった。肉屋のミスター・スカッグズはガチョウを運んでいるところだった――「卵を産むガチョウ」ではなくて死んだガチョウだったけれど、それにはなにか意味があるのかもしれない。そして猟犬の管理人は、白鳥が泳いでいる沼地で姿を消した……。

やはりそうだったのだ。わたしの直感は正しかった。ゆうべの出来事は事故などではなかった。ミセス・セクレストは「九人の踊る貴婦人」のひとりだ。ということは……わたしは再びレース場に視線を向けた……あそこには「一〇人の跳びはねる領主」がいる。

先頭のランナーたちが霧の中から姿を見せた。息を荒らげている。モンティとダーシーと痩せた若者がほぼ横並びだ。ほかの者たちは苦しそうに肩で息をしながら、そのあとをついていく。ひとりが足を止めて吐き、またよろめきながら走っていった。

「ラスト一周！」だれかが叫び、観客が歓声を送った。

わたしはレース場に飛び出して止まってと叫びたかったけれど、その勇気をかき集めているあいだに、一行は再び霧の中に消えていった。観客は静まりかえった。期待が高まっていく。やがて霧の中からふたつの人影が近づいてきた——モンティとダーシーが肩を並べている。ゴールが近づいてきたところで、ダーシーが力つきたのか、あるいはモンティがスパートをかけたらしく、彼が先にゴールテープを切った。

わたしは人ごみをかきわけ、ダーシーに駆け寄った。「お疲れさま」

ダーシーはあえぎながら、わたしにもたれかかった。「二度とやらないぞ。このばかげた鞍は重いし、あぶみは揺れてびしびし体に当たるし」

「でも二着よ。すごいわ」

ダーシーはにやりと笑った。「モンティに勝たせるべきだと思ったんだ。ここは彼の領地だからね。地元の人間は、自分たちの地主に喝采を送るべきだろう？」

わたしはまじまじと彼を見つめ、笑みを浮かべるしかなかった。

「ダーシー、あなたって実はお高く止まった人だったのね」

「ぼくはいずれ、キレニー卿になるわけだからね。慣れておかないと」

わたしは彼の冷たい頬にキスをした。「あなたを誇りに思うわ」

ひとり、またひとりとランナーたちがゴールするたびに、新たな歓声があがった。わたしの息遣いもいつしか楽になっていた。レースは終わったが、なにも起きなかったのだ。だがだれかが声をあげた。「ジョニー・プロスロー？」「ジョニーはどこだ？」別のランナーが言った。「ぼくといっしょにいたんだが。まだゴールしていないのか？」

いやな予感が戻ってきた。数人がレース場を捜しにいった。

「ジョニーはああいうやつだから、途中でレースがいやになってパブに向かったんじゃないか」だれかがくすくす笑いながら言った。

ひとつ目のフェンスを過ぎ、さらにふたつ目、三つ目のフェンスを通り越したところで、声があがった。「なんてこった――あれはなんだ？」

滑稽なヘルメットがトラックの片側に転がり、競技場の境になっている生垣に半分埋もれるようにして、ジョニーが倒れていた。男たちが彼を引っ張り出した。だれかが言った。

「気を失っている。ブランデーを」

ほかの男の声がした。「気を失っているんじゃない。死んでいるんだ」

「だれかウェインライト医師を呼んできてくれ。テントのそばにいる」

若者ふたりが駆けだしていった。わたしはジョニーの顔を見つめていた。いつもとまったく変わりのない、いたって落ち着いた表情なので、いまにも目を開けて「引っかかっただろう？」と言うのではないかと思った。

だがそうはならなかった。黒い鞄を手にした医師が、はあはあ言いながらやってきた。ジョニーの傍らに膝をつき、彼の様子を確かめ始める。やがて医師は、ぐるりと取り囲んだかなりの数の群衆を見つめて言った。「心臓だ。心臓発作に間違いない。彼は心臓の薬を飲んでいた。無理をするなと言ってあったんだが、二一歳のときのような振る舞いをやめなかった。だれか救急車を呼んでくれないか」

医師は立ちあがった。わたしは彼に近づいて言った。「先生、このあたりで奇妙な死が続いていることですし、警察に連絡したほうがいいんじゃないでしょうか？」

彼は冷ややかなまなざしをわたしに向けた。「わたしは三〇年も医者をやっているんだ。心臓発作かどうかわからないとでも言いたいのかね？」

「でも念のために」

「もちろん解剖は行われる。だが、あそこにいる胴元のひとりに賭けてもいい。彼は心臓が弱っていたのに、無理をしすぎた。それだけのことだよ、お嬢さん」

万一の事故に備えて待機していたセント・ジョン救急隊が、ストレッチャーを持ってやってきた。彼の遺体が運ばれていくのを眺めながら、わたしはその光景が慣れ親しんだものになりつつあることに不安を覚えていた。一連の事件が『クリスマスの一二日』の数え歌に合わせて行われたものだということはわかったが、どうして彼らが被害者として選ばれたのか、いったいだれがこんな恐ろしいことを目論んだのかはまったく見当がつかないままだ。ダーシーは鞍とヘルメットをはずし、セーターとコーデュロイのズボンに着替えていた。

「気の毒に。あまり品がいいとは言えなかったが、彼のことはけっこう好きだった」

「いろいろあったけれど、わたしもよ。心臓発作で死んだわけじゃないって、お医者さまに言おうとしたの。でも、解剖は行われるわね」

「これが、今日の分の殺人だと思っているのかい？　きみは、これがすべて計画殺人だという意見を変えるつもりはないんだね」

「だってそうだという証拠があるんですもの。こっちに来て」わたしは彼の腕を取り、人ごみから離れたところに連れ出すと、気づいたことを話した。わたしを見つめる彼の表情に驚嘆の色が濃くなっていく。「梨の木の中のヤマウズラ《パトリッジ・イン・ア・ペア・ツリー》。そのとおりだ。どうしていままで気づかなかったんだろう？」

「彼の苗字を呼ぶ人がいなかったからよ。一度は苗字を聞いているはずなんだけれど、ただの事故だと思っていたときだったから、まったく記憶に残っていなかったの」

「きみは謎を解明したんだね。すごいよ」

わたしは彼の背後に視線を向けた。うれしそうに飲み騒いでいる人がいて、勝者の写真を撮っている記者がいて、大量のビールやシードルが消費されている。

「でも事件の解決にはほど遠いわ。ひねくれた心の持ち主が、人間の命を犠牲にしてゲームを楽しんでいるのはわかったけれど、それがだれで、どうしてそんなことをするのかは謎のままよ。被害者はみんなバラバラだし、犯人は証拠を残していないし」

「残しているよ。ふたりはまだ生きている。ミスター・クラインは無傷だし、ミセス・セクレストは助かった。すぐに警察に連絡して、ふたりから話を聞いてもらうようにしよう。彼らの命を狙っている人物を知っているかもしれない」

「犯人はミスター・クラインの命を狙わなかったわ。ただ高価な宝石を盗んだだけよ」

「クラインにとってはそれがふさわしい罰だと考えたのか、あるいは殺すつもりだったがなんらかの理由でそれができなかったのかのどちらかだろう」

「すぐにミスター・クラインに会いに行きましょう」わたしは彼の手を取った。

「まず警察に話をしてからだ」

「あなたはいつからそんなに法律を守るようになったの？　パーティーに勝手に押しかけることを教えてくれたのはあなただし、世界を股にかけていろいろな怪しいことをしているのもあなただわ」

「それとこれとは話が違う。人の命がかかっているんだよ、ジョージー。それにぼくの叔母の家族が関わっている。彼女の家に滞在している以上、ぼくは正しいことをする義務がある」

「立派ね。わかったわ。もう一度モンティの車を借りて、どうしようもなく鈍い警部補を探しにいきましょう。みんなが浮かれ騒いでいるあいだに、抜け出せるわ」

わたしは、人々の歓声を受けながら大きなカップからなにかを飲んでいるモンティに目を向けた。音を立てないように生垣のほうへと移動し、その切れ目を抜け、共有草地を急ぎ足で通り過ぎて、私道からガレージへと向かった。数分後、わたしたちはカタツムリのような速度でニュートン・アボットに向けて車を走らせていた。ダーシーは霧の中に目を凝らしていたが、幸いなことに、こんな天気の日に車を運転しようなどという向こう見ずな人間はいなかった。

「考えてみよう」けたたましいエンジン音に負けないように、ダーシーが声を張りあげた。「殺人犯についてなにがわかるだろう？　どうして犯人はクリスマスまで待ったんだ？」

「一二日間に一二人を殺せるから？」

「だがなぜだ？　彼にとってはただのゲームなんだろう？」

「理由があって罰しているんだと思うわ。フレディは犯人になにかいたずらをしたのかもしれない。テッド・グローヴァーは不貞を働いていた。ミス・フレンチ・フィンチは――老婦人というのはうっとうしいことがあるものよ。グラディス・トリップは人の電話を盗み聞きして、それを噂にしていた。ミスター・クラインや肉屋や猟犬の管理人や農夫の妻のことはなにもわからないけれど、サンドラ・セクレストとジョニー・プロスローは不適切な関係だった」

「つまり犯人は自分を神の使いだと考えていて、罪を犯した人間を罰していたということかい？　これだけのことをやってのけて、すべてを事故に見せかけられるほど頭のいい人間であることは確かだが」

「でもあまり教養はないかもしれない。卵を産む《lay》と横たわる《lie》を混同していたのよ。六羽のガチョウは卵を産んでいなくて、死んで横たわっていたんだわ」

「詩的許容というやつだよ。すべてを詩のとおりにすることはできないさ」

アルヴィスが速度をあげて走りだし、冷たい風が頬に突き刺さった。身震いしたのは、寒さのせいだけではなかった。

「これがすべて計画殺人だっていう証拠はないわ」

「いや、全部そうだと仮定すべきだろう。一部がそうだということがわかっているんだから。たとえば、フレディ・パトリッジとか。彼の死はただの殺人というだけじゃなく、一二日目が大晦日になるように計画されていたんだ」

「それって正しい『クリスマスの一二日』とは違う」わたしは口をはさんだ。「本当はクリスマスの日に始まって、一二日目に終わることになっているのよ」

「それなら犯人には、あの日に始めた理由がなにかあるんだろう。全員がハウス・パーティーに揃うことがわかった日だったのかもしれない」ダーシーは一度言葉を切った。「フレディ・パトリッジをどうやって梨の木まで連れ出したんだろう？　それにグラディス・トリップを殺すために、どれほどの手間をかけたか考えてごらん。技術も必要だ。犯人は頭がいいだけでなく、腕もあるということだ。そのうえ、町の真ん中で電話交換局に侵入するくらい度胸もいい。手ごわい相手だよ」

「それに、ゆうべの舞踏会では、ミセス・セクレストが燭台の脇に立つまさにその瞬間を、じっと待ち構えていたということよ」

「叔母が招待客のリストを持っている。警察に提出しよう」

「こっそり入りこむのは難しいことじゃなかったと思うわ。あのゴリラがいたでしょう？あれがだれなのか、だれも知らなかった」

「おそらく、ぼくたちが屋根裏で見たゴリラの着ぐるみだろうね。だれが持っていったのかを知っている人間が、家族のなかにいるかもしれない。着ぐるみのなかになにか証拠が残っているかもしれない——髪の毛とか、特定のタルカムパウダーのにおいとか」

「あまり可能性はなさそうね。一番いいのは、動機から考えることだと思う。犯人はどうしてあの人たちを殺したかったのかしら？」

「楽しみのためだけじゃない——フレディ・パトリッジを選んだのは名前が理由だろうし、殺す方法のほうがだれが被害者かということよりも重要だったんだ。だがそう考えると、犯人は完全に頭のおかしな人間ということになるし、そんなやつをどうやって捕まえればいいのか見当もつかないよ」

車は曲がりくねった長い斜面をのぼっているところだったが、不意に急カーブが現われた。

「気づかなかった」ダーシーはつぶやきながら、思った以上のスピードでそのカーブを曲がった。

「ミスター・スカッグズが落ちたのはここだと思うわ。向こう側から走ってきたのよね」

わたしは先が霧に呑みこまれている急な岩の斜面を見おろし、身震いした。なんの痕跡も残さず、思いのままに人を殺すことのできる人間がここにいたのだ。犯人は、明日まただれかを殺そうとして待ち構えている。数え歌によれば、被害者はあとふたりいることになる。

町の最初の家並みが霧の中から姿を現わし、大通りに車が入っていくと、わたしはおおいにほっとした。冷たい空気から身を守るためにスカーフを巻いた人影が、店を出入りしているのがぼんやり見える。わたしたちは警察署の前で車を止め、中に入った。

「申し訳ありませんが、ニューカム警部補は留守です」当直の巡査が言った。「どこに行ったのかはお教えできませんが、出席しなければならない会議かなにかのはずです。いつ戻ってくるかはわかりません」

わたしは便箋を持ってくるように頼み、この事件についてとても重要なことに気づいたので、できるだけ早く話がしたいと記した。封筒に封をしていると、わたしは正しかったのだという満足感を覚えた。これでニューカム警部補も、すべての死が事故ではなく、どれもつながっていること、ひとりの人間による仕業であることと認めざるを得ないだろう。素人の仕事にしては悪くない。あとは動機さえつかめれば……。

巡査に封筒を渡し、ニューカム警部補が戻ってきたらすぐに渡してほしいとよく言い含めてから、わたしたちは奇妙なほど静まりかえった通りに出た。

「帰る前にコーヒーとロールパンでもどうだい？」ダーシーが訊いた。「通りの向かいに小さなティーショップがある」

「先にミスター・クラインに会うべきじゃないかしら。彼がこの事件の鍵を握っているかもしれないのよ」

「それは警察に任せたほうが――」ダーシーが言いかけたが、わたしはそれを遮った。

「ニューカム警部補はいまいないんだし、これ以上、時間を無駄にしてはいけないと思うの。だれかの命が危険にさらされているのよ」わたしはすでに宝石店のほうへと歩きだしていた。ダーシーが追いついてきた。「わたしたちは邪魔をしているわけじゃなくて、手助けをしているの。ミスター・クラインがわたしたちと話をしたくないというのなら、警察に行くように説得すればいいわ」

「きみはいつからそんなに強引になったんだい？　初めて会ったときは、従順で控え目だったのに」

「わたしが従順で控え目だったことなんてないわ。強引なことで有名だった曾祖母の血を引いているんだから。初めて会ったときはおとなしくしていただけ――あなたを信用していなかったから」

ダーシーは声をあげて笑った。「いい判断だ。ぼくの目的のひとつは、きみをベッドに連れこむことだったからね。いまだに成功していないのが信じられないよ。ぼくにも良心というものがあったらしい」

「わたしだってそうしたいのよ、ダーシー。ただそういう機会がいままではなかったんですもの」

彼はにやりとして言った。「きみをブライトンにさらっていってでも、そういう機会を作ろう」

「スミス夫妻として?」わたしは冗談を言った。

「オマーラ夫妻というのはどうだい?」

それが問題だった。〝わたしはあなたと結婚できないの〟と言おうとしたが、言えなかったので、冗談でごまかした。「あなたが落ち着けるようになるまで、かなり待たなければいけないんでしょうね」

「わからないぞ」ダーシーはいぶかしげな顔をわたしに向けた。「もっと奇妙なことだって起きているんだから」

宝石店の前までやってきたが、ドアは閉じられていた。「泥棒が入ってから、ずっと閉まったままだと思う」わたしは窓から暗い店内をのぞきこんだ。

「向こう側に玄関があった。彼は店の上に住んでいるのかもしれない。ノックしてみよう」

ノックをした。呼び鈴も鳴らしたが、だれも出てこない。

「留守のようだ」ダーシーが言った。

わたしはカーテンが引かれている窓を見あげた。「こんなお天気の日に、だれが外出するというの？」

わたしたちは顔を見合わせ、声を揃えてつぶやいた。

「まさか……」

34

デボンシャー　ニュートン・アボット
一二月二九日

ダーシーはもう一度、玄関を激しくノックした。あきらめてその場を離れようとしたところで、隣の小間物屋の二階の窓が開き、年配の女性が顔をのぞかせた。

「ミスター・クラインを訪ねてきたの？　彼は留守よ。少なくとも、昨日わたしが娘のところから帰ってきてから、見かけていないわ。娘のクリスマスケーキをおすそ分けしようと思ってノックしたんだけれど、だれも出てこなかったの。どこかに出かけているんだと思う」

「どこに行ったのか、わかりませんか？」わたしは尋ねた。

彼女は首を振った。「娘さんがふたりいるはずだけれど、どこに住んでいるかは知らない。彼はあまり人付き合いのいい人じゃなくてね、なかなか話もしてくれないのよ」

ダーシーとわたしは顔を見合わせ、彼の店を離れた。「警察署に戻ったほうがいいと思うわ。家の中で死んでいて、だれも気づいていないのかもしれない」

警察署の巡査は礼儀正しく話を聞いてくれたものの、真剣には受け止めなかった。

「クリスマスには大勢の人が留守にします。そんなに心配しなくていいと思いますよ」

「でも彼の店に入った泥棒が、一連の奇妙な事件に関連していると信じる理由があるのよ。グラディス・トリップやミスター・スカッグズの死に」

「それはどういう？」

「ひとことでは説明できないわ。わたしが気づいたことを話したら、ニューカム警部補はすぐに行動を起こすはずよ」

「なにか起きているかもしれないという万一の可能性のために、人の家のドアを壊すわけにはいきません」

「なかでだれかが殺されているかもしれないとしても？」

巡査は居心地悪そうに身じろぎした。「いま署にはわたしひとりだけです。ここを空けるわけにはいきません。それに、上司の許可なしにはなにもできません」

「彼はどこにいるの？」

「今日は休みです。休みの日に手をわずらわせるわけにはいきません」

巡査を引っぱたきたくなったが、かろうじてそれをこらえた。

「それじゃあ、いまなにか大きな事件が起きても、たとえばだれかが銃を撃ちながら通りを走っていったとしても、あなたは警察署にほかにだれもいないからとそれを眺めているだけなのね？」

ダーシーがわたしの脇を突いたが、巡査は皮肉を言われていることに気づかなかったようだ。

「だれかが銃を撃ちながら通りを走っていったとしたら、わたしにはそれを阻止する義務があると思います。ですがあなたの言っている男性はすでに死んでいるわけですから、一時間やそこら遅れても、たいした違いはないんじゃないでしょうか?」

もっともな理屈だったので、引き下がらざるを得なかった。

「ニューカム警部補に連絡する方法はないということ? 会議がどこで行われているかもわからないのかしら?」

巡査は考えこんだ。「エクセターの州警察署に電話をすることはできます。そこにいる人間であれば、警部補と連絡がつくかもしれませんが、理由もないのに呼び戻したとなれば、さぞ怒るでしょうね」

「理由はあるのよ」わたしは言った。「これまでの一連の事件は実は殺人だったという証拠を見つけたの」

「まさか!」巡査は目を丸くしてわたしを見つめた。

「今朝、また男性がひとり死んだわ。殺人犯を止めなければ、さらにだれかが死ぬことになる」

「このあたりでそんなことが起きるなんて、考えもしなかった。この町で殺人事件が起きたなんて、記憶にありませんよ。まるでロンドンみたいじゃないですか」

「それじゃあ、警部補に連絡を取ってみてくれるかしら?」

「できるだけやってみます」

「これ以上、ここにいるわけにはいかないよ」ダーシーが言った。「ぼくたちの姿が見当たらないと、みんな心配するだろう。それにモンティの車を黙って借りてきてしまったからね。警部補は、きみの手紙を受け取ったらすぐに来るはずだ」

「ミスター・クラインのことを書くべきだったわ」わたしは封筒の裏に、書き加えた。〝ミスター・クラインはドアをノックしても応答がありません。部屋のなかで死んでいるのかもしれません。確かめてほしかったのですが、巡査はドアを壊してくれませんでした〟

気は進まなかったが、ティドルトン・アンダー・ラヴィーに戻らなくてはならなかった。ラヴィー・チェイスが行われた競技場では旗布が風にはためき、フェンスの上にはブースの影がぼんやりと浮かびあがって、見捨てられたような雰囲気が漂っている。ジョニーのいたずらっぽい顔が脳裏に浮かび、その年にもかかわらずレースに参加すると言い出した彼をほかの男たちがからかっていたことを思い出した。あのとき彼は自分が不死身だと思っていたのだろう。わたしは胸の痛みを消し去りたくて、ぎゅっと目をつぶった。

家の脇にあるかつての厩に車を戻した。家の中では、レースの余韻と大量のアルコールのせいで、だれもがゆったりとくつろいでいた。シェリーはモンティと、エセルはバジャーと親しくなったようで、それぞれソファに並んで座っている。大人たちは退屈そうな顔でコーヒーを飲んでいた。レディ・ホース゠ゴーズリーが廊下でわたしを呼び止めた。

「まあ、ここにいたのね。わたしの甥とこっそり抜け出していたなんて、いけない人だこと」彼女は指を振りながら言ったが、顔には笑みが浮かんでいた。

「ニューカム警部補を探しに行っていたんです。大事なことに気づいたものですから」

レディ・ホース＝ゴーズリーは、気もそぞろで顔に落ちてきた髪をはらった。

「一連の事件――ラヴィーの呪いを本気で信じる気になっているんですよ。ほかに説明のしようがないんですもの。それに今日のチェイスのとき、荒れ地のサルもあの場にいて、ずいぶんと派手に踊りまわっていましたよね。彼女が魔女だとしても、わたしは驚きませんよ」

レディ・ホース＝ゴーズリーは恥ずかしそうに笑って見せた。「現代人らしく、そんな迷信みたいなことは笑い飛ばすべきだってわかってはいるんですけどね。でもこのあたりではそういうことを真剣に受け止めているんですよ」

「彼女の仕業ではないと思います」わたしは言った。

「ほかにどう説明がつくというんです？」レディ・ホース＝ゴーズリーの口調は鋭かった。

「気の毒なジョニー……子供の頃からの知り合いだったんですよ。よくいっしょに遊んだものです。彼は心臓発作で死んだんでしょう？」

「殺されたんだと思います。一連の事件はすべて、念入りに計画された殺人だと思います」

レディ・ホース＝ゴーズリーは険しいまなざしをわたしに向けた。

「それなら、次はだれだというの？　お客さまをそんな危険にさらすわけにはいかないから、帰ってもらわなくてはならないのかしら？」

「お客さまは大丈夫だと思います。狙われているのは地元の人だけみたいですから。犯人がよく知っている人たちです」

彼女は身震いした。「なんて恐ろしい。オズワルドが心配だわ。主人はよくひとりで地所を歩きまわっているんですもの。犬を連れていってはいるけれど、犬は守ってはくれないでしょう？」

わたしはためらいがちに、彼女の腕に触れた。「きっともうすぐ解決します。お客さまの滞在中は、できるだけ家にいてもらうようにしてはどうかしら」

「でも〝鬼ばば退治〟はどうするんです？　みなさん、きっと参加したがるわ。大がかりな行事なんですもの」

「具体的にどういうことをするんですか？」

「毎年大晦日の夜に、鍋やフライパンや太鼓を叩きながら、家から家を回るんですよ。大きな音を立てて、悪霊を追い出すの。ラヴィーの岩山で魔女を捕まえる前に村中を追いかけたときの再現だと言われているんです。とても楽しい行事なんですよ」

「でも危険です。暗闇のなかで、どうやってみんなを守れるんです？」

彼女は肩をすくめた。「警察に助けてもらうしかないでしょう？　行事を中止にすることはできませんからね。二〇〇年以上も続いているんですから」

彼女は居間に目を向けた。「ああ、どうすればいいのかしら。見てちょうだい。みんなあそこに座って、次の楽しみを待っているんですよ。こんなばかげたこと、考えなければよかった」訴えるようなまなざしでわたしを見つめる。「あの人たちに滞在費を払ってもらっていること、もう知っているのでしょう？」

うなずいた。

「お金が必要だったんですよ。いろいろとうまくいかなくて、このクリスマスはとてもいいチャンスだと思った」彼女はため息をついた。「でもこんなことをしなければよかったんだわ。一連の事件は、わたしが自分の運命を受け入れようとしなかった罰なのかもしれないという気がしているくらいですよ」

「そんなことありません。もう一度、スキトルズの試合をしてきましょうか？　そのあとは、ミスター・バークレイに教会でオルガンのコンサートをしてもらうように頼んだらどうかしら。彼はとてもお上手ですもの」

「素晴らしいアイディアだわ。ありがとう、ジョージアナ。あなたのおかげでどれほど助かっていることか」

自分がたいして役立っているとは思えなかったし、突然、彼女からお金を受け取ることが気まずく思えた。ラノク城にいるよりも、はるかにましなクリスマスを過ごしているのだ。フィグと離れていられるのだから、わたしのほうが彼女にお金を払うべきかもしれない。

昼食のあと、ミセス・アップソープ、エセル、ミセス・ウェクスラーといっしょに、ミスター・バークレイに会いに出かけた。ひとりで外出する気にはなれなかったし、三人とも退屈している様子だったからだ。私道を歩いているあいだじゅう、彼女たちはファッションや裁縫師や女性向け雑誌の話をしていて、わたしは仲間はずれにされている気分だった。お金がないというのは、ときにつらいものだ。

戸口に立つわたしたちを見て、ミスター・バークレイは不安そうに目を泳がせた。

「驚きましたよ。貴婦人方が、わたしの粗末なコテージを訪ねてくださるとは光栄です」彼はそう言ったが、少しもうれしそうではなかった。祖母の時代からまったく変わっていないかのような時代遅れの応接間にわたしたちを案内し、紅茶を勧めた。断るのは失礼だと思ったものの、紅茶に添えるものがなにもないことを彼がひたすら謝り続けるので、どうにも居心地が悪かった。みなさんがいらっしゃることを知っていたら、なにか作っておいたんですが、と彼は言った。だがわたしたちの訪問の理由を聞くと、とたんに顔を輝かせた。

「なんてご親切に。光栄です。ものすごく、わくわくしますよ。素晴らしくやりがいのある仕事だ。なにを弾きましょうか。これほど贅沢な悩みはないと思いませんか？」

コンサートは翌日の午後三時からに決め（「教会のなかは暗いですし、寒くなると指がよく動かないので、よければ明るいうちにしてもらえませんか」と言われたので）、わたしたちはほっとしていとまごいをした。

「なんだかあの人が気の毒になったわ」ようやく帰路についたところで、ミセス・アップソープが言った。「なんて寂しい人生なんでしょう。村には話をする相手がだれもいないんじゃないかしら」

家に戻ると、今度こそちゃんとしたお茶がわたしたちを待っていた。警部補からの連絡はないまま、時間はのろのろと過ぎていった。夕食前に再びジェスチャーゲームをしたものの、今回は熱中する人はだれもおらず、ゆうべあんなことがあったあとだったから、仮装する人もいなかった。部屋に戻って夕食のための着替えをしていると、部屋のドアをノックする音がした。ドアを開けると、そこにはメイドがいた。

「警部補がお嬢さまに会いにいらしています。書斎でお待ちいただいています」彼女が言った。

わたしは急いで着替えを終えると、階段をおりた。部屋のなかを行ったり来たりしていたニューカム警部補は、わたしが入っていくと振り返った。

「非常に大事な話があると巡査から聞きました。人の命にかかわることだと、彼は言っていましたが」

うなずいた。「でもその前に、ミスター・クラインはどうでしたか？　彼がどうなったのか、確かめてくれましたか？」

「確かめましたよ」警部補は冷ややかにわたしを見つめた。「トーキーに住む娘さんのところにいることがわかりました。ばかを見た気分ですよ、はっきり言って」

「それじゃあ、彼は無事なんですね？」

「健康そのものです」

わたしは安堵のため息をついた。

「彼が無事ではないと考えた理由を聞かせてもらいましょうか?」

「彼は二四日に死んでいるはずだったからです。彼は金の指輪なんです」

わたしはわかったことを説明した。初めのうちは薄笑いを浮かべて聞いていた警部補も、話が進むにつれ、眉間にしわを寄せ、表情はどんどん険しくなっていった。

「突拍子もない話だ」彼はようやくそう言った。「だがすべて辻褄が合う。あなたの言うとおりだとすれば、今日死んだ男性は心臓発作ではないことになりますね」

「心臓発作だったのかもしれません。彼の心臓が弱くて、薬を飲んでいたことを犯人が知っていたとすれば、薬をすり替えるのは簡単だったはずです。彼はこの家に滞在していましたから、寝室に薬が残っているかもしれません。持って帰って調べたほうがいいと思います」

警部補はいぶかしげにわたしを見た。「あなたはいったいどこでそういったことを学んだんです? あなたのような育ちのいい若い女性が?」

「何度か殺人事件と遭遇したことがあるんです」

「殺人を求めて旅でもしているんですか?」彼は首を振った。「あなたのような頭のいい若い人が、警察の真似事をしていると聞いたことがあります。ほめられたことではありませんね」

「とんでもない。殺人なんていやでたまりませんけれど、何度か巻きこまれてしまったんです。そんな経験なんて、したくありませんでした」

彼はサー・オズワルドの机の端に腰かけた。「いいでしょう。あなたはそれぞれの事件につながりがあることを突き止めた。わたしたちを相手にこんなゲームをしているのがだれなのかも、教えてもらえますか？」

「それができればいいんですけれど。殺された人たちの習慣を知っている地元の人でしょうね。並外れた技術とひねくれた心を持っていて、大勢の人間を恨んでいるだれか」

警部補は歯と歯の隙間から息を吸いこんだ。「そのだれかをどうやって見つければいいんです？」

「犯人はふたつのミスを犯しています。ミセス・セクレストとミスター・クラインです。ふたりを生かしてしまったことです。どうして自分たちの命が狙われるのか、ふたりは知っているかもしれません」

「なるほど。ミセス・セクレストはまだ話ができる状態ではないでしょうが、ミスター・クラインには明日、会いに行きましょう」彼はどこか照れくさそうにわたしを見た。「ロンドン警視庁を引退したあの方は、いっしょに行ってくれると思いますか？」

「喜んでごいっしょすると思います。できればわたしも行きたいんですけれど」

「このパズルを解いたのはあなたですから、断るわけにはいきますまい」彼は立ちあがった。

「友人のダーシー・オマーラの協力もありました。彼もいっしょに行きたがるはずです」

「これは若い人たちの遠足じゃないんですよ」警部補は冷ややかに告げたが、すぐに自分が話をしている相手が何者であるかを思い出し、あわてて言い直した。「申し訳ありません。かんしゃくを起こすつもりはなかったんです。ですが言わせていただければ、この件を知る人間は少なければ少ないほどいい。犯人がこのあたりをうろついているとすれば、どこかから噂が犯人の耳に入って、さらに多くの人間が危険にさらされることになるかもしれない。あなたはいっしょにお連れしましょう。謎を解いたのはあなたですからね。だがそれだけだ。この話はだれにもしないでいただけるとありがたいですね」

わたしは大きく息を吸った。「わかりました」

「それでは、さっそく仕事に取りかかったほうがよさそうだ。また長い一日になりますね。今年はクリスマスがないと言って、妻がご機嫌斜めでしてね。だがこの仕事はそういうものだ。わたしと結婚したときに、それはわかっていたはずだと妻には言ったんです。好むと好まざるとにかかわらず」

わたしはジョニー・プロスローの寝室に警部補を案内し、数本の薬瓶を押収した彼を玄関まで見送った。

「よろしいですか」警部補は指を振りながら言った。「まだだれにも話してはいけませんよ。わかりましたね？」

わたしはドアを閉めると、ほかの人たちといっしょに食前酒のシェリーを飲むために応接室に向かった。興奮を抑えきれない。ようやく解決が近づいてきていて、その場に立ち会えるのだ。わたしはもうただの面倒な素人ではないと思うと、満足感が湧き起こった。けれどそれも、応接室に足を踏み入れ、モンティとバジャーと話をしているダーシーの背中を見るまでだった。明日は彼を置いて出かけることになるのだ。彼は事件にそれほど興味を示してはおらず、捜査は警察に任せるようにと主張していたのだからと、心のなかで言い訳をしてみた。それでも、彼に黙って出かけるのは気が進まない。なんて説明すればいいだろう？

ダーシーはわたしに気づいたらしく、近づいてきた。

「警部補はなんて？　きみの捜査能力に感心していたかい？」話を聞かれることのないように、彼はわたしを少し離れたところに連れ出した。

「ええ」わたしはにこやかな笑みを浮かべた。「それに、ミスター・クラインが娘さんのところにいることを突き止めてくれたの。明日、会いにいくそうよ」

「素晴らしい。これできみは満足だろう？　警察に任せたほうがいいって、ぼくはずっと言っていたじゃないか」

わたしは明るく笑おうとしたが、不安のあまり、羊の脚とゴールデン・シロップ・プディングというおいしい料理もあまり食べることができなかった。

35

一二月三〇日

ここまでのところ、気持ちのいい日。ミスター・クラインに会いに行く。この恐ろしい謎がようやく解けるかもしれないと思うと、気持ちがたかぶる。今日またたれかが殺される前に、彼が正しい道筋を示してくれることを祈るばかりだ。

昨日のじっとりした憂鬱な霧とは打って変わって、今日はきれいに晴れあがった。ラヴィーの岩山の頂上はまだ雪を頂いていて、空は裸木の輪郭を焼きつけた青いガラスのようだ。わたしは着替えを終えると、あわただしく朝食をとり、祖父に会いに行くとレディ・ホース＝ゴーズリーに告げてから私道を歩き始めた。

まもなく門に着くというあたりで、だれかがわたしの前に立ちはだかった。荒れ地のサルが、あの鮮やかな緑色の奇妙な目でこちらを見つめている。

「あんた、まだいたの？　自分の身がかわいいなら、すぐに帰ったほうがいいよ」

「どうして？」わたしは挑むように彼女を見つめ返した。

「あんたは招かれざる客だからだよ。あんたみたいなよそ者はいざこざを起こすだけなんだ。あたしが逮捕されるように仕向けたのはあんただよね？　あんたのおかげで、あたしは牢屋に入れられたんだ」

「わたしは、猟犬の管理人が姿を消したあたりであなたを見たと警察に話しただけよ。だれかを見かけなかったかと訊かれて、嘘をつくわけにはいかなかった。でも、わたしが沼地にはまらないようにあなたが助けてくれたことも話したわ」

彼女は妙な顔でわたしを見つめた。「彼は沼地に沈んだよ。いなくなってせいせいした。なにもできないかわいそうなキツネを狩ってたんだからね」

「彼の馬を転ばせたワイヤーを張ったのはあなた？」

「あたし？　どうしてあたしが馬を傷つけたりするんだい？　あたしは生き物はなんでも好きなんだ。人間以外はね」

「でも彼が馬から落ちるところを見たんでしょう？」

「違うよ。だれかが彼を沼地に沈めるところを見たんだ」

「それはだれ？」

「わからない。大柄な男だった。フードをすっぽりかぶってた。そいつが彼を沼地に置いたんだ。動かなかったから死んでるんだと思った。すぐに沈んでいったよ」

「どうして助けを呼ばなかったの？」

「間に合わないからさ。沼地に捕らわれたら、あっという間に沈んでしまう。それにさっきも言ったけど、もう死んでると思ったんだ」

「どうして警察にそう言わなかったの？」

「言ったよ。でもあいつらは耳を貸さなかった。その男について説明できなかったんだ。若いのかも年を取っているのかも、なにもわからなかった。ただ大柄だっていうだけで」

「車が道路から落ちるところも見たの？」

「見てない。音が聞こえて行ってみたけど、手遅れだった。車はもう川のなかでバラバラになってた」

「そこでは同じ人を見なかったのね？」

「だれも見なかった」

わたしは念入りに言葉を選んで、つぎの質問をした。「サル、このあたりでこんな恐ろしいことをしそうな人をだれか――だれでもいいのよ――知らないかしら？」懇願するような表情を彼女に向ける。「犯人がまただれかを殺す前に、止めなくてはならないの」

「あたしは人間とはかかわらない。あたしもあいつらを信用しない。あいつらはあたしを信用しないし、あたしもあいつらを信用しない。ひとりで生きているんだ。あいつらはあたしを信用しない。生きるに値しない人間は大勢いるよ」

「でもあなたも危険にさらされているかもしれないのよ。つぎはあなたかもしれない」

「あたしじゃないよ。このあたりの人間は、あたしに触ろうとはしない。ラヴィーの呪いを恐れているからね」

「わたしは今日、警部補と会うの。運が良ければ、今夜までにこんなことをしている犯人を見つけられるかもしれない」

サルが妙な顔でわたしを見ていることに気づき、彼女が犯人だということはありうるだろうかと考えた。彼女はたったいま、生きるに値しない人間は大勢いると言った。でもこんな広い範囲で彼女にどうやって犯行が可能だろう？　肉屋がニュートン・アボットから車で来ることをどうやって知ったの？　ボベイ・トレーシーの反対側にある農家までどうやって行けるというの？　死体を沼地まで運べるくらいの力はあるだろうか？

再び歩きだそうとしたところで、あることを思い出した。「サル、あの大きな家の老婦人が死んだ夜、あなたは食べ物をもらうために裏口に行ったそうね？　だれか、見かけなかった？」

「帰るときに、ウィラムを見たよ。家の横を回って、裏庭に行こうとしてた」

わたしはその意味を考えた。「彼と話をした？　彼はなにか言っていた？」

サルは首を振った。「話はしなかった。彼のことは放っておいて、あたしはそのまま帰った。ウィラムは頼まれて雑用をすることが時々あるからね」

「わたしはもう行かなくちゃ。人と会うことになっているのよ」わたしは言った。

「あたしが言ったことを覚えておくんだね。気をつけたほうがいいよ。少しでも分別があるなら、手遅れになる前に家に帰るんだ。あんたの未来に危険が見える」

コテージに着いて、警部補と祖父が大きな黒いパトカーの脇に立っているのを見たときにも、わたしはまだ動揺から立ち直っていなかった。祖父とわたしは後部座席に、警部補は助手席に乗りこんだ。

「今日のトーキーまでのドライブは気持ちがいいでしょうな」警部補が言った。「昨日のひどい霧のなかを走るよりずっといい」

「会議はうまくいったんですか？」わたしは尋ねた。

「わたしを監視していたんですか？」

「まさか」わたしは顔を赤らめた。「会議に行っていると巡査から聞いたんです」

「そのようなものです。バーミンガムで捕まった脱獄犯のひとりが、ダートムーア刑務所に移送されたので、話を聞きに行ってきました」

「なにかわかりましたか？」

「なにも。道路まで逃げたところで別れたという主張を変えていません。あとのふたりはロンドンに向かったと思うと言っていました。どうやってバーミンガムまで行ったのか、どこで着替えの服を手に入れたのかといったことについては、なにも語らないままです」

「悪党どもは、なにか見返りがないかぎり、密告したりはしないものだ」祖父が言った。

「ついさっき、荒れ地のサルに会ったんです」わたしは、沼地に死体が沈められるところと、さらにはフレンチ・フィンチ姉妹の裏庭にいるウィラムを見たとサルが言っていたことを話した。

「ウィラム？　あの頭の弱い男ですか？」警部補は顎を撫でた。今朝はひげを剃ったようだ。

「彼にはこれだけの犯罪を計画するほどの才覚はないでしょう。大きな子供みたいなものですから。わたしたちが捜しているのは相当にうぬぼれの強いやつだと思いますよ。自分はだれよりも優れているのに、世間がそれを認めてくれないと考えている。たとえば自分は見過ごされていると感じているもの静かな銀行員とか。おそらく友人もいなくて、何カ月も何年も今回の計画を練っていたんでしょう」

「聞いたことのあるようなタイプですね」わたしは言った。「脱獄犯のひとりは銀行員で、頭もよくて冷酷だっておっしゃっていましたよね」

「確かに」ニューカム警部補は考えながら答えた。「だが彼には、このあたりにとどまる理由がありません。地元とのつながりがないことも確かです。彼はロンドンにいるというのが、わたしの考えです」車が丘の上のヘアピンカーブに差しかかると、警部補は窓の外に目を向けた。「しかし彼のような人間は大勢います。戦争のせいで正気を失ってしまった人間がいる。塹壕《ざんごう》からかろうじて戻ってきても、以前と同じではなくなっているんです」

丘の頂上までのぼりきると、緑の野原と雑木林の向こうに美しい景色が広がっていた。山間には農場が広がり、はるか遠くに一本の線のようなきらめく海が見える。道路は荒れ地をくだり、やがて車は海岸沿いの穏やかな風景のなかに出た。トーキーは日光を受けてきらめく地中海の町のようだった。遊歩道沿いのヤシの木やそぞろ歩く恋人たちを見ると、ニースで過ごした日々を思い出した。だがこの地の恋人たちは厚手のコートとスカーフに身を包んでいて、ここの気候がそれほどうららかではないことを教えていた。車は高級ホテルやお土産物屋の前を通り過ぎ、二軒長屋が建ち並び、歩道で子供たちが遊んでいるもう少し質素な裏通りへと入っていった。

玄関に続く通路を歩き、警部補がドアをノックしているあいだ、わたしの心臓は早鐘のように打っていた。

「ミセス・ゴールドブラムですか？　デボンシャー警察管区のニューカム警部補です。ゆうべ電話を差しあげました。お父上はまだこちらにいらっしゃいますね？」

「はい、おります。でも、あまり動揺させたくないんです」痩せて、やつれたように見える中年女性は、わたしたちに向かって顔をしかめた。「泥棒に入られてひどく落ちこんでいるんです。父は若い頃、ロシアで迫害を受けて逃げてきました。コサック兵に村を焼かれ、両親を殺されているんです。いままでイギリスで身の危険を感じたことはなかったのにとショックを受けています」

「よくわかります」警部補が言った。「こんなことをした人間を一刻も早く見つけ出して、お父上にはまた安全だと感じていただけるようにしましょう」彼女がわたしたちを見つめているることに気づいて、言い添えた。「こちらの男性は以前、ロンドン警視庁の刑事だった方です。事件の解決に手を貸してもらおうと思いまして」

「わたしはその孫です」わたしのフルネームと肩書きをだれかが口にする前に、急いで言った。

「ただの窃盗事件を解決するのに、どうしてこんな大騒ぎをする必要があるんでしょう？」

彼女はいぶかしげにわたしたちを見つめている。

「実はただの泥棒ではなさそうなんです」警部補が答えた。「このあたりで起きている、ほかの犯罪に関連している可能性があります。そういうわけですので、お父上と話をさせてもらえますか？」

彼女は傍らに寄り、狭い玄関ホールにわたしたちを招き入れた。「奥の客間にいます。あの部屋が一番暖まりやすいので。すぐに紅茶をお持ちしますから」

わたしたちは家具でいっぱいの小さな部屋に入った。ミスター・クラインは燃え盛る暖炉の脇に置かれた肘掛け椅子に座っていたが、わたしたちを見ると、不安そうな顔で立ちあがった。

警部補が手を差し出した。「ミスター・クライン、ニューカム警部補です。お店に泥棒が入ったときにお会いしましたね。こちらのふたりは、捜査に協力してくれている知人です」

「わざわざどうも、警部補」ミスター・クラインが言った。「どうぞお座りください。こちらのお嬢さんは、先日うちの店に来てくださった方ですね。泥棒についてなにかわかったことでも？」

「残念ながらまだなにもわかっていませんが、解決に近づいていると思います」

わたしは男性ふたりにミスター・クラインのそばの席を譲り、暖炉から離れたところにある背もたれがまっすぐな椅子に腰をおろした。

「わたしの店に侵入した人間を突き止めてもらえたら、こんなにうれしいことはないですよ。

あれ以来、一睡もできないんです。窓を割って、なにかを盗んでいったというならまだわかります。でも押し入った痕跡をなにひとつ残さず店に侵入し、金庫を開けたのかと思うと――まったく話は違ってくると思いませんか？　犯人が捕まるまでは、どうしても安全だとは思えないんですよ」

「ぜひ犯人を捕まえたいと思っていますよ、ミスター・クライン。実は、これが単なる泥棒ではないかもしれないと考える理由があります。殺人を含む連続犯罪に関わっているかもしれないんです。つまり、あなたが生きているのは、ある意味幸運だということです。自宅に戻られても大丈夫だとこちらから連絡するまでは、ここに滞在なさることをお勧めします」

「なんということだ」ミスター・クラインは心臓の上に手を当てた。「なにか疑念があるということですね？」

「そのために、話をうかがいにあがったのです。この事件の背後には、なんらかの復讐という動機が隠されているのではないかとわたしたちは考えています。そこで思い出していただきたいのですが、だれかと言い争いをしたとか、いやがらせの手紙を受け取ったというようなことはありませんか？　あなたに罰を与えたいと思うような人間に心当たりは？」

「わたしがユダヤ人だからですか？」

「それは違います。ほかの被害者のなかにユダヤ人はひとりもいません」

「それを聞いて安心しました。イギリスは、その点だけは当てにしてもいいと常々思っていましたから。質問についてですが――思い当たるふしはありません。わたしはあまり人付き合いはありませんし、騒ぎを起こしたこともありません。政治にも関わっていません。いやがらせの手紙を受け取った記憶もありません」

わたしはソファの縁に身を乗り出した。「ミスター・クライン、これらの名前に心当たりはありませんか?」わたしは被害者の名前を次々にあげていった。最初のうち、彼は首を振るばかりだったが、やがてつぶやくように言った。

「グラディス・トリップ。その名前は聞いたことがある気がする。どこで聞いたのだろう?」

「彼女は、先週殺された電話交換手です」

「交換台の火事が原因でしたね? そうだ。だがそれ以前から、その名前は知っていたと思います」

「その前から?」ニューカム警部補が訊き返した。

ミスター・クラインは眉間にしわを寄せた。「町のどこかで会ったことがあるんだろうか? ほかの名前も聞かせてください」

「次に亡くなったのは、猟犬の管理人のウェズリー=パーカー少佐です」

ミスター・クラインは不意に顔をあげた。「ヒトラーのような口ひげをはやした、きびきびした小柄な男性ですよね? 自信に満ちた?」

「そうです」

「彼のことは覚えていますよ。数年前、彼といっしょに陪審員を務めたことがある。尊大な男でしたね。最初から場を支配しようとした。偉そうな口をきいていましたよ。なにもかも自分の思うとおりにしたがった」

「陪審員？」ニューカム警部補は興奮した顔をわたしたちに向けた。

「そうです。そう言われてみれば、交換手の女性もいた気がする。くだらないことをひっきりなしに喋り続けていた女性がいましたよ。たしか苗字がトリップだった」

「よく考えてください、ミスター・クライン。陪審員にはほかにだれがいましたか？」

「そうですね、その猟犬の管理人と意見が対立していた上品な老婦人がいた。ひとことも喋らなかった人間もいました。大柄な田舎の女性で、いかにも場違いで居心地悪そうに見えました。ずっと編み物をしていて、編み針が当たる音にいらいらしたのを覚えています。それからなにを言ってもふざけてばかりの若者がふたり。少佐はずいぶんといらだっていた。〝おまえたちは州の恥だ〟と言っていました」ミスター・クラインはそう言ってくすくす笑った。

「フレディ・パトリッジとジョニー・プロスローじゃありませんか？」わたしは尋ねた。

「名前は覚えていませんし、そもそも知りませんでしたよ。ほかの陪審員と親しくなったりはしないものです。あれは非現実的な状況で、さっさとやるべきことを終えて帰りたいという気になりますからね。少なくとも、わたしはそう感じた。わたしはほぼ無視されていましたよ。そういうタイプですから」

警部補は咳払いをした。「ミスター・クライン、それはどういう事件だったのですか？被告人の名前は？」

「思い出してきました。興味深い事件だったんです。被告人は大衆演芸場の有名な芸人でした。大衆演芸場がなくなると苦境に陥り、老婦人たちの老後の蓄えをだまし取るようになったんです。そのうちの数人を殺したと、検察は主張しました。彼が最後に住んでいた家の家主は階段から落ちて死んだんですが、彼が実際に突き落としたという証拠はなかったんです」

「その男の名はなんと言いますか？　覚えていますか？」

「ロビンズです」

36

警部補は立ちあがり、こぶしをもう一方の手のひらに叩きつけた。

「やっぱりだ。わたしの直感は正しいと、最初からわかっていたんだ」

「彼を知っているんですか？」ミスター・クラインが尋ねた。

「ええ、知っています。つい最近、ダートムーア刑務所から逃げ出した脱獄犯のひとりです。ずっと捜していたんです」

「なんということだ。わたしの店に侵入して指輪を盗んだのは、あのロビンズだと言うんですか？」

「まず間違いないでしょう」

「寝ているあいだに殺されなかったわたしは運がよかったということですね」

「とても幸運でした。実を言えば、彼が殺そうとしなかったのはあなただけです。ほかの人たちは巧妙な手口で殺されています」

「被害に遭った老婦人たちをだましたやり方を聞いたところでは、確かに利口な男でした。人を魅了するすべを知っていたんです。口先だけの男なんですがね、彼を信じた陪審員の女性もいましたよ。こんなことを言ってはなんですが、女性に陪審員をさせるのはわたしは賛成しません。あまり世間を知りませんし、魅力的な笑顔に簡単に惑わされますからね」

「彼の外見はどんな風ですか？」わたしは尋ねた。

「彼の風貌ならわかっています。写真がありますよ」警部補が言った。

「ミスター・クラインが受けた印象を聞きたいんです」

「顎のしっかりした体格のいい男でした。かなり大柄で、さっきも言ったとおり魅力的な笑顔の持ち主ですよ。物腰もやわらかい。虫も殺さないような顔をしているんで、信じてしまうんでしょうね」

「最近になって彼と会ってはいませんか？　例えばあなたの店に来たとか？」警部補が訊いた。

「いいえ。見かけたらわかりますよ。彼のような人間のことは、そう簡単には忘れないものだ」

わたしたちはその家をあとにした。

「意外な展開でしたね」警部補が言った。「ミスター・クラインの言葉通りであれば、ロビンズはまだこのあたりのどこかに潜んでいて、陪審員をひとりずつ狙っていることになる」

「あとまだふたり残っています」わたしは言った。「手遅れになる前に、残りの陪審員がだれなのかを調べないと」

「裁判はエクセターの刑事法院で行われています。地元の治安判事裁判所は、こういった事件は扱いませんから」

彼は運転手に指示し、車はエクセターの幹線道路に入った。

「わしが知りたいのは」町の中心部に近い狭い通りを走っていると、祖父が切り出した。「そいつがダートムーア刑務所に収監されていたのなら、地元に関するこれだけの知識をどうやって得たかということだ。何者かが、彼が殺した人間についての情報を集めていたに違いない」

「同じ人物がおそらく彼を匿っているんでしょうね」わたしは言った。

「恐ろしいほど巧みに匿っていますよ」と警部補。「脱獄の知らせを受けて、わたしたちは地元の村々の家を一軒一軒まわったんです。だが彼らを見かけたという人間はひとりもいなかった」

車は裁判所の前に止まり、わたしたちは警部補についてなかに入った。事件の記録の保管所を見つけるまで、あちらこちらの部署を回らなければならなかった。それからすきま風の入るロビーの硬い木のベンチに座って待った。ようやくのことで、若い男性が一枚の紙を手に戻ってきた。「こちらですね。ロバート・フランシス・ロビンズ。事件番号二二、一九二八年」

わたしたちは熱心に読み始めた。「アグネス・ブルーワーというのはだれだ？」祖父が訊いた。

「農夫の妻です。すでに死んでいます」

た。

「そうすると、残るのはスチュワート・マクギルと――まあ」わたしはあんぐりと口を開けた。

「ピーター・バークレイ」祖父が言葉を継いだ。「オルガンを弾く、あのもの静かな男じゃないか？」

「そうよ」わたしは警部補を見た。「ティドルトンの警察署に電話をして、ミスター・パークレイを保護してもらうことはできますか？」

「ここの警察署から電話をしましょう。それから、このミスター・マクギルがどこに住んでいるのかを突き止めなくては。住所はエクセターになっていますね」

わたしたちは募る不安を抱えながら、ミスター・マクギルの住所に向けて車を走らせた。その家は、前庭がなく、建物が通りに直接面した連棟住宅が並ぶみすぼらしい裏通りにあった。玄関をノックすると、若い女性が現われた。腰に赤ん坊を抱え、身なりにはあまり気を遣っていない。

「ミスター・マクギルのお宅ですか？」警部補が訊いた。

彼女はふてくされたように彼をにらみつけた。「違うよ。間違った家に来たんじゃないの。うちはパーキンスだよ」

「この家にはいつからお住まいですか、ミセス・パーキンス？」

「一年ちょっと前かな。だからなんだっていうのさ？」

「わたしは警察官です」ニューカム警部補が冷ややかに告げると、彼女の目がわずかに動揺した。「あなたの前にここに住んでいた人がいまどこにいるのか、ご存じないですよね？」

「知らないね」赤ん坊がぐずり始めた。「いま都合が悪いんだよ。この子はミルクを欲しがっているし、上の子たちはお腹をすかせているし」

「以前ここに住んでいたミスター・マクギルを捜しているんです。とても大切なことなんですよ。人の命にかかわるんです」

彼女は興味なさそうに肩をすくめた。「一四番地のうるさいばばあに訊くといいよ。いつだって窓から外をのぞいて、他人のことに首を突っこもうとするんだ。彼女なら知ってるかもね」

わたしたちは通りを渡った。警部補がノックするより先に、レースのカーテンが揺らめいたのが見えた。すぐにドアが数センチ開き、詮索好きそうな顔がのぞいた。

警部補が質問を繰り返すとドアは大きく開き、花模様のエプロンドレスにスリッパを履いた老婦人が現われた。

「彼なら見つからないよ」老婦人は勝ち誇ったように言った。「行ってしまったからね。さっさとね」

「どこへ行ったんですか？」

「娘のいるオーストラリアさ。女房が死ぬと、荷物をまとめて出ていったんだ。もう三、四年になるかねえ」

「ロビンズの前に問題がたちはだかったということですね」車に戻りながら警部補が言った。

「陪審員の最後のひとりを捜し出すために、オーストラリアまで行く計画を立てているんでしょうか」

「一二日目にオーストラリアに行くのは無理でしょうね。イギリスを出ていくだけの時間すらないわ」

「それなら彼は一二日目になにをするつもりだろう？」祖父がつぶやいた。「華々しいフィナーレを飾りたがる男だと思うんだが」

だれも答えられなかった。

わたしたちはエクセターの町をあとにし、雪を頂いた岩山を背景にした起伏のある田園風景のなかを走った。「最大の疑問は、いったいだれが彼を匿っているのかということです」

「もう一度荒れ地のサルを調べてみてもいいかもしれないわ」わたしは言った。「今朝、彼女に脅かされたんです。荒れ地の彼女の住まいには、だれも近寄らないんですよね？」

「逮捕するとき、部下が行っています。羊小屋に毛が生えたようなものでしたよ——石壁、土の床、猫の額ほどもない部屋。彼を匿えるところなどありません」

「でも警察が来るのが見えたなら、しばらく隠れていられるところくらい、荒れ地にはたくさんあるんじゃありませんか？」

「ロビンズについて、具体的になにがわかっているんだね？」祖父が尋ねた。「大衆演芸場で演《だ》し物をしていたんだろう？」

「そうです。一時期はかなり人気がありました。妻といっしょにマジックショーのようなことをしていたようです。ただ違っていたのは、コメディの要素があったということですかね。様々な役を演じていたみたいです。一番人気があったのは、彼が年老いた大佐になって、妻が演じるあだっぽい若い娘の気を引こうとするショーだったようですね」

「そのショーなら一度観たことがある気がする」祖父が興奮した声をあげた。「〈ハマースミス・エンパイア〉で。老いた大佐と若い娘。そうだ、思い出したぞ。なかなか面白かった。よくできていたし、おかしかった。タイトルはなんといったかな」祖父は鋭く息を吸い込んだ。

「ロビーとなんとかだったと思います」

「〝ロビーとトリクシー、トリックで遊ぼう〟だ。ふたりを見たよ。老いた大佐と若い娘。彼女の帽子から花を出したり、耳から金を出したりして、感心させようとするんだ。彼の妻は自殺したんだったな？」

「彼が逮捕された直後に」警部補が答えた。「遺書を残していました。こんな不名誉には耐えられないし、彼なしでは生きていけないという内容でした。ビーチー・ヘッドの近くの海に身を投じたんです。あの岬の周辺の潮の流れはご存じでしょう？　死体は見つかりませんでした」

わたしは窓の外を眺めながら、頭のなかを駆け巡る考えをまとめようとしていた。年老いた大佐。彼はいまこの瞬間にも、ゴーズリー・ホールに滞在しているのかしら？　ラスボーン大佐は、ベンガルの槍騎兵隊の大佐だったと言っているけれど、乗馬がそれほど得意ではなさそうだった。それに自分たちの指揮官のあだ名を知らなかった。けれどミセス・ラスボーンは？　彼女は元芸人のようには見えない。けれどそもそも、年老いた大佐の妻が死んでいないというのはありうることだろうか？　心に浮かんだ疑念を警部補に伝えるべきかどうか迷ったが、まずダーシーと話をしてからにしようと決めた。彼には、そういうことを調べられる知人がロンドンにいるはずだ。

丘をくだり、村に入ったところで、警察署の外で巡査がだれかと話をしているのが見えた。警部補は窓を開けて尋ねた。「わたしの伝言は聞いてくれたかね、ジャクソン？」

「はい」巡査はこちらに近づいてきた。「ミスター・バークレイの自宅にも行ってみたんですが、彼はいませんでした。その後気をつけて見ていますが、まったく彼の姿は見かけません」

「なんとしても見つけてくれ、ジャクソン。彼の身が危ない。村中をまわって、彼を見かけた者がいないかどうかを調べるんだ。いいな？　わたしはこちらの女性を家まで届けたら、すぐに合流する」

「わたしなら大丈夫です。ここから歩いて帰りますから」わたしは言った。

「いけません。これだけのことがわかった以上、どこであれ、あなたをひとりで歩かせるわけにはいかない。村に戻ったら、もう一度全員に話を聞くつもりです。だれかがロビンズを見ているはずだ。なにかを知っている人間がいるはずです。彼を匿っている人間を見つけだしますよ」

ゴーズリー・ホールまでわたしを送っていくと彼が言い張ったことで、わたしたちがどれほどの危険にさらされているかを改めて思い知った。刑務所にいた何年ものあいだミスター・ロビンズが復讐の計画を立てていたのなら、邪魔をする人間に容赦はしないだろう。彼はわたしたちのすぐ鼻の先で、なんの痕跡も残さずに人を殺せることを実際に証明しているのだ。

家に戻ると、いまにも爆発しそうな表情のダーシーが応接室から現われた。

「いったいどこに行っていたんだ？」

予想もしなかった激しい怒りにわたしはたじろいだ。「祖父とニューカム警部補といっしょにミスター・クラインを探しに行っていたの。話を聞いたら、あなたもきっと驚く——」

「ぼくに話そうとは思わなかったのか？」彼の目はまだ怒りをたたえている。

「あなたにもいっしょに来てほしかったんだけれど、警部補に断られたの。そのうえ、だれにも話してはいけないって言われた。いやな気分だったわ。でも出かけることはレディ・ホース＝ゴーズリーには話したわ」

「お母さんに会いに行くとね」彼の口調は辛辣だった。「コテージに行ってみたら、きみとおじいさんはいなくて、どこに行ったのか見当もつかないとお母さんに言われたとき、ぼくがどれほど心配したかわかるかい？」

「ごめんなさい。本当に悪かったわ。でもあなたにもいっしょに行ってもらおうとしたのよ」

ダーシーの表情が少しだけ和らいだ。「いっしょに行けなかったことを怒っているんじゃない。きみもよく知っているとおり、ぼくは事件の捜査は警察に任せるべきだという考えだからね。ただきみのことが心配だったんだ。事件に首を突っこんでいるせいで、さらわれたのかもしれない、それとも殺されたのかもしれないと思った。どれほど心配したか、きみにはわからないだろうね」

わたしはおそるおそる彼の肩に触れた。「ダーシー、本当にごめんなさい。あなたに話したかったのよ。でも黙っているように言われたの」

「せめて、警部補といっしょにいることくらいは言えただろう」

わたしは少し反論したくなった。「あなたにはたくさん秘密があるわよね？　あなたがどこかに出かけているとき、いったいなにをしているのかわたしはなにも知らない。わたしが心配していないとでも思っているの？」

ダーシーはにやりとした。「痛いところを突くね。だがぼくは自分の身は自分で守れる」

「わたしだって」

ダーシーはわたしの腰に手をまわした。「きみはこうやって無事に帰ってきたんだ。もう忘れよう。なにがあったのか、話してくれるかい？」

「とても信じられないと思うわ」わたしは彼を連れて長い廊下を進み、ほかの人たちから充分に距離を置いたところですべてを話した。

「彼は完全にいかれているね。こんなに手の込んだやり方で、陪審員をひとりずつ殺そうとするとは。いったいなんのために？　なにが目的なんだ？」

「彼は芸人なのよ、ダーシー。華々しいことがしたいんだわ。奥さんが死んだいま、もう生きていたいとは思っていないのかもしれない。でも刑務所にも戻りたくはないんでしょうね」

「自分で自分の首を絞めているということかい？」

うなずいた。「あなたにひとつお願いがあるの」わたしは大佐に抱いている疑念について話した。

ダーシーは眉間にしわを寄せた。「すぐに調べてくれそうな知人がいる。だが、犯人がずっとぼくたちといっしょにここにいたと、きみは本気で考えているのかい？　ありそうもないと思えるけれどね。一度ならずここを抜け出して、人を殺しに行くのは難しいだろう？」

「この家は大きいわ。だれにも見られずに抜け出すことは可能だと思う」

「まったく驚きだね。すぐに電報を打つよ。それまで、きみは彼には近づかないようにするんだ。いいね？　きみが気づいたことを少しでも悟られてはいけない」

うなずいた。玄関ホールに戻ったところで、レディ・ホース＝ゴーズリーが階段をおりてきた。「コンサートに行く準備はできていますか？」明るい口調で尋ねる。「あなたのお母さまもいらっしゃるのかしら？」

「わかりません」コンサートのことなどすっかり頭から消えていたが、ミスター・バークレイが演奏するのだと思い出した。

「暖かい格好をしていらっしゃいね」背後からレディ・ホース゠ゴーズリーの声がした。「教会のなかはとても寒いのよ。ミスター・バークレイは、凍える指でどうやってオルガンを弾くのかしらね」

わたしはスカーフと帽子をつけ、私道でほかの人たちと合流した。妻の体調がすぐれないので行かないと、ラスボーン大佐が言った。伯爵未亡人は、ウィーンのシュテファン大聖堂とライプツィヒの聖ニコラス教会でオルガンのコンサートは聴いたから、これ以上聴く必要はないと言った。モンティとシェリーもたいして興味はないようだったが、行かなくてはいけないとレディ・ホース゠ゴーズリーがモンティに告げた。シェリーは彼と並んで歩きながら、教会は退屈だと不機嫌そうに文句を言っている。

共有草地の脇の小道を進み、教会に入る門の近くまでやってきたところで、身の毛もよだつような悲鳴が聞こえた。わたしたちは走りだした。教会のドアは開いていて、悲鳴はまだ続いている。教会のなかに駆けこむと、恐怖を顔に貼りつけたミス・プレンダーガストが駆け寄ってきた。

「彼が」あえぎながら言う。「彼が……わたし……触ったら……そうしたら……」

彼女が差しだした両手は血まみれだった。

37

ミス・プレンダーガストはもう悲鳴をあげてはいなかったが、奇妙な音はまだ続いていた——あえぐようなため息の音が教会のなかに反響している。わたしたちは、ミス・プレンダーガストの視線の先をたどった。ミスター・バークレイがオルガンの鍵盤に突っ伏していて、顔の横から血が滴っている。奇妙な音はオルガンから出ているようだ。オルガンのパイプが送りだしている空気だと気づいた。

「なんて恐ろしい」レディ・ホース゠ゴーズリーが口を開いた。「天井の一部が落ちたのね」ミスター・バークレイの傍らの床に、アーチ形天井の一部らしい大きな煉瓦細工の塊が落ちていた。

だれかが警察に通報しに行った。レディ・ホース゠ゴーズリーは素早く客たちを現場から遠ざけた。「モンティ、みなさんを家に連れて帰って、ブランデーを差しあげてちょうだい。わたしは警察が来るまで、残っていなくてはならないから」

わたしは息絶えた彼から目が離せずにいた。彼が危険にさらされていることはわかっていた。保護するように警察に頼んだのに、それでも犯人は計画どおりに襲ってきたのだ。それはまるで、犯人がだれにも見られず、存在を気づかれることもなく行動できる、超自然の存在であるかのようだった。ミス・プレンダーガストのすすり泣く声で、わたしは現実に引き戻された。

レディ・ホース＝ゴーズリーが彼女の背中を撫でながら、きびきびした口調で言った。「さぞかしショックでしょうね。大丈夫ですよ。なにか飲んだほうがいいわ」彼女はわたしを見た。「ジョージー、ミス・プレンダーガストをお母さまのコテージに連れていってもらえないかしら？　彼女をひとりにはしておけないし、警察が来たら話を聞きたがるでしょうから」

「わかりました」わたしはミス・プレンダーガストの腕を取った。「行きましょう」

彼女はわたしに促されるまま、おとなしく教会を出ると、母のコテージに続く小道を進んだ。コテージに着いたところで、なにがあったかを手短に説明した。暖炉のそばで紅茶を飲んでいた母は見知らぬ老婦人を歓迎しないだろうと思ったが、話を聞くと、たちまちフローレンス・ナイチンゲールを演じ始めた。

「お気の毒に。さぞ恐ろしかったでしょうね。さあ、お座りになって。お父さま、彼女にブランデーを」

「いいえ、お酒はけっこうです」グラスを手渡されると、ミス・プレンダーガストは首を振った。「アルコールは飲まないんです」

「そう言わずに、ぐっと飲んで」祖父が言った。「気分がよくなるから」

「そうおっしゃるなら」彼女は用心深く祖父を見てから、グラスの中身を飲んだ。「あたしは紅茶をいれましょうね」ミセス・ハギンズが言った。「顔が真っ青じゃないですか」

「教会のなかでだれかが死んでいるのを見つけたら、あなただって青くなるわ」母が言った。その顔には気づかうような笑みが浮かんでいて、くわしい話を聞きたいがために演技をしているのだとわたしは気づいた。母は一連の殺人事件にわくわくしている。母にとってはゲームにすぎないのだ。

ミス・プレンダーガストは身震いした。「これが現実だなんて、いまだに信じられません。彼があそこで突っ伏しているのを見て、居眠りしていると思ったんです。起こそうとしたら、手がべたべたになって」彼女は乾いた血がこびりついたままの両手を見せた。「なんて恐ろしい。教会の状態のことは牧師さまに言ってあったんです。煉瓦の壁が崩れているところが何カ所かあるって。だれかの上に落ちてくるのは時間の問題だったんです。お気の毒なミスター・バークレイ」自分の気持ちをわかってもらおうとするかのように、彼女はわたしたちをひとりずつ順番に眺めた。「あの人とあまり馬が合わなかったのは事実です。人の意見に耳を貸さない人でしたから。でも、こんなことになるなんて。オルガンがとてもお上手でしたよね」

「ええ、そうでしたね」わたしは言った。

「すごく良心が痛みます。キリスト教徒にふさわしくないことをいろいろと考えてしまったんです。まぐさおけの飾りつけのヒイラギのことでもめたときには特に。その彼が死んでしまった」

「さあ、紅茶ですよ」ミセス・ハギンズが言った。「これはあたしの自慢のプラム・ケーキ。これで気持ちを落ち着けてくださいな」

「ありがとうございます。いったいなにが起きているんでしょう？　長年母親の面倒を見てきたあとで、ここは平和な安息所だと思って越してきたのに。それが突然、こんな悲劇が一度に起きるなんて。まるで呪われているみたいじゃないですか」

「きっともうすぐ終わります」わたしは言った。「警察が一連の事件の背後にいる人間を見つけて、いま懸命に捜しているところなんです」

「事件の背後？　これは事故じゃないということですか？」

「違います。殺人なんです。全部」

ミス・プレンダーガストは胸に手を当てた。「殺人？　ティドルトンで？　そんなことって。これ以上ここで暮らしてはいけないわ。もうここが安全だとは思えない」

「心配することはありませんよ。警察がじきにそいつを捕まえますからな」祖父が言った。

「時間の問題ですよ。そうしたらすべてはまた元通りだ」

「でも恐ろしい記憶は消えません。ミス・エフィ、ミセス・セクレスト、ミスター・プロスロー、そして今度はミスター・バークレイ。二度と安眠できないでしょうね」

ノエル・カワードがやってきたことに気づいた。彼もまた面白いドラマは見逃さない。

「ここに来る前はどちらにいらしたんです？」

「ボーンマスです。母の家があったので。母が亡くなるまでは、幸せに暮らしていました」

「ボーンマス？　あそこならよく知っている。ボーンマスのどこに住んでいたんですか？　劇場にはよく行かれましたか？　一度、あそこで上演したことがありますよ」

ミス・プレンダーガストは立ちあがろうとした。「ご親切にありがとうございます。でもいまはお喋りをする気分にはなれません」

「そうでしょうとも。よくわかりますよ」母が言った。

「家に戻ったほうがいいと思います。警察が話を聞きに来るでしょうから」

「わたしが送っていきます」わたしは言った。

教会の外は騒然としていた。救急車。二台のパトカー。複数の警察官と一匹の警察犬。ミス・プレンダーガストは身震いした。「まるで悪夢だわ」

うなずいた。「家に帰ったら、念のため鍵をかけてくださいね」

彼女の家に着くと、ちょうど門から制服姿の男性が出てくるところだった。警察官かと思ったが、郵便配達員だとわかった。

「ああ、ここにいらしたんですね、ミス・プレンダーガスト。また小包が届きましたよ。階段に置いておくのはいやだったんです。これもきっと遅めのクリスマスプレゼントですね」

「そうでしょうね。どうもありがとう」ミス・プレンダーガストは小包を受け取った。

わたしは興味深くそれを眺めていた。彼女は天涯孤独の身だと言っていたはずだが、その小包はロンドンの会社から送られてきていた。彼女が自分のために買ったものかもしれない。「本当にありがとうございます」彼女はわたしに言うと、走るようにして玄関に向かった。やがてかんぬきをかける音が聞こえてきた。

レディ・ホース＝ゴーズリーの客は全員が午後のお茶に集まっていたが、だれも食欲はないようだった。

「生きているかぎり、あの恐ろしい光景が頭から消えることはないでしょうね」ミセス・アップソープが言った。「最初はかわいそうなミセス・セクレスト。そして今度はオルガン奏者。新年を待たずに、家に帰ったほうがいいと思うわ、アーサー」

「最後のイベントまでいたいわ、お母さま」エセルがバジャーを見ながら言った。「あと一日ですもの」

「安全かどうかわからないのよ。あんな事故が続くなんて信じられない」

「事故ではありません」わたしが口を開くと、全員がこちらに視線を向けた。「一連の事件の背後には、脱獄犯のひとりが関わっていることがわかったんです。どれも巧みに計画された殺人です。でも心配はいりません。警察がじきに彼を捕まえますから」

実際に感じている以上に、楽観的な口調でわたしは言った。犯人はいままで巧みに逃れてきた。これ以上殺す相手がいなくなったいま、警察が彼を捕まえる可能性はどれくらいあるだろう？　陪審員を殺すという目的を達成した犯人は、すぐにこの地を去ったはずだ。

「楽しいはずの休日がこんなことになって、本当に残念です」レディ・ホース＝ゴーズリーが言った。「素晴らしい休暇を過ごしていただこうと思って、せいいっぱいのことをしましたのに」

慰めるような声がレディ・ホース＝ゴーズリーのまわりからあがった。ミセス・ウェクスラーですら手を伸ばして膝を軽く叩いたので、レディ・ホース＝ゴーズリーは驚きの表情を浮かべた。わたしはスコーンをひとつ手に取り、ダーシーの隣に腰をおろした。

「あなたを心配させたことは、許してもらえたのかしら？」

「どうしてぼくが心配したか、きみにもよくわかっただろう？　ぼくたちが教会に着いたのは、彼が殺されてから間もない頃だ。血がまだ流れていたからね。つまり犯人は近くにいて、ぼくたちを眺めていたかもしれないということだ。教会のどこかに隠れていたのかもしれない」

「どうしてだれも犯人を見かけていないのかしら」

「ショーで様々な役を演じていたのだとしたら、きっと変装の名人なんだろう。すれ違っているのに、気づかなかったのかもしれない」ダーシーの視線は部屋の向こう側にいる大佐に向けられた。妻と並んで涼しい顔で紅茶を飲んでいるが、夫人のほうはくつろいでいるとは言えない。ひどく顔色が悪かった。大佐がなにをしているかに気づいたんだろうか？

「電報の返事はいつ届くかしら？」わたしは訊いた。

「陸軍省の記録を調べるのに、それほど時間はかからないはずだ」

お茶が終わっても、だれもなにかをする気分にはなれないようだった。だがひとりになるよりは、応接室でほかの人たちといっしょにいるほうがいいらしい。無理もないと思った。わたしも同じくらい恐ろしかった。

日が落ちると、わたしたちは着替えのために渋々それぞれの部屋に戻った。恐怖と興奮の入り混じった表情で、クイーニーがわたしを待っていた。

「またあれかが殺されたそうですね。石の塊で頭をつぶされたって聞きました。まったくなんてところなんだか。かつてのイースト・エンドみたいじゃないですか。この家は安全なんですかね？」

「だと思うわ。犯人は特定の人間を狙っているみたいだし、わたしたちのことは知らないはずだから、大丈夫よ。でも外をうろついたりはしないでね」

「そんなことしませんよ、お嬢さん。あたしはそこまでばかじゃありません」

玄関を勢いよくノックする音がしたのはそのときだった。わたしはクイーニーをせかして着替えを終えると部屋を出て、通路から身を乗り出して下のホールを眺めた。

「ミスター・オマーラに電報です」少年の声が聞こえた。

わたしはダーシーを呼びに行った。わたしたちは玄関ホールで電報を読んだ。〝ラスボーン大佐は一〇年前にベンガル槍騎兵隊を除隊〟と書かれていた。

「警察に連絡しないと」わたしは言った。

ダーシーは首を振った。「夕食前に彼と話をしよう。とりあえず言い分を聞きたい」

「それって危険じゃない？　冷酷な殺人犯かもしれないのよ」

「これだけ大勢の人間に囲まれていてはなにもできないさ。モンティとバジャーとぼくはそれなりにたくましいしね」

「銃を持っていたらどうするの？」

「ディナージャケットのポケットに？　そもそも犯人は、これまで自分の銃は使っていないよ」

「わかったわ。でも気をつけてね」

「きみがそう言うのかい？」ダーシーは笑った。

客たちがひとり、またひとりと食前酒を飲むために集まり始めた。数人ずつのグループを作り、低い声で言葉を交わしている。数日前の楽しげな姿はどこにもなかった。だれもが家に帰りたがっているのは明らかだ。

「妻が今夜ここを発とうと言い出しましてね」大佐の声がした。「ベンガルでも、向かってくる虎から逃げたことはないとわたしは言ったんですよ。どうしていまになって逃げなきゃならないんです？」

「ええ、まったく」伯爵夫人が応じた。「まさしくそのとおりですとも。脱獄犯などにせっかくの休暇を台無しにさせるつもりはありません。こんなクリスマスは二度とないかもしれないんですからね」

ダーシーとわたしは彼女たちに歩み寄った。「最後に虎と向き合ったのはいつですか、大佐?」ダーシーが尋ねた。

「いつ? ふむ、それほど前ではありませんよ」

「ロンドン動物園でですか?」

「きみは、いったいなにを言い出すんだね」大佐の顔が真っ赤になった。

「あなたは偽者ですね。たったいま陸軍省から電報を受け取りました。ラスボーン大佐は一〇年前にベンガル槍騎兵隊を除隊しています」

てっきり怒鳴り散らすだろうと思ったが、大佐は風船がしぼむように意気消沈した。

「そのとおりだ。いまさら、取り繕っても仕方あるまい。妻のためにしたことなのだ」彼はミセス・アップソープといっしょにソファに座っている妻を振り返った。夫人はひどく顔色が悪い。「妻は具合がよくないのだ。実のところ、長くは生きられないと医者に言われている」

「よくわからないわ。あなたは本当にベンガル槍騎兵隊にいたんですか?」

「一〇年前に除隊を余儀なくされた。熱帯病を患ったのだ。イギリスに戻り、ささやかな軍の恩給で暮らしていくほかはなかった。わたしたちのどちらにとっても、大きなショックだった。一九二九年の大恐慌で蓄えを失っていたから、フラムにある粗末な借家で細々と暮らすことしかできなかった。贅沢などできず、食べるだけでせいいっぱいだった。だが妻の命が長くないことを医者に聞かされて、最後に華やかなクリスマスを過ごさせてやりたいと思ったのだ——妻がいつも話していた、子供の頃のようなクリスマスを。そこでわたしはインド時代の思い出の品を売り払い、ここに来るためにすべてをつぎこんだ。後悔はしていない。妻は素晴らしいひとときを過ごしたのだから」

大佐は再び夫人のほうを見やり、ふたりは愛しげに微笑みを交わした。

38

一二月三一日　大晦日

今夜は鬼ばば退治だ。だれかが殺されるのだろうか？　もし殺されるとしたら、だれが？　犯人が一二日目になにもしないとはとても思えない。家に帰りたい……いいえ、帰りたくない。

目を開けたとたん、クイーニーの大きな顔が視界に入り、ぎゅっと胃をつかまれた気分になった。目が覚めたのは、温かい息が顔に当たるのを感じたからだ。夢のなかでは、そこにいるのは子供の頃に飼っていたラブラドールのティリーだった。いつもベッドの脇に座って、わたしが起きるのを待っていたのだ。だが現実にあったのは、だれかの大きな顔だった。息を呑み、体を起こそうとしたところで、それがクイーニーだと気づいた。

「いったいなにをしているの？　脅かさないでちょうだい」

「すいません、お嬢さん。ぴくりともしないで寝ているもんで、生きていることを確かめたくなったんです」

「それはありがとう。すぐ目の前にあなたの顔があるのを見て、心臓発作を起こすところだったわ」

朝から脅かされ、そのあとも不安は消えなかった。今日はきっとなにかが起きる。けれどそれがなんなのか、だれの身に起きるのかは想像もできなかった。座って日記を書きながら、いますぐ家に帰れたらと思ったが、すぐにそれがばかげた考えだと気づいた。フィグと彼女の家族のところになど帰りたくはなかったし、あそこはもうわたしの家ではない。わたしにもう家はないのだ。ここでの滞在を終えたら、わたしには行くところがない。ぞっとした。そのうえ、ダーシーともまた会えなくなる。その前に勇気をかき集めて、彼とは結婚できないと告げなければならないこともわかっていた。そんなことはしたくなかったけれど。

昨日、ミスター・バークレイが死んでいるのを見たショックからだれも立ち直っていないようだった。朝食の席では離れて座り、言葉を交わそうともしない。わたしが皆をもてなすべきだとわかってはいたが、どうやって元気づければいいのか見当もつかなかった。ミセス・アップソープはひどく気分が悪そうだ。伯爵夫人だけがしっかりと食事をしていた。

「ずいぶん暗い顔ばかりですこと。今日は大晦日ですよ。お祝いをする日なんですよ」

「でもそんな気分になれません。気の毒なあの人はまだお墓にも入っていないんですよ」ミセス・アップソープが言った。

「その人と知り合いだったわけでもないんですからね。人生とはそういうものです。わたしは夫を亡くしました。それはそれはショックでしたよ。つらいことでしたけれど、乗り越えてきました。ふさぎこんでいても始まりませんからね。死は人生にはつきものです。遅かれ早かれ、だれもが死ぬんですから」

「その日が遅いことを祈るばかりですよ」ミスター・ウェクスラーが言った。「家族を危険にさらしたくはありませんからね」

「危険なはずがないじゃありませんか。だれがあなたたちを殺そうとするんです？」

ポーチド・エッグをトーストに載せたものを食べ終えようとしているところに、ダーシーがやってきた。「電報を打たなければならないんだ。朝食を終えたら、村まで散歩しないかい？」

「いいわ」わたしは立ちあがった。「あなたは朝食は？」

「とっくに食べたよ。モンティと馬に乗っていたんだ。気持ちのいい朝だったよ。芝生に霜がおりていた」ダーシーは歩きながら窓の外に目を向けた。「ぼくの馬が恋しいよ。きみはどうだい？」

「わたしはこのあいだまで家にいたんだもの。乗っていたわ」

「きみは運がいい」

「ラノク城にいるのはあまり運がいいとは言えないわよ。それだけは確かね」

「このあとは、あそこに帰るのかい？」

「ほかに行くところがないもの。これからどうすればいいのか、わからないのよ。あそこでは邪魔者扱いだし、かといってロンドンの家は使わせてもらえないし。王家の大叔母つきの女官になるしかないのかもしれない」

「ぼくには伝手《つて》があるから、それよりもましなものを見つけてあげられると思うよ」

わたしはかろうじて笑みを作った。「本当に？」

「まったくうんざりだね。金がないというのは」

「本当ね。いやになるわ」

「どうにかしよう。たとえぼくが銀行や、紳士服店の靴下売り場で働かなくてはならないとしてもね」

わたしは声をあげて笑った。「いずれ、銀行強盗の計画を立て始めるんじゃない？」

「とんでもない。近頃はまっとうな道を歩くことにしているよ」ダーシーは足を止め、前方に視線を向けた。「あれはきみのお母さんじゃないかい？」

ミンクのロングコートを着た人物が私道をこちらに近づいてきている。傍らにはがっしりした体格の背の低い男性。「隣はおじいちゃんだわ。よその家を訪問するには早い時間よね」

母はほぼ同時にわたしに気づき、手を振った。「ジョージー！　あなたに会いに行くところだったの」

ふたりは立ち止まり、わたしたちが近づくのを待った。「なにかあったの？」わたしは尋ねた。

「ミス・プレンダーガストなの。彼女の身になにかが起きたんじゃないかと思って」

「まさか」ダーシーとわたしは顔を見合わせた。

「彼女が気の毒でな」祖父が口を開いた。「昨日、ひどくショックを受けていただろう？ それで、様子を確かめようと思って、おまえの母さんを連れて彼女を訪ねたんだが、応答がない。なにかあったのかもしれないと、不安になってな。今朝、警部補から連絡は？」

「なにもないわ。馬に乗っていたとき、彼女を見かけなかった？」わたしはダーシーに訊いた。

ダーシーは首を振った。「ぼくたちは荒れ地を走ったんだ。村には近づかなかった」

「心配だわ。あの人は少し詮索好きなところがあるでしょう？ 見てはいけないものを見たのではないといいのだけれど」教会に最初に足を踏み入れたのが彼女だったことを思った。もしも、逃げようとしている犯人の姿を彼女が見ていたとしたら？ 見られたと犯人が思ったとしたら？ その時点で彼女の運命は決まっていたことになる。

「行ってみよう」ダーシーが言い、わたしたち四人は私道を急いだ。

「変わった人よね」わたしたちに遅れまいとして、厚底靴を履いた足を素早いながらも優雅に運びながら母が言った。「ヒステリーを起こすような人だとは思わなかったわ。いつだって有能で生真面目な女性のように振る舞っていたのに」

「死体を見つけたわけですからね」ダーシーが指摘した。

「彼女はずっと独身だったって言っていたわよね？ でも絶対にヴァージンじゃないわ」母は言葉を継いだ。

わたしたちは興味を引かれて母を見た。「どうしてそう思うの？」

「座り方よ。舞踏会のときに気づいたの。あの人は足を組んで、椅子の背にもたれて座っていた。オールドミスは膝を揃えて、背筋を伸ばして座るものよ」

わたしたちは笑ったが、母は譲らなかった。「本当よ。そういうふうに育てられているの——妊娠しない一番の方法は、膝のあいだに六ペンス硬貨をはさんでおくことだって、母親からたたきこまれるのよ」

母はさらに言ったが、わたしたちは笑い続けていた。「それに、昨日気づいたことがあるの。あの人は、わたしたちが思っているほど年を取っていないわね。彼女の手を見た？ あれは年を取った人間の手じゃなかった。おじいさんの手を見てごらんなさい」母はそう言って、よく見えるように祖父の手を持ちあげた。「しわがあって、染みができている。きれいとは言えないわね。でも彼女の手はなめらかで、きれいだった」

「手入れしているからでしょう」

「どれほど念入りに手入れしても染みは防げないのよ」

それがなにを意味するのかを考えていると、頭のなかでなにかが爆発したかのように、不意にあることが蘇ってきた。「〝豊穣の角《cornucopia》〟」思わず声をあげると、三人は立ちどまってわたしを見た。「ジェスチャーゲームのときに出てきた言葉よ。最初の音節の〝うおのめ《corn》〟を表わすのに、うおのめができて老人みたいによろよろ歩いている人間のジェスチャーをしたの。フレンチ・フィンチ姉妹とミス・プレンダーガストが部屋を出ていったのは、その直前だった。フレンチ・フィンチ姉妹はわたしが真似したとおりの歩き方だったけれど、ミス・プレンダーガストはすたすたと歩いていたわ」

「つまり彼女は、ぼくたちに思わせたがっている年齢よりも実際は若いということだ」ダーシーが言った。「それはなにを意味している?」

「自分で言っているとおりの人間じゃないということだわ」母が言った。「彼女がここに身を隠していたという可能性はある?」

全員が足を止めた。

「昨日、彼女宛てに小包が届いていた」わたしは言った。「ロンドンからだったわ。〈エンジェルズ〉という会社よ。聞いたことはある?」

「その会社なら知っているわ。何百回となく使ったことがある。舞台用の衣装を扱っている有名な会社よ」母が言った。

「彼女がずっとロビンズを匿っていたんだろうか?」ダーシーがつぶやいた。

「彼女はいったい何者なの? ロビンズが逮捕された直後、彼の妻は不名誉に耐えられないと言って自殺したって聞いているわ」

「海に身を投げたことになっているが、死体は見つかっていない」ダーシーが応じた。「姿を消したい人間が昔からよく使う手だ。ミセス・ロビンズは死んで、オールドミスのミス・プレンダーガストがデヴォンの村に住みついた。ロビンズが収監されている刑務所の近くにある村だ。彼が出てきたときの計画を立てるために、やってきたんだろう」

「そうだわ、ミス・フレンチ・フィンチがベッドのなかで死んでいるのが見つかったとき、最初に現場にいたのが彼女だった。ガス栓を止めて、窓を開けたのがミス・プレンダーガストだったのよ」

「部屋のなかに指紋があっても不思議はないというわけだ」祖父が言った。

「そして昨日の教会だ」ダーシーは興奮したように両手を振り回している。「手が血まみれだったのも当然だ。バークレイを殺した直後だったんだから」

祖父はわたしたちに向かって指を振り立てた。「このことはすぐにニューカム警部補に知らせなければいかん。わしらでなんとかできるようなことじゃない。たちの悪いやつらだし、銃を持っているかもしれない。わしが警察署に行くから、おまえたち三人は何事もなかったように振る舞うんだ」

「ダーシーとわたしはお店で新聞を買ってくるわ。今朝、彼女を見た人がいないかどうかを尋ねてみる。ウィラムはよく外をうろうろしているのよ」

ダーシーとわたしは手をつなぎ、早朝の散歩を楽しむ恋人同士のように共有草地をそぞろ歩いた。店に着くと新聞を買い、ウィラムはいないかと尋ねた。

「ウィラム？　かわいそうにひどい風邪をひきましてねえ」ウィラムの母親が答えた。「今日は胸にからし軟膏を塗って、寝かせているんです。あの子は昔から胸が弱くて、気をつけてやらなきゃならないんですよ。今夜の行事に参加できないことをひどく残念がっていますけれどね。にぎやかなのが好きですから」

「どうぞお大事に」わたしは言った。

「ありがとうございます。部屋の窓から草地での花火は見えるからって言ったら、それで満足したみたいです。幸いなことに、あの子を機嫌よくさせておくのは難しくはないんです」彼女はダーシーにお釣りを渡しながら微笑んだ。

「ところで今朝、ミス・プレンダーガストは新聞を買いに来ましたか？」わたしは何気ないふうを装って尋ねた。「少し前に母が訪ねたときは家にいなかったみたいなんです。昨日あんなことがあったあとですから、ちょっと心配になって」

「恐ろしいことじゃありませんか」ウィラムの母親は豊かな胸の前で腕を組んだ。「みんなショックを受けていますよ。ミスター・バークレイはもう二〇年もこの村で暮らしていたんです。彼のことがあまり好きじゃない人たちもいましたけれど、わたしにはいつも礼儀正しくしてくれましたよ。教会の建物の一部が落ちて彼を死なせてしまうなんて、信じられません」

「実は違うんです」ダーシーが言った。「何者かが彼を殺して、事故に見せかけようとしたんです」

「なんてこと。いったい世の中はどうなっているんです？　わたしたちのこの村でさえ、安全じゃないんですか？　ウィラムが寝込んでいてよかったですよ。目を離さずにいられますからね」

「心配なさらなくて大丈夫です。もうすぐ終わりますから」わたしは言った。「警察は犯人を突き止めて捜していますから。じきに捕まえるはずです」

「だといいんですけれど。本当に」彼女は首を振った。

わたしたちは急いでゴーズリー・ホールに戻ると、警部補からの連絡を待っているあいだにレディ・ホース＝ゴーズリーに事情を説明した。

「脱獄犯のひとりが、ミス・プレンダーガストと名乗っている妻の手を借りて、次々と人を殺していたということですか？　なんてことでしょう。シェリーが飲みたいわ。あなたもいかがです？」

「まだこんな時間ですけれど、でもこういう状況ですから……」わたしは同意し、グラスを受け取った。喉を通っていくシェリーは温かく、気分が安らいだ。「ふたりが捕まるまでは、お客さまは全員、家のなかにいていただくようにしないといけませんね」

彼女はわたしを見つめた。「ここにいる人たちは狙われてはいませんよね？」

「大丈夫だと思います。彼が自分の裁判の陪審員を殺していたのだとしたら、オーストラリアに行ってしまった人以外は、もう全員が襲われていますから」

「それを聞いて安心しましたよ。でも追いつめられたら自暴自棄になって、とんでもないことをするかもしれない。完全に頭がおかしいようですからね」

「いいえ、冷静で抜け目のない人間だと思います。刑務所にいるあいだ、ずっと計画を立てていたんです。あるいは妻とふたりで計画を練ったのかもしれない。彼女がどんなふうに関わっているのかはわかりません。自分から進んで協力していたのかどうかも。だれかが死んで気の毒だと、何度か口にしていたのを覚えています。もちろんそれがただの演技で、彼女も冷酷で残忍な人間なのかもしれませんけれど」

レディ・ホース＝ゴーズリーはため息をついた。「なんていう茶番かしら。それもなんのために？　陪審員はただ義務を果たしただけじゃないですか。わたしも治安判事として、不愉快な義務はたくさん果たしてきましたよ」彼女は再び窓の外に目を向けた。「主人はまた地所のどこかをうろついているんだわ。だれかを探しに行かせなくてはいけないわね」

「ダーシーがもう行っています」

「優しい子ね。あら、もう子供じゃないわね。あの子が立派な大人になったなんて、なかなか思えなくて。かわいい子でしたよ――腕白でしたけれどね」

「いまでもです」

「あなたたちは愛し合っているのでしょう？　結婚するつもりなの？」

わたしは大きく息を吸った。「わたしは彼とは結婚できないんです」

「どうして？」

もう一度、息を吸った。「わたしは王位継承者のひとりです。カトリック教徒とは結婚できないと法律で定められているんです。ダーシーは改宗するつもりはないようですし」

レディ・ホース＝ゴーズリーは面白がっているような表情になった。

「ジョージアナ、あなたは女王になるわけではないでしょう？　王位に興味はないと言って、継承権を放棄すればいいんですよ」

「そんなことできるんですか？」

「できない理由がないでしょう？　退位した国王さえいるんですもの。できますよ」

こんなときだったけれど、突如として世界が明るく、素晴らしい場所に思えてきた。

「女王になりたいなんて一度も思ったことはありません」

メイドがやってきたのでわたしたちはそちらに顔を向けた。彼女はお辞儀をして言った。

「お嬢さま、また警察官がいらしています」

「お通しして」とレディ・ホース＝ゴーズリーが言うより早く、ニューカム警部補がつかつかと部屋に入ってきた。

「お邪魔して申し訳ありません、レディ・ホース＝ゴーズリー」彼は言った。「ふたりが逃げたことをお伝えしに来たんです。コテージのドアを破って家のなかに入りましたが、だれもいませんでした。有罪を示す証拠もありませんでしたが、二階にロビンズが暮らしていた痕跡は残っていました」

「ふたりが出ていくのを見た人はいないんですか？」わたしは訊いた。

「近くに車を隠してあったんでしょう。夜のあいだにこっそり逃げたに違いありません。プレンダーガストにはまったく驚きましたよ。わたしたちみんなをだましていたということですよね？　それほどうまい女優なら、舞台に立ってちゃんと金を稼げばよかったんじゃないですか？」

「それほどうまくはなかったんです。母が見破りましたから」

「お母さんは一流の女優ですからね」警部補は笑顔で言った。「まあ、やつらもそれほど遠くへは行けないと思いますよ。国内全域とあらゆる港に指名手配しましたから、いずれは捕まるでしょう。どちらも絞首刑になるでしょうね。いい厄介払いですよ」

「一二日目を終えないままになるということですね。意外です」わたしは言った。

黙ってわたしたちの話を聞いていたレディ・ホース＝ゴーズリーが口を開いた。

「その男の名前はロビンズだっておっしゃいました？　ロバート・ロビンズじゃないですよね？」

「その男です。三人の脱獄犯のうちのひとりですよ」

「いやな男でしたよ」

「彼をご存じですか？」

「ええ。最初に逮捕されたとき、わたしが治安判事を務めていましたから。容疑は恐喝だったんですけれど、それだけじゃないとわかりました。少なくとも、大家の女性のうちのひとりは殺していると確信が持てたので、刑事法院に引き渡したんです」

わたしの心臓は早鐘のように打っていた。「うそでしょう」かすれたような声になった。

「あなたが一二番目の標的なんだわ。彼が最後に狙っているのはあなたです」

39

まだ大晦日

まだだれも死んでいない。

最初に口を開いたのは警部補だった。「よろしい。こうしましょう。あなたはこの家から出ないでください。ロビンズが捕まるまで、警察があなたを保護します」

レディ・ホース＝ゴーズリーは首を振った。「それはだめです、警部補。わからないんですか？　これは、彼を捕まえる最後のチャンスなんですよ。せっかくですが、今夜は予定どおりに行います。わたしが囮《おとり》になります」

「そういうわけにはいきません」わたしは言った。

「どうして？　わたしが今夜姿を見せなかったら、彼はおそらくここから逃げだして、イギリスを出る次の船に乗るでしょうね。捕まえたいんです、警部補。今度こそ、法律の網の目をくぐらせたくない。絞首刑にしたいんです。彼女も。彼女も共犯ですからね」

「あなたは勇気がありますね。それだけは確かだ」警部補は険しい顔でうなずいた。

「わたしは古いタイプの人間なんですよ。自分の義務を果たすように育てられたんです」

「うまくいくかもしれない。もちろんあなたに警護はつけます。必ず守りますから」

「警察官には、お客さまのふりをしてもらわなくてはいけないわ」わたしは言った。「ロビンズ夫婦が変装をするのなら、わたしたちにもできるはず。わたしたちが待ち構えていることを、ふたりに気づかれないようにしないと」

警部補はもっともだというようにうなずいた。「それで、今夜の行事はいったいどういうことをするんです？」

「共有草地に集まって、鍋やフライパンを打ち鳴らしたり、大きな物音を立てたりしながら家々を一軒ずつ回っていくんです。悪霊を追い払って新しい年を迎えるんですよ。とても原始的でしょう？」レディ・ホース＝ゴーズリーは笑みを浮かべた。「そのあとパブの外でホット・トディを飲んだり、ベイクド・ポテトやソーセージを食べたりします。共有草地では花火もあがるんですよ」

警部補は顔をしかめた。「だれかを警護するには、これ以上ないほど難しい状況ですね。ロビンズが姿を見せたくないと思えば、暗闇からあなたを銃で撃つチャンスはいくらでもある。やはりこれは危険すぎる気がします」

「ばかばかしい」いらだった馬のように彼女は頭を振った。「選択肢はないんです。今夜を逃したら、もう彼を捕まえるチャンスはないんですよ」

警部補は顎を撫でた。「充分な人数を揃えられるかどうか。かなりの人手が必要だ。逃亡をはかったときのために、車を運転する人間を用意しておく必要もある」

「警察官だということがわからないようにしないと」レディ・ホース＝ゴーズリーが言った。「あたりを警戒するのではなくて、わたしたちといっしょになって笑ったり、楽しんだりしているふりをしなければいけませんよ」

「難しい仕事だ」

「ダーシーとわたしが見張りをします」わたしは言った。「ふたりきりの時間を過ごしているふりをすれば、ほかの人たちといっしょにいる必要はありませんから」

警部補は鋭いまなざしをわたしに向けた。「あなたも危険にさらすわけにはいきません。彼は自暴自棄になっているかもしれない。我々が追っていることを感づかれたら、なおさらだ。銃を持っている可能性もある」

「ダーシーが守ってくれます。彼はもっと危険な目に遭ったことがありますから」

「そうなの？」レディ・ホース＝ゴーズリーは興味を引かれたようだ。「彼はいったいなんの仕事をしているんだろうと、いつも不思議に思っていたのよ。具体的になにをしているの？」

「わたしにも話してくれないんです」わたしは笑顔で答えた。

廊下から声が聞こえてきて、レディ・ホース＝ゴーズリーはわたしたちを見まわした。

「夫です」声を潜める。「このことは夫には言わないでくださいね。絶対ですよ」

そう言った直後、サー・オズワルドが勢いよく部屋に入ってきた。

「あのお喋り女はずっと演技をしていたそうじゃないか。まったく驚きだ。わたしたちみんなをだましていたというわけだ。そのうえ、脱獄犯を匿っていたとは。警察が早いところふたりを捕まえてくれるといいんだが。あの女はこの家に来て、わたしの食料を食べていたんだぞ」彼はブーツの泥を撒き散らしながら、部屋の中を歩き回った。「やつらをどうしてやりたいかわかるか？　豚の餌にしてやる。本当だ」

「そんなにいらいらしないでくださいな、オズワルド」レディ・ホース＝ゴーズリーが言った。「警部補がいらしているんですよ」

「なんだって？」彼は初めて気づいたかのように、ニューカム警部補をまじまじと見つめた。「初めまして」ぶっきらぼうに声をかける。「まったくひどい話だ」

わたしは部屋を出ると、戻ってきたダーシーにどういう話になったかを説明した。ダーシーは気に入らないようだった。「きみを危険にさらすのは反対だ。正体がばれたのはきみのせいだとふたりのどちらかが考えたら、彼はきみを狙ってくるかもしれない。あるいは彼女が。彼女のほうが黒幕だという可能性だってあるんだ」

「でもレディ・ホース＝ゴーズリーが自分の命を危険にさらすのに、わたしがおじげづくわけにはいかない。そうでしょう？　ジョーディー・ラカン・ラノクはボニー・プリンス・チャーリーと共に戦いに赴いたの。わたしが期待を裏切ったりはできないわ」

「ジョーディー・ラカン・ラノクはどうなったんだい？」ダーシーは面白そうな表情で尋ね

た。

「残念なことに八つ裂きにされたけど、それは問題じゃないの」

「問題は、ラノク家の人間はもう少し分別を持つべきだということだな」

「あなたがわたしを守ってくれるでしょう？」

「だれかがきみを撃とうとしたときに備えて、コートの下に鍋の蓋を入れておいてもらいたいね」

「今夜は全員が鍋やフライパンを持っているから、それも悪くないと思うわ」わたしたちは声をあげて笑ったが、そこにはいくらか不安そうな響きが混じっていた。

その日は永遠に終わらないように思われた。今夜、起きるかもしれないことを伝えていなかったにもかかわらず、ほかの客たちも同じように不安を感じているようだ。夕食は豪華だった。レディ・ホース＝ゴーズリーが用意したのは、セージと玉ねぎの詰め物をした豚のもも肉だった。かりかりに焼いた脂身、ベークド・オニオン、ロースト・ポテト、カリフラワー・チーズが添えられ、締めくくりはアップルパイだ。その後、コーヒーとリキュールを楽しんでから、しばらく屋内花火をした。一一時近くになったところで、コートと帽子とスカーフと手袋に身を包んだわたしたちは、それぞれ鍋や蓋やそれを叩くための木のスプーンを手に私道をぞろぞろと歩きだした。村人たちはすでに共有草地に集まっている。まず気づいたのは、これだけ着こんでいるとだれがだれなのかを見極めるのが難しいということだった。全員が警察官なのかもしれないし、ロビンズが紛れこんでいるかもしれない。彼は大柄な男だ。わかっているのはそれだけだった。集まっている人たちは互いを知っているようだったので、その点は安心だった。

人の数はますます増えていき、そのなかに赤い目出し帽と赤いスカーフ姿のニューカム警部補もいた。やがて、〈ハグ・アンド・ハウンズ〉から店主が出てきた。

「ティドルトン・アンダー・ラヴィーの村人たちよ、そのときは来た。この村から幽霊や、グールや、魔女や、魔法使いなど、我々に害をなすあらゆる超自然の存在を追い出すのだ」

彼はそう宣言して大きな銅鑼を打ち鳴らした。それに応えるように、群衆は一斉にけたたましい音を立てた。鍋の蓋を打ち合わせ、スプーンで鍋を叩き、大声をあげる。その不気味な音に、わたしのうなじの毛が逆立った。これは、過去からの音だ。もしもわたしが悪霊だったなら、その場ですぐに逃げ出していただろう。ロビンズがこの近くにいるのなら、彼もその不気味さを感じてくれればいいと思った。人々の顔を眺めたが、なにもおかしなところはなかった。

やがて人々はなにかを詠唱し始めた。わたしにはその言葉がまったく理解できず、いまはもう使われていない古い言語――おそらくはコーンウォール語――なのだろうと思った。ここはコーンウォールとの境界に近い。その詠唱は、泣き声のように不安をかきたてた。わたしたちは詠唱し、踊り、にぎやかな音を立てながら家から家へと進んでいった。ダーシーとわたしはあえてうしろのほうからついていき、前方にいるレディ・ホース＝ゴーズリーとニューカム警部補から目を離さないようにした。やがて一行は、共有草地の反対側にあるコテージへと向かった。母と祖父が戸口に立ち、彼らが家のなかに入っては出ていくのを笑顔で見守っている。だが一行は、ミス・プレンダーガストのコテージには近づかなかった。本物の悪魔がまだそこにいることを感じ取ったのかもしれない。

牧師館を過ぎ、村の反対側にあるコテージも過ぎたが、なにも変わったことは起こらない。ロビンズはすでに逃げたのかもしれないと、わたしは思い始めていた。やがて一行はゴーズリー・ホールの私道までやってきた。玄関から入り、ホールをひとまわりしてから出ていくのを、階段に立つ使用人たちが笑顔で手を叩きながら見守っている。わたしたちは彼らが出てくるのを玄関で待ち、そこで合流して再び私道を歩き始めた。

おとぎ話に出てくる巨人のようにぎくしゃくと踊りながら行列の横を通り過ぎていく、ウィラムの真っ赤な帽子が見えた。わたしは不意に気づいた。警部補に駆け寄り、腕をつかむ。

「あれはウィラムじゃないわ。ロビンズよ。ウィラムは風邪で寝込んでいるの」

警部補の反応は早かった。「そいつだ。捕まえろ」

警部補の叫ぶ声に、偽のウィラムは銃を取りだしたかと思うとレディ・ホース＝ゴーズリーに向けて撃った。レディ・ホース＝ゴーズリーがよろめいてくずおれ、ロビンズは闇のなかに姿を消した。人々がたてていた賑やかな物音は、彼を追う怒号に変わった。

「だれか助けを呼んできて」わたしは混乱のなかで叫んだ。レディ・ホース＝ゴーズリーの傍らに膝をつく。「それからお医者さまを」

ダーシーがゴーズリー・ホールに向かって駆けだした。

レディ・ホース＝ゴーズリーはわたしの手をつかんだ。「わたしは大丈夫。立たせてちょうだい」彼女は立ちあがろうとしたが、立てなかった。「古いシープスキンのコートを着ていてよかったわ。弾を通さないくらい革が厚いのよ」

わたしはコートの一番上のボタンをはずした。白いフリースの肩のあたりが血で赤黒く染まっている。「ひどく出血しているわ。助けが来るまでじっと横になっていてください」

「変ね。なにも感じないの」そうつぶやくと、レディ・ホース＝ゴーズリーは気を失った。

40

ラヴィーの岩山周辺
大晦日

砂利道を駆け寄ってくる足音が聞こえて恐る恐る顔をあげたが、レディ・ホース＝ゴーズリーを助けるためにやってきた人たちだとわかった。彼女をかつぎあげ、家へと運んでいく。わたしは恐怖と吐き気を覚えながら、そのあとを追った。結局、わたしたちは彼女を守りきれなかった。彼女は死んだりしない。そうよね？　一二日間滞在するうち、わたしはレディ・ホース＝ゴーズリーが好きになっていた。ロビンズがすでに捕まっていればいいと思った。彼が絞首刑になることを願った。

不意にわたしは暗闇のなかにひとりで取り残されているような気分になって、足を速めた。だれかに腕をつかまれ、息を呑んで振り返る。そこにいたのは荒れ地のサルだった。

「こっちだよ。急いで。あの女――悪いやつが、逃げようとしている。荒れ地に向かっているんだ」

彼女はわたしの袖をつかむと、芝生を横切り、木立ちのほうに連れていこうとした。わたしはダーシーか、あるいはだれかほかの知っている顔は見当たらないかと、あたりを見まわした。

「プレンダーガストは荒れ地に向かっていると警察に伝えて」私道に残っていた人たちに向かって叫んだ。「ニューカム警部補を探してちょうだい」

「急いで。見失うよ」わたしには見えないだれかを見つめているかのように暗闇に目を凝らしながら、サルはいらだたしげに言い、わたしの腕をつかんだ。荒涼とした高台までやってくると、わたしたちの足の下で凍りついた枯れたワラビがバリバリと音を立てた。ずいぶんにぎやかだとわたしは思い、無意識のうちに足元に視線を落とした。

「靴を履いているのね」わたしはつぶやいたが、その言葉を口にしたとたんに真実に気づいた。彼女はサルではない。サルのようなたっぷりしたローブを着て、長い髪を顔と肩に垂らしているけれど、そこにある顔は彼女のものではなかった。けれどなにか言う間もなく、脇腹に固いものが突きつけられた。

「すぐに人を信用するのはやめたほうがいいね」その女は自分の声で言った。サルよりもずっと粗野で品がない。「ここらの人間は、みんな本当にばかだよ。さあ、歩いて」

脇腹に押し当てられているものは尖ってはいなかった。ナイフではなく銃だということだ。

「なにが望みなの?」わたしはできるかぎり落ち着いた口調で尋ねた。「いま逃げ出せば、だれにも気づかれないのに」

彼女は喉の奥で笑った。「あんたはあたしが自由になるための切符なんだよ。最初から人質は取る計画だったんだ。あんたを使わない手はないからね。ほら、歩くんだよ」

彼女はわたしを突いた。わたしたちは真っ暗闇のなかを石につまずきながら、のろのろと進み、やがて小道のようなところに出るといくらか足取りを速めた。彼女が不意に立ち止まった。

「止まって」耳をそばだてる。ワラビの茂みを踏みしだきながら、こちらに近づいてくる足音がある。「動かないで。音も立てないで」彼女が小声で言った。「もう大勢殺しているんだから、あとひとりくらい増えたからってどうってことはないんだからね」

彼女が銃の撃鉄を起こしたのがわかった。ダーシーだとわたしは思った。わたしを助けに来たせいで、撃たれてしまう。心を決めた。気をつけてと叫んで、彼が近くまで来たら走りだそう。だが、そのときだった。「トリックス、おまえか？」

「ここだよ」彼女が応じ、ロビンズが近づいてきた。「あいつらをまくのは簡単だった」

もうウィラムの扮装はしておらず、黒の目出し帽を含め、全身黒ずくめだった。夜の闇にすっかり溶けこんでいて、顔だけが浮かんでいるように見えるのがますます不安をかきたてる。わたしはがたがたと震えていたが、それは寒さだけのせいではなかった。さらに近づいてきた彼がわたしに気づいた。

「これはだれだ？」

「うってつけの人質がいたんだよ、ロブ。話しただろう？　国王の親戚さ」

彼はわたしの顎をつかんでぐいっと持ちあげると、にやりと笑った。

「よくやった、トリックス。おれたちが南アメリカに逃げるのに役に立ってくれるだろう」彼はわたしの頭を乱暴にひねってから手を離した。「さあ、行くぞ。車はこっちだ。あのパブの裏に止めてある」

わたしはあたりを見まわしたが、明かりはまったく見えなかった。谷はすっぽりと霧に包まれている。まるで生き物のように、じわじわとこちらに近づいてきていた。

「霧が出ている」彼は言った。「好都合だ。これでおれたちを見つけられまい。利用すべきだろうな」

彼は小さな懐中電灯でまわりの地面を照らした。そこから右方向へと進んでいく。はるか下のほうから犬の吠える声が聞こえてきた。

「犬を連れてきているよ、ロブ」トリキシーの声は不安げだった。

「大丈夫だ。これだけの霧だ、おれたちを見つけるのは無理だ」

わたしたちは霧のなかを進んだ。顔がじっとりと冷たい。ロビンズのブーツが立てる重々しい足音以外は、あらゆる音が霧に吸いこまれてしまったようだ。わたしは湧きあがるパニックを抑えこもうとした。いま霧のなかに駆けこんだら、逃げおおせる前に撃たれるだろうか？　車のそばで警察が待ち伏せしているのがわかったら、ロビンズたちはためらうことなくわたしを撃つだろう。

「湖はどこだ？」ロビンズがつぶやいた。「あそこには近寄りたくないからな。あの気取った狩り好き男を沼地に沈めたときには、おれも危うく足を取られそうになった」

「この小道は、湖の右側の離れたところにあるから大丈夫」トリクシーが答えた。「じきにパブの裏に出るよ」

遠くで犬が再び吠えた。まるで四方で反響しているような不気味な声だ。コナン・ドイルの『バスカヴィル家の犬』は、まさにこの沼地が舞台になっていたことを思い出した。

わたしたちは無言のまま進んでいたが、やがてロビンズが口を開いた。

「もうパブのすぐ上に出ていてもいい頃だろう？　道もそろそろ下っているはずじゃないか」

だが下ってはいなかった。

トリクシーが切りだした。「この道じゃないみたいだ。これはけもの道だね」

「それなら、正しい道はどこだ？」ロビンズが辛辣な口調で尋ねた。

「あたしにわかるはずないよ」

「ここで五年も暮らしていたのはおまえだろう。早くしろ。寒いんだ」

「寒い？　こんな格好しているあたしのほうが寒いよ」

そのとき、暗闇のなかからはためくような音が聞こえた。ふたりも気づいたようだ。

「あのいまいましい白鳥だよ」トリクシーが言った。「湖があっちなら、左方向に来すぎたってことだ。正しい道が見つからないはずだよ。ほら、こっちだ」

トリクシーはロビンズから懐中電灯を受け取ると、右方向へと進み始めた。ロビンズは乱暴にわたしを小突き、先に行かせた。

道らしい道もなくなっていたので、わたしたちは危なっかしい足取りで無言のままゆっくりと進んだ。霧が渦巻き、一瞬途切れ、そしてまた視界を閉ざす。現実とは思えない世界のなかで、わたしは時間の観念を失った。永遠とも思えるあいだ、ひたすら歩を進めている気がした。不意に霧がまた途切れ、ロビンズが叫んだ。

「ばかやろう。道が違うじゃないか。見ろ、あそこにあるのは岩山だ。おれたちは間違った方角におりている」彼が先頭に立って歩き始め、トリクシーはわたしの横腹に銃を突きつけた。「歩くんだよ。彼についていくんだ」

ロビンズの姿が霧のなかに消え、わたしたちはよろめきながらも足を速めた。彼の罵《のの》り声が聞こえたのがそのときだった。

「足元に気をつけろ。いまいましい沼地にはまったぞ」彼が小声で悪態をついた。次に聞こえてきたのは、パニックにかられた叫び声だった。「トリックス、足が動かせない。手を貸してくれ」

「どこにいるの？　見えないよ」

「こっちだ」その声は見えない山々にこだました。

彼女は懐中電灯をあちこちに向けたが、霧が光をはばんだ。

「おい、急げ。沈んでいるんだ」ロビンズの声は切羽詰まっていた。

「見えないんだよ」トリクシーはおののきながら言った。「話し続けていて」

「おれは沈んでいっているんだ。早く来てここから引っ張り出してくれ」

トリクシーは怯えた動物のように、まず左に、それから右にと走り始めた。

「ロビー、どこなの？」

「ここだ。ここにいる」

彼女はようやくわたしのことを思い出したらしく、腕をつかんで引っ張った。不意に恐ろしい光景が目の前に広がった。わたしたちからほんの数メートルのところで、ロバート・ロビンズがウエストまで沼地にはまっている。手足をばたつかせ、なんとか脱出しようとしているが、まわりには水っぽい泥があるばかりだ。トリクシーは悲鳴をあげ、懐中電灯を取り落として、彼に駆け寄った。「ああ、どうしよう、いやだよ、ロビー」身を乗りだして彼の手をつかむと、ありったけの力で引っ張りあげようとした。

「無理だ。おまえにはおれを引っ張りだせるだけの力がない。おれはもう終わりだ。おまえは逃げろ、トリックス。おれを置いて逃げるんだ。彼女を連れていけ」

「あんたを置いていったりしないよ。ばかなこと言わないで。もっとがんばって。動いて、蹴とばして」

「なにひとつ動かせないんだ。脚はぴくりともしない。逃げるんだ、トリックス。捕まったら、縛り首だぞ」

トリクシーがためらっているのがわかった。目の前の光景は恐ろしすぎてとても直視できない——沼地が彼を呑みこもうとしている。トリクシーは彼の手を放したかと思うと、悲鳴のような声で言った。「あたしもはまったよ。足が動かせない」

草地の上に立っているように見えるけれど、トリクシーもすでに足首まで沼地に浸かっていた。

彼女はわたしを振り返った。「助けて」

心を決めることもできないまま、わたしはその場に立ち尽くした。わたしは自由だ。ふたりを残して逃げたっていい。彼らには当然の報いだ。ためらいもせずに気の毒な老婦人の部屋のガス栓をひねり、煉瓦細工の破片でミスター・バークレイの頭を殴りつけたのだから。ラヴィーの呪いは復讐を果たした。わたしはその場を去ろうとしたが、できなかった。彼らの行為がどれほど卑劣だとしても、見殺しにはできない。助けを呼びに行くこともできたけれど、それでは間に合わないとわかっていた。わたしは大きく息を吸うと、細心の注意を払いながら沼地の縁の草むらに近づいた。

ロビンズはすでに頭しか見えておらず、恐怖に目を見開いている。トリクシーは膝上まで浸かっていた。草むらに足を乗せると、沈み始めるのがわかった。「ほら、手を出して」

彼女の骨ばった手がわたしの手をつかんだ。まるで骸骨に手を握られたようだ。

「片方の足を抜いてみて」

彼女はうなるような声で言った。「ぴくりとも動かない。もっと引っ張って」

わたしは両手で彼女の手をつかんで引っ張った。けれどあがけばあがくほど、沈む速度が速くなるだけのようだ。

「おれはもうだめだ、トリックス。ちきしょう。なんてばかみたいな死に方なんだ」ロビンズが声をあげた。トリクシーはわたしの手を放し、彼のほうに顔を向けた。「いやだよ、ロビー。いやあ！」

悲鳴のような声をあげ、彼の顔を、髪をつかもうとした。泥が彼の口まであがってくるのを、わたしたちは声もなく見つめた。彼が咳きこみ、泥を吐き出そうとするのが聞こえた。やがて目も見えなくなって、ごぼりという恐ろしい音とともに沼は彼を完全に呑みこんだ。

「いやだ、あんな死に方したくない。早くここから出して」

わたしは再び彼女の手をつかんだが、泥はすでに太腿まで達していた。不意に彼女は、助からないことを悟った。もう逃げられない。

「どうせ死ぬなら、あんたも道連れだよ」彼女はそう言うと、ぐいっとわたしを引っ張った。不意をつかれたわたしは悪臭を放つぬかるみに、前向きに倒れこんだ。あわてて立ちあがろうとしたが、彼女がわたしの手をしっかりとつかんで放そうとしない。泥が脚にからみつくのがわかった。手足をばたつかせ、体をくねらせ、なんとかして彼女の手から自由になろうとした。彼女は声をあげて笑っている。

「どこの王子とも結婚できそうにないね」

ダーシー。どうして助けを呼ぶのに彼を行かせてしまったんだろう。どうして彼は、わたしに危険が迫っていることに気づかなかったの？　いまこそ彼が必要なのに、どうしてここにいないの？　わたしは男性と愛を交わすことも知らず、結婚もせず、子供を持つこともなく死んでいくんだわ……冷たい頰に熱い涙が染みた。彼女が沈んでしまうまで、なんとか持ちこたえることができたなら。そうすればきっとこの手も放れる。けれど、死んでなお放そうとしない手に捕まれたまま、いっしょに泥のなかに沈んでいく光景が目に浮かんだ。歓迎できないイメージだ。わたしは体をくねらせ、あえて彼女に近づいた。そのあたりの泥はさらに容赦がないことにすぐに気づき、許された時間は数秒しかないとわかった。ありったけの力を振り絞ってさらに彼女に顔を近づけ、その手に歯を食いこませた。彼女は悲鳴をあげて、とっさに手を引いた。わたしは再び身をよじるようにして、彼女の手が届かないところまで逃れた。

「なにするのさ」彼女は罵り声をあげた。「でも無駄だよ。あんたも沈むんだ。いい気味だよ」

わたしは彼女に背を向けようとしたが、膝から下が泥に捕らえられ、身動きできなかった。なにかつかめるものはないかと、必死になってあたりを見まわす。草の束に手を伸ばし、つかんではみたものの、ちぎれて手のなかに残っただけだった。そのとき懐中電灯が切れて、あたりは漆黒の闇に包まれた。ほぼ同時に、すぐ近くから声がした。

「暴れないで。うつぶせになるんだ。水に浮かぶみたいに」あたりを見まわしどこから声がしているのかを探ろうとしたが、この暗さではなにも見えない。まるで、頭のなかで聞こえているようだった。わたしは言われたとおりうつぶせになり、顎にあたる泥の冷たさにたじろいだ。体重がかからなくなったせいで、脚を動かすことができるようになった。再び声がした。

「泳ぐんだ。ゆっくり。静かに。大きく手足を動かして。蛙《かえる》みたいな平泳ぎで」

どんな動きであれ、静かに動くのは難しかったが、なんとかトリクシーとは反対の方向に向きを変えることができた。彼女が泣き叫ぶ声が聞こえる。「ああ、いやだ。死にたくない。だれか助けて。だれか！」

銀色にきらめくロープのようなものがわたしのほうに飛んでくるのが見えた。ロープは手の届くところに落ち、その声が静かに言った。「つかまって」ロープをつかむと、じりじりと前方に引っ張られるのがわかった。一、二メートルほど進んだところで草むらにたどり着いたので、わたしは膝をつくと残った力をかき集めて体を引っ張りあげた。

見えない手が助け起こしてくれて、わたしはあえぎながら立ちあがった。吹きつける冷たい風が、こびりついた泥を乾かしていく。

「もう大丈夫だよ」隣に荒れ地のサル――本物のサル――が立っていた。

「助けてくれたのね。なんてお礼を言っていいのか」わたしは言った。

「あんたはあの女を助けようとした。彼女は死んで当然なのにね。まあ、いま報いを受けているよ。死ぬのがどういうことか、これでわかるだろうね」

わたしたちは、トリクシー・ロビンズが悲鳴をあげながら手足をばたつかせている方角に目を凝らした。「助けて！　ここから出して！」

「彼女を助けられないの？」わたしは訊いた。

「厚板があればなんとかなるけど、ここにはないからね」

「あなたのロープはあそこまで届かない？」

「ロープなんてないよ」

「だってわたしに投げてくれたでしょう？」

「あれは服を結んでいる紐だよ。せいぜい一メートルくらいしかない」

銀色に光るロープを思い浮かべた。間違いなくそれよりは長かったし、まるで命を持っているかのように動いていたはず。

「あそこまでは届かない」サルは言った。「どっちにしろあの女は縛り首だよ。自然が彼女に復讐しているんだ」

トリクシーの最期のときは永遠に続くかのように思えた。悪態をつき、わめき、懇願し、そして最後はあの恐ろしいごぼりという音。死ぬまで記憶から消えないだろうと思った。彼女が沼地に呑みこまれたまさにそのとき、犬の鳴き声と足音が聞こえ、警察官が現われた。

「遅かったわ」わたしは大粒の涙をこぼしながら告げた。「ふたりとも沼に沈んだ。わたしも呑みこまれるところだったけれど、サルが助けてくれたの」

振り返ったが、彼女はもうそこにはいなかった。

41

大晦日の真夜中と新しい年を迎えた瞬間

村まで戻る道のりは永遠に続いているように思えた。ついさっきまでの悪夢を引きずりながら、わたしはよろめきつつ進んだ。若い警察官が腕を支えてくれ、元気づける言葉をかけてくれてはいたものの、恐ろしい光景を脳裏から消すことができない。警察官が現れたとき、かき消すようにいなくなった荒れ地のサルのことを思った。本当にあそこにいたの？あ彼女は本当に魔女なのかしら？　まるで頭のなかで聞こえていたような声を思い出した。あれだけ離れたところから、囁くことはできるもの？　けれどひとつだけ確かなことがあった——だれかが、なにかがわたしを助けてくれた。わたしはまだ生きている。沼地はわたしを奪わなかった。

爆発音が闇のなかに轟《とどろ》いた。さらにもう一発。ロビンズ夫妻が復讐の最後の仕上げとして、隠れ処にしていた村を爆発させているのかと思い、わたしは恐怖におののいた。けれど頭上で鮮やかな光が広がり、今夜の締めくくりに打ちあげられた花火だとわかった。閃光《せんこう》と爆発音のなか、わたしたちは最後の斜面をくだった。

「彼女を保護しました」警察官が叫んだ。「無事です」

人々が駆け寄ってきたが、そのなかに猛スピードで走ってくる人影があった。ダーシーは両手でわたしを抱きしめると、全身の骨が砕けるのではないかと思うくらい強く力をこめた。

「よかった」わたしの顔や髪に唇を押し当てながらつぶやく。「死ぬほど心配したんだ」

「叔母さまの具合はどう？　無事なの？」

「幸い、内臓に損傷はなかった。ぼくたちみんなが見ている前で撃つなんて、まったくどうかしている」ダーシーは少し力を緩め、わたしを見おろした。「あの女のあとをついていくなんて、きみはいったいなにを考えていたんだ？」

「荒れ地のサルだと思ったの。ミス・プレンダーガストが逃げようとしているから、捕まえなきゃいけないって言われたのよ。ばかだったわ。全部罠だったの。彼女はやっぱりロビンズの妻で、わたしを人質にしようとしたの」

「ふたりはどこだ？」

「死んだわ。ふたりとも沼に呑みこまれた。怖かったわ、ダーシー。わたしも呑みこまれるところだったの。サルがやってきて助けてくれなければ、死んでいた」

「ぼくたちが結婚できるまで、きみをアイルランドの修道院に連れていって閉じこめておいたほうがよさそうだ」ダーシーは半分笑いながら言った。「きみがぼくと結婚したいならの話だが。このあいだその話をしたとき、きみはあまり乗り気じゃないみたいだった」

「あなたとは結婚できないと思っていたの。どう話せばいいのかわからなかったのよ」

「ぼくと結婚できない？　どうして？　まさかまた、ジークフリート王子と婚約したわけじゃないだろう？」

思わず笑った。「わたしには王位継承権があるわ。英国の法律は、王位継承権のある人間がカトリック教徒と結婚することを禁じているの」

「それならぼくが改宗するさ」

「その必要はないのよ、ダーシー。そんなことをしてほしくはないし。それに大丈夫なの。わたしが継承権を放棄すればいいって、あなたの叔母さまが教えてくれた。それができるって知らなかったの」

「ぼくのために英国の王位継承権を放棄すると言うのかい？」ダーシーはじっとわたしの目を見つめた。

「ダーシー、わたしの継承順位は三五番目よ。伝染病が大流行でもしないかぎり、女王になるおそれはないわ。でもどちらにしても、質問の答えはイエスよ。あなたと結婚できるなら、英国の王位継承権を放棄する。でも、まだちゃんと申し込んでもらってはいないけれど」

「そうだった」ダーシーはまわりにいる人たちを気にかけることもなく、その場で片膝をついた。「グレンギャリーおよびラノク公爵令嬢ジョージアナ、ぼくの妻になってもらえるだろうか？」

決して泣かないことが自慢のわたしは、今夜二度目の涙をこぼした。

「それ以上の望みはないわ」わたしは答えた。

まわりにいた人々が一斉に喝采の声をあげ、それが合図だったかのように教会の鐘が鳴り始めた。

ダーシーがわたしを抱き寄せた。「新年おめでとう」そう言ってキスをした。

42

一九三四年一月一日

今日はみんな家に帰る。わたしはどこに行くのだろう?

翌朝クイーニーがトレイを運んできたのは、一〇時をまわってからだった。

「起こさないようにってミスター・ダーシーに言われたんですよ」彼女は言った。「なんだか、あの人威張ってますよね。あの人と結婚するんだって聞きました。一生、あの人に威張らせておくつもりですか?」

「ええ、そのつもりよ」

階下には学期末のような雰囲気が漂っていた。客たちは住所を交換しながら、手紙を書き、来訪すると約束している。アップソープ一家はアメリカに招待されていた。シェリーとモンティは毎日手紙を書くそうだ。バジャーはアップソープ家に滞在することになるらしい。伯爵夫人ですらいくらか態度を和らげて、ロンドンに戻ったらお茶に来てほしいとラスボーン大佐夫妻を招待していた。

「ここ最近は、あまり話し相手がいませんからね。昔のインドの思い出を語れるのは歓迎ですよ」

気の毒なジョニー・プロスローとミセス・セクレストを除けば、すべては丸く収まったようだ。ジョニーのことを考えると悲しくてたまらなかった。彼は悪ふざけはしても、嫌いになれないタイプの人間だった。火傷を負ったミセス・セクレストに後遺症は残るのだろうかと考えた。彼女は本当に愛していた男性を失っただけでなく、人生が大きく変わってしまったことになる。

朝食のあと、バンティがわたしのところにやってきた。「あなたの婚約者と楽しく馬に乗ってきたところよ。わかっているでしょうけれど、あなたって幸せ者なのよ。わたしはずっと昔から……でも従兄弟と結婚するべきじゃないんでしょうね。王家の人たちはずっとそうしてきているけれど」

「そのせいで精神に異常をきたしたりするのよ」わたしは笑顔で応じた。「幸い、わたしの母がごくありふれた血を注ぎこんでくれたから、わたしの子供たちは大丈夫なはず」

バンティは笑って言った。「あなたが親戚になるなんて、うれしくてたまらないわ。みんなが帰ったあとも、あなたにいてもらっていいかって母に訊いたのよ。ここは退屈だし、とても寂しいんですもの。いつでも大歓迎だって母は言っていたわ」

「どうもありがとう。実を言うと、ここから帰ったあと、どうするのかまだ決めていないの。

そう言ってもらえるのはうれしいけれど、ずっとだれかの世話になっているのはいやなの。自分の足で歩いていきたいのよ。ダーシーもわたしも、まだ結婚できるだけのお金はないし、わたしは自立したいの。ここでホステス役の経験を積ませてもらったことだし、どこかで同じような仕事があるかもしれないわね。死体はもうごめんだけれど」

バンティはうなずいた。「本当に恐ろしかったわね。母は、完璧なイギリスの田舎のクリスマスを演出するつもりでいたのに。あんなことが起きるなんて、だれが想像したかしら」

「いろいろあったけれど、みんな楽しい時間を過ごしたと思うわ。わたしは楽しかったわ。一番よかったのは、ロビンズ夫妻が二番目の被害者を殺せなかったことよ」

「そうね。今朝はベッドを出て、みなさんを見送るんだって母が言っているの。寝ているようにって父が説得しているんだけれど、一度こうと決めた母がどんなふうだかあなたもよく知っているでしょう？」

「頑固さは血筋なんじゃないかしら」わたしは、ホールをこちらに近づいてくるダーシーに気づいた。顔をしかめ、手には一枚の紙を持っている。

「たったいま電報を受け取った」紙をひらひらさせながらダーシーが言った。「すぐにロンドンに戻らなくてはならなくなった。南アメリカに行くことになりそうだ」

「それは危険なことなの？」わたしは不安にかられた。

ダーシーは笑って答えた。「ぼくはきみと違って、自分の身は自分で守れるからね」

「それでも、行く必要がなければいいのにって思うわ」

「ぼくもだよ。でも仕方がない」

わたしたちはじっと見つめ合った。まっすぐな互いの視線が、言葉にならない様々な思いを伝えている。

バンティが咳払いをした。「わたしは退散するから、存分に別れを惜しんでちょうだい」

「どれくらい行っているの？」わたしはできるだけ明るい口調で尋ねた。

「わからない。あまり長くならないことを願うよ」

「わたし……」

ダーシーはわたしの頰を撫でた。「わかっている。ぼくも同じ気持ちだよ。だがいまは楽しみにできることがあるだろう？　どんな手段を講じても、きみがミセス・ダーシー・オマーラとなって、慣れ親しんだ暮らしができるだけの金を稼ぐつもりだ」

「あら、ラノク城みたいなものはごめんよ」わたしたちは声をあげて笑い、ダーシーはわたしに両手をまわした。「父と話をするまでは公にしたくないんだ。それまではふたりだけの秘密にしておこう、いいだろう？」

わたしはうなずき、雄々しく笑みを浮かべようとした。ダーシーは身をかがめ、軽く唇を合わせると、頰を撫でながら言った。「荷造りをしてくるよ。急行列車に間に合うように、モンティがエクセターまで送ってくれるんだ」

彼の名を呼び、あとを追い、わたしも連れていってと懇願したいと思いながら、彼のうしろ姿を見つめた。けれどレディらしく振る舞わなければいけないと自分に言い聞かせ、かろうじてそれをこらえた。

ひとり、またひとりと客が去っていった。レディ・ホース＝ゴーズリーは階下におりてきて、彼らを見送った。ベッドを出てはいけないと医者に命じられていたのだが、するべきことをすると言ってきかなかったのだ。頑固さは間違いなく血筋のようだ。最後の車が私道を遠ざかっていくと、彼女はわたしの腕を取って階段をあがり、家のなかへと入った。

「こんなことを言うべきではないんでしょうけれど、帰ってくれてほっとしたわ。かなりの試練だったわね。そう思わない？」

「でも楽しかったですよ」わたしは言った。「あんなことがありましたけれど、素敵なクリスマスでした。あなたは素晴らしい仕事をなさったと思います。お客さまの望みどおりの、完璧な古きよきイギリスのクリスマスでしたもの」

レディ・ホース＝ゴーズリーはわたしの手を叩いた。

「ありがとう。そう言ってもらえてうれしいですよ。せいいっぱいやりましたからね。ここだけの話ですけれど、実のところ、たいして利益は出なかったんですよ。でもおいしいものを食べたり、飲んだりしましたよね？」彼女はドアを閉めた。「一連の事件が始まったときには、神聖であるべきクリスマスを使ってお金を稼ごうとしているわたしに対する罰かもしれないと思ったんですよ。撃たれたときは、ラヴィーの呪いなんだろうかと本気で考えましたからね」

わたしはくすくす笑った。「そんなはずないに決まっているじゃありませんか。ラヴィーの呪いを受けなければならない人間がいるとしたら、それはあなたを撃ったあの男です。彼と妻は当然の報いを受けたんです」

彼女はうなずいた。「罪のない人間を一二人も殺す計画を立てるなんて、そこまで心のねじ曲がった人間がいるとは、とても信じられませんよ」

「ラヴィーの呪いといえば、荒れ地のサルになにかをしてあげたいんです——服や食べ物を運ぶとか。わたしの命の恩人なんですもの」

「彼女は受け取りませんよ。これまでも何度か試みたんですけれど、援助は一切受け付けないんです。きっと九〇歳になるまで、ああやって荒れ地で暮らすんでしょうね」

「わたしはもう二度と会うことはないと思いますけれど、会うことがあったらお礼を言っておいてくださいね」わたしは言った。「もしよければ、ちょっと母の様子を見てきたいんですけれど。別れの挨拶もせずに、さっさと帰ってしまうような人ですから」

「もちろんですとも。行っていらっしゃい。今夜の夕食は簡単なものですからね。ありがたいことに」

私道を歩きだしてまもなく、ニューカム警部補の車がやってくるのが見えた。車が止まり、彼が降りてきた。

「ちょうどよかった、あなたに会いに来たんですよ。まだ帰るわけじゃありませんよね？」

「母と祖父の家を訪ねるところです。いつ帰るのか、聞いていなかったので」

「ゆうべのことについて、あなたからきちんと話をうかがおうと思ってお訪ねしたんです。

でも先にレディ・ホース＝ゴーズリーと会ってきますよ。あんなことのあったあとですが、今日のご気分はいかがです？」

「元気です。ありがとうございます」

「貴族は役立たずで虚弱だと考えている人間に、あなたを会わせたいですね」警部補はそう言ってくすくす笑い、顎を撫でながらわたしをまじまじと眺めた。「あなたは幸運でしたよ。あの沼地から無事に逃げられた人間はそれほどいません。でもあのふたりのことは、沼地がうまい具合に処理してくれましたよね。絞首刑にする手間が省けた」

どんな声になるのか自信がなかったので、わたしは黙ってうなずいただけだった。あの光景はいまでもはっきりと脳裏に焼きついている。

「本当は」警部補は楽しげに言葉を継いだ。「ふたりに尋問したかったですね。だれにも見つかることなく、あれだけの殺人をどうやって行ったのかが知りたかった。才能も技術も必要だったはずだ」

「ふたりは変装していたんです。ウィラムと荒れ地のサルのふりをして動きまわっていたんでしょうね。あのふたりには、だれも注意を払わないことを知っていたんです」

「まったく狡猾としか言いようがない。だがいまとなっては、すべては謎のままだ。レディ・ホース＝ゴーズリーから話を聞いたあとで、お母さんのコテージに寄らせてもらいます。おじいさんにご挨拶したいので。昔かたぎのまっとうな警察官ですよね。いまの警察にも彼のような人がもっといればいいのですが」

コテージに着いてみると、母も帰宅の準備をしているところだった。

「マックスから電報が届いたの」母が言った。「わたしに会うためにロンドンに来るんですって。憂鬱なクリスマスだったらしくて、わたしに会いたくて仕方がないみたい。それにわたしも田舎暮らしはもう充分。コテージで過ごして、シンプルなイギリス料理を食べるのもしばらくなら楽しいわ。そうでしょう？　でもナイトクラブやキャビアや人生を楽しむためのいろいろなものが恋しくなってきたの」

「すぐにドイツに戻るの？」わたしは尋ねた。

「実を言うと、しばらくロンドンで家を借りるようにマックスを説き伏せるつもりなの」

「そうすれば、ミスター・カワードの脚本を完成させられるから？」

母はちらりと階段を見あげたが、その表情には見覚えがあった。

「あの脚本は完成しないと思うわ」母は声をひそめた。「ノエルはいい台詞を独り占めしたがるんですもの。それにわたしの役が熟女だっていうことが、ついさっきわかったの。熟女よ、このわたしが。ありえない！」

そう言い残すと、母は仰々しく部屋を出ていった。祖父とわたしは顔を見合わせた。

「それじゃあおまえは、スコットランドに帰るんだな？」

「できれば帰りたくないわ。仕事を探そうと思うの。おじいちゃんといっしょにいられればいいんだけれど、でも……」

「もちろん、いっしょにはいられないさ。わしらは住む世界が違うんだ。だがいつでも遊びに来るといい」

「おじいちゃんにはミセス・ハギンズがいるものね」

祖父は妙な表情になって、わたしに顔を寄せた。

「ここだけの話だが、彼女には少しばかり、いらいらさせられているんだ。雌鶏みたいにあれこれとわしの世話を焼きたがってな。隣の家にいる分にはかまわないが、ひとつ屋根の下で暮らすのはごめんだ」

「それじゃあ、わたしは帰るわね」わたしは祖父の首に抱きついた。「寂しい日だわ。さようならばかりなんですもの」

祖父は小さな子供にするようにわたしの髪を撫でた。「放蕩娘は必ず帰ってくるって言うだろう？　またすぐに会えるさ」愛情のこもった声だった。

母がまた階段の上に姿を現わした。「ジョージー、いいことを思いついたの。自伝を書くといいってノエルが言うのよ。面白そうじゃない？」

「本当に大丈夫？」わたしは笑って尋ねた。「奥さんに言い訳をしなければならなくなる男の人が、大勢出てくるんじゃないの？」

「ジョージー、ちゃんと配慮はするわよ。本当に好奇心をそそるようなことだけしか書かないから。でも、よく聞いてちょうだい。わたしといっしょにロンドンに来て、秘書になってもらえないかしら？　タイプライターは打てる？」

「残念ながら」

「かまわないわ。買ってあげるから覚えればいい。思いついたことをわたしが書き留めて、あなたがそれをまとめるの。どうかしら？」

「面白そうね」

そうは言いながらも、母といっしょに仕事をするのが簡単でないことはよくわかっていた。それでも、ちゃんとした仕事とまともな食事のあるロンドンでの暮らしは、もうひとつの、そして唯一の選択肢――フィグといっしょに憂鬱なスコットランドの城で暮らすこと――よりはるかに好ましいことは間違いない。なにより、タイプライターの使い方を覚えれば、ディナーの席で牧師さまにどこに座っていただくかということよりはるかに役立つ、本物の技能が身につくのだ。そのうえダーシーが再び戻ってきたときに、ロンドンにいられる。どれを取っても、未来がこれほど明るく思えたことは久しくなかった。

翌朝、サー・オズワルドとレディ・ホース＝ゴーズリーとバンティがわたしを見送ってくれた。女性ふたりは親しげにわたしを抱きしめ、またすぐに遊びに来てほしいと言った。わたしは車のリアガラス越しに手を振りながら、あの広告を見つけて応募したのは信じられないくらいの幸運だったと考えていた。駅に着き、クイーニーとわたしはロンドン行きの列車に乗りこんだ。雪を頂いたダートムーアの岩山を背景に、デボンの田園風景が窓の外を飛ぶように過ぎていく。やがて景色はサマーセットの低地の草原に変わり、ティドルトン・アンダー・ラヴィーは思い出の一ページになった。

Dishes for Christmas

クリスマスの料理

伝統的なクリスマスを見ることはもうあまりありませんが、本書に登場したものを再現したいと思われた方々のために、料理やゲームのレシピを載せておきます。

ミンス・パイやソーセージ・ロールは、お客さまが到着されたとき、キャロリングのあと、プレゼントを開くとき……正式な食事ではないときに供される伝統的なクリスマスの軽食です。

ミンス・パイ

昔は、パイの中身はそれぞれの家で作っていて、ミンスミートという名のとおり本物の肉が使われていました。現在では瓶詰のものを使うのが一般的です。


【作り方】

オーブンを220度に余熱しておきます。ショートクラスト・ペストリーの生地を作ります（左頁のレシピを参照のこと）。生地を伸ばし、マフィンの型の大きさに丸くくり抜きます。ミンスミートを半分ほど乗せ、やや小さめにくり抜いた生地を上からかぶせます。ひだを作りながら、上と下の生地を合わせます。溶き卵を薄く塗り、砂糖をふりかけます。10分、もしくはこんがりした焼き色がつくまで焼きます。冷ましてから召しあがれ。

ショートクラスト・ペストリー

昔は、ペストリーには必ずラードが使われていましたが、現在は冷やしたバターかショートニングが使われることがほとんどです。

【材料】

バター……4オンス
中力粉……8オンス
冷たい水

【作り方】

バターを小さな賽の目に切り、粗いパン粉のようになるまでフォークを使って中力粉と混ぜます（フードプロセッサーを使ってもいいでしょう）。生地の入ったボールごと、冷たい水を入れたボールにつけて冷やしながら、生地がなじむまでゆっくりと混ぜます。粉を振った板の上で伸ばします。

ソーセージ・ロール

イギリスで作られるソーセージの中身はアメリカのものとは異なり、肉をまとめ、脂肪分を逃がさないためにある種のでんぷんが使われています。

【作り方】

オーブンを200度に余熱しておきます。ショートクラスト・ペストリーを作ります。（市販のパイ生地を使ってもかまいませんが、ショートクラストのほうが本物に近いものができます）。生地を薄く延ばします。ソーセージ用の肉を細長く丸め、パイ生地で包みます。出来上がったものを5センチほどの長さに切り、15分から20分焼きます。

ブレッド・ソース

伝統的なクリスマス料理はガチョウでしたが、現在では七面鳥が使われます。どちらの場合も、詰め物にはセージか栗を使い、ブレッド・ソースをかけます。

【材料】

クローブ……12個
玉ねぎ……大1個（皮をむく）

全乳……1¼カップ
鶏がらスープ……¾カップ
ライトクリーム……¼カップ
ナツメグ……大さじ¼
ベイリーフ……1枚
胡椒の実……5粒
塩・胡椒……適量
パン粉……2カップ
バター……¼カップ

【作り方】
玉ねぎにクローブを刺します。全乳、鶏がらスープ、クリーム、そのほかのスパイスを加え、火にかけます。沸騰したら火を止め、1時間放置します。スープを漉し器で漉し、パン粉を加えます。鍋に戻し、蓋をせずに火にかけ、とろみがつくまで加熱します。供する直前に、溶かしたバターを加えます。

クリスマス・プディング
(プラム・プディング)

クリスマスのディナーにおけるハイライトと言えば、クリスマス・プディングです。出来合いのものを買うこともできますが、自分で作るかどうかは名誉に関わる問題だと考える人もいます。本来は、クリスマスの数週間前に作って熟成させなければいけません。そのため、11月の最後の日曜日はプディング・サンデーと呼ばれていました。

準備時間45分
調理時間8時間
浸す時間12時間
合計20時間45分

【材料】8～10人分
ボウルに塗るバター
ミックス・ドライフルーツ(干しブドウやスグリなど)……1ポンド
柑橘類の皮の砂糖漬け
……1オンス(細かく刻む)
料理用林檎……小1個(皮をむいて芯を取り、細かく刻む)
オレンジの絞り汁……大½個
レモンの絞り汁……½個
ブランデー
……大さじ4(出来上がったプディングにかける分……適量)
ベーキングパウダー入り薄力粉
……2オンス(ふるっておく)
粉末タイプのミックス・スパイス(またはパンプキンパイ・スパイス・ミックス)……大さじすりきり1
粉末シナモン……大さじ1½
細かく刻んだスエット(牛もしく

はベジタリアン・ミート）
……4オンス
黒砂糖……4オンス
オレンジとレモンの
皮のすりおろし……適量
パン粉……4オンス
皮つきアーモンド
……1オンス（粗みじん切り）
卵……大2個

【作り方】

1 2・5パイント用のプディング・ボウルに薄くバターを塗ります。ドライフルーツ、柑橘類の皮の砂糖漬け、林檎、オレンジとレモンの絞り汁を大きなボウルに入れ、ブランデーを加えてよくかき混ぜます。清潔な布でボウルを覆い、数時間、できればひと晩室温で寝かせます。

2 小麦粉、ミックス・スパイス、シナモンを特大のボウルに入れて混ぜます。スエット、砂糖、レモンとオレンジの皮、パン粉、ナッツを加え、すべての材料をよく混ぜましょう。最後に1のドライフルーツを入れ、再び混ぜます。

3 小さなボウルに卵を割って軽く泡立て、素早く2の生地と合わせます。かなり柔らかめに仕上がっているはずです。ここまでできたら家族を集め、クリスマス・プディングの伝統行事を行いましょう。ひとりずつ順番に生地を混ぜながら願い事をし、何枚かの硬貨を加えてください。

4 バターを塗ったプディング・ボウルに生地を流しこみ、スプーンの背で軽く押さえてください。二重にした耐脂紙かクッキングシートで覆い、そのうえにアルミホイルをかぶせ、紐でしっかりと縛ります。

5 蒸し器に入れ、7時間蒸してください。水がなくならないように、注意しましょう。できあがったプディングは焦げ茶色になっていなければなりません。このプディングは軽い口当たりのケーキではなく、どっしりした濃厚なスポンジケーキです。

6 蒸し器からプディングを取り出し、冷まします。耐脂紙をはずし、串を刺して、ブランデー少々をまわしかけます。新しい耐脂紙で包み、再び紐で縛ります。クリスマス当日まで冷暗所で保管します。

7 クリスマス当日に、1時間ほど再び蒸し器で温めます。ブランデーもしくはラム・ソース、もしくはブランデー・バター、もしくはカスタードと共にいただきます。

メモ：プディングは作ってすぐに食べてはいけません。しばらく熟成させ、クリスマスの日に温め直さなくてはいけません。作ったものをすぐに食べると生地がぽろぽろ崩れるうえ、味がまろやかになっていません。

ブランデー・バター

【材料】

バター……½カップ
砂糖……1カップ
ライトクリーム……大さじ4
ブランデー……大さじ4

【作り方】

ハンドミキサーで、ふわふわになるまでバターを混ぜます。砂糖、ライトクリーム、ブランデーの順に加え、さらに混ぜます。蓋をして冷やします。クリスマス・プディングやミンス・パイにかけると、とてもおいしくいただけます。

ワッセイル・ボウル
（司教の喫煙《スモーキング・ビショップ》）

クリスマスに飲む温かなパンチはいろいろあります。〝スモーキング・ビショップ〟はチャールズ・ディケンズの『クリスマス・キャロル』にも登場します。どのパンチにもスパイスが使われていますし、柑橘類を加えるものもあります。もっとも簡単なパンチはビールかシェリーを使い、より高級なものは蒸留酒を使います。

スモーキング・ビショップは柑橘ワインとポートワインを使いますが、卵は加えません。柑橘類は高級な材料とされていましたし、大人数の場合はワインとブランデーのほうが便利です。

【材料】

皮つきのオレンジ……1個
クローブ……12～18個
ブラウンシュガー
シナモン……大さじ1
粉末にしたクローブ……ひとつまみ
メース……ひとつまみ
オールスパイス……大さじ½
粉末にした生姜……大さじ½
レモンの皮……ひと切れ
水……1カップ
ポートワイン……1クオート
温めたブランデー……¼カップ
ナツメグ

【作り方】

オレンジにクローブを刺します。（焼いたレモンにクローブを刺したものを加えてもいいでしょう）。皿に置き、たっぷりのブラウンシュガーで包みます。ブラウンシュガーがカラメル状になり、オレンジを覆う殻のようになるまで、180度に熱したオーブンで焼きます。オレンジを4つに切り、パンチボウルに入れます。残りのスパイスとレモンの皮を水といっしょに鍋に入れて火にかけ、水の量が半分になるまで煮詰めてください。ポートワインを沸騰しないように温めます。すべての材料をパンチボウルに入れて混ぜ、ナツメグで風味を足します。

メモ：ブランデーとナツメグを使わないレシピもあります。大司教の飲み物にするには、ポートワインの代わりに、クラレットかテーブルワインを使ってください。

Words for Christmas

クリスマス用語集

テーブルを囲んで行うゲーム

牧師さまの猫
（ザ・ミニスターズ・キャット）

手を叩いてリズムを取りながら、歌い始めます。〝The minister's cat is a…… cat〟。

ひとり目は「A」から始まる形容詞を入れ、ふたり目は「B」というようにアルファベット順に進んでいきます。

The minister's cat is an active cat.（牧師さまの猫は活発な猫）

The minister's cat is a beautiful cat.（牧師さまの猫はきれいな猫）

The minister's cat is a cheerful cat.（牧師さまの猫は陽気な猫）

リズムどおりに言葉を入れられなかった人は抜けていき、最後のひとりになるまで続けます。アルファベットの最後まで行ってもまだ残っている人がいる場合は、もう一度最初から始めるか……もしくは別のゲームに移りましょう。

わたしは市場に行った
（アイ・ウェント・トゥ・マーケット）

「牧師さまの猫」と同じようなゲームです。ひとり目が〝I went to market and I bought a ……〟と言って始めます。

ひとり目は「A」から始まる物を、ふたり目はそれに加えて、「B」から始まる物を入れてください。

I went to market and I bought an apple.（わたしは市場に行って、林檎を買った）

I went to market and I bought an apple and a balloon.（わたしは市場に行って林檎と風船を買った）

I went to market and I bought

an apple, a balloon and a cat.（わたしは市場に行って林檎と風船と猫を買った）

買ったものが思い出せなくなったら、その人はゲームからはずれます。

パーティー・ゲーム

【目隠し遊び（ブラインドマンズ・ブラフ）】

鬼になった人に目隠しをして、その場でぐるぐると回します。ほかの人たちは部屋のなかを移動します。鬼はそのうちのひとりを捕まえ、それがだれであるかを当てます。正解した場合は、捕まった人が次の鬼になります。

【棒をつかめ（グラブ・ザ・スティック）】

それぞれ動物や場所の名前を割り当てられた参加者は、輪になって座ります。鬼は輪の中心に立ち、杖をまっすぐに立てて、任意の名前を呼んでから手を離します。名前を呼ばれた人はすぐに立ちあがり、杖が倒れる前につかまなければいけません。間に合わなかった場合は、その人が次の鬼になります。

【郵便配達（ジェネラル・ポスト）】

「棒をつかめ」と似たゲームです。全員に場所の名前が割り当てられます。真ん中にいる鬼はふたつの名前を同時に呼びます。呼ばれたふたりは、鬼に先に座られる前に、座っている場所を交換しなくてはいけません。鬼が先に座った場合、椅子を取られた人が次の鬼になります。

【すし詰めごっこ（サーディン）】

ひとりがどこかに隠れます。残った人々はそれぞれに捜しに行きます。隠れている人を見つけたら、同じ場所に隠れます。全員が同じところに隠れて、ぎゅうぎゅう詰めになるまで続けます。隠れている場所を最後に見つけた人が、次の鬼になります。

【彫像（スタチューズ）】

ふたりひと組になって踊ります。音楽が止まったら、その場で動きを止めなくてはいけません。鬼はそれを見てまわり、ほんのわずかでも動いたふたりは負けとなります。最後のひと組になるまで続けます。

クリスマスの伝統行事と定義

【大薪】

クリスマスイブには、大きな丸太を暖炉にくべます。その日一日中、消えることなく燃えていれば、新しい年が幸運を運んでくると言われています。

【クラッカー】

食べるクラッカーではありません。現在ではアメリカでも簡単に手に入れることができます。紙でできていて、少量の火薬が中央部分に仕込まれています。両側からふたりで引っ張ると、パンと言う音と共にふたつに割けて、中身がこぼれ出る仕組みです。紙の帽子、なぞなぞ、小さな玩具、パズル、贈り物などがなかに入っています。

【屋内花火】

現在でも手に入る屋内花火らしきものは、線香花火だけでしょう。当時の屋内花火は、暖炉前の床で紙に火をつけるものでした。焼けると丸まって蛇になったり、顔や動物のような形になったりしました。音を出すものもありました。

クリスマス・プディング

伝統的なクリスマス・プディング（前述のレシピを参照のこと）は、銀のチャームを入れて作ります。それぞれのチャームには意味があります。指輪は一年以内の結婚、靴は旅行、ボタンは生涯独身を意味します。プディングはヒイラギの小枝を載せ、ブランデーをかけて供されます。

ワッセイル・ボウル

クリスマスには様々なパンチがつきものです。ホットワインや蒸留酒、スパイスなどが使われます。ワッセイル・ボウルは、玄関にキャロリングにやってきた人たちに供されます。

クリスマス・キャロリング

キャロルを歌いながら近隣の家々を回る伝統がありました。玄関でキャロルを歌う子供は、少額のお金をもらうことができました。

ボクシング・デー

英国やイギリス連邦では、いまもクリスマスの翌日を祝う習慣があります。かつては使用人たちが自宅に帰り、それぞれの家族と祝うことを許されていた日でした。その日は雇い主から食料やプレゼント、いくばくかのお金が入った〝クリスマス・ボックス〟をもらいます。最近では、クリスマスの翌日に店員や清掃作業員や郵便配達人などが家々を訪れて〝季節の挨拶〟をし、チップをもらうことがあるようです。

つい最近まで、ボクシング・デーには商店はすべて閉まり、一切の商取引は行われていませんでした。悲しいことに、そのほかの愛すべきクリスマスの伝統と同じく、こういった慣習も失われてしまいました。

コージーブックス

英国王妃《えいこくおうひ》の事件《じけん》ファイル⑥
貧乏《びんぼう》お嬢《じょう》さまのクリスマス

著者　リース・ボウエン
訳者　田辺千幸《たなべちゆき》

2016年11月20日　初版第1刷発行

発行人　成瀬雅人
発行所　株式会社　原書房
〒160-0022 東京都新宿区新宿1-25-13
電話・代表　03-3354-0685
振替・00150-6-151594
http://www.harashobo.co.jp
ブックデザイン　atmosphere ltd.
印刷所　中央精版印刷株式会社

落丁・乱丁本はお取り替えいたします。
定価は、カバーに表示してあります。
 ISBN978-4-562-06059-7 Printed in Japan